热爱命运

程 海 著

人民文学出版社

图书在版编目(CIP)数据

热爱命运/程海著.—北京：人民文学出版社，2021

ISBN 978-7-02-016683-1

Ⅰ.①热… Ⅱ.①程… Ⅲ.①长篇小说-中国-当代 Ⅳ.①I247.5

中国版本图书馆 CIP 数据核字(2020)第 197859 号

| 责任编辑 | 甘　慧　杜玉花　欧雪勤 |
| 装帧设计 | 李　佳 |

出版发行　人民文学出版社
社　　址　北京市朝内大街 166 号
邮政编码　100705
网　　址　http://www.rw-cn.com

印　　制　杭州钱江彩色印务有限公司
经　　销　全国新华书店等

字　　数　305 千字
开　　本　890 毫米×1240 毫米　1/32
印　　张　10.625
版　　次　2021 年 4 月北京第 1 版
印　　次　2021 年 4 月第 1 次印刷

书　　号　978-7-02-016683-1
定　　价　58.00 元

如有印装质量问题，请与本社图书销售中心调换。电话：010－65233595

一

我们从 A 城出发。我们骑着两辆破破烂烂的自行车。我骑的是生产牌的,叶凯骑的车根本没有牌子,看车型大约是双喜牌吧,一路乱响。

在五十里外,叶凯有一位朋友在那里放蜂。地里油菜长势很好,他摇了一桶又一桶菜花蜜。昨天他捎了话来,让我们带一张嘴,再带几个瓶子,来吃蜜、装蜜。放蜂人的慷慨大度使我们一路上谈笑风生,满怀豪情。

西北方原野广阔得出奇,并不平坦,一块一块渐渐隆起,像孕妇的大肚皮。当我们的车子碾过这些鼓囊囊的黄土丘,轮胎下甚至有一种痛苦而又骄傲的震颤感,仿佛要裂开来分娩新的黄土丘。小路两边到处都是野花,更多的是车前草,碾得轮胎都成了绿的。由于是上坡,车子咯咯喳喳的响声更大了。叶凯弓着腰,撅着屁股,踏得十分起劲。我也不示弱,觉得这个下午有些醉意,觉得远处的黄澄澄的蜂蜜在殷勤地召唤。

天空多云,有点阴沉沉的感觉。云薄处白光闪射,云黑处却有很多雨意。风湿漉漉地吹着,吹得彻心彻骨,吹得人感慨万千,觉得大自然比娘还娘。尤其是下坡的时候,车子向下一溜烟地滑翔,风好像突然有了某种硬度,在额头上碰得啵啵作响,纽扣也逐渐被风解开,衣服鼓得像大鸟的翅膀……速度越来越快,人渐渐飘飘欲仙了……

前面的油菜地边,出现了一排排蜂箱。头顶的蜂群乱轰乱嗡,有几只蜂很清脆地碰在我的额头上,碰得弹了开去。大概以为我是故意恃强凌弱,又愤怒地飞了回来,翅膀的响声变得格外凌厉。它们是来找我玩命的,因为蜜蜂蜇了人自己也要死,但它们为了维护自己的尊严连死也蔑视了。我蹬着车子向前飞逃,无意中又用额头碰撞了许多蜜蜂。

到了蜂场。我仍惊魂未定,因为头顶乱飞的蜜蜂更密集,嗡嗡声更震耳。三个养蜂人走过来,热情地招呼我。他们全都光着上身,笑得很憨很傻。我和叶凯也笑得很憨很傻。蜂群的嚣声渐渐小了，渐渐听不见了。谈话间隙，偶尔又能听见那强大的嗡嗡声，但好像已没有了敌意。

叶凯和养蜂人很熟。他们坐在小帐篷前面聊天。我坐在一旁听。因为等会儿要吃人家的蜂蜜，便不时地插进几句，随声附和。但他们反应冷淡，似乎并不注意我。他们和叶凯聊得很起劲，很幸福。我只好呆坐在一边等着吃蜂蜜。

太阳压山的时候，从云层里掉了出来。家乡的土气象家称这种现象叫"漏云了"，并且会就此预言第二天一定是个好天气。漏云后的太阳光从西边的山顶平射了过来。这时养蜂人正好揭开蜜桶，给我们每个人的碗里舀了大半碗蜜。蜜汁黏稠，上面有些白泡沫，还漂着几只死蜂。阳光似乎很厚，涂过每个人的头颅、胸膛，也涂过每个人端着的蜂蜜碗。蜂蜜变成了红黄色，很辉煌。我有点小小的不快，觉得养蜂人不将碗舀满，似乎有点儿吝啬。

"你们也吃一点。"开吃前我朝养蜂人谦让了一句。他们笑了笑，摇了摇手。事后叶凯告诉我，他们关于蜜的价值观念和我们大相径庭，他们吃蜜已经吃腻了。

吃着吃着，那香味甜味渐渐发酸发蜇，还剩下小半碗，就不想吃了。后来叶凯说：蜂蜜食沉，吃多了肚子要疼。这时候，我才知道养蜂人给我们舀蜜时其实是很豪放的。

我吃不了，他们却一个劲地说："那么一点点，吃完，吃完！"而我真的已经吃不了了。

他们拿起我们带来的两个大瓶子，用勺子灌满了蜜，挂在我们的自行车车头上。然后无所谓地挥了挥手，送我们走。

天色已经黑了，距 A 城却还有三十多里。乌云满天，没有一点儿星光，夜黑得像没有缝隙的固体。我们不是在行路，而是在和夜碰撞。路面几乎看不见，前面三米外，黑得糊里糊涂，谁知道是高山还是万丈深渊！所以不敢骑车子，摸索着慢慢地走。在夜里，丘陵、树木、石头迷离恍惚。黑幕重重，似乎一切死物都变成了活物，都在默默酝酿着重大的阴谋，仿佛一场可怕的搏杀就在眼前……人和大自然，和树木花草在白天的那种友爱感、亲密感、和谐感全消失了。朦胧不清创造幻觉，创造恐怖，人和自然之间相互误会、相互戒备和不信任……在夜间，任何睿智者的思想都会变得十分荒诞。

面对黑夜，我和叶凯之间不太深的友谊忽然变得深厚无比；面对黑夜，我们牢固地建立起人的联盟。团结我们的不是我们，而是环境。

前边忽然出现了许多灯光，是一个村庄。我觉得那些灯光十分亲切，十分温暖，也十分鼓舞人心。叶凯说，这村子里有他的一户亲戚，可以去借宿一晚。叶凯一路上都没有说话，但这句话却说得十分响亮、悦耳。我连忙表示同意。

这家亲戚很穷，两间杂木椽单背房，一间做厨房，另一间睡人。一张六块炕坯盘的炕睡着四个人，姑父、姑母还有一儿一女。女儿还小。叶凯就挤在那炕上睡。我是生客，叶凯的姑母过意不去，去隔壁家替我借了一间房子。

晚饭端上来了，是红苕糊糊，又黏又甜，喝在肚里滚热。我忽然有了一种很幸福的感觉，似乎从这碗红苕糊糊里喝出了人世的温暖。我生性敏感，极容易沮丧又极容易兴奋，有时一件小事，也会使我生出许多感叹。

就因为这一晚借宿，整个地改变了我的后半生。

二

这户邻居只有母女二人。

母亲年迈，老态龙钟，皱纹松弛得像网兜似的。女儿正当豆蔻年华，略胖，十分饱满，肌肉光辉闪烁。两眉间隔宽大，眉下压着一双略略眯小的妙目。据命相家说，这种人性格平衡，心胸宽大。

那眼似乎永远也不会睁大，黑眼仁遮在上下眼睑之间，晶莹闪亮，像两滴不规则的黑水，看人时似嗔非嗔，似喜非喜，深藏不露，捉摸不定，有一种很神秘的魅力。她一点儿也不像农村女子。

母亲很善良，半坐在炕边和我说话。对于生客，说话拉家常也是一种礼貌。女儿给我端了一杯水，放进两疙瘩黑糖，用勺子匀开。然后靠在桌子边上，有时候笑一笑，却并不说话。一只右手老插在裤兜里。

后来叶凯告诉我，她是在城里的舅家门上长大的。

由于这女子在场，我从疲倦中又亢奋起来，说话流畅，用语巧妙。我始终面对她的母亲，然而心灵却面对着她。她也并不看着我，而我却觉得她一直在看着我。我们都用假象欺骗那位好心的老人，也互相欺骗。

我和她之间有一股源源不断的激情，尽管我们只认识了半个小时。

老人说："时间大了，你睡吧。"

老人走出去了，那女子却不走。老人第二次返到门口，略略有些生气，说："走吧，让客人睡！"

那女子头也不抬，淡淡地说："你走，你先走。我一会儿就来了。"老人叹了一声，走了。

她留着，却不说话，用左手拇指指甲挖着中指指甲（右手仍插在裤兜里），很悠闲。我望着那个饱满的甚至有点肥胖的面庞。面庞在灯光下侧着，边沿处被灯光照得如虹如霓，我甚至都能看清那一圈儿绒绒的汗毛。而睫毛像一排尖锐的金针。我忽然有一种极想去亲近她的饥渴。但她似乎极平静。这平静显出她的纯洁和烂漫天真，而我的激情似乎成了对她的不恭和欺凌。我开始自愧，强迫自己平静下来。

她忽然说："你下来。"

我笨拙地跳下炕，站在一边。

她敏捷地往炕沿上一跪，蹬掉鞋子，拿起笤帚，刷刷地扫炕，将单子的褶皱处扫得十分平展。然后哗啦一声铺开被子。

她跳下炕，两只脚刚巧落在鞋里。她用这小小的绝技显示了她的敏捷和精干。

然后，她轻轻带上门，走了出去。

我松了一口气,有点儿茫然。我脱了鞋,坐在炕上,心里有种孤单感、沮丧感,甚至觉得这天夜里一定很难熬。

门忽然又被推开了,那女子又进来了,脸皮红烫。我连忙又跳下炕,表示自己还没有脱衣睡觉。她手里提着热水瓶,放在桌子上。又拿起茶杯,倒了一杯,放在挨近我的桌沿儿上,转过身,拉上门,又走了。

她究竟是礼貌还是多情?

我脱了衣服,灭灯睡觉。但我没有关上门,我不知道为什么自己不去关门。也许幻想她今晚会悄悄溜进来吧?我骂自己存心不良,思想卑鄙,但仍没有决心去关门。我感觉到了心灵的黑暗,和窗里窗外的夜色一样黑暗。但这黑暗是一种不可抑止的激情。这激情产生于我生命的深渊。人的本能说不上是丑恶,也说不上是高尚,既然是本能就不必解释。但我知道这激情并不是爱情,它只是异性之间相互吸引的电火而已。

我幻想她会走进来。

愈是在陌生的地方愈能激发想象。陌生助长猜测。加上夜色如此深沉,深得像一个巨大的谜语。夜深不可测。夜又极其简单。天地万物浑然一体,天地万物互相掩饰。只有在这种时候,各种思想、各种情感才会超越理智,像蝙蝠一样极自由地飞翔。在夜里,连老鼠也变成了鸟儿!

夜色里,我能嗅见她的芬芳,我能触摸到她的结实而富有弹性的肌肤,我真想把我变成一支箭,射进她的骨骼。世界上没有了我,也没有了她,我和她合而为一。这就是我此时的可恶和疯狂。

心灵在喧响,夜却静极了,整个世界无声无息。但不久,我听到院子里有脚步在响。是她的脚步声,没错!我极其兴奋又极其紧张。她朝房子走来了!幻想即将变成现实!但我忽然又变得十分怯懦:她真的来了怎么办?她母亲睡着了没有?一定没睡着,她正盯着她的背影吧?女儿进来后,老人一定会喊叫起来……那时我何以有脸见人……从此,在每一个人面前,哪怕是在一个小孩面前,我都会灰溜溜地抬不起头……人们会嘲笑我,会在背后拿我作最开心的新闻材料。见到我时，口虽不言，但眼睛里那丝讥讽挖苦的目光，却像烙铁一般，能烫得灵魂冒烟！

她进来后，我要申斥她，要她立刻出去！

然而我又怕我的臂膀，在她进来后会不自觉地拥抱她；又怕我的嘴巴，在她进来后会不自觉地亲吻她，并说出一连串甜蜜的傻话。

但她并没有朝房子走。

一切不过是傻想罢了。

脚步声窸窸窣窣，有时候踏折一根干柴，发出震耳的脆响。时近半夜，她在院子里干什么？徘徊什么？

难道她在等待？

她不会那么傻，推开我的门的。她只会走一半儿路，另一半儿要靠我自己走。她在院子里等待我，等待我走出去和她会合。

我极想走出去，实际上却躺着一动未动。

幻想是一回事，行动是另一回事。

但她已经行动了，她不是已经等在院子里吗？她比我更大胆。她可以装作在院子里捡柴火，或寻一件丢失的东西……借口就是策略。男人是龙，女人是蛇，在爱情上女人比男人更狡猾……实际上，她的一切被动都是为了迎接主动。她等待我潜近她，猛不防去搂抱她，然后她就装作受惊似的轻轻惊叫一声，接着便一声不响，扮演一个受难者听任我的恣意妄为……

心花怒放的夜晚！

心灵在一瞬间会编出一千个故事。

后来，我才听清她是在院子里揽柴火，再后来又听见她在洞口开在屋外面的炕洞里为我烧炕。虽说是五月，山区的夜还是很冷的。她这是第二次烧炕，大约是怕炕半夜冷了。窗外面一片艳丽的火光，将我刚才那些荒唐的幻想烧成了灰烬……

三

炕烧好了，她轻轻咳了一声。大概为了表明烧炕的是她，而不是她母亲？然后窸窸窣窣回自己房里去了。

难道这又是妄想和瞎猜？

她走后，我有一种说不出来的失意，甚至抱怨自己刚才为什么没有穿上衣服，走出去对她的殷勤表示感谢。但这种感谢难道仅仅只是感谢？难道这感谢背后没有掩藏追求的殷勤？我开始自罪自责，回想起这一夜的浓重的欲念和妄想，感到震惊和后怕，觉得自己简直像一个罪犯！

天地上苍，请问能宽恕我吗？

能。因为你只有二十岁。你的欲念其实是生命的任务。你如春之花蕾，你渴望异性不过就像花蕾之要绽瓣。你想爱无非是为了施展青春，你所谓的疯狂不过是创世者的冲动，你所谓的罪恶其实是生命的自然之态。

我这样鼓励你，是因为你这个人性格特殊。你敏感脆弱，灵魂终日躁动不安。你一生注定是思想上的巨人、行动上的矮子，所以我根本不会担心你会去犯罪。相反，我倒担心的是：你心中那些过分明晰的是非标准，过分森严的善恶观念，过分旺盛的同情心。你总是想做一个完人，总想侵犯自己丰富多彩的生命，总想把变幻波动的活生生的情感拉成一条理性的直线。这样，你会活得很累、很痛苦、很不自然，甚至你会陷入无休无止的自我悖逆之中。

我的一切法则都是自然本身。

我知道你的名字：你叫南彧，在A城工人俱乐部工作，业务是搞文化辅导。但你并不真正热爱这项工作。我知道你心中有一个巨大的渴望——你想当一个诗人！但你现在不过是一位默默无闻的业余作者而已。你天天晚上熬夜写诗，一边写，一边狠劲儿抽每盒八分钱的羊群烟。有时候连这种烟也抽不起，你就像狗儿一样在地上寻觅烟屁股，将那些被鞋底踏烂的烟屁股接在一起抽。有一次，连烟屁股也找不到一个。你去求一个同事借烟，那个爱闹恶作剧的同事结果借给了你一撮早已准备好的干马粪。你卷在纸筒里抽了，并未尝出怪味儿，因为劣质的羊群烟和干马粪差不了多少！那晚你抽了马粪烟反倒写出了一首绝妙的好诗。你高兴极了，一整夜自爱自怜、自赞自叹，相信寄出去一定会登在头版头条，相信某一天早上醒来后会突然发现自己成了世界名人！然而十几天后，那首诗又变成了一份退稿，而且连退稿信也没有，只有一张司空见惯的铅印条："你的诗不拟刊用，故退回。谢谢你对本刊的支持。"极度兴奋变成了极度沮丧，你大骂编辑部有眼无珠，有珠无水！感叹世界上"千里马常有，而伯乐不常有"。但最后你还是像每次接到退稿信那样，委琐地蜷缩在油腻腻的被子里，运用阿Q精神舔自己的伤口，甚至暗暗承认编辑部是对的，退稿只是因为自己的诗写得拙劣。你忽然神经质地跳下炕，将那首诗扔在烤火的铁炉子里，烧成了灰烬。其实，你烧掉的是一首好诗，它完全够资格发表，虽然发表后不会像你以前想象的那样引起轰动，但它确实是一首不错的诗。你将成功想得太轻易了，你以为你只要高举一首好诗，就可以径直走到胜利面前吗？其实当你刚刚举起这首诗的时候，脚下早已波澜骤起。你首先要游过的不是诗的巨浪，而是那世俗、偏见、机缘、资历、妒忌和人际关系的巨浪，这一排排比黑夜更黑十倍的巨浪淹死过无数天才，现在也许轮到你了。你要抱着殉教者的牺牲精神投入巨浪，不要幻想胜利！你只有将牺牲本身看作胜利，看作最好的归宿，你才会安宁。

你叫南彧，那个"彧"字比"或"字多了两撇，是不是你已预感到，你今生要比别人更多灾多难？多了那两撇，是不是准备比别人活得更复杂，更痛苦呢？

你祈祷上苍，其实你就是你的上苍。将来，你无论是辉煌的成功还是悲惨的失败，我都不会动容，甚至我会将这两者都看作是生命的胜利。凡是努力都是胜利。

我更关心，或者说我更感兴趣的是你的性格。你有一种超常的似乎近于病态的敏感，这种敏感使你对世界具有过分丰富的感受性。你崇拜正直，崇拜善良，对口是心非者、两面三刀者、阿谀奉承者有一种本能的反感。这种反感有时被你极端化了,譬如说你从不进俱乐部主任的房子,从不和那几个拍马溜须者打交道,你骂那些人是哈巴狗,清高得和他们连手都不握。你保持了你的人格,却伤害了哈巴狗的狗格。他们联合起来对付你。尽管他们在业务上远不如你,但在斗心眼、玩弄诡计方面,他们个个都是一流高手。他们天天给你穿小鞋,摆砖头,让你受气,让你在政治运动中栽跤子。他们思想丑恶,但每年的政治评语都是"思想先进";你思想高尚,政治评语却是"思想落后"。你愤怒,你苦闷,甚至痛不欲生,叹人妖混淆,黑白颠倒!恨不得拿一把刀子,和周围的恶势力拼个你死我活!但你毕竟不是他们的对手,你愈是反抗,就愈是失败悲惨。久而久之,你渐渐变得抑郁,整天多愁善感,愁肠百结,不愿意和生人打交道,将自己限制在狭小的文学圈子里。譬如叶凯,他也是一位文学爱好者,也是一位愤世嫉俗者,自然气味相投。你感到他亲切无比,你在他面前倾诉衷肠,慷慨陈词,直抒胸臆,涕泗横流。叶凯与其说是你的友人,不如说是你的宣泄对象。在他面前,你马上会显示出演说家的本色,思想家的本色,诗人作家的本色,你纵横捭阖,才气横溢。叶凯十分佩服你,像佩服文学帝王一样佩服你。然而当你一走出叶凯的房子,你又会变得萎靡不振、垂头丧气、长吁短叹。等回到俱乐部,回到你那些对手中间,就像沙子又回到眼中一样,你们彼此都极不舒服。他们又会生出新法儿整你。你感到痛苦的时候,才是他们最舒心的时候。而你和他们的矛盾永远也无法解决。在地球上,你这种人不会消失,而他们那种人也不会消失。你们彼此斗争,彼此消长,无休无止,地老天荒。这就是社会常态,或者说是善恶间的生态平衡。

　　你注定要饱尝痛苦。

　　你会在文学方面找到归宿。尽管文学难以使你成功,却会成为你终身的朋友。那些三百格稿纸,是你抛卸内心负担的港口。你用你的笔,天天在那些可怜的稿纸上卸下你的痛苦和欢愉、呐喊和沉吟、最放胆的想象和最隐秘的情愫。稿纸是你感情的垃圾场。稿纸为你贡献了它的洁白。稿纸负重累累而又默默无言。你热爱文学,其实文学更热爱你;你为文学贡献终生,其实文学为你贡献更大。

　　你会在大自然找到归宿。大自然并不爱你,大自然无爱无恨。大自然就是大自然。它自然得像是一种自由无羁的显示。它无限舒展。它坦荡无涯。它无任何秘密可言而又充满了秘密。那些美丽的云彩、葱郁的树木、各种颜色的野花，以及辽阔的天空和大地，都是你的教科书。你会从中读出最心旷神怡的诗篇，你会得到彻底的慰藉，你还会得到写作的灵感以及对艺术之谜的彻悟。大自然没有喜怒哀乐忧惧悲，当你看到它的无限大，它对美丑善恶的无限容纳，它的平和与安详，也许你的痛苦和烦躁会立即平息。那时候，你就不再是你，而是大自然的一部分。

你还会在女人们身上找到归宿。你以为你是正直、善良的化身，殊不知你身上也有许多恶。你的诗人气质，你对美的过分的敏感和易感，会使你万分地钟爱女人。她们的肌肤、口唇、丰乳、美臀、身条，都会对你产生无休无止的诱惑。你读了许多书，孔子、老子、庄子、孟子、墨子还有外国的马克思、尼采、弗洛伊德……这些书无不深刻又无不相悖。那些五颜六色的宇宙观、道德观会把你的心灵撕裂成无数个两半，一半儿是矛，一半儿是盾，使你终生自己和自己作战。你一会儿最荒淫一会儿又最道德，一会儿是登徒子一会儿又是小和尚。但你的教养和知识使你不会逾越行为规范，你不过是一个柏拉图式的精神恋爱者而已。每一个漂亮女人都会成为你精神上的情人，都会使你的灵魂激动战栗。就拿今晚来说吧，对于那个刚刚结识的女子，你那么快就产生了感情，欲火熊熊；同时你又畏惧道德，不敢越雷池一步。你徘徊于尼采和孔子之间，烦恼困惑，不知所适。所以我说你永远都是思想上的巨人、行动上的矮子。

我代表上苍，完成了对自己的审判。也就是说，是我自己对我自己的再认识。但认识了又能怎么样？理智是理智，而激情还是激情。

第二天在回家的路上，叶凯告诉我：邻居那女子叫桂桂，姓蓝。又对我说，她还没有找到合适的对象。这后一句话又使我胡思乱想了半天。

仅仅是萍水相逢，我想大概以后再见不到那个蓝桂桂了吧？

四

尽管我行为端正，没有任何超越道德规范的行为，但我仍恐惧自己是一个好色之徒。因为只有我一个人了解我思想的深渊。我对女性特别敏感，我甚至挚爱大街上每一个漂亮的女人。那些和我年龄相当的姑娘，每站在我面前，和我聊闲天、拉家常时，我都会十分局促、紧迫、慌乱。我十分讨厌自己这一点。我怕女人，主要是怕我爱她们。

有一次，我去北部山区一所很简陋的窑洞小学，那里有一位男教师是文学爱好者。那天中午他恰好不在学校。我见到的只有一位年轻的女教师，她说他到县城替学生买练习本去了，午饭时就回来。她让我等他。

其实我并没有耐心等他。但我没有走。我留下的原因只是因为那个女教师。她并不漂亮，而且患有大骨节病，走路略瘸，只是眉眼之间有一股很怕羞的妩媚。我并不喜欢她。

她很好客。她不断重复说他一会儿就回来。她的过分热情使我又敏感起来：觉得她有点儿喜欢我。

院子里有一棵老柿子树，由于秋风，树叶和柿子全成了艳红色。她站在高凳子上，她头顶不远的树枝上，吊着一个"软蛋"（一种被鸟儿啄伤后早熟的柿子），软蛋被阳光照得透红，她伸手去够，够不着，又踮起脚尖够，好容易手指尖儿够着了软蛋顶儿。但软蛋太软，一抓又溜掉了。她为了在我面前逞强，奋力去够。软蛋抓住了，而她却失去重心，从高凳上摔了下来。我慌忙伸开手臂。她一摔摔在我怀里，手中的柿子摔在我面门上，眼睛嘴巴都被柿子糨糊住了。她慌忙用手擦，擦得满脸都是。周围学生哄笑起来。我成了瞎子，什么也看不见。她牵着我的手走进房子，打水让我洗脸。待我洗完脸，看见她伏在被子上，羞愧地哭。我坐在椅子上，等着她哭完。她哭的声音很小，像是痛苦又像是撒娇。我忽然觉得我和她距离很近。由于摘柿子的偶然事件，我竟和她拥抱了一次，她的哭大约是为此而羞惭吧？我忽然觉得嘴里很甜，舔了舔，原来是刚才流进嘴里的柿子汁。

她不住地啜泣,等我去劝她。我劝她什么呢?凭什么资格呢?我和她其实陌生得如同路人。直至现在,我连她的名字都不知道。但她撒娇般的哭闹分明表示了一种信任和亲密。我有点不好意思,站起来,拿起她的教科书,替她去给孩子们上课。我在一年前干的工作就是教师。

这一课,我讲得很细致,很耐心。我的身边有一片学生和老师的浓重的温情。这温情使我在四十分钟里当了一次最好的老师。

上课中间,我从窗棂里看见她在高凳子上垒了一个小凳子,又站上去摘柿子,摘了一个又一个。我担心她会又摔下来。但这次她站得很稳。

后来,我没有等那位男教师回来就走了。我怕我见了他会难堪。这种感情有点莫名其妙。她给我兜里装了许多柿子,我走得老远了,她还在校门口挥手。

后来,她还给我来了好几封信。我只回过一封。

这种短暂的爱情,后来又发生过一次。

那是去某一个乡村外调。刚进村口,有一个女子挑着水迎面走来。鸭蛋脸,身条特别匀称。她闪着扁担,那少女的饱满的躯体随着闪出了无限的弹性。也许由于挑水的动作,她显得活泼极了,活泼得风情十足。我简直着魔了,我盯着她,贪婪到了不知羞耻的地步。在农村,我还没有见过这么风流的女子。她也看着我,毫不回避我的灼灼目光,就像别的漂亮女人那样,自信,矜持,对男人的倾慕已经习以为常。

她大约和我同岁。

我不敢相信我以后还有再见到她的机会,所以我强烈地留恋她。为了不辜负这次邂逅,我渴望和她接触,哪怕是碰她一下。所以,当她在路上和我擦肩而过时,我就甩开右手,装作不经意的样子,碰了一下她也甩着的右手。那一刹简直妙不可言,我触电似的感受到了她的弹性和细腻。我和她都有点惊心动魄。在碰撞之后,我甚至感觉到她已经属于我了。

她打了个趔趄,水桶里晃出了水。我以为有机可乘,跨过去扶她。她有点慌,不顾水花乱晃乱泼,踏着地上的水渍逃跑了。

后来,我去大队部谈工作,整整一下午才结束。晚上,大队干部领我到一家农户去休息。临睡前我又想起那个女子,心想如果这是她的家该有多幸福。后来又想到她住的这个村子真是最有福气的村子:她肯定每天在街道上要走几趟,去挑水、买菜、借盐送醋。她走过的地方一定会芳香扑鼻,老汉老婆看见她一定会长寿,姑娘们看见她一定会格外漂亮,小伙子们看见她一定会更像小伙子。甚至我还想因为有她,这村子里的人一定没有忧愁,甚至连刚生下地的小孩也不会哭闹。

这里一定是一个极乐世界。

我躺着,觉得头顶的黑暗黑得温柔,觉得覆盖在额颅、眼皮、胸膛上的夜气,也和那女子和我碰撞过的手腕一样,十分细腻,富于弹性。哦,与其说夜包围着我,不如说那女子包围着我。我感到她无处不在。我心里此时并没有情欲,只有愉快。彻心彻骨的愉快。脑子里也特别清醒,清醒得能把过去学过的知识倒背一遍。难道那女子使我的顽愚忽然通灵了?我望着窗外,觉得天特别低,星星特别大,大得挂不住要掉下来。如果真的掉在地上,大约满院子都是星光,又清凉又洁白,洁白得无法比拟,洁白得像一个童话。世界的缺点就在于世界太成熟了,成熟得几乎没有童话了。院子里的树木只有一个黑轮廓,枝干一点儿也看不清,模模糊糊,像一团不切实际的美梦。风吹着窗纸,弄出许多窸窸窣窣的声音。屋里的夜气和院子里的夜气在对流,就像动脉和静脉在交换血液。忽然有了一阵哗啦哗啦的声音,仔细听,是树叶在风中的声音。有一只蟋蟀,不知在什么时候悄悄走到我的枕头边,并停在那里银铃儿似的叫起来。我一点也不想睡,我渴望失眠。我十分留恋这美妙的夜晚,然而我却在不知不觉中睡着了,睡得十分安稳,香甜,连一个梦也没有做。

第二天,我醒得特别迟。在社员家里吃过饭,本来应该回县城了,但我装作外调材料还没有取齐,在村子里又整整游荡了一上午。我渴望再碰见她,但一直没有碰见她。我在心里哀叹:也许我和她只有一次碰撞的缘分。

那天下午，我怏怏不乐地离开了这个村子。

后来，如果路过这儿，我都会进村，寻遍大街，然而一次也没有再见她。

有一次，我和叶凯骑着自行车又经过那儿。我又跳下车，又要去那村里看一看。叶凯喝了一声："南彧！"

我站住脚。

"别去了，这村里的人都认得你了。太不好意思了。"

我还是不想走。

"走吧，回去后实实惠惠地找一个老婆，天天看，晌晌看！"他不耐烦地说。

"这与结婚没有关系，"我说，"就是以后结婚了，我仍希望在这地方碰见她，看一看她。"

"你就那么爱人家？你知道人家爱你吗？人家连你都不认识！老哥，你是剃头担子一头热！说文明点，是单相思，自己折磨自己！"

"这与爱情无关。"我说。

他瞪大眼睛，很不理解我这句话。

"我喜欢她的美貌，其实和喜欢一朵好看的花、一片彩色的云是一样的。她们都是大自然的杰作，可谓钟灵毓秀，物华天宝！钟爱她们就是钟爱完美，钟爱大自然令人惊叹的创造力。她们代表一种境界，当你的精神步入这种境界，你就会从日常生活的委琐庸俗中升华。世界上大部分事物是不完美的，完美对于不完美是一种激励、鼓舞。完美就是艺术。这些人和物就是活生生的艺术。

"当然，欣赏一个女人、喜爱一个女人不一定就是要娶她们为妻。众多的男人爱着她而她只能选择一个男人，男人不可能都能得到这种幸运。你可以争取这种幸运但你不能用强暴夺取这种幸运，正如公园里有美丽的花，你可以欣赏，但你不能去摘，摘了就是犯规，就要受罚！其实，看花就是读花，当你从花中读出了花的精言妙义，你就是真正得到花了。"

"好一番花言巧语！"叶凯笑着说。

五

当我空谈艺术和哲理时,不但我的听众们会十分感动,十分佩服,而且我对我自己也同样十分感动,十分佩服。这种时候,我就十分热爱我自己,自己成了自己的崇拜者。我拍一拍胸膛或晃一晃脑袋,称赞自己真了不起。

有一次在俱乐部的政治学习会上,轮到我发言,我本不想多说,但说着说着又自我钦佩、自我陶醉了,后来竟然忘记了周围的环境和对象,夸夸其谈辩证法的发明者不是黑格尔而是中国的老子,甚至想证明马克思主义的许多思想渊源于中国的古典哲学……我忘乎所以,口沫横飞,侃侃而谈,妄想用自己的雄辩和渊博的知识去教训周围那两三个同事。他们开始感到惊愕、疑惑,继而便识破了我的妄想和愚蠢。于是他们含笑不语,抽着烟默默倾听,默默捕捉我的破绽。

我发言刚结束,他们就立即接着发言,抓住我说得不大妥当的语句,大肆攻击,无限上纲。不大一会儿,我就成了"四家店"的小伙计、"三家村"的马前卒。最后,俱乐部王主任以宽大为怀的口气进行了会议总结:南彧虽有严重的资产阶级论调,但属于人民内部矛盾,下去后写一份深刻的检讨,在下一次会议上宣读,求得大家的帮助和谅解。

我当然不会写检讨。我看他们究竟能把我怎么样!

他们当然不能把我怎么样,但我的固执惹恼了他们。

"起来!起来!"早上天还没有亮,王主任就用皮鞋踢我的房门,"快起来扫地!"

等我穿衣起身,院子里却没有一个人。我以为人家已经扫完了休息去了,便有点惭愧,将院子又重扫了一遍。天亮后,王主任却骂我瞎了眼,扫了别人扫过的地方。其实,地是我一个人扫的,他们根本没有扫地(这是后来有人告诉我的)。他们用这等卑劣的骗术,诓我整整扫了一星期的地。

在月底生活会上,对我的评语是:资产阶级思想严重,不能按时起床打扫卫生,轻视体力劳动。

我又去找叶凯诉苦，我想不通那些人为什么老和自己过不去，更想不通自己为什么总是时乖命蹇，遭人妒恨暗算。

叶凯说："其实这是社会常态，有什么想不通的？如果你和他们一样无知、庸俗，如果你和他们是一丘之貉，自然就会臭气相通，相安无事。但你又不是这样，你有你活人的标准。既然是这样，你就不要指望那些人同情你，理解你。你和他们是两个世界，你们的隔阂根本无法沟通。你以为他们整你是因为嫉妒你，其实他们连嫉妒的资格都没有。庞涓嫉妒孙膑，因为庞涓也是很了不起的军事家。而他们根本不懂诗歌，所以也就谈不上嫉妒。说实在的，他们骨子里是瞧不起你。你处世处事，待人接物过分天真，过分真诚。在他们眼里：天真就是幼稚，真诚就是愚蠢。你的愤世嫉俗和夸夸其谈更是招灾惹祸的狂妄可笑的行为。李白瞧不起高力士，其实高力士更瞧不起李白。在高力士眼里，李白不过是一个能说会道的大孩子。李白可以流芳千古，高力士却能使他'赐金还山'滚出朝廷。当然，高力士无论如何得势都不过是一个卑鄙小人，而李白可以抱怨杜甫、高适，但不应该抱怨高力士，正如你可以抱怨羊咬人却不应该抱怨蛇咬人，因为蛇咬人是蛇的天性。如果你明白了这个道理，你又为什么想不通那些人老和你过不去呢！"

我点头称是。

"其实，那些人对你的迫害也是一种平衡。它用忧愤、用悲伤强迫你从狂妄中沉静。它使你认识到你的才智并不是万能的：你是强者，你同时又是弱者。你会过五关、斩六将，你也会吃败仗，走麦城。从某种意义上说，他们的存在会消除你的自我膨胀。有了他们，你会活得更清醒、更谦逊、更完整。当你有一天彻底认识了你的命运，你说不定还会感谢他们呢！"

六

夏天的炎热使我们思念山区。

叶凯不但是一位业余作者,而且是一位业余画家。我们徒步向县城北边的山区出发。我们没有带一分钱、一两粮票,我们要去领略乞丐的滋味。做乞丐不是耻辱,而是一种丰富。叶凯每到一个村子,就替老汉老婆们画像。我们身边挤满了围观的孩子。孩子们刚从涝池混浊的泥水里爬出来,满头满脸青泥,一个个仿佛收租院里的泥塑。被画的老太太(或者是老头子)在画板前正襟危坐,眼睛使劲地睁大,大得像受了惊吓。她感到了一生中从来未有过的严肃。她劳碌了一生,辛苦了一生,再过几年,她就要死了。临死前,一定要留一张最好的肖像给后代子孙。她一动也不敢动,僵硬得宛如一块铁。这样僵着使她十分难受,她多想离开凳子,去自由自在地吃喝鸡猪或和邻居们大声野气地聊天,但实际上她仍一动不动。她错误地认为如果动一动画家就会画不像她。她忍耐着。由于这张画像在镜框里将要享受香烟、流传百世,她心里慢慢升起一种不朽感、庄严感。

在画像进行过程中,她的儿女们早已提着大竹篮子悄然离开,去附近的集镇上割肉、买菜。不管儿女平时多么不孝顺,多么小气,但在这种时刻,他们会慷慨得出奇。我们每顿饭都受到最热情的款待(那种肉臊子辣汤面,辣得人满头大汗,也香得人咂舌嘬嘴)。饭后由于听说画像不收报酬,一家人又感激得不知如何是好,在我们临走时,将核桃、柿饼、大枣不顾劝阻、拼死拼活地塞满了我们"红军不怕远征难"的帆布提兜。

两个文明乞丐,继续向北方、向群山深处流浪。我们与大自然为伍。眼前迎来一座座浑厚质朴的黄土山峁,一株株千奇百怪的山花野树,一个个零零散散的小山庄。环境愈是陌生,就愈是新鲜。新鲜得让人惊讶,让人感叹,让人热泪盈眶。

我曾去过杭州西湖、桂林阳朔,那里固然很美,但总觉得她们已被无限的赞颂、无限的形容词亵渎了。况且游人那么多,熙熙攘攘,摩肩接踵,如同闹市,无论风景如何美,也不过如同众多男客光顾过的名妓,哪里比得上眼前这些无名山水,端庄纯洁得如同处子,虽然空旷寂寞,却有着无限的幽趣。

满路畔的山花野草。猩红的十字花、苣荬花、野鸡冠花,艳黄的野菊花、薄荷花、旋复花，淡蓝色的星星花，纯白色的野棉花……七彩纷呈。这些花长得虎头虎脑、野性十足。绝不像公园里的那些花，被园丁的意志修剪整顿得整齐划一，乖顺驯服。

有一天，在一个大山沟里，我看见一种浑身长刺的灌木，枝条上开满了拳头大的黄花，好看极了。一个过路人向我说："这花叫马瓣瓣花。"

马瓣瓣花？一定又是一个土名。正如我在另一处见过的曼陀罗花，而在这里的土名却叫"老鼠它大舅"，土得都有点滑稽了。我摘下一朵马瓣瓣花，放在鼻端下慢慢地嗅，觉得这花香十分熟悉。我在记忆里搜寻这种味觉，忽然悟出是玫瑰花的香味。原来所谓的马瓣瓣花就是黄玫瑰！而以前，我只在外国诗篇里、电影里看到过它的芳名，甚至误以为这种野生的黄玫瑰只会在洋人的土地上生长，岂不知它竟在这里生得漫山遍野！

还有，外国诗篇里、小说里的矢车菊、牛蒡等，在这里的山沟到处可见，它们才是世界上最漂亮的矢车菊、最伟大的牛蒡啊！

这里的山其实是黄土丘陵，盘满了墨绿色的梯田。这些梯田在瓦蓝瓦蓝的天宇下，在黄朗朗的阳光下，绿得充沛，绿得放肆，绿得可爱可怜。空气沉静清澈，满世界清新无比。一条小河流过山脚，水清得像软玻璃。涉水过河，那清冽直透骨髓。

土山下面一层的崖壁上，凿满了窑洞。灰白的炊烟从窑顶的小方窗里飘了出来，很好闻，有一股麦秸味。窑洞外面的木杆上，晒着刚洗过的红红绿绿的衣服。有的木杆上，还挂着焦红焦红的辣椒串和隔年的玉米棒。

下午，叶凯照旧进村找人画像；傍晚时分，我照旧跟着他去混了一顿好饭。主人腾出一间新媳妇房子，让我们两人住宿。点上灯后，叶凯伏在被子上，用圆珠笔写他的日记，边写边摇头晃脑，似乎蛮有趣味。

我一个人走出去。先是走在院子里，觉得月光很白，似乎有一种诱惑，让我往门外走。外面的世界很大，愈走愈大。我走出村子，走进一片疏疏落落的树林子。月光一朵一朵从树隙间落下来，白得像水。树影横斜，如笔触粗犷的写意画。

树木呈黛紫色。黛紫色概括了一切。如果树木有眼睛,也会看见我是黛紫色。在夜间,万物终于认识了朴素。白杨树只剩下了高度,洋槐树只剩下了轮廓,没有了色彩,也没有了声音。树林里幽静无比。树木黑得像梦,月光白得像梦。我心里也潜进一种空荡荡的梦游者的感觉。树林里,只有我的脚步声在踢踏踢踏响。这响声在幽静里似乎过分响了,听起来有点惊心。于是我在一堆软绵绵的莎草上坐了下来。一切响声都没有了,脑子里静得发呆。我从这深幽中又渐渐体会出寂寞。我想站起身离开这寂寞,然而心里又留恋这寂寞。如果有一个人陪我坐在这儿该多好哇!

如果叶凯来陪我坐呢?不,他不要来,就让他摇头晃脑写他的日记吧。他太喜欢说话了,而静夜里最高的享受就是默默无语。

然而我确实盼望有一个人来。我究竟盼谁来呢?我盼望一位陌生的姑娘。我幻想她像影子一样从高高的白杨下走来,她十分漂亮又十分温柔。她走在我面前,羞怯地低着头,默默无言。于是我也站起来。夜色帮助我们相互介绍。渐渐地我们心灵交会,有了默契。尽管我仍不知道她的名字,但我觉得她十分熟悉,比熟悉我的妹妹、我的姐姐更甚,因为她就是我成年后日日夜夜用幻想塑造出来的那个最完美的情人。我慢慢地向她伸出双手,她知道我要做什么,她稍稍有点忸怩,但又顺从地向前挪了一小步,好让我拢住她的软腰。我们互相看了一眼,她略略有点惊讶,说:"你叫南彧,我早就认识你!"我也叫道:"你叫梦幻,我早就认识你!"她也许因为被识破而不好意思,低下头去。我也低下头去,额头挨着她的额头。她微微颤抖,长睫毛在我眼皮上轻轻刮了一下。我情不自禁,去吻她的小嘴唇。那小嘴唇柔软灼热。我有一种陷落感,在从未领略过的心旷神怡里一落千丈……我跌坐在莎草上,她也跌坐在莎草上,我们互相搂着、支撑着,防止再次跌倒。头顶上,迎光的树叶很白,背光的树叶很黑。上弦月已游至中天,灿亮灿亮。月亮近处的天是青白色的,而远处则是深紫色的。北方的大熊星座望着窈窕的仙后星座,兴奋得闪闪发光。一颗流星疾驰,顿时火花满天,完成了自己辉煌的消失。

夜气浸衣，月光淹树。脚前的草梗白得像下霜了。我打了一个寒噤，觉得怀抱空空，原来那个叫梦幻的女子，早已如流星一样消失了。

我能忍受寒冷，但我忍受不了孤独。二十岁是一个禁忌孤独的年龄！我忽然热泪盈眶。

鸱鸮在不远的树梢上哀啼："勾—勾—喵儿！勾—勾—喵儿！"微风乍起，翻动着树叶，那些黑色心灵在痛苦中沙沙作响。

我渴望一个心爱的女子，我是一个不可救药的好色之徒。今夜我一个人走出来，无非是在梦想一次艳遇，一段比传奇更奇的美好姻缘。尽管这极不可能，然而我还是带着我的痴迷之心来到这小树林里碰运气。我二十岁的躯体已发育得像公马一样不可收拾。我宽广的胸膛，还有肩胛、两膀和大腿，布满了红薯般的腱子肉。这些可憎的腱子肉像塑性炸药一样，里面埋满了激情和爱欲。我烦躁、焦虑、骚动不安；我的血管里流动的不再是血液，而是沸腾的岩浆；我的核桃般大的喉结，上下冲动，像一颗等待出膛的枪榴弹；我青春的脸膛上最近竟然焕发出了五六颗粉刺，能挤出许多让人心旷神怡的白色汁液……我憎恨青春，憎恨造物主，憎恨造物主在创造我的灵魂时为什么掺进了那么多近似罪恶的欲念！这些欲念以一种可怖的力量驱动着我从自我走向非我，走向女人，走向爱情的深渊！这些欲念正在销蚀我的自尊自制、自强自立，沦为女人的俘虏！

我仍不想走出树林子，因为我仍在等待。树林深处，传来沙啦沙啦的走动声，也许是一个花脸的山魈，也许是一只恶豹或脊梁上长满黑色浮毛的老狼。然而我并不怕，我对女人的渴望已超越了对生存的渴望。假如那位名叫梦幻的女子再度走来，和我相依相偎，我灵魂深处那些可怕的骚动和疯狂就会平息，就会归于神明般的和谐。没有她，生命几乎成了一种负担；而有了她，生命就有了无穷的意义和情趣。

"梦幻"终于又走来了，我把她抱在怀里，问她："你刚才到哪里去啦？你叫我好等！你不知道时间在等待你时是多么难熬！"

"我回家去了，"她说，"睡了一觉醒来，听见你在叫我，就又来了。"

"我并没有叫你呀？"

"那就是一只猫儿叫春，声音熟悉得很，熟悉得像你的声音。"

"是我叫你了，我记起来了。"我恍惚觉得确实去她家叫过她。

我们又并肩坐在草地上。夜渐渐在我们周围起了变化。月光由白变红，红得像炉火。一切都在熔化，我和她一起熔化，天和地一起熔化，深夜和早晨一起熔化……树林里一片笑声，连柔软的莎草也亢奋异常。甚至连鸥鹬凄惨的叫声，也突然变得婉转动听。这树林里再没有寒冷，再没有孤独，一切都成了最欢快最轻松的喜剧。

我们搂得更紧了。

我问："你究竟是谁，你的真名字叫什么？"

"我是蓝桂桂，你那天晚上在我家住宿，我给你烧炕，你忘啦？"她诧异地说。

"你骗我，你根本不是她。"

"那我就是那个女教师。"

"也不是。"

"那……那我大概是那个挑水的女子，曾和你擦肩而过。"

"更不是。"

"你说错了。我是她们，又不是她们，因为我的名字常常变换。在以后，你还会有几次机会碰见我，每次我都有一个新的名字。"

"你真狡猾。"

"狡猾的不是我，而是你的猜测。你为什么要求我的真实呢？你愈想求得真实，就没有真实，'假作真时真亦假，无为有处有还无'啊！"

"那什么是真实的呢？"我困惑地问。

"这几颗粉刺倒是真实的。"她笑着说，一只手抱着我的脖子，一只手挤那些粉刺，手指上沾了许多白色的汁液。

"真脏！"我说。

"不，一点不脏。白色是最纯洁的。"

天快亮了，曙色升起来了。森林里一片粉红。我牵着她的手，往林子外面走。等走到外面，发现她又消失了。我急了，大声喊她。

"我在这里。"她响亮地回答我。但我一点儿也看不见她在哪儿。

"我在这里。"她又喊，我仔细听，听见她的声音竟发自我的胸膛。

"你究竟在哪儿？"

"我已和你合而为一。我已经是你，你已经是我。"那声音说。

七

旅游归来，我背了一帆布包核桃柿饼，回家去看望母亲。父亲早去世了，家里只有母亲一个人。

一踏进村口，踏进那些晒着的短麦秸、湿玉米秆，我就感到了家乡的松软和温柔。我全身的骨节一下子松懈了。我变得有气无力。我很想坐在地上，拨开柴草，拢起一堆塘土，打土堆堆玩一会儿；或者小狗似的趴在地上，看黑压压的蚁群一边运输雪白的蚁卵，一边互相斗架。然而我已二十岁了，家乡的土地已不允许我重复那些天真的玩耍了。我成长了二十年也失去了二十年。得到的和失去的孰轻孰重？我不知道，只是有点儿伤心。

街道上站着一堆人，说闲话。有三妈、四姨、七嫂。我问候她们，并希望她们像七八年前一样，拧我的耳朵，摸我的脑袋，亲我的脸蛋子。但她们只是眯眯笑，手和脚拘谨得很，口里却嚷道："在外头吃啥好吃的？吃得这么高这么胖！像大洋马！你妈该给你说个媳妇了！"

"我不要媳妇。"我有点害羞。

"哼，口不说心里话！"她们嗤之以鼻。

我穿过人堆，走至家门。门虚掩着，门扇上有我小时用小刀刻下的乱七八糟的图案。我一阵激动，推开门喊了一声："妈——喔！"妈从里屋里走出来，很喜悦。但喜悦得安详。她摸了摸我的脸蛋、下巴,叹口气说:"又瘦了,黑了。"我苦笑着,我知道我即使胖得像弥勒佛,她还会说我"又瘦了"。

"再胖就要减肥了。"我说。

"越胖越好!"她说。

我想说,你儿子再胖下去就成了挪也挪不动的造粪机器了。但又怕辜负了她的疼爱,就什么也不说,只朝着她笑。

"上午想吃啥饭?"母亲问。

"想吃菠菜、豆腐、胡萝卜炒的下锅菜,想吃煮了再煮的黏窝面。"

妈咯咯咯地笑了。我说我想吃黏窝面,我的饶舌撒娇就是为了逗她乐,逗她笑,逗她开心。

妈去厨房给我做饭。

我躺在炕上。看对面从小看到如今的旧窗格。窗格上面两格空着,下面两格糊着白窗纸。窗纸上贴着两窝红窗花,一窝是"麒麟送子",一窝是"刘海戏金蟾"。剪得妙趣横生,既有强烈的夸张又有大胆的变形,大有毕加索之风。这是今年妈向世界发表的两幅新作。我只觉得这两幅新作美妙绝伦,但又猜不透她的匠心何在。

风箱声呱嗒呱嗒从厨房里传了进来,亲切极了,熨帖极了。它使我进入回忆。我想起了母亲的一生。一会儿,香甜的饭菜味又飘了进来,带着窗格上面那块蓝天,带着院子里那棵老胡桃树影,一起飘了进来……一霎时,往事在眼前又全复活了……

关于母亲,我只当她是我的母亲。我不愿意叙述她痛苦的过去,我甚至不愿意说出她的英名。她对于我,从来只呈现她最神圣的一面。对于她非神圣的一面,我不愿意提及更不愿意叙述,因为我是儿子。

但本书的作者程海先生是一位固执的人,他总是要刻意求真,总想探求一个女人内心的秘密甚至令人难以启齿的隐私。尽管他在追求真实时常常又随意渲染夸张,使客观的真实常常沦为他主观的真实。我对他没有丝毫的敬意。但我又没有勇气去彻底地叙述我的母亲,我只好让他代劳。我只祈求程海先生在用第三人称叙述时不要非真实地编排她。

八

她姓韩,过去生产队长开会点名时只简称她为"韩氏"。实际上她有一个乳名:"海棠。"挺鲜艳的。但她只愿意让人称她"韩氏"。她觉得这个名字愈模糊,愈没有特色,就愈符合她做寡妇的身份。她是二十三岁时守寡的,守寡时她还鲜艳得像花朵一样。丈夫是得伤寒死的,那时候,这种病叫"出水病"。死的时候,他全身烧得像火炉子。他紧紧抱着她。她觉得她花朵一样娇嫩的皮肤被丈夫的高烧烫得刺刺冒烟。她的身旁,躺着刚刚一岁的小男孩儿。小男孩儿睁着两只黑得冒水的大眼睛,望着花纸顶棚,花纸上的鲜花使他兴高采烈。他一边吃拳头,一边咯儿咯儿地笑。他对近在咫尺的生离死别毫不理睬。丈夫看见了儿子,但视若无睹,陌同路人。他就要死了,儿子对他还有什么意义呢?一切都无须留恋了,唯一留恋的就是眼前这个如花似玉的女人。他憎恨她为什么这么健康,为什么不和自己一起去死,所以他恶狠狠地用双臂箍着她,想和她同归于尽。但他知道这是不可能的。愈是不可能,他就愈是感到那女人如脂如膏,光滑丰盛。他心里极其悲惨,如同乞丐望着不能享用的筵席。他最后绝望苍凉地喊了一声:"娃他妈,我舍不得你!我不想死……"

小男孩儿被惊动了,偏过头望着父亲。父亲的脸正剧烈抽搐,两手在空中乱抓,仿佛溺水的人想抓住坚实的河岸。但他什么也没有抓到,只抓到了地狱的门槛。他挣扎着,死也不肯进去。他喉咙里涌上一口浓痰,咕咕作响,那是灵魂和肉体痛苦剥离的声音。他狠命睁大眼睛,他想只要眼睛不闭他就死不了。只是眼珠子愈来愈蓝,愈来愈蓝……生命忽然极端松懈,松懈成无数碎块,向蓝天深处飘浮而去……

小男孩儿咯咯地笑了起来。他以为父亲在向他做鬼脸,逗他玩。

那笑声很像生对死的讽刺。但小男孩儿是无意的。

韩海棠在丈夫死后,向亲友宣布:她要为南家守寡守节,一心一意为南家抚养孩子。亲友们赞叹她,又不大相信她。只有母亲真心疼女儿,劝她三思而后行。她去熬娘家,夜里睡在母亲身边。老人一边用针拨清油灯,一边意味深长地说:"瓜娃?夜晚长,难熬哇!"

"啥难熬?我一倒头就睡到天明!醒来后还要在被窝里懒一懒,不想起来。老觉得夜晚短,睡不够呢。"她说。

"瓜娃,那是你有男人。没男人,夜晚就长了。"

"我不信!"她扭过身,背对着妈。

"寡妇难当,再嫁个男人吧!"

"我不!我就不!"她说。

"瓜娃,你真是个不灵醒的瓜娃!我六十岁了,吃的盐比你吃的饭多,啥不知道!守寡好比坐监,死不了,活不旺。活不旺还罢了,还要受人气,受人欺。千只眼盯着你的脊梁骨,一步都不敢错。就是一步不错,别人也还会给你挑出个错。再说你年纪太轻,串门子走亲戚,假如碰见一个英俊男人动了春心,咋办?那时候,你要图个贞节名声,你就要在心里受活罪;你如果不愿受活罪偷了汉,就要招千人唾万人骂,还不如名正言顺再嫁个好男人,省了一世的是非!"母亲不再是母亲,而是一个女人对另一个女人,说着最知心的话。

"我不信,我不信女人离了男人就活不了!"她倔强地说,她甚至有点鄙视妈了。

"瓜娃!你真是个瓜娃……呀!"妈哭了,抽抽噎噎地说,"你不听妈的话,你要后……后悔的呀……啊啊!"

"你放心!我不会后悔!"她说得斩钉截铁。

躺在韩海棠身旁的小男孩儿,忽然又咯咯地笑起来,一边笑一边吸吮自己的指头。孩子的笑当然是无心的，但碰巧笑得恰到时候，于是听起来就含义深奥以至于无穷。

半夜时分，灯油将尽，那火焰由红变蓝，由高变低，最后晃了几晃，熄灭了。妈长叹几声，念出两句民谣："'灯里没油捻子干，身边没人心不宽。'瓜娃，你不听妈的话，将来后悔就来不及了！"

韩海棠很有志气地向前熬日子。

她不再穿颜色鲜艳的衣服，她在心里假设自己是一个老太婆了。她穿一件长及膝盖的黑布大衫，腿上扎着黑裹腿。她一心一意模仿衰老。只是那张二十三岁的红脸蛋仍然俏得像桃花苞儿一样。她无法欺骗年龄。

她不出门，更不去邻居家串门子。偶尔上街打香油、买菜，街上众多的男人的脸立刻全朝她扭过来，目光炯炯，欲火熊熊，恨不得在她脸上身上打出许多洞。她心里惶恐，扭身回家，脚步乱得像一个逃兵。待回到家，长喘了一口气后，心里却又生出许多得意。看看镜子，两腮竟红光喷薄。

她很想再上一趟街。她全身起火。她很想再让男人们看看，她也想看看那些看她的男人。

夜里，她开始睡不着觉。她看着窗外的星星，看得眼困，还是睡不着觉。"瓜娃！夜晚长，难熬哇！"她一下子想起了妈的话，才明白了妈那时是真心劝她，真心疼她。"你不听妈的话，你要后悔的呀……啊！"她确实后悔了，但当时她却说："我不后悔！"她多么幼稚，多么不懂事呀！她恨自己恨得热泪盈眶。哭了后，心里感觉轻松了一些。后来打了一个盹儿，梦见窗格子外面挤满了男人的脸，怪模怪样地看着她。她很愤怒，爬起来，精赤着身子，摸起笤帚去打那些男人。男人的光头被她打得咚咚响，却仍嬉皮笑脸、涎水浸浸地望着她的下身。她气坏了，用笤帚把儿去戳那些眼睛，用力太猛，一个趔趄跌断了窗格，跌进一个男人汗臭浓重的怀抱里。那男人顺势把她抱进房子。那男人健壮得像一头牛。那男人全身压在她身上。她觉得有什么不可抗拒地进入了她的身体。她痛苦万状羞愧万分……她尖叫一声,醒了,只觉得心口仍在狂跳。她释然了,轻松了,因为仅仅只是一场噩梦。但不久又有些失意,似乎惋惜为什么这仅仅只是一场噩梦呢?

小南彧睡得很安稳。她亲了孩子一下。孩子打着轻鼾,梦里一片混沌。

她听见孩子在梦里似乎笑了一声。

参星西移。忽然一只鸡清脆地叫了一声,全村的鸡接着全都叫了。鸡叫头遍。鸡叫三遍天才会亮。她眼眶灼热,翻来倒去,怎么也睡不着了。她忽然听见门吱呀一声被谁推开,一道月光很宽大地铺进屋子。有一个黑影两手抓着门框,顶天立地站在门口。她认出这就是丈夫。她完全忘记他已经死了半年多了。她往炕里挪了挪,虚着被窝等待他。他走进脚地,腾,腾,弹了两下脚。然后坐在炕沿,脱下鞋子,脱下裤子,脱下衫子,贴着她躺下。一只粗壮如椽的胳膊,从她脖子底下穿过来,然后小胳膊一弯,将她搂在胸前。她的鼻子和嘴唇紧紧压着他牛皮一样粗糙的胸肌。她舔了舔,那胸肌咸得像盐。他受到温存,颤动了一下,抬起一条骆驼般的粗重的大腿,压在她的腿上,然后又颤动了一下,睡着了。那条腿像面袋一样压迫着她,她感到了他的伟岸和沉重。她极不舒服,然而她又不想挪动他。

她又从梦中醒来。也许她根本就没有睡着,刚才的情景,不过是她的幻觉,或者说是回忆,是旧事重温。

现在,再没有那条骆驼般的大腿压着她,然而她却睡不着了。难道女人就这么贱,就要丈夫的一条大腿压着,才能睡得香甜,睡得安稳吗?

到了白天。她现在只喜欢白天。她怕那些纷纷扰扰的夜晚,但她不怕白天。白天一切都是清晰的,有条有理的。连感情也是清晰的,有条有理的。太阳煌煌地照满了院子,亮得刺眼。母鸡在啄食,公鸡在悠闲地散步。麻雀落在窗台上,叫得叽叽喳喳。小南彧光着胖屁股,坐在院子里捏泥娃娃、泥老虎。他脱下小衫子,盖住那些泥娃娃,像小大人一样哄它们睡觉:

噢,噢,噢觉觉,

老猫给娃逮鹁鸪。

但泥娃娃大睁着眼睛,睡不着觉。

小南或急了,用手合拢泥娃娃的眼睛,结果将泥娃娃们捏碎了。

她在一旁看着,忽然有点儿伤心。她想起她在晚上,也像那些大睁着眼睛的泥人一样,睡不着觉。

还是白天好,白天用不着睡觉。

墙外边飞进来一只红蝴蝶,红得如同一朵花,一副弱不禁风的样子,在院子里飘飘荡荡。小南或被这红色惹得十分兴奋。他一边尖叫,一边抡着小衫子扑那蝴蝶。他跌倒了,爬起来;爬起来,又跌倒了。但他不屈不挠,仍在追。那红颜色太红了,像火焰一样,像血一样,鲜红鲜红!他追得汗流滚滚,热血沸腾。

蝴蝶飞得匆忙,一头撞在韩海棠的黑布衫襟上,宛若红花一样贴在那里。她看着那蝴蝶,感到一种惊心动魄的艳丽。她觉得头顶的天、阳光忽然间无比宽广,无比辉煌!她合拢双手,慢慢捧起那只红蝴蝶,苍白抑郁的脸庞上顿时红潮滚滚。

猛然有什么在她心中觉醒了。

孩子呆呆望着母亲,他觉得母亲从来没有今天这么漂亮。他真想亲母亲一下。

蝴蝶扑棱着翅膀,从她手心又飞走了。于是母子二人一起满院子跑着,捉那只蝴蝶。

这时候,在后墙头上,像地平线上升起月亮一样,升起一个剃青了的光脑瓜,接着又升起一双浓眉俊眼。他脚下踩着刚锄完地的锄把。他的嘴和鼻子仍掩在土墙后面。他偷偷看着这个小寡妇满院子飞跑,衫襟狂飘,柳腰轻摆,小圆臀颠得乱晃。待回过头迎面跑来,那滚着细汗珠子的脸庞红得竟像一团胭脂。他幻想如果在那脸蛋子上亲一口,一定会把他香死、醉死。等她跑得近了,他又痴望那黑布衫下两只奶过孩子的丰盛的奶子。那奶子由于跑动,颠得恰似两只受惊的小白兔。他幻想如果他抱住她,用胸脯贴着那软得不能再软的奶子,他一定快活得活不成了……

"谁?"韩海棠发现墙头有人。

小伙子一惊,仰面朝后倒了下去。他摔在松软的豌豆地里,但仍摔得头昏眼花。他看不见蓝天,他只看见一群金黄灿亮的蜜蜂乱飞乱舞,嗡嗡狂吼。在那些蜜蜂中间,一只折扇般大的红蝴蝶,翩然舞动,光芒四射,像长了翅膀的小太阳……

韩海棠一眼就认出了他。

她不知道他的大名,她只知道他的小名叫秃子。秃子并不秃,他的头发是用剃头刀子剃光了的。光溜溜的青皮脑袋,看起来利索。

全村人谁都知道,秃子爱着她。秃子只有二十四岁,说媒的媒人踏破了他家的门槛给他提亲,但他说,他不爱黄花闺女,他只爱那个姓韩的小寡妇。

可小寡妇偏偏要当节妇,偏偏谁也不嫁。

有那么一个正午,太阳正端。太阳晒卷了玉米叶子,晒枯了路畔的蓝狗娃花,晒得天昏地暗。她一个人从娘家回来,顶了块手帕,还觉得太阳晒得脑门子疼。路两旁,是人头高的玉米,玉米叶子在风中响得像海水翻滚一样。她嗅到了嫩玉米那甜甜的奶腥味。两边城墙一样厚密的玉米夹着路。路看起来像一条墨绿色的深巷。她有点恐惧,恐惧这条深巷也许一辈子也走不出去。

她正感到孤单,玉米地里忽然窜出一个人来。她惊叫了一声,那人立刻跪倒在前边的路面上,额头贴地;脊背后面,两只手用麻绳子反绑着,鲜明地表示他不会伤害她。她认出了那颗溜溜圆的青皮脑瓜,但她仍然有点吃惊。

"秃子,你想干啥!"

秃子伏在地上,一声不响。光脑瓜渐渐红得像元宵节的灯笼。

她又生气又好笑。她想绕开他走过去,但秃子挪动地方挡住了她。她真恼了,用小花鞋踢那只红灯笼,踢得咚咚响。

"你这个秃子!秃子!你到底想干啥?"

"我想娶你。"红灯笼瓮声瓮气地说。

"今辈子我不嫁人!"她斩钉截铁地说。

"你不嫁人谁替你务庄稼?谁替你绞水磨面?谁替你养活娃?"光脑瓜抬起来,眼光慈祥得像老太婆。

"这些事不用你管!你走开!"她说。

但他还跪在那里,她绕到哪里他就挪动着挡在哪里。她气得哭了。他却憨憨地笑了,说:"要过去,你就踏着我的脊背过去吧!"

"你就这么贱!"她鄙夷地说。

"人爱人爱得活不成了,"他说,"你踏着我舒服,你踏着我心里快活!"

她的心忽然一软一热。她真想说:"秃子,你这个不要脸的秃子!我嫁给你!你今天就背着我回去,回去后就拜天地成亲……"但她又记起了她的诺言。

"我说过了,今辈子我不嫁人。"

"不嫁我也行。只是有一件,我想给你扛长工,替你干地里的庄稼活。"

"我不付工钱呢!"她骄矜地说。

"不付工钱也行,只要每天吃你亲手做的三顿饭,听你亲口说的几句亲热话,睡你亲手铺的扫的热炕,就够了。"

她忽然热泪满面,又用小花鞋咚咚地踢秃子的头,说:"赖皮,大赖皮!你赖着我缠着我,我没法,也就只好答应你。你让我过去吧!"

"过了腊月,我就来了。"他说。

她骂道:"这个不要脸的货!"但她又情不自禁,下巴点了几点。他让她过去了。

转眼就是腊月。

到了腊月,她越来越惶恐,因为腊月过去就是正月,那个秃子就要来了。她家有三十亩平展展的庄稼地,确实需要一个健壮的男人耕种。亲戚邻里也早就劝她雇一个长工做外头活。她也知道不雇人不行,但她想雇一个很丑的男人。男人越丑，外面就越没有闲话。当然她也不怕闲话，身正不怕影子斜，别人爱放屁就叫他放吧。但真的要雇人了，她却怕了，心怯得不行了。她不怕别人，她怕的是她自己。因为那个秃子长得并不丑，那两只大黑眼亮得像擦着了的火柴。她每碰见他，心里就有一种干燥感，干燥得像一堆柴火。秃子的眼睛如果只能看见她的脸、她的衣服，她倒还可以支持，但如果穿透衣服看见了她的心，她就会轰隆一声燃烧起来……一入腊月，她几乎天天晚上梦见着火了。房子、麦秸垛，甚至院子里那棵绿汪汪的椿树都着火了。她梦见自己在火里被烧得噼噼啪啪，到最后烧得像一块红烙铁，通红透亮……

就是梦醒了，身体内仍留着梦里的火星子。因为一想起秃子，她就全身发热，脸上通红。

正月一天一天地近了，她甚至听见院子里已有秃子的脚步声了。

秃子像鬼一样折磨着她。

她想不雇他了，她想另雇一个丑丑的，让她见了心里清净的男人。然而她已答应了人家。她是一个烈女，她说过的任何一句话都要算数。她极倔强、极自信，尽管见了秃子会惹动情怀，但她绝不会做出任何失体面的事情。

她又想：她也只会雇秃子来干活。除了秃子，她不愿让任何一个男人进她的家。那天在路上，她看见秃子的眼光像老太婆一样慈祥善良。她信任他。但如果说是信任，还不如说是一种极其复杂的恋情。

秃子日子过得很殷实。他干的是一种很特殊的营生。他养着一头性子暴烈的白儿马。他承担着给驴马家族繁衍后代的重大使命。这种营生在关中农村俗称"开桩"。

方圆十里的小马驹，几乎全是白儿马的嫡系子孙。

那天下午韩海棠领着小南彧，捏着两个鸡蛋上街去换青菜，路过秃子开设的配种场。韩海棠头也不回，但孩子却看见了。他大叫大嚷，兴奋异常。韩海棠扭过头去拉孩子，却正瞥见了那头白儿马直立起来，以排山倒海之势去拥抱另一头母马。白儿马直立起来简直像一个极高大伟岸的男人。马腿颀长肥壮，马臀肌肉鼓暴，马蹄亢奋得在原地嘚嘚乱踩！她看得发呆，看得忘了羞耻，甚至她还轻轻惊叫了一声。待清醒过来，两个鸡蛋早在手心里捏成了黄水……

她满面羞愧，一只手拉着小南彧，一只手捂着通红的面颊，跑回家去。回家后破例第一次狠狠打了孩子两巴掌。她恨孩子，恨孩子逗她看见了那个不堪入目的场面。她也恨秃子，恨他为什么要干那种肮脏的营生。她甚至觉得干肮脏营生的人一定也是肮脏的。

但秃子其实很正直，在村子里名声极好。也许正因为他很正直他才敢干这种肮脏的营生，他越不避讳越显出自己的磊落。

她越恨他就越敬服他。

有了这次经历，她偶尔也会胡思乱想。特别是夜里睡不着觉，脑子里懵懵糊糊的时候，冷不丁闪出一个幻觉：那头白儿马就是秃子，他那么健壮，直立着骄傲地向她走来，甚至他的脚步也像马蹄一样嘚嘚地响着。她撒腿就跑，跑得快极了。她想也许只有母马才会跑得这么快。

秃子卖掉了白儿马，关闭了"开桩"的营生。他肩头上扛着半扇颤巍巍的猪肉，手里提着一筐窖藏的绿汪汪的青菜，准时在正月初一，迈进韩海棠家扛长工。

进门后放下肩上扛的手里拿的东西，大概觉得气氛太清冷，又返身走出门，放响了一串五百响鞭炮。鞭炮皮落得满地殷红。

韩海棠羞得心惊肉跳，她甚至不敢走到院子里去招呼他一声。她从窗口看到他那副大模大样的神气，就明白此人不是来当长工而是来当丈夫的。从这一刻起，她就预感到家里迟早要出一件大事，这件大事会把他和她一起毁了。她心里忽然升起一种类似悲壮的感情。但当她听到门口那阵暴风骤雨般的鞭炮声，她的刚烈和好胜心猛然被激发起来了。她像一位临阵的女英雄一样，什么也不怕了。她走进厨房去切肉炒菜，风箱拉得呱嗒响。她还在后锅的热水里烫了满满一锡壶酒。她让儿子叫秃子进厨房来吃饭。孩子有点疑惑，还不知道该怎么称呼那个男人。

"你就叫他叔!"她说。

三个人围着一张小炕桌吃饭。她谦和地招呼他,和他拉家常,不过用的是主人对长工的口气。后来她还殷勤地敬了他三杯酒。秃子肚子里滚热,觉得那三杯酒像三团烈火一样灼人。他抬起醉眼,像公马一样亢奋地望着女主人,却从她的满脸笑容中看到了一股森然逼人的凛冽。

"我今后咋称呼你?"

"你称我主儿娘。"她说。

"你咋称呼我?"

"我称你娃他叔。"

"晚上在啥地方睡觉?"他笑嘻嘻地问。

"在前边牛房里睡。瞌睡要灵醒。一夜给牛要添三遍草。半年后牛要喂成虎,不能喂成狗!每天鸡叫头遍就要穿衣下炕,扫了前院还要扫后院。地要扫得净,扫得光,光得要能照镜子,晾荞粉!扫完地,就拉牛套车,赶天不明,给地里要运三车粪,给门前再拉三车土……"

她说得飞快,像演员背台词一样。

秃子听着,眉头越皱越紧,手中的白瓷酒盅子捏得轧轧响。他举起手,忽然想将酒盅在砖地上摔碎!但他忍了忍,没有摔。

"你分派的事,我做不到呢?"

"做不到?做不到就背起铺盖往外滚!"

秃子哈哈一笑,反而不生气了。他自己斟了一杯酒,潇洒地仰起头,滋儿滋儿地往肚里喝。他心里说:"我知道你想赶我走,可我偏偏不走!"

日子一天一天地往前过。

他和她住一个院子,吃一锅饭,然而他们之间却越来越生疏。

如果他想听她说话,他就故意懒在炕上不起来,招她来数落他。她上了几次当后,明白了。再见到他不起身,就让小南或拿一根细笤帚苗儿,捅他的耳朵。

他起身了,却不扫院,不套车,不曳粪,不拉土,斜靠在炕墙上,一锅一锅地抽旱烟。他忽然恨透了这女人,恨得想咬她一口。他故意撒懒,他要逼着她来理他。

但她仍不理他,好像她故意要娇惯他。只是每顿饭做得更丰盛,更可口了。他吃着饭,越吃越不安。但越不安,下顿饭就越丰盛。他低着头,往嘴里刨饭。饭越刨越咸,因为饭里滴了许多泪水。第二天,他再不愿继续撒懒了。因为他再撒懒,那饭就更咸了。

他渐渐地也怕夜晚了。因为他也和韩海棠一样,晚上怎么也睡不着觉了。整个晚上,他都看着星星。他这个庄稼汉对星星竟有了研究:夜初时星星是白的,夜深了星星是红的。到了五更天,窗格子外的星星竟红得像火炉子一样。他全身被烧得燥热,燥热得想发疯,想跑到院子,跳进女主人的窗子,钻进女主人的被窝里去……他有时真想变成小南或,哪怕真做了她的儿子他也情愿。因为那时他就能够肆无忌惮地亲她的脸蛋,搂她的腰……

他确实想叫她一声"妈"!

如果她真把他看成儿子,对他像对待小南或一样亲热,毫无顾忌,那他就是世界上最有福气的小人儿了。

民谚曰:"三月三,脱了棉袄换单衫。"

收过麦,种过秋,到了六月。天火铄金,男人们连衫子都穿不住了。

半夜里,韩海棠听见一阵不寻常的牛叫声。她以为出了什么事,就穿好衣服,走到牛房的窗子前,踮起脚尖往里看,原来是两头牛打架,大牛抵得小牛哞哞叫。但很快牛之间的战争平息了,她松了一口气,正想走开,忽然又动了一个有趣的念头,想看看秃子的睡态。这完全出于一个女人对另一个男人神秘好奇的心理。但不看则已,一看吓得她心惊肉跳。原来秃子由于暑天怯热,在梦中不自觉地将被子蹬在地上了。

秃子身上净光。清油灯十分暗淡,像一颗红豆,而那肉体却很白。她有一种剧烈的羞耻感。愈是羞耻,心里却又愈是兴奋异常。他的肋骨耸得像两排弓背,随着呼吸大起大落,将胸脯上那丘陵般的红彤彤的充满男人汗香的腱子肉向她抛射过来。那些腱子肉一下子全落在她的身上,她感到一阵惬意的男人的挤压。她满脸赤红,呼吸急促,血液狂乱。她情不自禁地想栽过去,沉进那些腱子肉的波涛里……她又看见他的松软的小肚子。她觉得男人的小肚子和女人没有两样,都像水。那小腹上有一圈腰带勒下的红痕。接着她又看见他骆驼一样雄伟的大腿。那大腿似乎压着她。那大腿有一种让人心醉的重量。她在臆想出的重压下急促地喘息起来。最后,她又不幸看见了她最不愿意看见的地方……她心口狂跳,热汗滚滚。她朝地上唾了几口,表示厌恶和鄙弃,然而唾在地上的唾沫却热得像血……

她猛地捂住眼睛,扭过身,跑回房子。她由于慌乱在门槛上绊了一跤,鼻血都绊出来了。血落在地上,像怒放的花。她亢奋到了极点也伤心到了极点,又想笑又想哭。嘴咧得老大,啼笑皆非。最后终于选择了哭,她呜的一声哭了起来。一哭而不可收拾。她索性瘫坐在地上,痛痛快快地大放悲声。她觉得自己十恶不赦,竟看见了那丑恶的东西……罪过!真是罪过呀!

门外有脚步声,她的哭号惊醒了秃子。他穿好衣服走进院子,后来又在窗外徘徊,终于忍不住问:"主儿娘,出啥事啦?"

她十分憎恨这声音,她怀疑他的裸露是蓄意的挑逗,现在又怀着恶毒的快意装作什么也不知道来假惺惺地明知故问。她提起墙角一个装石灰的破瓦罐,恶狠狠地隔窗撇了出去。破瓦罐正巧砸在秃子的秃头上,咣的一声爆破了。石灰开花。"哎——哟!"秃子悲惨地痛叫了一声,脚步踏踏踏乱响。一会儿,响起开大门的声音——秃子跑回家去了。她忽然不哭了,听着外面的动静。什么也没有,只有月光在静静地响。她走出院子,脚撞着许多碎瓦罐片,却什么也看不清。头顶上的天是黑紫色的,飘着一弯昏月和几颗破破烂烂的星星。她恍恍惚惚地走到牛房,槽头那只寻犊的老母牛,抬起鸡蛋大的痴情的牛眼,哞地叫了一声。

她关了大门，背靠在门扇上，又想哭。

她后来躺在炕上，做了很多梦，她梦见秃子又脱得光溜溜的。她坐起来，很高兴地向他招手。他爬上炕，挨着她躺下。皮肤摩擦着皮肤，很舒服。她很想去抚摸他，手很痒。她果真去摸了。那男人哭了，说她很坏。她说："坏就坏到底！"她更使劲地摸。后来她摸他酒盅子一样的肚脐窝，那肚脐窝漫溢出狗娃花和麦瓶瓶花的芳香，馥郁浓烈。她将鼻子凑上去贪婪地吸吮，那男人不堪忍受，猛地捂住肚脐窝，求她饶了他，求她别吸光了他的精髓。她不理他，仍使劲地吸吮。秃子哭了，说她欺负他，他再不和她好了。

"挨×的！"他骂她。

醒来后万分惭愧，她惭愧自己在梦里为什么会变成厚脸皮，不知羞耻？她怕那个梦，因为在那个梦里她痛快极了，欢畅极了。她怕她有朝一日真变成那个梦。变成了那个梦，她就成了骚情偷汉的坏女人了。

她要做好女人。

第二天一大早，她用大扫帚打扫院子，发现地上有一摊一摊的紫血，那紫血像羊链子一样，一滴连着一滴直滴到门口。原来他被瓦罐子打破了头。有人敲门，是隔壁二爷。二爷对她说，秃子又要开桩了，不来她家扛长工了，让她另请高明。她点点头，表示明白。

二爷走了。她回到院子，又看见了地上的干血。太阳已经升得老高，照着那些干血。干血红灿灿的，像种在地上的热情。她用鞋底蹭着那些干血，越蹭越感动。她突然明白秃子对她是真心真意地好。如今他挨了打，受了委屈，不会再来了，她才感到辜负了他。

到了土改那一年，她家的成分被划为小土地出租者。小南彧长成了英俊少年，背起书包，上学去了。

孩子走了，家里只剩下她一个人了，空荡荡的。她站在院子里，看着自己黑黑的影子，越看越害怕。影子是黑的。她怕黑，怕一切黑颜色的东西。她最怕夜晚，因为夜晚到处都是漆黑一片。她有时想夜晚大概是阳世的地狱。她每天都要进一次地狱，上刀山，下油锅，百般的煎熬。这些刀山、油锅不在阎罗殿，而是在自己的心里；不是夜叉小鬼来煎熬自己，而是自己煎熬自己。有时人最怕的恰恰是自己。夜越静心火就越是旺盛。几十年来每天晚上她都在想男人，当初守寡想的是自己的丈夫，以后又想那个被瓦罐砸破头的秃子。她愈是想愈是觉得寂寞难熬。有时她强迫自己什么也不想，但愈是强迫心里愈是纷乱如麻；有时心里也确实没有想什么男人，只是感到寂寞，寂寞得想哭，想号叫，想发疯，想在墙上一头碰死。她恨人的命为什么这么长，长得难熬。如果没有儿子，她一天也不想活了。想到她只是为儿子往前熬日月，她就恨儿子。恨到了极点，她就抱起儿子狠狠地亲，用牙齿咬他红嫩嫩的小脸蛋，到最后竟分不清是最恨还是最爱了。

人的恨和人的爱究竟是怎么回事？最恨是不是就是最爱？她恨秃子，用瓦罐子砸他，在两旁长满绿玉米的路上用脚踢他的脑瓜，可是他走了后她又天天想着他，想得睡不着觉，想得眼泪汪汪。她有时想当疯子。因为只有疯子才敢想什么就干什么。如果她是疯子，她就敢在大街上拉着秃子的手，抱着秃子亲嘴，而满街的人只会笑她却不会责骂她怪罪她。在这个世界上，似乎只允许疯子直来直去。但她不是疯子，既然不是疯子，她就要顾面子，顾荣誉，就不能超越本分。

"娃呀，灯里没油捻子干，身边没人心不宽。"她忽然想起妈从前劝说过她的话。她哭了，现在她才知道这句话是掏心掏肺的话。在人世上，只有母亲才是真疼她，真劝她，真体贴她。现在明白了、后悔了却已经太晚了，甚至晚到只能打肿脸充胖子，连"后悔"两个字都不敢说了。

不错，在村子里，她已成了有口皆碑的"节妇"，成了丈夫教育妻子、公婆教育媳妇的活榜样。榜样的力量是无穷的，大家似乎都需要她这个榜样，所以大家都尊敬她、恭维她，替她到处传播好名声。有一段时间，她也陶醉于好名声。种豆得豆，她播种了节烈也终于收获了节烈。在亲戚面前，她有了面子，有了骄傲。但到了农忙时节，好名声又能帮她什么忙呢？自留地里那二亩多麦子，还不是全靠她一个人割，一个人背到场里，一个人打碾。她忙得栽脚爬步，满身的草屑、土屑、汗锈。路过的人不但不来给她帮忙,反而背过身窃笑她,仿佛平日的称赞只不过是一个圈套而已。只有秃子同情她,他拄着木杈,站在自家麦场里远远望着她,神情有点儿悲伤。他很想走过去给她帮忙,却又怕伤害了她的骨气。最后想了一个主意——派自己的大儿子吆着牲口帮她碾场(他被她用瓦罐砸伤后不久就结了婚)。那个大儿子长得酷肖当年的秃子,大约为了继承父亲的粗犷风格,也剃着光脑瓜。她呆呆地望着那个光脑瓜,蓦然又想起那次路遇。不由得鼻子一酸,眼圈儿顿时红红的。

南彧上了中学。中学距村子十多里路,孩子便当了住宿生,每星期只回家取一次馍。偌大个家,只有她一个人像孤鬼似的。夜晚更难熬了。夜晚长得叫人发疯。她孤独地坐在炕头,止不住乱纷纷的心猿意马。她明明活着醒着,却老是像一场做不完的噩梦。她想找点活儿做,但活儿白天早做完了。她偶然间看见放在炕角的一个小瓦罐,拿过来一摸,里面有半罐祖先留下的小铜钱,虽然已用不着了,却很好玩。她哗啦一声,将小铜钱全倒在脚地上。小铜钱活蹦乱跳,滚得到处都是。她嘿嘿地笑了,敏捷地跳下炕去,跪在地上,一文一文地捡进罐子。捡完了,爬上炕,又叮叮当当倒在地上;跳下炕,又去捡……她捡得满头大汗,一直捡到雄鸡乱啼。

有了这罐铜钱,她觉得夜晚好熬多了。于是她天天晚上捡铜钱,那些生满绿锈的铜钱被她捡得金光灿亮。水滴石穿,几年后,那些灿亮的铜钱竟被她捡小了,捡薄了……

九

程海先生写完了我的母亲,有点自鸣得意,将稿子拿给我看。我看了后什么也没说。他有个嗜好,爱听别人读他的文章,爱听别人评他的文章。他瞪大眼瞧着我,像老太婆等待母鸡屁股下的鸡蛋。我有点尴尬,又沉默了一会儿,到了最后，怕有负于他的期待，便说："你写的韩海棠只是你想象中的韩海棠，并不是我妈，尽管她们同名同姓。就是那个想象中的韩海棠，也写得太琐碎了，太书卷气了。"程海先生说："你说得正确，因为如果让你写，你肯定不会那样写，因为你不是我。我那样写自然有我那样写的理由，我只想让你议论，并不想让你赞同。"

我点点头，赞赏他的豁达。又说："不管怎么样，你所用的素材有两点是真实的：一是我妈确实很敬重秃子大叔，直到现在，还每年给他做一双鞋。二是我家里确实有半罐铜钱，一个个又薄又小明光灿亮。"

程海先生说："只要你承认这两点是真实的，就够了。作为写这一段文字的报偿，你能否在那半罐铜钱中送一枚给我？因为我有收集古币的嗜好，尤其喜欢收集被现代人摸得灿亮的古币。"

我说："可以。"

十

叶凯又和我来聊文学。我们一边聊，一边抽他带来的那包"黄金叶"。"黄金叶"比起"羊群"，几乎成了奢侈品，我的肺叶充满了"黄金叶"浓郁的香料味。我兴致极好，侃侃而谈拜伦和普希金，谈他们的代表作和他们那一大群情妇。后来又谈到报刊上那些干瘪的政治诗和被苏联人称为"矫情文学"的文学。我口沫横飞，老觉得不这样就对不起那包昂贵的"黄金叶"。

屋子里香烟弥漫，很像舞台上的战争场面。

临走时，叶凯说："蓝桂桂从乡下来了。"她在我的印象里十分丰满，再没有别的。

但那一句话，使那晚住宿的种种情景、种种幻觉又复活了。今夜，蓝桂桂和我同住在一个城里，可谓近在咫尺，近得好像住在一个大房间里。她白腴的肌肤呼应着我的渴望。我想念她的腼腆，想念她的默默挑逗。我要她！我不要距离。

由于今晚她和我距离最近,我便更恨那一段距离。我十分渴望,我弄不清也不想弄清这渴望是爱情还是别的什么。我辗转反侧,我很烦自己。世界太干燥了,经不起稍稍摩擦就会起火。

第二天上午上街,街角有一个老太婆守着一个人体自动秤,眼巴巴地望着我的口袋。我忽然很同情她,扔给她二分镍币。她小心翼翼地替我量了身高:一米七六;量了体重:七十四公斤;最后惊叹了一声:"好身体!"

我有点惭愧又有点愤慨:为什么我的事业还是侏儒而身体却成了巨人?!肌肉惊人地发达,再发达下去不就成了秃子大叔饲养的大白马?

我蓦然明白我已经成人了,到了唱情歌的时候了。

我信口哼着:"对面山上的大姐,人才溜溜地好哟。"心里却并不快活,反而有一种肮脏感。生命原始的实质使我恐惧,我像斗牛一样亢奋异常又悲惨异常。

我回到俱乐部,有几个业余作者已在门口等我。有一个漂亮的女作者,迎着我微微一笑,笑得红极了。我很兴奋,让他们进了我的屋子。他们拿出新作让我过目。他们写得很用心、很流畅,并且有很积极的思想意义。他们尽了一切努力仍写得很虚假、很浮泛,如果写得省力一些、自然一些说不定反倒是好文章。他们拿来的真正的诗就是门口那一个刹那间的笑容,虽然如同昙花一样,却美妙真实,让人萦怀。

傍晚,我破费买了三张电影票,一张留自己,一张送叶凯,另一张送蓝桂桂。电影院是露天场子,没有座位,票价很低廉。

叶凯没有来,蓝桂桂和她的一位舅母来了。这位舅母是小县城里有名的大破鞋。有人说最不道德的女人其实是最女性化、最性感的女人。这位舅母秋波闪闪,唇红齿白,圆肩蜂腰,胸乳高耸。庄子曰:"天之小人,人之君子;人之君子,天之小人。"这位舅母大概是一位"天之君子",因为只有她潇洒大胆充分地发挥了上天赋予她的女性功能。在男人面前她不但没有羞涩感耻辱感,反而有一种清高感和轻蔑感。

蓝桂桂和她一起走着。一个大方得近乎放浪,一个害羞得近乎委琐。

我走上去问候了她一声,她也慌忙问候了我一声。那位舅母只看着我和她笑。

我们三人并排儿站在人堆里看电影。演的是朝鲜的片子《摘苹果的时候》。朝鲜姑娘个个都是椭圆形的脸,都十分爱笑。我挨着蓝桂桂站着,心里幸福极了。我们之间保持着一线的距离。我不敢太靠近她,我怕靠得太近会冒犯了她。我的汗毛怒张,像千千万万渴望摸索的小手。我很想贴着她,哪怕是碰她一下。我希望她能悄悄地靠过来,但她一动不动。我很累。一切都绷得太紧了……绷得几乎发僵……我和她都在喘息……"咯咯咯咯……"谁在小声地笑?听声音好像是那位舅母。她笑什么?电影里的情节已进行到了高潮,周围黑乎乎的人群涌动起来……谢天谢地,我和她终于被挤在一起……

"别乱挤!别乱挤!"我向四周大声吆喝。其实不过是借此表白自己的清白——是别人在挤而不是我在挤。

我贴着她,自然垂落的手背正巧压在她的后臀。隔着薄薄的确良布裤子,我仍能感觉到她的光滑、柔软和青春特有的弹性。四周的人挤得更厉害了,我的五指关节被压进她的臀肌里。我忽然感觉到了她最深层的灼热——那才是她真正的灵魂,而她的平静镇定只不过是假象。她动也不动,甚至她还向我主动倾斜,也许是嫌我的关节还压得不紧不狠。热汗沁出,油一样光滑,我和她都仿佛泡在沸腾的热汤里……她轻轻"嗯"了一声,像是歌唱,又像是呻吟……小题大做,神经过敏,太虚幻境……其实有什么呢?不过是身子贴着身子而已。后来,我想进一步,稍稍进一步,握一握她垂在髋骨旁边的手指。我一点一点地摸索,小心翼翼,战战兢兢,仿佛在闯龙潭虎穴。她有点不耐烦,小手蓦然向我碰撞了一下。我立即抓住了。那一排纤纤玉指像刚在汤盆里浸了一下,热腾腾,潮乎乎的。我幸福无比,仿佛那手指就是天堂的门槛。她任我握着,忽然间又警觉了似的,猛地抽走了,还回过头,嗔怪地瞥了我一眼。我十分羞愧,便规规矩矩,碰也不敢再碰她一下了。她抿嘴一笑,似乎又没有了嗔怪我的意思。

因为她是少女，所以她反复无常。她又要爱又要维护她的童贞，纵火的是她灭火的也是她。

我慢慢冷静下来，自己问自己刚才发生的一切是否就是爱情？我幻想中的爱侣是否就是蓝桂桂？但想来想去还是想不清楚。我只是觉得她和其他大姑娘一样，既不惹我讨厌又不惹我特别喜欢。但见了她，那种无端的兴奋和渴望又作何解释呢？

不知什么时候，身边已斗转星移。挨着我站着的，不再是蓝桂桂，而是那位舅母。那高高的身躯不是贴着我而是紧紧地压着我。一股热烘烘的极成熟的女性气味喷薄而来。她没有蓝桂桂那些狡猾的把戏，她直来直去，敢作敢为。她与其说来当我的情人不如说来当我的先生。但她确实很漂亮，她的放浪也许不是恶德而是一种施舍。为了让我充分领略，她故意侧着身子，将乳头在我的臂膀上软软地蹭。我痛快得发痒。她又一只手从我背后环过来，搂着我还未充分发育的胸膛。我怕被什么人看见，吓得魂不附体。但她什么也不怕，另一只手又伸过来了，撩起我的前襟，温存异常地抚摸着那片尚未开垦的小肚子。她摸呀摸，摸得我的肠子都沸腾起来……我渐渐厌恶起来，觉得她太贪婪了。我不堪忍受，猛然挡开了她的手。

蓝桂桂一定有所觉察，她尖声咳嗽起来。

看完电影回到宿舍，我的心已经如火如荼。我怎么也睡不着了。在不到两个小时里，那位舅母已经从容自若地完成了对我的性启蒙（如同一个儿童完成了学前教育），我以纯洁天真为代价，毫不吝惜地走进了热血沸腾的热恋时期。我躺在床上，想念蓝桂桂，想念那位女教师，想念那位漂亮非凡的挑水姑娘。我渴望她们，心里充满了离别之苦。幻想丛生。一会儿幻想拉着她们三个人的手去原野上春游——原野上百花盛开，芳草如茵。蓝天像一个大蓝盆子，那么低，举起手就能敲得当当响。黄狗娃花里钻出来一条又一条黄狗，跟着我们。这些狗忽然汪汪地狂吠起来，一齐向前奔跑，抓住了一只正在野鸡冠花下搔痒痒的野兔子。野兔子肥得像小绵羊。于是我们四人架起篝火，烤熟了野兔子野餐，然后敲着颇为精致的兔骨头,吟着诗,唱着歌。一会儿又幻想不是白天而是夜晚,头顶是一弯月,一天星,我们四人在农民的打麦场上捉迷藏。打麦场光得像镜子,三个姑娘竟能照着它梳头发。打麦场上有许多麦秸垛。三个姑娘藏在麦秸垛后面,我循着麦秸垛灰暗的夹缝寻找她们。每找见一个,我就和她谈情说爱。如果和其中一个谈得太久,另两个等急了就会呐喊:"我在这儿哩!"

梦境如诗如画。我如醉如痴,沉浸在自己创造的幻影里。渐渐地,那些纯精神的恋爱已不能使我满足,因为那毕竟太空幻,太虚浮,太不切实际。我开始向往肌肤之亲。直到现在,我还没有真正吻过一个女人呢。那吻的滋味究竟如何?有一次,我在一个罗马尼亚影片上看见过男女主人公接吻,那唇和唇之间甜蜜的、狂乱的、烈焰腾腾的胶合、挤压、扭动,简直看得我魂飞魄散。

我想吻。

但谁会让我吻呢?那幻想中的三个女子,我实在不敢奢望,我甚至在幻想中也没有吻过她们。她们是洁白精美的雪花,我怕我的唇热会毁坏她们。就像一首诗,只能朗诵,而不能用它填饱肚子。我忽然想起了那位舅母。

一大早,俱乐部主任找我,说是县上要召开三级干部会议,让我去写广播报道。我说我"思想落后",大概适应不了这么"先进"的工作,是否考虑另派一个党员去?他有点恼火,却又无可奈何,半晌才冷笑了一声说:"如果有一个人能写,我也不会想到派你!"

"我不去!"我说。

他大瞪两眼,猛地转过身,哐的一声带上门走了。我没有理他。半晌午,他又来了,红着脸尴尬地说:"县委指定要你,后天早上,无论如何都要去会场报到。"

我默不作声,从门后面提起那把大扫帚,塞在他怀里,说:"那你明天替我扫地!"

他接过扫帚,冷笑一声,走了。

有人在外面敲门,我打开门栓,进来的是那位舅母。她没有忘记她的学生,她比我更渴望。但她有女人起码的自尊心。关上门后,也稍稍有点气喘,稍稍有点腼腆。她说,她是上街买菜顺便进来的,见我开着窗子,便敲门进来借一本书读。

"什么书?"

"文艺方面的,你有什么书?"她问。

"中国的、外国的都有。有小说,有文艺评论。你大概爱读小说,这里有司汤达的《红与黑》、托尔斯泰的《安娜·卡列尼娜》,还有茅盾的《虹》、巴金的《家》、冯德英的《苦菜花》……"

"你怎么买的都是这些书?"

"这些书怎么了?"我大感诧异。

"全是些色情小说!"

我几乎喷饭。因为这些书大多是名著,并非她说的什么色情小说。况且以她那样的人,又有什么资格鄙视色情小说?

但我不屑去和她理论。我故意装出吊儿郎当的样子,说:"色情小说又怎么样?"

她碰了碰我的手,极精明又极神秘地说:"这些事只能暗做,怎么能说到嘴上,写在纸上?难怪挨批判!"

我哈哈大笑。

"你挨过批判吗?"我问她。

"只有傻瓜才挨批判!我不但每年都是五好社员,还是妇委会主任呢!"

我打了一个寒噤。

她不便久坐,捏了捏我的手说:"今晚上来,我一个人在家。"说完,顺便在我书架上拿了一本莫泊桑的《俊友》,拉开门走了。

夜晚渐渐来临,多少个不眠之夜编织的关于女人的梦幻,正一分一秒地走向真实。我抽着"羊群"烟,望着窗外神秘的星空,心想那位"老师"此时一定正在为我梳妆打扮吧?那翘着的红嘴唇,那丰硕的乳房,还有那饱满的阴阜,也许已经在性激素的作用下灼热战栗吧?而我呢,随着时间的推进,蓄积的激情却在渐渐退潮。好像不是要去爱,而是要去受宰割。我忽然有一种反常的悲凉感。如果她仅仅是一个坏女人,浪荡女人,我也许还会接受她;我不能接受的是这样一个坏女人竟然还是五好社员、妇委会主任!这不由得使我想起那位俱乐部王主任,想起那些"正人君子"画皮下的男盗女娼,甚至想起眼前的大千世界莫非也是一场是非颠倒的滑稽戏?

我没有去。

十一

母亲让人捎话叫我回去。

我骑着那辆"生产牌"自行车赶回家。妈房子门开着,人不在。炕上放着一叠崭新的黄平布做的军服,这套军服体现了妈敏锐的时代感。厨房里传来风箱"呱嗒呱嗒"的响声,我才知道妈在厨房里做饭。我嗅了嗅,清新的空气里有馥郁的韭菜味,妈准是在厨房里烙着我最爱吃的韭菜饸饸。

"彧,换上那套军服。"她在厨房里喊。

"你怎么知道是我?"我笑着问。

"妈还听不清你的脚步?"

我心里一震。心想世界上最熟悉我的还是她老人家。

"又不过年过节,穿新衣裳干什么?"我问。

"瓜娃,你忘了今年多少岁数啦?"妈端着一碟子韭菜饸饸走了进来。

"二十三岁了呀!"

"旧社会你这么大的人,都抱上儿子了。那时候,财东人家十三岁就给孩子结婚哩!"

"你不要操心这事。"我说。

"妈知道现在兴'自由',可你又一年两年的'自由'不下个对象,妈怎么能不操心!大前日,你妗子来,替你说了周村一个姑娘,说是人样不错,身体好,手脚勤快,又不嫌咱孤儿寡母!后晌,就要你去周村那个十字路口和她遇面。"

"她是哪个学校毕业的?"

"这个我没有问。女人家,要她识字干啥?只要能纺线织布,勤谨贤惠会过日子,就是咱家的好媳妇。"

我再没有说什么,妈的话,再错都是对的。因为错也是为爱我而错。我不想去又不敢不去,我怕伤了她拳拳的爱心。我嘻嘻地笑,装作十分高兴的样子。我想用假高兴逗出她的真高兴。她果然高兴了,在院子里嗓音清脆地吆喝那一大群鸡:"整天乱刨!再刨,杀了你们给我或儿娶媳妇!"

到了后晌,我穿上了那身黄军装。临出门时,问妈:"看我像不像一个解放军?"

"像,像!快去吧,人家等着见你这个粮子哩!"旧社会管当兵的都叫粮子。

在去周村的十字路口,果然立着一个女子。我走到跟前,装出一副玩世不恭的样子。她低着头,脸腮绯红,长辫子拉在胸前,在手里搓呀搓。她长得不丑也不美,属于中不溜儿芸芸众生之类,但她毕竟是少女,十分新鲜娇嫩,尤其是那双穿着红绒面布鞋的脚,小巧得像两个大红辣椒。我有几分钟时间盯着那双泼辣风流的小脚,爱得简直想摘下来装在兜儿里带回去。

"今年多大啦?"我问。

"十九。"

"家里几口人?"

"四口人。我妈,我爸,我哥,我。"

"念过书吗?"

"念过……念过小学一年级。"

例行完公事,我不知道该说什么了,只等着她问我。但她羞得抬不起头。我只好抽着一根烟,很耐心地等着。烟抽完了,见她的脸憋得紫胀,仍憋不出一句话来。我叹了一口气,说:"快一点,该问的就问吧,别不好意思。"

她嘴唇动了动。我以为她好歹要开口了,谁知她依旧在揉辫子。

"那就看我一眼吧,算你今天没有白来。"

她被逗笑了,"扑哧扑哧",后来竟咯咯咯地弯下腰痛笑,笑完了又笑,没完没了,边笑边捂着肚子说:"你……真是个……怪人……"到后来,竟扭过头跑了。

妈和妗子在家等着我。我一进门,妗子就等不及地问:"你看那女子怎么样?"

"不怎么样。"

"她对你没有意见吧?"

"有意见。她说我是一个怪人。"

妗子笑了。

妈说:"瓜娃,别条件太高。明日让你妗子过周村再问一问,若人家没啥意见,就算定了。"

我不敢反驳她老人家。心想,就让妗子去问吧,就凭今天我这二杆子样儿,说的那些二杆子话,那女子能同意才怪哩!

十二

王主任果然在门外扫地,怕我听不见,扫帚故意在门槛上碰得刷啦刷啦响。能屈能伸,我真服了这种人了。

我穿好衣服,懒洋洋地去三级干部会会场报到。刚赶到会场,就听见高音喇叭播送一项通知:"各位与会代表,请于八点三十分准时在大礼堂听报告。"

后勤处办饭票的是一位熟人,叫田大光,又黑又胖,而且模样凶狠,像一个拦路打劫的强盗。办完饭票后他对我说:"吃过饭到我宿舍里来!"

"干什么?"

"喝酒。"

我点了点头,去吃早饭。早饭是羊肉泡馍。田大光给"捉刀"的大师傅挤了挤眼,对方会意,啪地砍下一大块羊腿,塞在我的碗底,上面用馍块盖了。用行话说,这叫"埋地雷"。舀肉汤的时候,又多加了半勺羊油。我端着碗路过田大光身边,小声说:"过分了吧!"

"这算个屁事!"他说。

我最烦听报告,一整上午都躲在田大光的宿舍里,一边吃炒羊肝,一边喝白酒。越喝越亲热,越喝话越多。

田大光由于长相凶猛,初次和他见面打交道的人,总有那么几分钟的不寒而栗。但他其实是一个好人,从不欺负人,从不做不讲道理的事,真可谓"金刚面目,菩萨心肠"。我有时想,他那碗口大的拳头实在应该长在拳击家的腕子上,他那判官似的头颅实在应该长在海盗的脖子上。他大概是造物主故意设计的一个"稻草人",用以吓唬人类的"小鸟"吧?但"稻草人"迟早总是要被看穿的,和人接触久了,别人非但不怕他了,反而敢欺负他了。村里的小孩,见了他就像见了一个庞大的玩物,一边向他扔土块,一边喊:

　　大炮绿辣子,
　　下锅菜一家子!

意思是大而虚,活该受欺负。他一边笑,一边用手蒲扇似的挡着脸,以免土块打伤七窍。有时还故意伸出两个手指,贴在脑袋顶上充当犄角,逗孩子们笑。但他并非没有气力,有一次在村外的打麦场上和别人赌力气,竟扛起了碾场用的石碾子,吓得围观的人直吐舌头。许多人想不通他这么大的力气为什么从来不和人打架，甚至别人打他他宁愿受辱也不去还手。这种反常悖逆的现象使大家觉得他很神秘。有一次，我问他是否读过马丁·路德·金的书或者是圣雄甘地的书，他说他读过一点。我恍然大悟，说他"怪不得是一个非暴力主义者"。他说他什么主义者也不是，只是天性如此。我说我很反感这种天性，因为不抗恶注定要受欺侮。他说受欺侮想穿了也是很舒服的事。这句极没出息的话，使我在很长时间里瞧不起他。他却浑然无觉。县城内有一个有名的街霸叫王占娃，经常欺负他，出他的洋相。看的人都替他抱不平，他却甘之若饴。有一次，王占娃拾起一块肮脏的西瓜皮要往他嘴上抹。同村有几个上街买菜者实在看不惯，指责了王占娃几句。王占娃不但不听，反而扑过去打那几个人。其中一个人被踢中了小便器具，栽在地上翻滚。王占娃说："爱管闲事，就叫你回家尿三天血！"田大光嘿嘿笑了两声，忽然举起大巴掌，出人意料地在王占娃后脖颈上轻轻拍了一下。王占娃竟像苍蝇似的被拍出三丈多远，一口血射在他摔倒的地方。王占娃踉跄着想站起来，田大光说："爬着走！"王占娃领教了他的厉害，不敢不听，只得像狗一样往回爬。田大光说："你可以欺侮我，但不可以欺侮别人！你叫人家尿三天血，我就叫你吐三天血！"王占娃回家后果然吐了三天血，躺了四十多天，才能勉强下炕走路。这件事后，以前瞧不起他的那些人，都忽然间对他刮目相看，因为他的窝囊软弱并不是真正的窝囊软弱，他的非暴力主义并不是因为没有暴力，他以前受欺凌侮辱的那些事情一下子有了很幽默的含义。在他的忍让和不抵抗面前，以前对他很骄横的人忽然感到了羞愧，就好像小孩子被大人故意骄纵了一样。虽然田大光仍是老样子，仍像一个高大的稻草人，打不还手，骂不还口，但在人们的感觉里却不再是软弱无能，而是巨人的韬光养晦。城里有一位颇有学识的老先生，每逢见他，总要像念佛偈一样念一句："真人不露相，露相非真人哪！"他成了传说中的人物了。由于种种街谈巷议，幻象幻觉，他渐渐有了某种光圈，某种神秘色彩，甚至成了故意装愚卖傻的世外高人。

假若他知道了这些传说，他也许会陶醉，会产生极良好的自我感觉。可惜他什么也不知道，因为谁也不会去当面议论他。他一如往昔，从早到晚踏踏实实地谋生。后来被一位在县委当秘书的亲戚提携,将手终于伸进了国家的馍笼子里——当上了县委机关食堂的大师傅。一天三顿油汤油水,脸渐渐吃得红润了许多。

田大光和我颇有交情。由于天性不尚武,自然就崇尚文事。但他并不写文章,只不过常常有许多很怪诞的想法,喜欢和我商讨。

我在房子里一边和他猜拳喝酒,一边想:他今天找我来,大概不单单是为了消灭一瓶酒吧?

果然,酒到半酣,他撂下酒杯,问我:"人为什么长大就坏了?"

我愣了一下,觉得他提的问题本身就不能成立,便反问道:"人长大为什么就坏了?"

"不坏为什么要老想女人,老想和女人亲热。小时候并不想,偏偏长大后就想了?这还不是坏了?"

我笑了,觉得他的想法很怪诞,也很有趣。我没有解释,怕解释会冲淡意趣,便又反问道:"那你呢?难道连你也坏了吗?"

"也坏了,"他皱着眉,显出很痛苦的样子,"老是想女人!"

"不想不就不坏了?"

"不想不由人。越想不想越想。"

"那你去当和尚吧!"

"当了和尚也还是要想。"他说。

"那就没办法了,只好任其坏了。"我说。

"我就想不通——女人也和我们是同样的黄皮肤,同样的肌肉组织,同样的三十七度体温,为什么就那么让人没死没活地想?"

我哈哈笑了,又故意问:"你想一个女人还是见女人都想?"

"先是见了女人都想,后来只是想一个女人。"

"想哪个女人?"我问。

"这可是秘密。"他挤了挤眼,狡黠地说。

院子里传来闹哄哄的人声。报告会结束了。高音喇叭里,先是响了一阵《大海航行靠舵手》的乐曲,后来是女广播员的一段诗歌朗诵:

　　热闹的泼水节到了,
　　姑娘从江边回来了。
　　花裙轻盈地拂过草地,
　　露珠沾湿了洁白的脚掌……

我先是漫不经心地听,渐渐却听得呆了。那声音简直像纯银,清脆灿烂,没有半点做作,自然如同天籁。我忽略了诗句本身只凝神倾听她的朗诵。我没有料到这声音会悦耳到如此地步。那简直是音乐,是小提琴独奏。我屏气倾听,先是舒服得如同麻姑搔背,后来竟满足得微微战栗起来。

这声音愈听愈熟悉,恍若隔世。仿佛一段很遥远的记忆,让人心醉也让人伤感。这记忆由于潜藏太久已变得十分模糊,使我不能确切地说出它是什么,但它肯定和我的生命有某种神秘的联系。

"好听极了,像唱歌一样。"田大光手舞足蹈地说。

"这个广播员叫什么名字?"我问他。

"叶小昙哪!叶小昙你都不认识?"他瞪大眼睛,颇感诧异地说。

和大光喝酒后的第二天清早,我坐在大会广播室隔壁的一间房子里写会议报道。空气清爽极了,略带些微的寒意。外面一定是晴空万里,玻璃窗外映进一片蓝蓝的晨光。

我嗅到一股浓浓的花香,是院子里那株紫丁香开花了。我就是关住门,也关不住它的馥郁呀!

多好的春晨!

忽然，房门砰然一声开了，黄亮亮的阳光潮水般涌了进来。我淹在光的汪洋里。眯眼望去，见门口站着一位娉娉婷婷的女子，蓬松的头发沿儿被阳光染得金黄，额前的散发简直像燃烧的金丝儿。最奇异的是那两个耳轮，如同琥珀一样透红。我有一种很奇妙的感觉，禁不住喊了一声："太阳！"

她并非漂亮异常，很苗条很顺溜的身材，略显苍白抑郁的面孔。眼睛与其说是美丽，不如说是深沉，给人一种很朴素很易于接近的感觉。她的动人处是她的风度，一举手一投足，无不从容无不娴雅，优美得让人怜惜。

刚接触她的那一霎，我又有了那种很奇怪的感觉：她的一切我早就熟悉。

就那么相互看了一眼，就那么相互微微一笑，仿佛什么都懂得了，甚至是心心相印了。

"我是来拿广播稿的。"她说。

"快写完了……你坐下等一等。"我有点慌乱地说。

她就近坐在一把椅子上，等着。我忽然有了一种压迫感，觉得她坐得太近了。心里很毛，很烦，文章写得极不顺畅。我甚至盼望她离开这间屋子。

她取出指甲刀，清脆地剪着指甲。

我继续写广播稿，但一个字也写不出来。

"你叫南彧吗？"她问。

我点点头。

她笑了："我在工作人员名单上见过你的名字。那个'彧'字，我查了半天字典才查出了读音。"

"我上学的时候，语文老师第一次上课点名，点到我的名字，愣了半天，最后错念成了'南或'。我站起来说：'老师，我叫南彧不叫南或。'老师恼羞成怒道：'什么彧字？还不是在或字上画蛇添足多添了两撇！'"

她咯咯笑了，说道："这个字也确实怪僻。你为什么要用它做名字呢？"

"有一次偶尔翻字典翻到了这个字，当时觉得它很亲切很对脾气，就用了。"

"你真是个怪人!"她又笑了。

周村那个女子也这样说我:"你真是一个怪人。"这句共同的评语是褒词还是贬词?仔细想了想,不仅觉得它太含混,而且还有一种哭笑不得的味道。

上午妗子从乡下赶来,见了面第一句话就是:"人家同意了。"还捎来那女子送给我的一块价值三角钱的花布手帕,但意义非同寻常,因为那就是农村姑娘的定情信物。

我一听,痴了。莫非那"怪人"的评语是一句褒词?既然周村的姑娘说了那句话后,没有几天就同意嫁给我,那么小昙呢?她不是也说了那句话吗?

"你真是一个怪人!"这七个不伦不类的字忽然间身价百倍,有了不同寻常的分量。

"那你的态度呢?"妗子问。

"好……当然好……"我心里仍在想着小昙。

"好就好。那就给人家买一件衣服吧,我明天送过去,算是你同意了。"

我醒悟过来,忙说:"我什么时候说我同意了?"

"你不是说很'好'吗?"妗子诧异地说。

"那是指另一件事!"我心烦地说。

我破天荒地失眠了,而我以前只要头挨着枕头就会呼呼入睡的呀!被筒里整夜烈火熊熊,使我五内俱焚,唇焦舌燥。我一会儿躺,一会儿坐。躺也不是,坐也不是。我一遍又一遍地倒开水喝,到天明时喝干了两热水瓶开水。身上热汗津津,干了又湿,湿了又干。我仰面向天,痛苦地扭动着项颈,长吁短叹,心里有一种说不出也说不清的苦味。

我到底是怎么了?连我自己也说不清楚。也许是一阵盲目的冲动,不期而至的心血来潮?我周身充满了爆炸般的精力。我真想冲出门去,在县城外的原野像野马一样狂奔。然而我知道即便是狂奔一夜搞得精疲力竭也仍不能平复我心灵里的旋风!

我怀疑我是否中邪了？在黑暗中，我忽然看见一个女人在屋里徘徊。这女人比黑夜更黑，全身如漆，窈窕得像一条黑绸带。我看不清她的面目，唯能感觉到她小巧的足尖非常沉重，一会儿踩着我的脚踝，一会儿踩着我的膝盖和大腿面，踩得我疼痛难忍。到最后她竟踩上我的胸膛，使我无比地憋闷。我大叫一声，醒了，原来是魇住了。

我大睁两眼，怕再梦魇。

但我仍能看见那女子在屋里走动。确切地说，她仍在我的感情深处走动。

若梦若醒……我想着她的面庞，想着她的眼睛、她的肌肤，想着她身上每一条动人的曲线，想着她的楚楚风姿……屋子里屡满了她的微笑、她的气息。我甚至还听见了她银子一样清脆悦耳的声音：

热闹的泼水节到了，

姑娘从江边回来了……

这一切无不使我迷醉，无不使我失魂落魄，热血澎湃！我终于明白我的失眠是因为对她的苦苦相思，而我以前的清高和洒脱又到哪儿去了呢？

黑夜孵化着激情。

只有在黑夜才可能纵情妄想。

后半夜，我又变得异常清醒。一弯下弦月像金黄的香蕉，横在窗格上。夜空黑得发蓝。极远处的仙后星座依稀可见。银河里波涛汹涌，牵牛星孤零零地站在河岸，因为没有鹊桥相渡，显得万般凄楚。夜风叮叮当当吹来满世界的消息。

一阵困顿袭来，那个黑女人又出现了。她站在一片布满乱石荆棘的荒滩上，向我招手。我忽然变得像傻瓜一样，光着脚踩着棘刺，朝着她跌跌撞撞奔去……

每见了她，就变得不自然，变得做作、委琐，有一种从未有过的拘束感。

她若去参加哪个小组讨论，我一定也去；却又坐得离她远远的，低着头，装作匆匆忙忙地做笔记。她也装着做笔记。有时候，觉得面前灼亮，猛地抬起头，果然会捉住她的黑眼珠。她很羞愧，脖子和脸颊都红了。我很兴奋。但她又低下头去，坦坦然然地做笔记。我痴望着她，用眼光摸索她的头发、耳轮、睫毛、鼻梁、嘴唇……我几乎能摸索到她皮肤下的神经——觉得她也正在想我，摸索我。但这只是我的猜测，也许只是热情旺盛的幻觉吧？看她脸上的表情，似乎已经知道我在看她，欣赏她，但她仍旧低着头，故意不揭穿我，还流露出几分欣喜。

后来，碰上我偷看她她也偷看我的时候，我便装出一副很无赖的样子，和她对视。我想在她眼里找出她真正的心思。我还想用眼光和她交谈，倾吐衷情。眼波是世界语，它可以表达一切。它不用学习，也不用翻译。它是赤裸裸的，又是最不确定的。用眼波说过的话谁也不肯承认。

她的眼波躲躲闪闪，似是而非，捉摸不透。

见了面，不知为什么忽然都有些敌意了。

又共同去参加讨论，互相笑了笑，显得很客气。坐在会场，不再互相看了，不耐烦那些心理游戏了。坐得久了，又会望她一阵，她不再有什么反应，已经无所谓了。

我心一横，走进了广播室。

她正坐在床沿上编织毛衣，有点恐慌，脸唰地红了。站起来，客客气气地让座。

不知说什么好，都很尴尬。我竭力装出冷淡，指着床头的一本诗选，问："你爱诗歌？"

"我用它学习朗诵。"她说。

"喜欢朗诵吗？"

"确实喜欢。每天我都要听几个小时的广播。那些男女播音员，全都是我的老师。我跟着他们学吐字发音抑扬顿挫……反正什么都学。有时候，学得忘了吃饭，忘了睡觉，像个傻子一样。"

我觉得和她的距离近了许多。

"我很喜欢听诗朗诵。能朗诵一段给我听吗？"

"难听死了。"她手里仍在打毛衣，凝了凝神，随口朗诵起来。朗诵的仍是前天听到的那首诗：

热闹的泼水节到了，
姑娘从江边回来了。
……

"请提宝贵意见。"她说。

我故意摇了摇头。

"不好吗？"

"不好。"

"那为什么许多人都称赞我的朗诵呢？"

"他们是恭维你。"

她点点头，叹一口气说："你说得对。只有你说的是真心话。我也总觉得自己朗诵得不好，总达不到我要达到的那个效果。有时候心里很急，觉得自己进步很慢；有时候还灰心丧气，抱怨自己太笨，太没有出息！"

"其实，你的朗诵是非常好的。"我说。

"你不是说不好吗？"

"我刚才说的是假话。"

她高兴得站了起来，用手指狠狠指着我说："南彧，你真是个两面三刀！"

我怎么又会爱她呢？我不是正爱着蓝桂桂吗？除此而外，我还很想念女教师和那个挑水姑娘，如今还要添上那位质朴纯情的周村女子。这岂不是滥爱吗？见一个爱一个，难道我命中注定是一个好色之徒吗？

但我现在确确实实爱的是叶小昙。

也许以前只能算作爱的游戏。

过去的那些姑娘只是星星，但现在月亮升起来了。

晚上，那位舅母领着蓝桂桂来俱乐部找我，她带来了那本《俊友》，我估计她会说那本书也是"黄色小说"，但她只是说作家们全都坏透了。她滔滔不绝地讲述着书中那些最令人害羞的情节，一边讲，一边朝我挤眉弄眼。蓝桂桂被冷落在一边，渐渐地流露出妒恨舅母的意思，后来不耐烦地拿出三张电影票，邀我去看电影。她大概是想旧梦重温。但到了电影院后，无论她们将我挤得如何紧，都不能唤起我的骚动和激情了。我挨着她们，就如同挨着我的哥哥、我的弟弟妹妹一样皮肤冰凉。

只因为头顶上有了那轮月亮！

回到房子，那本《俊友》还在桌面上放着，无意中翻开，见里面夹着一个小字条，上面写着："你让我空等了一整夜，你为什么失约？"

我一声冷笑。

三级干部会议结束的前一天，田大光又来找我喝酒。看得出他有满腹心事，如鲠在喉，想一吐为快。但我故意不动好奇心，故意不问他究竟是什么事。

酒是本县酒厂酿造的，特别呛。田大光呛得脸上紫红，酒使他忘记了羞耻。他说："南彧，你能猜……猜出我想哪个女人吗？"

"天下女人那么多，我不是神仙，谁知道你喜欢哪一个？"

他很凶恶地瞪了我一眼（无论他心底多么善良，表情却永远都是凶恶的），仰起喉结巨大的脖子，又喝下了一大杯闷酒。

"南彧，你狗东西真有福！"他忽然爆发出这么一句。我莫名其妙，不知他说的是什么意思。

"你狗东西整天和叶小昙在一起！"

我一愣,接着恍然大悟。

"叶小昙?"我惊叫道,"原来你爱的是叶小昙?"

"她……她算啥!我爱的是另一位姑娘。"他说。

"你爱的是谁?"

"你不要问。"

"不说名字,说说你们的认识过程总可以吧?"

他点点头,猛喝了一口酒,抹抹嘴说:"去年开三干会的时候。那时候和今年一样,我在大会后勤处,她是大会播音员。"

小说的下一节,就是田大光告诉我的他和她的故事。

十三

田大光没有告诉我那姑娘叫什么名字,为了叙述方便,就叫她"A"吧。

他和A一见钟情。他还断言说,凡是真正的爱情都是一见钟情。爱和天才一样,永远都是飞跃和顿悟,永远都是盲目的、非理性的,表现形式也永远都是突发性的。那种慢慢了解、慢慢培养、慢慢产生的爱情,只不过是平庸的爱情,而卓越的、不平凡的爱情却是猝不及防的地震,无法预知的狂涛巨澜,不期而至的森林烈火……不管他的爱情理论是否正确,是否偏颇,但他对A的爱确实是如此发生的。

他掌勺打肉。与会人员排成长队,擎着碗,一个挨一个往他面前走。平时,谁都瞧不起他,可是吃饭的时候,谁又都想巴结他。在打肉的那一小时的情势里,他变得八面威风,好多的碗像嗷嗷待哺的黄口燕雀,可怜巴巴战战兢兢地伸在锅边等待他的勺子。打多打少,完全在于他那一刹那间的情绪或者说脑电波的闪动。朋友、熟人、异性,长得漂亮的、穿戴整齐的、气质文雅的……总之凡是能引发愉悦情绪的,肉就打得格外多;反之,那些看起来不顺眼的,肉就打得格外少。

当然打多打少对于气量宏大的君子根本不算什么，但那些鸡肠鼠肚、狗苟蝇营、贪占小便宜的人，偏偏最爱计较的就是这些小事。

有一天，他正叮叮当当地打肉，忽然看见队列中有一方艳红艳红的红围巾。那红围巾包着的就是A的小脸庞。那红围巾红得刺眼，红得让他心惊肉跳。他不由得在那小脸庞上看了一眼，霎时激动得脸色惨白。待到给她打菜的时候，他去接她的碗，手却哆嗦起来。碗当啷一声掉在地上。他忙蹲下身子去拾。碗是拾到了，但膝盖骨发酥，半响竟站不起来。A以为他腿有毛病，忙搀了他一把。他一边往起站，一边觉得被搀着的地方烈火熊熊，并且蔓延全身。

第二次她来打饭，他便利用手中仅有的那一点特权，给她多打了一勺子肉。后面的人看见了，立即愤愤不平，甚至有人扬言下一次来打饭要穿一件女人的花衫子。

第三次，他给她打得更多。A忽然恼怒了，将肉全倒进锅里，头也不回地走了。打菜的队伍里立即爆发出欢呼声。他羞愧得无地自容。等待打菜的人愈开心了，讽刺他的话愈说得肆无忌惮：

"哼！勺上长眼！"

"今天勺上长的不是眼，是生殖器！"

"舔屁股舔到尿眼上了！"

"哈哈哈……"

一片喧闹声，咒骂声。其鼎沸程度仿佛爆发了农民起义。伙夫头儿为了平息众怒，也为了让他逃脱尴尬，夺过他的勺子，呵斥了他一声，让他去后勤处帮助办理饭票。

从此他在她面前感到耻辱。他觉得那半勺子肉确实是伤害了她。他当时只是为了对她表示好感和爱慕，但那种典型的伙夫式的求爱方式伤害了她的自尊心，使她将那碗肉倒在锅里愤愤离去。她讨厌的不是他的殷勤，而是他的庸俗。

他伤心地想：也许她需要的是一位潇洒高雅的"罗密欧"，而不是他——一个长相凶恶的伙夫！他那指甲缝里钻满生肉屑的黑手难道配握她的纤纤玉指？他那油腻粗糙的大嘴难道配亲她那红嫩如花的嘴唇吗？

但他实实在在爱她，爱得如醉如痴。如果她只是嫌他不干净，他愿意用肥皂加沐浴液洗十遍澡，然后在中山服四个口袋里装上四个香喷喷的大香包，再走到她的面前。他又想，假如 A 对他本人倒没有什么，仅仅只是瞧不起他的职业，那错的就不是他了！他想：当伙夫未必就卑贱，老祖宗很早就有"民以食为天"的古训，饭勺子里才能找到最基本的生存哲学。也许再过几百年，物质生活极大丰富，人类"食不厌精，脍不厌细"的时候，说不定伙夫的工作会一跃而成为世界上最伟大的工作呢！

他寻找各种各样的理由去战胜自卑感！

但他仍然只有想她的胆量，却没有去见她、去找她说话的胆量。他最大的享受就是听广播（她也是一个广播员），无论她广播的是会议消息、枯燥的时间安排或是简短的临时通知，他都会听得入迷。他不但能听见那声音，而且能看见那声音——像金光灿烂的太阳；甚至还能嗅见那声音——像芬芳异常的鲜花……有时候，他又觉得那声音像她的头发、皮肤、柔软的小手，摩挲着他的耳朵、他的脸颊……总之，每听到她的声音，他就能整个儿地感觉到她。

她简直是无所不在。

在他的幻觉里，那声音是因他才变得那么温柔，那么甜蜜的。他觉得受她的抚爱实在太多，每从高音喇叭里听到她的一次播音，他就觉得又欠了她一次情债。情债累累，债台高筑，无论如何都要归还了。但他又不知如何归还。

有时候，在院子里、街道上碰见她，就连忙赔她一个很殷勤的笑脸。她却很厌恶地将脸扭开——那半勺子肉仍横在他们之间，而且正腐烂发臭，让人捂鼻子——但他仍生活在幻觉里，心里想，她躲避他只不过是羞怯和做假。

他要回报她的抚爱。广播每响一次他就不安一次。

有一次雨后初晴，院子里的地软得像橡皮，他看见 A 踮着脚在铁丝上搭洗过的湿衣服。太阳暄亮暄亮，照得她眯起眼，照得她皮肤透红，照得她仿佛要熔化。她尽量高地举起手搭衣服，衫子耸起，露出窄窄的红皮带和一线嫩白的皮肤。那皮肤撩得他眼珠通红，恨不得跑过去在那裸露处亲一口。她搭完衣服，哼着小曲，款款地回广播室去了。泥地上，留下一行浅浅的小巧精致的脚印。田大光连忙从办饭票的小房子里窜出去，窜到那一串脚印跟前，蹲下去装作勾鞋子，其实是用绳子量那些脚印的长短。

他带着那根绳子，去街上的百货商店里买了一双昂贵的红皮鞋。

那天晚上，A刚熄灯准备入睡，忽然听到一阵窸窸窣窣的响声。仔细听，好像谁在拨弄窗户。A紧张得瑟缩成一团。窗户果然被推开了，接着咚的一声，像是有人跳了进来。A顿时汗毛怒张，冷汗淋漓。她觉得那个人正在悄悄地潜近。她本该大声呼救，但她天性软弱，连呼救的胆量都没有。她想在劫难逃，今晚大概要完成每个女人迟早要完成的飞跃，那块处女地便不禁神经质地阵阵作痛。但一刻多钟过去了，什么也没有发生。可她分明听见有人跳进来了。难道那人潜伏在某个角落，只等夜深人静，才会猛扑过来？一个整夜她的神经系统高度紧张，紧张得随时都可能爆裂似的。她甚至想那家伙想怎样就快点儿怎样吧，无论如何总比吓死好一点。正如死刑犯人在枪响前痛苦万分而枪响后反倒不见得有多大痛苦。然而仍然什么也没有发生。

窗户纸终于发白。起床的电铃声急剧地响了起来。她一下子释然了。她穿好衣服，怀着强烈的好奇心走到窗下一看，原来是一个从外面扔进来的纸盒子。连忙打开，见里边装着一双鲜红鲜红的女式红皮鞋。其中一只鞋壳里装着一片白纸，上面写着四个字："万分爱你。"下面的署名是："你的一名忠实的听众。"

吃过早饭，挂在大礼堂外面的高音喇叭又响了，广播一篇报纸摘要。田大光侧着耳朵呆愣愣地听，觉得那声音格外地柔和、温存，充满了对他的爱意。她一定已经看到他的礼物了，也一定读了他写给她的字条了！他十分兴奋，甚至认为那高音喇叭今天早晨只是为了他一个人播音的，于是，那篇正播送的枯燥的报纸摘要全变成了呢喃情语。

报纸摘要广播结束后，放了一张西藏女高音歌唱家才旦卓玛的唱片：

> 太阳啊，霞光万丈，
>
> 雄鹰啊，展翅飞翔……

底下两句他和才旦卓玛一起唱道：

> 高原春色无限好，
>
> 叫我怎能不歌唱！

歌曲广播结束，他兴犹未尽，嘴里还在哼哼着"叫我怎能不歌唱"，忽然听到喇叭里播送一则奇怪的遗失启事：

"哪位同志丢失了一双女式红牛皮半高跟鞋，请到广播室认领。若到傍晚无人领取，将被视作垃圾丢到世界上最肮脏的地方！"

最后一句措辞严厉，仿佛最后通牒。

他吓了一跳，嘴巴张得老大，慢慢地，几滴冷汗从鬓角滚落下来。幻觉终于幻灭，心里一阵极悲惨的清醒。到后来，痛苦渐渐变成了一种灰溜溜的心绪。一整天，他都在房子里呆坐着。他当然不会去领取那双牛皮鞋。

好多人来办饭票，纷纷议论红皮鞋的事，都觉得蹊跷：那么新的一双红皮鞋，连盒子都没有打开，为什么会偏偏丢在广播室？大概是哪个"骚熊"打Ａ的主意，用红皮鞋向她故作多情吧？他默不作声，只顾办理饭票。一会儿，肥胖的伙夫头儿走进来，右手卷成肉喇叭，套在他耳轮上小声问他："是你送给她的吧？""你凭什么说是我送的？""我知道你对她有意思，上一次，你不是给她多打了半勺子肉吗？"

"你滚！你快滚！"他火了，"谁对她有意思？她算个什么东西！"

现在，在他的心目中，她确实不算个"什么东西"了，因为她欺负了他最圣洁的感情，欺负了他的自尊心！她可以表示不爱，但她不可以拿他的感情示众，更不可以侮辱他。他可以忍受打骂，但不能忍受侮辱！

眼泪一串一串掉了下来。

广播又响了,她的声音还是那么悦耳,那么亲切,还是和过去一样,像阳光,像鲜花,像头发……他又听得痴迷,又产生了许多幻觉。他已记不起刚才还曾恨过她一阵子。

傍晚到了。他想那双牛皮鞋也许正在被她往"世界上最肮脏的地方"扔吧?

他正在伤心,门忽然被谁推开了。他一看,竟然是A。心又咚咚地狂蹦乱跳。可是她一副什么也不晓得的样子,平平静静,拿出一沓钱和粮票——原来是来办饭票。

这时,房子里恰巧只有她和他两个人。

"你不想来领取你的红皮鞋吗?"她忽然突兀地问他。

"你……你怎……怎么知道……"他惊慌失措。

"昨天上午,我看见你在院子里,用绳子量我的鞋印子。"她说得不动声色。

"你……"他窘得什么也说不出来了。

"你快一点来领,否则我就要扔了!"

"那你就扔……扔吧!"他羞愧交加,结结巴巴地说。

"或者这样办,我给你钱,算你替我买的。"说罢,取出二十元钱,放在桌面上,走了。

"我不要钱!"他把钞票向门外、向她的背影扔了出去。

两张花花绿绿的钞票,在晚风中慢悠悠地飞舞。后来,被一位路过的公社社长拾去了。谁知当天晚上,那件装钱的衫子忽然起火,连裤子、被子都被烧掉了。事后,他回忆起拾钱的时候,那两张怪异的钞票就很烫手。

十四

田大光的故事就是上面这些。

我说:"这与其说是爱情,不如说是单相思。你爱人家,可人家不爱你,剃头担子一头热，白白地消耗热能，划得来吗？再这样闹下去，一定还会闹出许多笑话，不如赶快撒手。"

"你说得很对，很理智。我有时想的比你说的还理智，只是一听见她的声音，就爱她爱得不由人了。"

"男子汉，要提得起，放得下。"

"谁都有放不下的事！"

"那怎么办？"

"我也不知道怎么办。"

"你说得也对！再伟大明智的人物，都有一两件放不下的事：诸葛亮放不下兵出祁山，唐玄宗放不下杨贵妃，我如果换成你，说不定也一样放不下那个播音员。当局者迷，旁观者清。如今我因为是旁观者，自然要比你清醒，说的话也许对你还有点参考价值。我们经常所说的爱，往往只是指自己单方面的恋情，其实'爱情'里还有呼应的含义。我爱某个女子，某个女子也爱我，爱呼应着爱，这才是爱情。如果只是单方面的，缺乏呼应，只能叫作单恋，不能叫作爱情。譬如古代美女罗敷，标致绝伦，人见人爱：'行者见罗敷，下担捋髭须；少年见罗敷，脱帽著帩头。耕者忘其犁，锄者忘其锄。'但罗敷只爱自己的丈夫，那些爱她的行者、少年、耕者、犁者，还有那个向罗敷求婚的太守，只不过都是单恋而已。他们也很知趣，当罗敷表示爱有所属后，就不再纠缠她了。又譬如一颗在玻璃柜里展览的美丽珍贵的红宝石，人人见了喜欢，但它属于谁自然就会属于谁，你总不能砸开柜子去强夺它吧？所谓的文明行为无非指符合理智的行为，或者说是知趣的行为。古代那个苦恋着罗敷的太守尚能知趣，何况我们今人呢？既然 A 对你那么冷淡，甚至给你难堪，你为什么不能知趣点，早早撒手呢？"

"你说得对。"他低下头，对我的高谈阔论表示臣服。

"三干会"结束后，我骑着那辆生产牌自行车，往家里赶。

离家愈来愈近。那些小路、坡坎、田地，变得愈来愈熟悉。每一处都能引起童年的回忆,在什么地方斫过枣刺,摘过酸枣;在什么地方割过猪草,撂过草窝儿;在什么地方打过架,亲过某一个小姑娘的脸蛋子,全都记得清清楚楚。甚至看到路畔的那些黄狗娃花、蓝刺蓟花、红酒壶花,还有那些不会开花的车前草、羊蹄甲菜、鸡粪蒿……就像见到老熟人似的,亲切得要命,亲切得向它们每一位点头打招呼:你好,弯弯路!你好,马兰草!你好,荠儿菜!

前天下的雨,到今天地里还是湿漉漉的,湿得发黑。麦苗儿长得很欢,欢得像泼了绿油。风浩浩荡荡地吹,将麦苗儿吹成了疙瘩,吹成了圆球,在金黄灿亮的阳光下像骡子一样打着滚,撒着欢儿。麦田上空,一只只黄蝴蝶飞得像醉了似的。那种叫"姑姑等"的鸟儿,在远处树荫里正叫得伤心。灰野兔蹲在路当中,耳朵竖得像两支令箭。豁豁嘴不停地哆嗦着,仿佛在咀嚼泡泡糖。白杨树显示峭直,老垂柳显示曲线,各自用各自的优势骄矜。

母亲在家,我刚一进门,就听见她和妗子在里屋拉闲话。我故意将破自行车推得乱响,可是妈没有出来。我有点儿委屈。后来妗子出来慈慈地一笑,说:"快进屋去,看谁来啦?"

我有点纳闷,不明白今天究竟是谁让妗子这么大惊小怪。走进屋里一看,才知是那个周村女子。

她剪纸一样贴着炕沿儿站着,红袄绿裤,鲜艳极了,就是有点不伦不类。低着头,脸蛋子红扑扑的,见我进来,更红了,红得像天安门上的灯笼。她有一种很特殊很熟悉的村野之气,比起城里那些知识型女子,她更可爱更生气勃勃。

"你来啦。"我问候她。

她点点头,忽然很想笑,抿着嘴忍着,大概又记起了上次遇面的事。

妈和妗子拉我到另一间屋子。

"你这个丑样子,人家都不嫌你,同意你了,"母亲说,"你呢?给你三四天时间了,你考虑好了没有?"

"你别催我!我已经长得这么大了!"

"越长大越不省事!人家女子哪一点比不上你这个丑八怪!那么心疼的女子,

十个拽八个拉，媒人天天踢断门槛，抢都抢不到手哩！要不是你狗肚子里喝了那么一点点墨水，人家能看上你？看上咱家这穷日子？我就不信你还有啥不满意？还有啥可'考虑'的？"妈说。

"你将衣服买下了没有？"妗子问。

我说没有买。

"没买衣服，给五元钱也成！人家等你等了一整晌了，快过去给人家！"

我点点头，走进里屋。

那女子还在那里一动不动地站着，我觉得她站得怪可怜的，就说："坐下，脱了鞋在炕上坐下！已经是成人了，还这么客气？不要客气！"

她又想笑，却仍然站着。

"听说你同意我啦？"我问。

她不作声，大概是表示默认。

"那一天你吓得连看我都不敢看一眼，你知道我是瞎子还是跛子？斜眼还是歪嘴？你敢冒冒失失表示同意？你不怕受骗上当？"

"我早看见你了。"她急了，终于说了一句。

但那天她明明没有看我，难道她有什么特异功能？能用鼻子看人？耳朵识字？

"就算你看见我了，但你并不了解我呀？不要说咱们俩以前没有相处过，就是连一句话也没有说过。你知道我是江洋大盗还是流氓骗子？你胆子这么大，竟敢糊里糊涂表示同意，难道不怕上了贼船？事后后悔？况且，你那一天说我是一个'怪人'，你敢和一个怪人订婚吗？"

"我明白你的意思了……"那女子泪花闪闪，忽然拎起小背包挎在身上，走了。

妈和妗子去拦她，她摇摇头，表示不用拦，拉开大门很坚决地走了。

"都是你闯的祸！"妈急得要打我，被妗子拦住，便骂道："这么好的闺女不要，难道你要天仙？若是天仙，人家能看上你那狗模样？不省事的东西！"

第二天回俱乐部上班。路上我想，妈骂得也有道理，周家那女子长得还算不错，若只论模样，配我确实是绰绰有余。再说我也不是不喜欢她，她的饱满，她的鲜艳，还有她的野劲儿，都让我神往。我拒绝她，只是隐隐约约觉得自己心有所属。但我又不能准确说出那个"所属"是谁。

难道是蓝桂桂？

是的，我喜欢她的饱满，喜欢她的风韵，喜欢她知识分子式的细腻的思维，喜欢她不失文雅的挑逗。我确实渴望她，难道这渴望不是爱的呼号？于是，我便假设我真的爱上了蓝桂桂，假设我十分思念她，假设我要写一首燃烧着激情的情诗献给她。

我在心里构思这首小诗，却找不到激情的根据，只有一片迷茫。莫不是我对她的渴望只属于需要，而不属于灵感？

我真说不清楚。

回到俱乐部，洗过脸，换过衣服，躺在床铺上，拿起一本书，准备翻阅，忽然想起应该去广播站看看叶小昙。

广播站门口挂着一个有线广播。老远就听见她那悦耳的播音。时间已是下午六点，她已经下班，播放的只不过是她的录音。

我先没有敲门，趴在窗口，想看看她在不在房子里。窗口朝西，正好有一道斜阳从玻璃棂格里射进去。小昙正坐在床铺上打一件毛衣，两腿伸得笔直，像两个炮筒。阳光射进"炮筒"里，殷黄殷黄，照得两个小腿肚子活鲜鲜的，像蚌壳里的蚌肉……

我赶忙扭过头去。

"南彧，你鬼鬼祟祟趴在窗口干什么？还不快进来！"她看见了我，在屋里喊道。

我踅进去，有些尴尬。后来想装得随便一点，随便和她聊聊什么，但那两根"炮筒"仍正对着我，里边万弹齐发，打得我耳热心跳，晕头转向。

她望着我，神情有些吃惊，好像不认识我似的。

我不知和她说什么好。她也低下了头，默不作声，仍打她的毛衣。后来她突然意识到了什么，神经质地将裤管抿得紧紧，脸孔唰地一下红了……

害羞使她艳丽非凡。

也许因为她终于认识到我不仅仅是一个谈得来的友人，而且还是一个有着浓重欲念的男人，她才害羞。害羞是她对我的新认识。

由于害羞，她显得比平日更妩媚，更温柔了。脸蛋子也更红，更湿润了。她有气无力地编织着毛衣，两只手像刚出锅的红薯一样热气腾腾。她不像编织毛衣，而像是在编织一张爱网。她大概自信她能捕获我，所以才显得这么平静亲切，不动声色。

我的呼吸变得急促。我为如火如荼的激情而尴尬害羞。我告辞走了。

晚上，她主动来找我。我和她再也不说朗诵和诗歌之类的事了。

她仍拿着那件打了半截的毛衣，就像演员拿着道具，眼光只看毛衣，不看我。衣着随便，红衫子、黑裤子。两条短辫子梳得油光水滑，刘海儿却故意撩得乱蓬蓬的，制造出一种人为的随便。

"前几天找你几次也找不见，你干什么去啦？"她问。

"回家去了。"

"看望老人吗？"

"是。但主要任务是相媳妇。"

"满意吗？"她有点不太自然。

"长得挺好，很健壮。她说我是一个怪人，还说她就愿意嫁给我这样一个怪人。"

"你答应她了吗？"

"答应了。"我故意说。

"你真的答应啦？"她有点震动。

"正在考虑，"我笑了笑，"不过也快了，说不定明天后天就会答复她。"

她皱着眉头，毛衣针乱打，好几处打错了，慌慌张张又拆了另打。

偏巧在这时候，那位"舅母"又在外面敲门，嘴里"南彧南彧"一个劲儿地叫，声音娇得像十七八岁的女子。我示意叶小昙不要作声。

"灯开着，怎么能没有人？""舅母"在外面自言自语。"咦，怎么能没人？"声音颓丧。一会儿，脚步声朝大门外走了。

"她是谁？"叶小昙不悦地问。

"和你一样，来找我聊闲天，过了年才十九岁，长得挺漂亮。"我想逗起她的嫉妒心。

"你们男人见一个爱一个，真恶心！"

她果然中计，眼圈儿突然潮湿发红，狠狠地编织着毛衣。

我却开心极了。

我常常嘲笑政客们工于心计，而我呢？我不是也很工于心计吗？

我编造了要和周村姑娘订婚以及那位舅母只有十九岁的假话，果然挑动了她的嫉妒心。

我怕的是她不嫉妒。她既然嫉妒了，就说明她对我并不是无动于衷。

"她对你有些意思，"叶凯说，"她在舅家已住了七天了，还不想回去，见了我老是问你的情况。"

叶凯说的是蓝桂桂。

"你对她要多说说我的缺点，免得她将我想得十全十美。"我说。

"为什么？难道你对她缺乏激情？"

"确实如此。"

"我好像记得你曾经很喜欢她。"

"对，有这么回事。但只是'曾经'而已。"

"她约你今晚看电影，你去吗？"

"当然去，不管怎样，我都很感激她。"我说。

叶凯掏出一张电影票递给我，说："这是她给你买的，难得一片苦心。"

"没什么，人爱人都是这样。"我轻描淡写地说。

电影开映了。蓝桂桂很激动，紧贴我站着。我挨着她就像挨着蒸笼一样。她在等待我，我却什么也不等待。她实在忍不住，就抓住了我的手，紧紧地攥着。她的手上热汗淋漓，像六月的沼泽，也许那不是汗水，而是热血和眼泪。我第一次体会到女人那不顾一切的激情。我并不感动，只感到震撼，继而又感到女人的卑贱。

其实当初我爱她、渴望她的时候，又何尝不是卑贱的！

但我能容忍我的卑贱，却不能容忍女人的卑贱。我认为女人只应等待，不应出击。以后，凡是遇见女人向我主动出击，我马上会厌恶。

"我明天要回去了。"她怯生生地说。

"若有时间，我来送送你。"

"不，不用了，叶凯已经答应来送我。"

"那好，以后来了，我再请你看电影。"

电影散场了，我和她之间的感情也散场了，彼此都有点儿沮丧。她从电影院回舅家，要拐三条深巷。我怕她不安全，就陪她一起走。小巷里没有路灯，一片漆黑。她默不作声，像一个深渊。我忽然有了欲望，并迅速回忆起她的丰腴和可爱。夜色暝晦，如黑色的浓雾，将我们和整个世界分割隔离。她又抓住了我的手，小声哭泣。我不知所措，却觉得她可爱可怜。心中渐渐升起一种含混不清的激情。等到了她舅家门口，我犹犹豫豫，想举手叩门，她却突然两手抱住我的脖子，脸庞贴着我的胸膛，剧烈无声地抽泣。我情不自禁，猛地用两手捞起她的脸庞，使劲去亲她的嘴唇。那嘴唇光滑、饱满、灼热，还有一种清新的甜甜的奶味儿。我越亲越猛、越亲越狠，仿佛食肉猛兽。由于是初尝禁果，我感到了从未有过的痛彻肺腑的甜蜜。她软成一团，任我吞食，两只手臂却将我搂得更紧，搂得我气都喘不过来了……

我连忙举手敲门。

等她松开我的脖子,我便匆匆告辞。她有点惊愕,后来跟着舅母回家去了。我十分懊悔,我明明不爱她,却为什么要亲她?而且亲得那么放肆和热烈!天地上苍,我将我的第一个吻和男人的贞洁献给了一个我并不爱的女人,这一切难道是神差鬼使?

有好几天,我没到小昙那儿去。我觉得负疚,对不起她。
然而我侵犯了蓝桂桂的贞洁,却一点儿没有对不起蓝桂桂的感觉。
下班后出门散步,"散"着"散"着又散到广播站去了。小昙不在房里,我抽着烟,随手翻着桌上的书籍。书页里忽然散落出几封信,信皮上的笔迹极熟悉,我一下子就认出是田大光的笔迹。我几乎惊叫了起来,原来田大光所讲的那个A就是叶小昙!

原来他还没有死心,一封又一封地给她写着求爱信!但我根本不相信叶小昙会爱上他这个又丑又蔫的大伙夫!夸父追日,虽然无论如何都要失败,却也不失悲壮和可歌可泣。

叶小昙进来了,劈手夺下那些信,怕我再来夺,又放进抽屉里锁起来。
"谁写的信?这么神秘?"我故意装作不知道。
"一个傻瓜。"她笑着说。
"信写得还不少呢!"
"过去是半月一封,后来是一星期一封,现在是两天一封。"她说得厚颜无耻,大概是要报复我那天对她的刺激。
"是向你求爱吧?"
"对,他在信中说:我身上任何地方都好,好得不得了,连眼睛屎都是好看的,像黄金。还说我的声音是世界上最好听的声音,简直像莫扎特的小提琴哩。他说他甘愿做我的奴隶、我的牛马,任我骑任我打,就是我叫他端屎倒尿顶砖头,他也甘愿！"

"就这么下贱！"

"这不能叫下贱！"她反驳我说，"我看得很感动，几次都流泪了。"

"你见过他吗？"我问。

"你不要问他是谁，也不要问他的任何情况，因为他只对我是宝贵的，对你一点用也没有！"

"说不定是一个丑八怪呢？"我明知故问。

"丑八怪又怎么样？只要他真心疼我，爱我，就够了！"

"一个陌生男人的话，你就信得那么真！"我开始反击——尽管我知道田大光的话确实是真的。

"有时我也想，那信中的话是不是真的？"

"真的？现在哪儿来的真的？现在大家都是演员，都在表演假话！看一看历史舞台上那些飞黄腾达者，哪个不是说假话的行家里手？五七年倒有几个说真话的人，但说了后都成了右派，成了专政对象！有了这些悲惨的先例，谁还敢说真话？现在更甚，不要说那些大人物，就是老实巴交的贫下中农，也都在毫不脸红地说假话。请你想一想，前几天'三干会'上那些会议发言，慷慨陈词，究竟能从里面找出几句真话？有一首打油诗说得好：'半斤黄铜四两金，拿到街上试人心。黄铜卖了真金在，世人认假不认真。'这就是现状！这就是当今的众生相！你那个求爱者，为了哄骗你，得到你，什么愿不能许？什么假话不能说！正如扮演罗密欧的演员在舞台上说尽了甜言蜜语，其实不过是演戏而已，没有一句是内心的真感情！而你，却和那些甘愿上当的观众一样，竟被他的信感动得流下了眼泪，说不定还准备去献出自己的青春呢！"

"南彧，你太刻薄！太过分了！"叶小昙嚷道，"世界并不像你描绘的那么坏，那么不可救药！说真话的人无论如何是大有人在的，譬如你，刚才的那番话虽然偏激，但确实是你内心的真话！"

"也未必！"我心中充满了无名之火，愤愤地说。

玩火者必自焚！

现在，嫉妒的是我，而不是她！田大光再也不是我的友人，因为他成了我的情敌，他的一切优点顷刻间都变成了缺点。我恼他、恨他，就是他患了绝症我也不会同情他！尽管小昙还没有答应他也许永远也不会答应他，尽管他爱得很苦甚至爱得凄惨，我都不会轻视他宽容他任他所为！

我很痛苦，由于痛苦我才明白了我爱她已爱得多么深。

夜永远是想象的温床。

我躺在夜之床上，望着窗外那永恒的星斗、永恒的月亮，还有那一片永恒的漆黑；我还看到我那屑小可怜的灵魂在星月之间像尺蠖一样痛苦不堪地扭动。高兴时，我就是充斥天地的巨人；悲哀时，我又比小人物更小人物。我的真实到底是什么样？我并不知道，也许我只是永恒变化中的一个渺小的然而也是永恒的变化吧？

现在有人爱小昙了，我可能失去她了，我才猛然痛惜她了。

痛惜使我重新回味她，一遍又一遍地回味她：刚见面时那琥珀般透红的耳轮和那道门口涌入的阳光，银铃般清脆悦耳的朗诵；那睫毛，那眼睛，那鲜唇，那炮筒一样指向我的裤管……一重回忆就像一重色彩，将她描画得愈来愈光彩夺目。她已不是她，而是我的激情和创造。我的渴望和幻觉不断丰富着她，深化着她。到最后，我变得像一个自虐狂，变得比田大光更田大光——甘愿做她的奴隶、她的牛马，任她鞭策驱使。我终于相信田大光信中的话不是狂热和妄语，而是爱的极致！

不！我不能失去她！

十五

王主任和我在俱乐部办公室打乒乓球，他身体有点儿发福，我一会儿打他的右手，一会儿又打他的反手，他来回奔跑接球，大肚子颠得像惊涛骇浪。我又报仇似的打了许多快攻球,直弄得他满身臭汗,疲于奔命。

"老了,不行了!"他坐在长椅子上休息,一边喘气一边说。

"主要是缺乏锻炼!"我说,"听说咱县有一位县长,胖得连小车车门都挤不进去。但他又最爱坐小车,觉得不坐小车就不像一个县长。为了减肥他每年去西安某个医院动手术割肚子里的板油(脂肪)。其实,只要他每天坚持长跑或坚持打乒乓球,同样可以达到减肥的目的,何必去忍受那一刀之苦!"

"这是传说!谣言!信谣可悲!再者,这也属于说领导的坏话,如果让那位县长听见了,就是不得了的事!"

"不得了又能怎么样?"

"这事若在五七年,你是要被打成右派的!南或你以后可要加强政治学习,特别是要学习马恩列斯关于无产阶级专政的理论,你的政治嗅觉太不灵了!不在这方面加强,将来你是要吃大亏的!"

我有点儿厌烦,站起来准备走。他一把拉住我,递给我一支烟,说:"我一直想找个机会和你谈心,一直又抽不出时间——你们青年人喜欢谈爱情,咱们就谈谈爱情吧。你今年二十多岁了,也该找个女朋友了。"

"你帮帮忙,替我找一个吧!"我故意说。

"可以可以,不过世界上唯有这种忙最难帮,"王主任忽然叹息一声,"因为人类的其他感情都是正常的、健康的,唯有爱情是畸形的、病态的、千奇百怪的!"

我有点愕然,想不到满嘴马列主义的王主任竟然发出这种论调。

说完,他给我讲了一个故事。

他说有一个人和他同姓,名字不宜公开——就叫他王某吧。王某很有桃花运,上初中一年级,就有一位漂亮的女同学爱上了他。毕业后,两人定了亲。王某学习挺好,考上了师范学校,那女子也考上了一所高中。两个学校都在一个县城里。王某家境贫穷,那女子三天两头地接济他些零钱、粮票,每季还要做一两件新衣服送他。

那女子名字叫尹玉秀。

县城西边有一道山沟,沟下有一道河,河名叫漠谷河。

"就是咱们县西边那条河吧?"

王主任点头称是。继续往下说。

漠谷河极清,清得像玻璃,水下的鹅卵石清晰可数,由于水的折光作用,鹅卵石随着水波晃动,在水底仿佛泡软了似的打着软颤。河两岸,是绿蒙蒙的洋槐林。每当四月,蜂蜡一样洁白的洋槐花开满了山沟。花香四射,连空气都甜得呛人。有时候一阵大风,吹得槐花鹅毛大雪般的乱飞。风停后,槐花珍珠似的落了半河。半河花,半河水。

槐花季节过后,便剩下了满眼的绿。特别是六月,更是绿荫垂垂,绿得盛大,绿得密不透风。还有那些河岸边的小野花,红、黄、蓝、白、紫,五彩缤纷,仿佛是童话世界。

几乎是每个星期日,王某和玉秀都在漠谷河边约会,呢喃情语。后来,偷偷地摸了一次手。再后来,偷偷地亲了一回嘴。甚至还双双跪在地上对天盟誓:生死不离,白头偕老。

三年后,王某从师范学校毕业,分配在一所中学教书。而尹玉秀由于和他谈情说爱,为情所扰,耽搁了许多功课,没有考上大学,回乡劳动去了。

开始,这些变故并没有影响他们的感情。王某几乎每个星期天都去玉秀家,还用领到的工资给她买了几件时髦的新衣服。玉秀和玉秀妈更是疼他,每逢他来,就喜欢得像过节似的,又是炒鸡蛋,又是烙千层油饼,什么好吃就给他做什么。

一年后,王某所在的中学调来了一位风流漂亮的女教师。两人刚一认识就产生了愉悦感。两人又都爱好文学,爱好幻想,初次交谈后就觉得气味相投,加上又同在一个语文教研组,接触机会很多,关系渐渐地密切起来。从此,王某渐渐疏远了玉秀,难得去她家一次了。玉秀终于有了疑惑,便去学校找王某,恰好碰见王某和那位女教师在一起。三个人难免有些尴尬,又都出于复杂的求胜心理,谁又都不肯退却,勉强地交谈着一些不相干的话题。王某冷眼望着两个女子,心里暗暗做着比较:尹玉秀经过一年多繁重的体力劳动,加上风吹日晒,皮肤已变得黝黑粗糙，连从前窈窕的体型都有点变形了。又因为已和贫下中农"打成一片"，满嘴的粗俗俚语。而那位女教师呢？白皙漂亮，举止得体，谈吐优雅，如兰似蕙。王某一下子动摇了，觉得过去的山盟海誓简直是很无知很愚蠢的行为。

罪恶来自对比！

他很快给玉秀写了一封解除婚约的信，接着又很快和那位女教师订了婚。

故事讲到这里，其实还是平平常常。不平常的是故事的后半部分。

玉秀接到解除婚约的信后，一连七天，卧床不起，水米不进。各家亲戚轮流来劝，但她谁的话也听不进去。身体一天瘦似一天。玉秀的妈慌了，怕女儿有个三长两短，忙请了一位老中医来诊治。老中医诊过脉象，问过病因，叹了一口气说："这不是病，而是少女伤春。最好的药方莫过于找一个好婆家嫁出去。"于是，请动了四五位媒婆，四方奔波，为玉秀择婿。

女婿倒相了不少，有干部，有工人，还有部队军官，比起教员王某，均有过之而无不及。玉秀却一个也不同意。玉秀妈急了，问她到底要嫁什么样的人。但玉秀什么也不说。三天后，母亲再三催问，玉秀终于说了两个奇怪的择婿条件：一、男方必须和王某同村；二、又必须是王某的近邻。若符合这两个条件，不论其贫富美丑，她都愿意嫁给他。

消息立刻传了出去。

恰好在王某家的对门，住着父子俩，一个老光棍，一个小光棍。小光棍也快四十岁了，秃疮头，马蜂窝鼻子。小光棍听到这个消息后，心想自己最符合那两个条件，但又不敢相信那如花似玉的女子真的会嫁给他。他又激动又沮丧，又沮丧又激动，最后抱着碰碰运气的想法去托一个媒婆提亲。那媒婆听到他想娶尹玉秀后大惊失色，甚至怀疑他得了花痴病。她说人家女子不嫁干部、工人，不嫁四个兜兜的部队军官，难道还会嫁给你这个秃疮头、马蜂窝鼻子？你也不照照镜子瞧一瞧自己！不要说玉秀，就是我这老婆子也不会嫁给你！最后她熟练地引用了一条毛泽东语录："人贵有自知之明。"劝他癞蛤蟆别想吃天鹅肉。但秃疮头说："行不行你先去试一试，她不借米总不能挡了咱的升子！"说完掏出十元钱给媒婆预付了跑腿费。媒婆思忖再三，舍不得那张硬铮铮的十元钱，最后硬着头皮去了玉秀家。

在院子碰见了玉秀妈，媒婆说明来意。玉秀妈气得简直想打媒婆一个耳光，说："你老人家不怕舌头生疮？死了不怕下割舌地狱？敢给玉秀说这样的主儿！你也生儿育女，为啥不将女儿嫁给那秃疮头？你到底是来提亲还是来糟蹋我们母女！"媒婆被奚落得面红耳赤，连连告罪，悔不该贪十元钱丢了这么大的人。正准备往门外撤步，忽听玉秀隔着窗子说：

"妈，我同意这门亲！"

媒婆和玉秀妈如同听到晴天霹雳，目瞪口呆。

半月后，秃疮头果然将玉秀娶到家里。

婚后，玉秀对公爹孝顺，对丈夫体贴，过去肮脏的小院子被她收拾得整齐洁净，很快在村子里赢得了好名声。说起她，人们又怜爱又叹息，又叹息又怜爱。王某的母亲，每每碰见玉秀，就不由得替儿子痛惜后悔。其实，这些正是玉秀嫁到这儿来的目的。

每逢星期六，王某从学校回家，玉秀这时候总坐在门口的大青石上纳鞋底或做其他活儿，一见王某，就猛地仰起脸，目光极凌厉极仇恨又极凄楚地望着他。王某也许能忍受一切，唯独不能忍受这目光，抱着头慌不择路地跑回家去。每个星期六都是这样。到后来王某简直不敢回家了，他怕她，怕那两道目光，他觉得那目光像刀子一样，每次都戳得他七窍流血。他不敢想她，想起她就会梦魇了似的心惊肉跳。

再坏的人也有良心。王某想：是他害了玉秀，是他将玉秀掀进了火坑！他对不起她，他欠了她一笔很重的情债。他整日神思恍惚，忧心忡忡，那位女教师无论如何温存也不能使他感到幸福，感到安慰了。

更可怕的是，玉秀那两道目光一辈子都会盯着他，谴责着他，折磨着他！

他受不了，实在受不了！

他想补救，他想造成这悲剧的原因主要是因为那女教师。于是，他和那女教师解除了婚约,并向上级申请调到了另外一所学校。

玉秀很快知道了这消息。以前,支持她生活的是仇恨,但王某已退了婚,还了她的情债,使她不能再恨他了。其实她恨王某,只是因为爱他太深。极端的恨又何尝不是极端的爱!可她已嫁了秃疮头,为爱做的牺牲太大,反倒不能再爱了。既不能恨又不能爱,她一下精神崩溃了,活不下去了。

"后来呢?"我问。

"半年后,她死了。临死时嘴里又是爱又是恨地叫着王某的名字!"

王主任神情凄惨,眼睛里掉下两行泪来。

我忽然明白了什么。

"那个王某,大概就是你吧?"我问。

他点了点头,接着当着我的面,不知害羞地抽泣起来。

我默不作声,肃然地望着他。此时他完全不像一个玩弄权术、喜欢给别人穿小鞋的政客,而像是一个真诚君子。我有些困惑,但我仍然拍了拍他的肩膀,表示同情。

"其实玉秀完全可以离婚,和你重新结婚。"我说。

"她觉得她已嫁了人……"

"还不是封建意识和贞操观在作怪,其实结过婚又妨碍什么呢?"

"我们是两代人,爱情观根本不同。"

"这我理解。人的每一个新认识都要付出牺牲,一部人类史真是太悲壮了!"我说。

十六

田大光鼻青脸肿,额头上还有一个大青疤。他对我说:"这是巷子里的孩子扔砖头块砸的。"

"孩子有时候也很可恶!"我说。

"他们向我扔砖头,是因为知道我不会还手。"

"不还手并不是善!"

"为什么?"他颇感惊诧。

"因为你纵容和培养了他们的恶!"

"也许。至少在客观上有这样的效果。但我不还手只是因为我不喜欢还手!"

田大光和我坐在沟坎上聊天。头顶是天,脚下是地,有一种很惬意的空旷感。隐约听见漠谷河的水声在沟下哗哗地响。我是来散步的,在这里撞上了他。

"今天我正想找你。"他说。

"又想和我喝酒?"

"是的,我心里很烦,烦得活不下去了。我给她写了二十多封信,她一封信也不回。如果她回一封骂我的信,我也是高兴的,可是她连骂我的信也不回。"

"你那个 A 到底是谁?"

"你管她是谁!你也许和她很熟悉。但你并不爱她,我已经听说过了。不然,咱们不就成了情敌了?"

我悲惨地一笑。

"她为什么不回信?也许她根本就看不起我,不屑给我回信,甚至是接到信连拆也不拆就扔进垃圾箱了?也许是她不忍心写信拒绝我,或者是心已有所动,只是想再等一等,再看一看,再考验考验,考验我是不是真心?总之,我想得多极了,又不知道究竟哪种想法是对的?"

我心里说,她并没有扔你的信,她甚至很珍视你的信。假若你一直顽强地写下去,说不定哪一天会"精诚所至,金石为开"!但我不会对你说这些的,因为我现在和你一样爱她——我以前确实表示过不爱她,可你知道不知道,人的心每跳动一次就会变化一次——你让我出主意如何追她,岂不是与虎谋皮吗?

"你可以再去试探试探,譬如再朝窗户里扔进一双红皮鞋,反正你知道她鞋子的尺寸。"

"还敢再扔？上次几乎吓得她得了神经衰弱。"他红着脸说。

"这次大不了再吓个心脏扩裂。"

"别开玩笑了。"他更羞愧了。

"要不然你就给她下个跪，求她爱你。求的时候要声泪俱下，涕泗横流，凄凄惨惨切切。女人大都心肠软，经得住雷霆，经不住眼泪，不信她不爱你！"

"你不要说了……"他忽然双眼红湿。

我喘了口气，也觉得自己太刻薄了。一下子又动了同情心、怜悯心。

"你为什么偏要找我当参谋？你不会另找一个人吗？"

"我觉得你心善，能谈得来。"他说。

"也难说。有时候我也很可恶！就像那些娃娃，平时多可爱，今天却用砖头砸你！"我说，"至于那个A，既然你爱她，你就去大胆地追求她，哪怕我是你的情敌，你也要去追求她。但你不要问我怎么去追求她，我讨厌提这样的问题。更何况我是我，你是你，我的追求方式就是我的性格方式，你和我性格不同，怎么能仿效我的追求方式呢？"

他点点头，不再问什么了。我们一起往回走。

"你今天好像心情不大好？"他问。

"不是不大好，而是坏透了！"我说。

我去广播站找小昙，听见我敲门，隔壁房子里走出一位上年纪的女干部，说："小昙刚才跟着一个人出去了。"

人？什么人？男人还是女人？青年人还是老年人？

我怏怏地往城外走。我喜欢城外。每走出城墙，就觉得像走出了某种束缚一样。我不喜欢水泥马路或黑柏油马路，我喜欢疙疙瘩瘩弯弯曲曲长着野花野草散落着牛粪马粪蒸发着浓郁的黄土气息的田间小路。小路两边，是碧绿宽阔的田野。我懒洋洋地走着，觉得全身松懈，甚至头脑里各种顽强的欲念也松懈了。阳光又旺盛又充沛，照得世界像铜箔儿一样，只有树荫仍绿得像夜。白云似乎太肥，在蓝天下面一朵朵挤着一朵朵,有时候挤得仿佛要掉下来。

我折下一朵油菜花,在嘴角里嚼,有一股甜甜的药味儿。后味儿有点苦。

远处有农民在锄棉花地,有时菜贩们骑着驮着菜筐的自行车响着车铃擦身而过,回过头有点惊诧地望着我,眼睛里的意思是:这人来这儿干什么?

我毫无目的,什么也不干。我只是来这儿幻想。

后来,我有点口渴。不远处有一架电动水车在当啷当啷地往菜地里车水。我走过去,故意像牛一样,趴在地上,将头伸进水渠里喝。后来抬起头,忽然看见水车旁边的一丛槐树条子后面,坐着小昙和一个男青年。

那男青年竟不是田大光!

这陌生人仿佛是天上掉下来的!

他们头挨着头,身子挨着身子,坐在一起喁喁私语。过了一会儿,我听见小昙咯咯咯地窃笑,像鸽子一样。他妈的,甜蜜得气都喘不过来了!我想躲开,但却又大踏步地走了过去。走到他们身边,装作什么也没有看见,皮鞋踢得土块乱飞。

"南彧!"她叫道。

我并不应声,心里一阵委屈。

"我给你们互相介绍……"

"不,你们谈吧!"我忽然热泪盈眶,"就当我什么也没看见!"

田大光又趴在县委食堂旁边的小房间里写信,题头一句是:"最最亲爱的小昙……"我一把夺下他的笔,往桌子上一摔,摔得满桌子都是蓝水点点。

"别糟蹋纸了!"

"你……"他惊愕得话都说不出来了。

"她已经跟了别人了!"

"真的?"

"不是真的还是假的?告诉你,我亲眼看见的!你真是个天字第一号的大傻瓜,你在这里不顾羞耻神魂颠倒地给她写信,可她呢?她却在你写信的时候在槐树条子后面和另一个男人相亲相爱!"

田大光像一摊泥,软倒在椅子里。

"不要难受!"我喊道。

他却像听到信号似的,抽抽噎噎哭了起来。

"不要哭,要化悲痛为力量!想一想,今年你一共写了二十一封信,这二十一封信浪费了你多少激情,多少渴望,多少像开水一样沸腾滚烫的热血!你要向她讨还血债!"

"是我甘愿写的,能怪她吗?"田大光说。

"不怪她怪谁?谁叫她长得那么漂亮,那么有气质?谁叫她嗓子那么悦耳,朗诵那么动听?谁叫她那么可爱,那么能勾引人?想一想,自从见了她,我们的心引发了多少渴望、多少思念,受了多少苦恼和煎熬!但她从来不制止我们,甚至故意纵容我们,挑逗我们,任我们为她浪费心思,浪费感情!想一想,还有什么浪费比感情浪费更摧残人?难道感情浪费就这样白浪费了?难道她突然背叛我们就这样轻轻易易叫她背叛了?"

"原来你也爱着她!"他惊讶地说。

"要不我为什么来找你!"

他低下头,叹息一声说:"对,我们同病相怜。"

"只在现在,我们才是两个最真诚、最能互相理解的朋友!"我说。

"喝酒,喝酒喝酒!"田大光说。

"对,喝酒,喝酒喝酒!"我说。

十七

"南彧,这几天你怎么不来广播站了?"小昙来找我,第一句话就这样问我。

"我忙着看书写诗。"

"难道就忙得连串门儿的时间都没有了？"她仍不知趣地问。

"有是有，但我不愿意白花时间去看别人谈情说爱！"

她沉默无语了。

"没想到你也会骗人！"我冷笑一声说，"尽管现在的世界已变成了骗子的世界，但我绝没想到连你也会骗人！"

"我怎么骗人了？"她委屈地哭了起来。

"你既然不爱我，为什么以前那么长时间要与我虚伪周旋？而且还装出一副爱我的样子，惹得我害相思，热血沸腾？你既然心有所属为什么不早些告诉我？如果你早些告诉我，我就会早些断了爱你的念头另寻别的女子。但你故意瞒着我，让我在你的情网里越陷越深，甚至不能自拔，因爱成痴。你在玩弄我的同时还玩弄着另一个人。他给你写了二十多封求爱信你仍不写信回绝他，你明明是故意让他浪费感情，浪费热血！假若不是我今天偶然碰见你和你的未婚夫，你不知还要瞒我们多长时间！既然我已知道了你的鬼把戏，你就应该明智一点，知趣一点，从此后决然分手再不要见面，但你还要来找我，还想让我为你贡献感情，甚至还想让我当你们爱情的观众看你们如何相爱！你这样做不觉得太残忍太过分了吗？"

"我和他是小时候就订婚的……我爸和他爸是战友。其实并不……"她嗫嗫嚅嚅地说。

"并不什么？"我问。

"并不……"她就是不说"并不"后面的意思——"其实我内心深处是……是爱你的……"

"你又想骗我？"

她摇摇头，表示并没有骗我。

"好吧，那我就检验一下你是否真的爱我！"我走过去，猛地抱住她，狠狠地亲她。那嘴唇又潮湿又滑腻，却不灼热。她并不反抗，任我亲她抱她，却没有激情回应。于是我更恨她，更使劲地亲她。我亲着那张苍白美丽的脸和那红草莓般的小嘴唇，忽然热泪滚滚而下。我恨我直到现在其实仍然还是爱她的。我的唇上布满了激情和火焰，而她却一直都是冷冰冰的。那冰冷渐渐变成了一种嘲弄，仿佛镇静的冰山在嘲弄风暴。我猛地推开她，离开她，伏在桌子上痛哭起来。

"你是骗子，你这个爱情的骗子！"我吼道。

"南彧，我给了你吻，任你所为，你还要我怎么做呢？"她镇静地说。

"难道我只是稀罕你的脸蛋、你的嘴唇、你的肉体！这些任何女人都有！如果我只是为了满足肉欲，什么女人身上我都可以满足。我不需要这些，因为我不是动物。我需要的是感情，需要的是心灵的默契和回应！这些你有吗？你过去用语言欺骗我现在又想用肉体欺骗我，但这一切因为没有真正的激情又如何能骗过我呢？"

"你太苛刻了！"她说，"是的，我需要好多男人爱我，正像政治家需要众多的崇拜者一样。我不希望一生中只有一个男人爱我。其实任何一个女子都是这样想的。当然这种爱只应该是精神上的。我恨世界上任何一个淫妇，我不会轻易允许一个人侵犯我的身体。在我的小半生中，只有两个人吻过我：一个是我的未婚夫，一个是你。而你也是最后一次。我确实很喜欢你，爱你！我并没有说假话骗你。但我又觉得你太专横了！你对别人总要求完全的纯洁，不能有任何隐私和隐衷，甚至不能有意志自由！一旦有小小的对不住你，违背你意志的地方，你就雷霆大作。但请问你：难道你真的像你要求别人的纯洁度那样纯洁吗？难道你除过我之外再没有爱过任何一个女子？亲吻过任何一个女子？你敢保证吗？你敢发誓吗？既然你不敢保证不敢发誓又为何这样要求别人呢？是的，我确实爱你的才华，爱你的正直和男子汉气魄，也爱你的诗歌和侃侃谈吐，但我又不敢想象和你结婚。我怕你的专横，怕你的雷霆之怒，怕你对我的要求和限制，要我变成你的仆役而不是一个自由人！你刚才说你吻我时我没有激情，但吻必须是心甘情愿的，是情感和行为的自然升华，而你强行吻我，我又如何产生激情呢？"

我一声不吭，像被子弹射中了似的。

"难道我们两人真的不能共同生活？"我嗫嚅地说。

"不可能,因为你确实有才能,但有才能的人大都已病入膏肓!我宁可找像我的未婚夫那样平庸的人结婚,也不会去找你,因为那样我至少会生活得轻松一点!"她说。

叶小昙老是说"你确实有才能",她凭什么会得出这样的结论?凭我的处世处事?但我在这方面一无所能,既缺少权谋机变,也不会卖乖弄巧,巴结逢迎(并不是我不懂得这样做的好处,而是这样做后我会感到痛苦);那么是凭我的文章和诗歌?虽然在这方面我也承认有些潜在的机敏和热情,但至今我未发表过一首小诗,所写的诗稿和文稿全被各个编辑部退回来成为篓底之物。既然这两方面我都是失败者,又凭什么说我"确实有才能"呢?

至于说到我的"专横",我却不得不承认,虽然我暂时在生活里、在俱乐部里都是弱者,受人愚弄,受人欺侮,还常常被领导者们列入"思想落后"的黑名单。但尽管是这样我仍承认我有"专横"的毛病,因为即使我被打成现行反革命,心里仍然会认为"老子天下第一"。我喜欢读《沁园春·雪》:"惜秦皇汉武,略输文采;唐宗宋祖,稍逊风骚……数风流人物,还看今朝",并倾倒于这首诗藐视一切的气魄;我还喜欢大辩论,喜欢用滔滔雄辩证明只有自己的观点是正确的,别人的一切观点都是错误的;我还喜欢关于"一元化"的理论,尽管我自己是多元化的,但我却希望世界是一元化的。譬如爱情,我允许自己爱许多女人,却不允许我爱的女子去爱其他任何一个男人;又譬如性格,我允许自己有许多不同侧面,却只允许别的人只有一个侧面;又譬如文章,我只欣赏我的文章风格,却不欣赏别的文章风格,甚至要贬低别的文章风格……总之,这些不胜枚举的例子,都说明我有"专横"的毛病。

但我不承认我已经"病入膏肓"!

让我深感痛苦的是:当叶小昙宣布和我不能相爱时,我才认识了她的价值和她的深刻,而以前,她在我眼里不过是一个天真无邪思想简单的布娃娃。她现在断然拒绝了我反倒使我更彻底地爱上了她。

然而我又明白这已经不可能了。

下午，邮递员送来一封信，我拆开一看，原来是蓝桂桂写的：

亲爱的彧：

真想念你！无时无刻不在想念你。

自从你那天晚上吻了我，我就觉得你天天都在吻我。我简直心花怒放！在这个世界上你是第一个吻了我的人。自从你吻了我的那一刻起我就是你的人了，一生一世都是你的人了。

这几天我用家织布给你做了一件布衫、一条长裤。家织布贴身当衬衣穿比商店的布舒适。过两天，我要到舅家来，顺便将这两件衣服给你带来。农村鸡蛋新鲜，价钱也便宜，我已经给你买了五斤。

蓝桂桂 ×月×日

我吓了一大跳，那一吻，在她看来仿佛已是订婚的信物。其实我吻她的时候，心里糊里糊涂，甚至是莫名其妙，并没有明晰的爱的意识，也许只能算作一次简单的冲动和感情的迷误。然而那一吻却是她长久等待的，就好像果农等待成熟的果实。可那一枚掉下来的果子其实是一枚苦果，并没有成熟。

在她旺盛的幻想里，那枚苦果已是万分地香甜了。

我刻意去爱的，偏偏失去了；我无心去爱的，偏偏得到了。

蓝桂桂爱我，为什么不嫌我有"专横"的毛病？难道我对叶小昙"专横"，对蓝桂桂就不专横了？

这一个月里，发生了粉碎"四人帮"的事，大家高兴了一阵子。

我写了一首"庆祝粉碎"的长诗，以大字报的形式贴在街道上，赢得很多人的夸奖。好多中学生捧着笔记本，抄录诗里面的华丽词句，可能准备在作文里用进去。

这首诗后来又被广播站抄录了去,并在有线广播里向全县广播。朗诵我诗歌的人不是别人,正是叶小昙。我听得又激动又伤心。

生活总是五味俱全。

院子里安装着一个有线小喇叭,音量很小,我以前根本不注意听,就是听了也是"充耳不闻"。但自从和叶小昙断绝来往后,那个小喇叭突然像施了魔法似的,音量变得异常宏大,音质也变得异常清晰悦耳。天上地下,屋里屋外,到处都是叶小昙的声音。叶小昙简直就像"阶级斗争"一样,"无处不有处处有"。

那声音天天都在提醒我,诱惑我:叶小昙还在这个世界上,叶小昙是一个朗诵天才,叶小昙最迷人、最可爱……那声音时时刻刻都在诱导我去回味她,想念她……到后来我竟像田大光一样,觉得那声音像阳光,像鲜花,像头发,像皮肤,像柔软的小手,摩挲着我的耳朵、我的脸颊……

她就是那声音,那声音就是她。

我无时无刻不在听广播,听得痴痴迷迷,听得一会儿哭,一会儿笑;一会儿笑,一会儿哭……

我怎么了?我难道是疯了傻了痴了?我明明知道她已拒绝了我为什么还要去想她爱她?我已分裂成好几个我:感情已经成了可恶的叛徒,唯有理智仍是我的朋友。我要提拔理智做我生命的元首,让它去惩罚反叛的感情!

我从桌斗里抄出一把胶把儿钳子,冲出院子,剪断了小喇叭的电线。

世界一下子寂然了。叶小昙也一下子缄口不语了。院子里神明般的清静,我顿觉异常轻松。

"南彧,你干什么?"王主任不知从哪里跑了过来,"你胆子真大,敢在光天化日之下剪广播线!难道你不怕别人说你企图封锁党中央的声音?"

我无法向他解释,只能站在那里苦笑。

"你……"他气得大瞪两眼,"你……你以为粉碎'四人帮'后就可以胡作非为啦?"

我仍无法解释。

"接上，快把电线接上！这事闹大了就是政治问题！"他说。

"我不接！"我坚决地说。

"为什么？"

"我嫌吵！"

"越说越不像话了！难道广播国际国内新闻，《人民日报》《红旗》杂志社论你也嫌吵！快将电线接上！如果让县委知道了，连我也要牵连进去！"

我只好又将剪断了的电线接上了。

叶小昙又在广播里喧嚷起来，又像阳光，像鲜花，像头发，像手掌……

这俱乐部简直无法住了！

上帝，让我遗忘她吧！

我去找叶凯倾诉衷肠，然而叶凯前几天已下乡蹲点去了，门上只有一把黑锁。我又怏怏地回到房子。窗外，已是一片昏黑的暮色。

"A县广播站，现在我们开始播音……"院子里的小喇叭又响起来了，叶小昙又来了！

我捂住耳朵，不知道今晚该怎么过去。正巧这时候，那位舅母又来借书。

她今晚着意打扮了一番，脸上油光水滑，飘逸出淡淡的香脂味。上身是一件草绿色女军装，洗得发白，故作出妩媚的庄严，俨然像一个漂亮的女红卫兵。

她的丈夫在外省一个农械厂当工人，一年只回来一次。她是个很喜欢被人爱的女人，她耐不得寂寞。她确实有两三个"情夫"，但她也不是人们想象的那么坏。她爱的男人并不都是爱她的男人。她也有她很苦的追求，有时候这种追求表现得太大胆，太狂热，太无所顾忌，太违犯我们讲究含蓄深藏的儒教文化，难免就要招来一片议论，甚至是一片詈骂，但她这种女人根本不怕议论，不怕詈骂，因为爱情是她们一生的事业。这种女人是女人中的特殊类型，她们的性格、气质和生命激素中浸满了爱欲，她们离开男人就像鱼离开水一样，根本无法活下去，甚至她们生下地的第一次啼哭都是唱给男人的情歌。

她其实只有二十七岁，还没有生过孩子，既窈窕又红润，像成熟的桃儿一样。她弯着腰，胯部贴着我，在书架上寻书。

"你爱读哪一本？"我问。

"不知道，挑哪一本算哪一本，"她边挑边说，"上次借你的那本《俊友》是谁写的？"

"莫泊桑。"

"那姓'莫'的也是一个怪物。"她笑了笑。

"啥怪物？"

"不正经，他若是一个正经人，咋能知道那么多不正经的事？件件事写得活灵活现的。"

"不一定，作家都有丰富的想象力，写的事不一定都是亲身经历。例如俄国的陀思妥耶夫斯基，活灵活现地刻画了一个杀人犯，但他并没有杀过人。"我说。

"哼，哄人哩！语录本上也说过作家要深入生活、体验生活……不体验怎么写？我看那个姓'莫'的就有体验……"

"也可以凭借想象……"

"想象？"她哧哧地笑了起来，"有些事你能想象出来吗？"

她终于挑了一本福楼拜的书，说："这个福楼拜肯定也是个笨蛋！"

"为什么？"

"写这么厚的书，难道不是笨蛋？他肯定啥也不会干，只会写书，就像你。你也是个笨蛋，啥也不会干！"她挑逗我。

我什么也不想说，心里懒洋洋的。

"上次给你留的条条，让你来，你为啥不来？难道是看不上我？看不上就算了，我走。"她将书往胳肢窝一夹，拉开门准备走。

外面一片漆黑，从拉开的门缝里，又涌进来一片聒耳的喇叭声——又是叶小畀在播音！我怕听这播音，我需要与无论什么人结成同盟来抵挡这播音！我怕空虚，怕一个人待在房子里，怕脑子里对叶小畀那种病态的无休无止的回忆，怕回忆时的痉挛和一阵紧似一阵的痛苦……我甚至怕我会发疯！

"你不要走……"我猛然拉住她的手说。

她稍稍忸怩了一阵，脸上还涌现出一层很动人的潮红——她还有羞耻心！唯有这一点羞耻心使我为之感动，也使我对她有了最初的怜爱。

没有羞耻心的女人是可怕的。

有一点羞耻就说明她还留有一点儿真纯！

她倒在我的怀里。她怕我支撑不住，两手便系在一起吊在我的脖子上。从她倒在我怀里的那一刻起她就只有肌肤没有了骨骼……世界原先是坚硬锋利的，但现在世界柔软得无法形容……只有柔软才能消融，才能幸福和松弛……以强硬对强硬，那只是最后的无法选择的选择……她是一位熟练工人。她看着我的笨拙和惶惑，粲然一笑。然后，她就来教导我。她将吻像花朵一样递给我。更奇妙的是，她还将花朵里柔软的花蕊也递给我。她让我咀嚼她，吸吮她。首先实现占领的并不是男人，而是女人。她用充塞完成了她野心勃勃的占领……

一切都消失了，一切都成了空白……

我和她抱成了一幅阴阳合一的太极图。

她又去撩拨我的肠子，迅速将我的肠子变成了一件坚硬的兵器。我亢奋起来，渴望着交战和屠杀，甚至渴望肮脏的鲜血。但我不敢在房子里恣意妄为。我怕有谁走过我的窗口，看见我作为男子汉的第一次蝉蜕。于是我抱着她走向黑夜，走向黑夜笼罩的田野……

天空乌云翻滚，早已不见星月。我听见头顶云和云之间响亮的摩擦声。狂风怒号，吹得她的头发像乱飞乱舞的马兰草。我走进一片玉米地里，将她放在地上，略感抑郁地望着这一片黑黝黝的密不透风的青纱帐——我的新婚洞房！然后俯下身，去完成那神圣的第一次交战……乌云和乌云之间充满了痛苦的激情，于是乌云和乌云重新发疯似的冲撞和摩擦。雷声隆隆，电火煌煌，漆黑的天宇霎时五彩缤纷，如同庆祝大典……她迎接着我，她咬啮着我，她欣喜若狂。大雨终于来临，大雨下得痛快淋漓……雨水充盈……在黑夜巨大的混沌里，一切的一切都在惊心动魄的尖叫中消失……

极痛苦和极欢乐化而为一。

男人和女人化而为一,再也找不到单个的男人和单个的女人……在那几秒钟之内,短暂的和谐终于实现,虽然紧接着的仍是破裂。

她毁掉了我的童贞,但我并不抱怨。

对于我来说,今夜发生的一切都是纯洁的,纯洁得无法比拟。

她重新创造了我。

不管她人品怎么不好,怎么坏,她都是我真正的新娘。

在将来,不管真正的新婚洞房里坐的是哪个女子,我都会在洞房的最深处看见她的笑靥……

十八

久违了,叶凯!

他家是居民,在城里有一所小院落。推开门走进去,院子里放满了盆花,只在中间留出一条小路。每株花上都挂着纸签,写着花名:君子兰、美女樱、鸢尾花、清湘子……偏偏没有牡丹、美人蕉等大红大绿之辈。花色清丽,花香淡苦。虽仅仅只有一墙之隔,却在闹市中隔出了一个清静幽雅的境界。庄子曰:"小隐隐于野,大隐隐于市。"莫非叶凯也像菩提树下的释迦牟尼,在几天之间突然禅悟,成了"大隐"?

而我却来自情天孽海。

假若叶凯是先知先觉,我就又设想叶凯今天是故意摆了花阵,用花色花香淡泊我来自红尘的浓重的欲念,让我换一个境界,换一番精神。

以前,我也曾多次来过这里,也多次看到过这些花,却并没有产生今天这么美妙清新的感觉。

叶凯确实是有点变了。他正坐在书屋里凝神读书，有一种沉静肃然的气氛。背后是一排摆满各类书籍的书架。书桌上，有一筒笔，一方大砚，还有一盆文竹。文竹后面，是他那秋水般冷峻的眼睛。

"你简直成了书修士了！"我说。

他笑了笑，取出几本新近出的文学杂志让我看，上面有他发表的几篇散文。

"很不错，只是有些地方匠气重了点。"我看了后说。

"你有你的自然，我有我的自然。各种自然之间千差万别。你认为不自然的，也许正是我的自然。"叶凯说。他已经不常常苟同我的话了。"譬如你喜欢女人，对女人有着强烈的激情，自称'好色之徒'；而我只喜欢书，只喜欢书里的意趣和哲理，甚至喜欢嗅新书里那股新鲜的油墨味儿，对女人却没有多大的兴趣。"

"你一样也是男人！"

"我是男人，但男人与男人也是千差万别的。我有一个叔父，现在在汽车站工作，今年四十余岁了，仍没有结婚。他个儿挺高，长相清瘦漂亮，只是性格太软弱淡泊——我甚至怀疑他缺乏雄性荷尔蒙！曾有几个女人倾慕过他的风度和仪表，但与他几次接触后，发现他对她们根本没有激情。他不但对女人不感兴趣，对名誉、地位之类也同样不感兴趣。他原先是车站调度，后来又卖票剪票，再后来，干脆烧开水去了。别人以为最没出息的工作他却干得十分惬意。他喜欢清静，喜欢寂寞，喜欢一个人独居。最寂寞的时候，也是他最安详的时候。他是那种天生当和尚的料子。他的人生位置应该在深山古刹而不是热闹繁华的城市。由此我明白了那些当和尚的人，并非全部都是因为遭遇重大不幸和挫折后无路可走才遁入空门，他们当中确实有不少人天生下来就适合当和尚。他们是一群中性人，他们热爱和尚的事业，当和尚是他们的最佳选择。有很多人不理解和尚，以为和尚都是假正经，其实只是因为他们不知道除过一般的天性之外还有另一种特殊的天性存在。

"我当然不是中性人，因为我喜欢女人，并希望结婚生子。但我不像你，不像你那样对女人——尤其是漂亮女人——有着持久狂热的激情。一个女人，只需要一个女人，就能满足我生命中对异性的自然倾向。我偏爱理性和秩序。我的目标不是文学，我只是文学的同路人——因为文学需要巨大的激情，你当然具有这些激情，而我并不具有——我的最终目标是哲学。我要用我的才能创造清晰明智的理念。如果让我和你各驾驭一辆马车，你永远重视的是车前奔驰的骏马，并用鞭子和吆喝不断激起它们奔腾的狂热，而我重视的却是缰绳，我要不断用缰绳约束骏马，让它们一直沿着正确的道路前进，而不要跑入庄稼地或掉下悬崖。"

我很欣赏他的话。这欣赏并不意味着赞同，而只是觉得他的话很有意趣，值得玩味。

"最亲爱的小昙，"田大光在信纸上写下第一句话，继续往下写，"我知道你已经订婚，除了你的未婚夫，你已不可能爱我和任何一个男人了。但不管你是订婚、结婚、生孩子，或者是孩子长大后也结了婚，你成了老婆婆，拄着拐杖满头银发，老掉了牙，老聋了耳朵，老瞎了双眼，我都仍然爱你！"

他根本不知道我早已进了他的房子，站在他背后看着他写信。

"我也明白我的爱是没有希望的，是可笑的，可笑得像一个大傻瓜。但我没有办法克制。有件事给你说不知你是否相信：那天南或告诉我你订婚的消息后，我只感到惊讶，却并不感到痛苦。因为从我给你写第一封信的时候起，我就没有敢想你会爱我。你的容貌、风度、声音……你的一切的一切，都是完美的、稀罕的、神圣的，独一无二的！我爱你就像爱祖国、爱领袖一样无穷无尽（这句话也许说得太过分，但我心里确实就是这样想的，哪怕被打成反革命也是这样想的）。比起你，我总是自惭形秽——我有时在镜子里照我自己：眯缝眼，高颧骨，大蒜头鼻子，门板似的大牙，鞋底厚的嘴唇……你也许要笑我这是自轻自贱，故意夸张自己的缺点，越看越觉得自己配不上你。所以我听见你订了婚爱了别人并不感到痛苦，因为这是理所当然的。又由于我太爱你，甚至觉得你的婚姻也一定是尽善尽美的，不会有丝毫差错（你看，我又把你当成一贯正确的神仙了）。

"你也许要问:'你既然知道了我已经订婚,为什么还要向我写信?向我表示爱?'你问我我也无法回答。我有时也自己问自己:你这样做实在太荒唐,太愚蠢,太疯狂,太违反情理,太像个情场上的无赖汉!为了斩断情缘,我也曾不断用这些罪名自己批判自己,却毫无作用。除过你,我还没有真正爱过世界上任何一个女人。而我又不是那些随便用情、随便移情的人,既然已经爱上了你,就不可能轻易更改。"

我一边看,一边在心里说,大光啊大光,过去说徐志摩是中国第一情人,我看现在中国的第一情人要数你老兄了!

"但你不要畏惧我的爱和我的来信,"田大光继续写,"我不会来纠缠你,打扰你,我不会让你和你的未婚夫感到任何不快。以前,我给你送红皮鞋的时候,由于方法蠢笨,曾使你受过惊吓,不知我的这封来信是否又会使你受到惊吓?但我相信你读了上面那段话后一定会释怀。

"我不希望得到你的爱,我只希望你允许我继续爱你。请千万不要嘲笑我。你结婚的时候,生子的时候,甚至你每年过生日的时候(我已从别处打听到了你的生日),你都会收到我的一份礼物。我的信将像雪片一样,飘过你的青年,飘过你的中年,飘过你的老年……只要我活着,我的信就不会间断。

"我爱你并不希望你的回报,甚至不希望你的回信(我给你写了三十多封信,从来没有得到过你的回信,你真冷酷哇!),我只希望你在街上,或者在别处偶尔碰见我的时候,给我一个赞赏的微笑,就足够了。

"有时候,我真想见见你。有多少次,我在广播站的门口来回溜达,无非是想等你出来看你一眼。有时候你久久不出来,我便心跳怦怦,又焦急又羞耻,觉得街上所有人的眼睛都盯着我,都好像知道我在等你。有时候你出来了,我便喜出望外,悄悄地望你几眼(从来不敢不眨眼地望你,怕你看见了不高兴)。哪怕是望你一眼,我浑身也会像水洗了一样轻松,回去后还会连续快活几天。当然,也有时候碰见你垂头丧气,愁眉苦脸,我自然也就无法高兴,心里无数遍地猜想你究竟有什么心事,不知如何才能帮你分忧。也有时候碰见你心花怒放,哥呀妹呀地唱着情歌，一边唱，一边笑。我便跟着你唱，跟着你笑，甚至笑得比你还开心！"

我看不下去了，又想哭又想笑。我想在他肩上拍一把，再调侃他几句，但觉得在大光如此伟大悲壮的爱情面前，调侃他未免太轻佻了。

我悄然走开，让他继续写那可歌可泣的情书。

那惊心动魄的第一次，给我留下了过多的余味。

也有羞惭和愧悔——觉得自己失身于一个坏女人实在太自轻自贱了——但更多的却是怀念……所有的感受完全是崭新的，我以前从未经历过的。一切细节历历在目，无不使我震动，无不使我刻骨铭心……

我却不愿意再去找她。我宁可去找蓝桂桂，虽然我不甚爱她，但至少我们同样年轻，同样纯洁，同样无知。而"舅母"却太成熟了，太老练了，我和她在一起，就像下辈人和上辈人在一起一样，有一种悖逆感和不平等感。何况她又名声不好，一个陌生男人即使和她说一次话也会被别人怀疑为和她有暧昧关系。假如我和她一来二往，岂不是会被指为她的"小情夫"？岂不是会毁了我的名声？于是我决定以后和她不再来往。

但我又真心地想念她。想念她那充满曲线充满音乐韵律的窈窕的体型，想念她的丰润和成熟。她确实长得很美，那一晚她刚解开衫襟，一道闪电照亮了她顶着小乳罩的雪堆似的乳房，细巧盈握的小腰，还有那片洁白细腻的肌肤，一切都像完美精妙的艺术品，刹那间展现在我的眼前，让我震惊赞叹。我在前面说过，最坏的女人常常是最女性化的女人，彻头彻尾的女人。她就是这样一个女人，她爱我，甚至崇拜我。她爱得不顾羞耻，无所顾忌。那一晚她对我的种种柔情和爱抚，说明她对我确实动了真情——当然她对许多男人都动过真情——她对我拿出了一个女人所能拿出的最丰盛的筵席。她交付了一切。即使她是一个最坏的女人，全人类都谴责她我也不应该谴责她。如果要谴责，我也只能谴责我自己，谴责我自己的轻率和堕落！

假如说那是罪恶，也不应该归罪于她。虽然她挑逗过我，诱惑过我，但如果没有我的呼应，一切都不会发生。那深沉沉的暗夜，如果没有我灵魂的暗夜参加，也不会黑得那么深沉！

人人灵魂里都有暗夜，可我不会以此来宽恕自己。

下午蓝桂桂又来了一封信，其中有这么一段:"有一件喜事要告诉你：我父亲曾在五七年被打成右派，现在中央要落实政策，要恢复他的名誉和公职，我们全家人也要恢复城市居民户口，县政府还要给我们兄妹安排工作。等到真的安排了工作，我们就可以天天见面了。"

我叹息了一声，为了摆脱那位"舅母"，摆脱失恋后的苦痛，也许我不得不认真考虑我和这位傻姑娘的事情了。

这就是命运！

做自己所不愿做，但又不得不做的事情；明知是背叛自己，却又无可奈何而去为之；含着眼泪去微笑，睁着眼睛去跳井——这就是人们对之叹息对之哀伤的"命运"！

命运就是嘲弄！嘲弄希望也嘲弄追求！

我给蓝桂桂回了一封一句话的信：

桂桂：

　　最近若有时间，请来县城一叙。

　　谨此。

南彧　　×月×日

我想象她看了这封信，一定会高兴若狂。

田大光鼻青脸肿，额头上还有牛铃般大的一个血包。包顶像裂开的石榴，汪着鲜红的血珠子。

"怎么？又挨了孩子的砖头？"我扶他坐在椅子上，忙问。

"这回不是。"他叹一口气说。

"那是谁打你的？"

"小昙的男朋友。"

"他为什么打你？"

"他在小昙那里看到了我写的那些信。"

"这狗日的叶小昙也太不道德了！她为什么要拿你的信给男朋友看！这岂不是出卖你的感情、你的真诚！"我愤愤地说，"走，咱们去揍那个狗日的男的！"

田大光却缩在椅子上不肯去。

"呸呸！"我恶狠狠地朝他吐唾沫，"白长了那么大的块头，那么恶的形象！让人打成这个熊样子，还不敢去报仇——真是个狗熊，造粪机器！"

"不怪她。"他分辩说。

"你怎么知道不怪她？"

"这是她刚才让人捎给我的信。"他小心翼翼地从怀里掏出一个花信封，递给我。"轻轻儿看，别弄烂了！"他叮咛我。

信中写道：

大光：

  首先向你道歉。你给我的那些信放在一个纸盒子里，为表示对你真诚的敬重，我将纸盒子放在床头上。昨天上午他来了。我为了顾及礼貌，上街去给他买香烟，没料想在我离开后他竟偷看了你的信，一时鬼迷心窍，没有问任何情由，就去找你打架。

  听人说你受了重伤，我真是痛苦万分，因为你是为我而受伤的呀！又听说你在打架时根本就没有还手。如果你还手，那还不会将他打得死去活来！你不还手一定因为看在我的面子上才没有还手。你真是太善良了，太仁慈了。

但我知道，你的善良仁慈并不是软弱，而是大英雄的"韬光养晦"。你不是不能还手，而是不屑还手，因为全县城根本就没有一个人是你的对手。你常常装愚卖傻，从不在人面前显山露水，然而又有几个人知道不显山露水的地方其实才有真山水在。

你给我写了那么多信，流露了那么多真诚、深刻、激动人心的感情，而我这样一个平平凡凡的女子，一个在广播事业中还没有什么作为的女子，被你那样热烈地称赞，那么衷心地爱慕，心里真是受宠若惊，愧不敢当。我把你那些来信当作一个朋友最好的礼物，珍贵地收存着。即使是因一个偶然的不幸事件将这些信丢失了、焚毁了，也不要紧，因为信中的每一句话几乎都牢记在我的心里，是永远不会丢失，不会焚毁的。

虽然我已不可能爱你——因为我已有了未婚夫。再则，爱情又是那么千奇百怪，不可理喻。尽管我知道有一位男人并没有你善良，也没有你那么深刻、那么激情沸腾地爱过我，然而我却爱他！这明明是非理智的却又是真实的——我确实至今仍爱的是他。但不管怎样，我都会敬重你，一生一世都会敬重你，敬重你的每一封信和信中的每一句话。

爱不是罪恶。在现在这个世界上，爱不是太多了而是太少了。如果人与人之间充满了敬重和爱，那世界该是多么和谐多么美好哇！

我视你为知己。如果你愿意的话，我想和你成为文字交，一生一世保持通信关系——这叫作神交，让我们一起去超越尘世。

祝你幸福。

叶小昙　×月×日

"好吧，你和她一起去'超越'吧！"我将信扔给田大光，"就像自己提着自己耳朵离开地球那样去超越吧！"

"可我还是觉得小昙说得对。我可以和她一起去超越尘世。爱不一定都是指肉体结合，爱还有更崇高的一面。"田大光说。

"什么崇高？难道又是柏拉图式的崇高？爱情是现实的，唯物主义的，那种虚幻的崇高，只能使自己陷入无穷无尽的痛苦！"我又指着田大光手中握着的那封信说，"她明明是不爱你，为什么还要写那些骗人的话，让你继续想她，崇拜她，为她浪费感情？！太不道德了！"

"那你说我该怎么办？"

"忘掉她！彻底地干干净净地忘掉她，另找一个对象代替她！"我说。

"可我只爱她一个人，谁也无法代替她。"

"那你就去爱吧，去单相思吧，去写信吧，去挨打流血吧！"我愤愤地说。

田大光一声不吭了。

她俨然将我当成了她的"小丈夫"。她拿来了一篮子热气腾腾的小油饼（一定是刚从锅里烙出来的），还有许多熟鸡蛋。为了提防有人进来看见，她将这些食物用报纸包起来，放进我的一个抽屉里。

"拿这些干什么？"我皱了皱眉说。

"给你补身子。"她笑嘻嘻地说。

"你将我看成什么啦？"

"看成我的心尖尖，心蛋蛋了。"说完，在我下巴上亲昵地捏了一下。

"不要这样！"我有点厌烦。

她愣了愣，以为我是故意做作，便一伸手搂住我的脖子，在我嘴唇上乱亲："我偏要这样！偏要这样！"她边亲边撒娇，"那事儿都办了，你还装什么正经！"

我猛地将她推开："叫你不要这样你就不要这样！"

她缩在椅子上，惶惑地望着我。

"你骂吧！恨我吧！但无论如何，我都要和你分手！"

"你为啥要这样做？我哪点对不起你？"

"你没有对不起我的地方。"

"难道我长得丑，配不上你？"

"不,你长得很漂亮。说实话,我还很少见过像你这么漂亮的女人。如果你不会说话,不会行动,像一件美丽的雕塑,我一定会爱你一辈子。"

"那为啥?"她更迷惑了。

"你别问了。有些事根本说不清,"我有点抑郁地说,"如果你硬要问个为什么,我也可以告诉你:一是我们没有多少共同的语言,我们互相之所以感兴趣仅仅只是因为你是女人我是男人;二是你已是有夫之妇,我和你在一起有一种耻辱感和罪恶感。"

"你是于连,我是德·瑞那夫人!"她说。

"不是。于连和德·瑞那夫人之间毕竟还有真正的爱情,而我们根本没有。"

"不,这些都是借口,真正的原因是你嫌我名声不好,怕我连累了你!"她愤愤地说。

"你根本不理解我,所以说我们之间没有共同的语言!"我一字一板地说,"我其实是天不怕地不怕的,如果我真的爱上了你,我敢和你肩并肩走上大街,向任何人公布我们的关系,而且我还会和你堂堂正正地结婚!可惜我并不爱你,和你并没有这个缘分!"

"既然如此,你那天晚上又何必对我那样?"

"我自己也无法解释,我只能说我有时候也很混蛋!"我说。

"不要这样说!算了,好合好散吧!也许只怪我自己福薄命浅!"她说得很俗,却说得很动感情。

十九

我的前边走着蓝桂桂。她接到了我的信,马上就赶来了。我买了一提兜的糖果瓜子,和她一起去漠谷河玩。

已是六月,初夏朗朗的阳光照耀着山谷,照耀着嶙峋的黄土岩壁。岩壁上有许多涂着白色鸟粪的鸟窝，有时候飞出几只蓝灰色的野鸽子，有时候飞出几只黑苍苍的老鹰。鸽子飞得欢快，老鹰飞得坚定。密密匝匝的野槐林绿得发黑。河水静悄悄地爬过一颗颗鹅卵石向前流动，激起一朵朵很精致的水花。水花极白。河岸上，长满了如丝如缕的莎草，像松软的绿地毯。

沟里一个人也没有，只有我们俩。大自然凝寂庄严。在这里待得久了，会使人感到抑郁和寂寥。

我的手挽着蓝桂桂的腰，但我心里没有一点儿激情。蓝桂桂却不是这样，她贴着我的那半边身子流窜着火焰，像一片火海。我搭在她腰际的那五根手指像按在赤炭上一样灼炙。

这一切都表明她非常爱我，对我动了真情。她长得丰腴，那张银盆大脸此刻红得像一大朵鲜花。女人全都是变色龙，无论如何憔悴、苍白、丑陋的女人，一当爱情激发，都会在刹那间变得光彩夺目。我禁不住在那张脸上亲了一下，她立刻幸福得双目闭拢，像醉了似的。

但幸福的是她，而不是我。也许爱从来都有差额，一个爱，一个被爱；一个攀附，一个接受……正如蓝桂桂和我，正如田大光和叶小昙……世界上也许有对等的爱，但太罕见了，至少我现在还没有见过。

她一只手老插在裤兜里。

我忽然记起，我初次见她的那天晚上，她的手就老插在裤兜里。这也许是她的习惯。

但我忽然又怀疑她那只手是否有什么毛病？

我既然要娶她，就有必要弄清楚她的一切。就像我在商店里买一件东西，必然要仔仔细细地看个清楚。

我装着要给她看手相，将那只插在裤兜里的手拉在我的手心里。那只手小巧玲珑，新鲜红润，没有任何毛病。

但她另一只手又马上插在裤兜里。

我又起了疑心，又用同样的办法将那只手拉在我的手里仔细看——仍然没有任何毛病。

"寿命线和命运线都不错,看来要不了多久,政府会给你安排一份满意的工作。"我胡诌道。

"那爱情线哩?"她关切地问。

"有点悲惨!"我说。

"你哄我!"她根本不相信。

"谁哄你!你想想,你跟我这样一个人结婚,还能不悲惨吗?"

"你又不是傻子、呆子!"她笑着说。

"不是傻子、呆子是事实,但却是书呆子,不近人情。有时候,还很混账!"

"我不嫌。就是真混账我也不嫌。"她满怀深情地说。

"可不要太天真!我确实不是你幻想中的那个人,我有许多缺点,尤其是我太任性。说不定我以后还会打你骂你,甚至嫌弃你。"

"我不管,是坑是崖我都跳!到哪儿说哪儿的话吧。"

她正处于爱情的饱和状态,她已经不顾一切。我有点羡慕地望着她,羡慕她对我那种充沛的激情。而我对她,却像一个冷冰冰的谈论交易的商人。

但她毕竟是少女,就像一颗保持着满身桃毛的刚成熟的桃子。她的结实丰腴的肌体清新爽朗得像破晓的早晨,给人一种贞洁感神圣感;她的无限娇怯和害羞,说明她什么也不懂,什么也没有经历过。这就更激起我对她的珍重和责任心。更由于她是初尝爱果,浑身那股新鲜的强烈的汹涌澎湃的激情使我深深感动!

我看见了大海,我也想变成海了!

我搂着蓝桂桂(她显得有点笨拙),坐在漠谷河边,头顶是巨伞似的槐荫,身边是各种颜色的野花芳草。水中一轮破了又圆、圆了又破的太阳,照眩了我的眼睛。于是我索性闭上眼,轻轻地去亲蓝桂桂鼓鼓的嘴唇……

忽然有笑声从远处传了过来。我在迷醉中抬头一看,看见叶小景和另外几个不认识的姑娘,赤着脚,噼啪噼啪踏着浅浅的河水,从不远的地方嬉闹着走过来,踏起的浪花白得像珊瑚花。

她们一定以为周围没有人,所以她们玩得毫无顾忌,自由得像一群刚获得解放的奴隶,或者说像一群刚从水浪里钻出来的无拘无束的神女。

"竦轻躯以鹤立,若将飞而未翔;践椒涂之郁烈,步衡薄而流芳……"

她的笑声从那一片笑声中超越出来,钻进了我的耳膜。那笑声和她的朗诵一样,有一种极特殊悦耳极诱惑人的音质。

我不禁又心荡神驰。我觉得今天无论是她的声音还是她的形体,都美妙得让我发昏。我渴望她。我的渴望又一次证实在这个世界上我只爱她一个人。假如现在我怀中抱的不是蓝桂桂而是她,我会快活得昏厥过去。

但她已另有所属,我的任何妄想都成了对我自己的伤害,我准备和蓝桂桂结婚的打算就是为了尽快地忘却她。

她来得正好。我要让她看见我和蓝桂桂相偎相抱,相亲相爱。我要刺激她,报复她。为了惹起她的注意,我故意高声唱起一段康定歌:

> ……月亮弯弯,
> 会当溜溜的家哟,
> 世间溜溜的女子,
> 任我溜溜的爱哟……

我一边唱,一边在蓝桂桂脸上轻轻地亲。到后来,唱得有些辛酸,也亲得有些辛酸。当小昙和那几个女伴听到我的歌儿,循声找过来的时候,我却又转了一个心思,猛地推开蓝桂桂,站起来走开一步,装出一副和她毫不相干的样子。我怕小昙会嘲笑蓝桂桂平庸的相貌和气质,也怕她嘲笑我迫不得已的选择,也许还怕她知道了我已另爱了一个女子,断绝了她对我最后的一线情思……

"南——喊——"叶小昙已看见了我,有点惊讶地叫了一声。

这时蓝桂桂也从草丛中站了起来。

叶小昙很快地跑到我们跟前,看看我,又看看蓝桂桂,脸色有点儿不自然。

"打扰你们了!"她干笑了一声,准备走开。

"不要紧,她是我的一位亲戚,"我指着蓝桂桂,从从容容地撒着谎,"我陪她来散步。"

叶小昙似乎释然了,向蓝桂桂点点头,表示问好。然后向我说:"我正想找你,有些话想和你说……"

"算了,什么话都不必说了,"我忽然又恨她了,"你没有看见我已陪着她吗?"

二十

蓝桂桂始终保持着她的习惯——一只手老插在裤兜里,就是和我去政府领结婚证的时候,也仍是如此。

结婚那天,最高兴的是我的母亲。她从头到脚仔仔细细一遍又一遍地欣赏着新媳妇——蓝桂桂今天一身都是红:红上衣、红裤子、红鞋,头上插一朵红花,脸孔由于兴奋和害羞,红得更是娇艳——母亲满意得眉飞色舞。

王主任今天是主婚人,有条不紊地主持着我的结婚仪式(自从打倒"四人帮"后,他对我变得比较客气了)。我和蓝桂桂胸前戴着舅舅送来的大红花,毕恭毕敬地互相鞠躬,向来宾亲戚鞠躬,还特地向恩重如山的母亲鞠了一躬。

大家都在笑,都很高兴。

餐桌上觥筹交错,筷子乱响。叶凯坐在我的身旁,满满斟了一杯白酒祝贺我的新婚之喜。我不惯于喝白酒,但又觉得义不容辞,便接过杯子往下喝,呛得眼泪都流下来了。

大家觉得在这个大喜日子里流眼泪太有趣了,于是都哄堂大笑起来。

我站在俱乐部门口,一个一个为客人们送行。西边的斜阳横扫着街道,楼房、车辆、行人,全都是赤红色,既辉煌又悲怆。

"向晚意不适，驱车登古原。"然而哪来的车辆，可供我登车驰骋！

客人全送走了，全世界似乎只剩下我一个人了，我呆呆地站在俱乐部门口，孤零零的，但脸上仍使劲地保持着笑容。因为我是新郎，今天是我的好日子。

田大光慌慌张张从广播站那边走过来。一见我，略感惊讶地说："穿得这么新！"

他根本不知道我今天结婚。为了节省开支，我只对几家至亲和本单位的同志送了请帖，其他人一概保密。

我不想正面回答他，只反问了他一句："干啥去？这么匆忙！"

"找你。"

"有啥事？"

"听说你最近几天要结婚，是不是真的？"

"有这么回事。"我说。

"这事千万不能莽撞仓促，"他说，"你难道真的爱那个蓝桂桂？"

"爱又怎么样？不爱又怎么样？中国现在至少有一半人不是为了爱情结婚，而是为了生孩子结婚。"

"那人岂不成了繁殖机器了！"

"爱情的最终目的也是为了繁殖。"

"那是另一回事！"他叫道，"没有爱情，我宁可不结婚！"

"你太天真了！"我冷笑道，"你以为世界是为你一个人准备的吗？你以为中国是女儿国，只有你一个男人，你可以任意选择称心的女子吗？你以为你想爱，你就能爱吗？'多情却被无情恼'，感情毫无理性，感情总是错位！你钟情的女子偏偏钟情于别人，你不钟情的女子偏偏又爱你爱得发疯！她追他，我又追她，另一个她又在追我，另一个她又被另一个他所追……就像一条悲剧的链条，周而复始，永无穷期。你和我都是这链条中的一环，经过长久的痛苦的毫无结果的追求之后，我们最终还是要承认这链条所规定的命运，并且不得不向命运缴械！这一切难道是我们愿意的吗？但不愿意又能怎么样呢？其实，唯有经历过失败后的痛苦，我们才能走出幻想和热情的炼狱，获得理智和清醒，明白不满足其实就是满足，有欠缺的生活才是最实际的生活。只有基于这样的认识，我们才可能在不幸面前保持人的安详……"

"南彧，我佩服你的辩才，佩服你对生活充满哲思的解释，但生活恰恰是不能解释的！譬如说当面表示不爱你的女子，未必就真的不爱你！"田大光说。

"照你这么说，叶小昙以前拒绝过我，反而会是真心爱我的吗？"

"你以为不是吗？"田大光说。

"你胡说！你骗我！"我叫道。

"南彧，你虽然有才，但这件事你恐怕一点儿没有料想到吧？"田大光嘻嘻地笑着，继续说，"上午，叶小昙拿着我最近写给她的信来找我，劝我不要为她再耽误青春，还劝我尽快另找一个女子。因为她确实不能爱我，只能和我成为文字交。我问她爱的是谁，是否是那个未婚夫？她说她其实并不爱他。我问她既然不爱他怎么会和他订婚？她说他们两家是邻居，她和他小时候常常在一起玩耍，有青梅竹马之谊。等她长到十八岁的时候，他就向她求婚，而她那时阅世太浅，只觉得他的长相还算可以，就冒冒失失答应了。她当时认为那就是爱情——其实只能算作对爱情的模仿——两人经常在外面幽会，他亲了她，摸了她。但她并不怨他，因为当时她是情愿的。一直到最近几年，她渐渐成熟了，才发觉未婚夫思想苍白、气质平庸，只不过是一个外表漂亮的洋娃娃。她和他相爱的只是皮肤，并不是灵魂；而他对她也只仅仅是需要，并不是了解。后来她认识了你。她说她从认识你的第一天起就爱上了你。前不久你向她求爱时，她心里其实高兴极了，但嘴头上却拒绝了你。其原因并不是因为她和那个未婚夫已经发生的一切，觉得对不起你才拒绝了你。她说过去发生了的自然就有发生的原因，她从不为了迎合今天而忏悔昨天。她尊重自己的过去，并敢于为过去负责，别人根本无权过问。她拒绝你的真正原因，是她觉得在你第一次求爱时就答应你未免太轻贱了。如果你是真心爱她，就会不顾一切地第二次第三次向她求爱。那时她再答应你，并向你坦率地说出过去，求得你的谅解。但你自尊心太强，对她说的话太当真，竟然不再理她了。她几次想找你吐露真情，又怕你会因此而轻贱她，看不起她。但若不吐露真情，又怕你时间久了会感情转移，爱上了别的姑娘。她万般无奈，只好来找我（她认为我已是她的知己），让我给你捎话，表明她的真实心意。"

田大光的话使我万分震惊。我真想不到事情会是这个样子，禁不住又随口问道：

"难道她已解除了婚约？"

"一星期前刚解除的。倒不是她提出来的，而是男方提出来的。他又爱上了另一个姑娘。他认为那姑娘比小昙漂亮——他能理解的也仅仅只是外表的漂亮——便将小昙蹬了。当然小昙也如释重负。"

我想哭，然而我却笑了——我又一次看见了那个嘲弄我的"命运"，在不远处向我做着鬼脸。但我也向它做着鬼脸。我总算学会了幽默！

太悲惨了。

我忘记了田大光，回转身走回自己的房子。我记得房子里还有一瓶酒宴后剩下的白酒。

"请你表个态，我好给小昙去说。"

但我还有什么可说的！我低着头，只是走。

田大光跟着我走进布置得崭新的房子，他先看见挂在墙上的那两朵红花，接着又看见了压在桌面玻璃板下的印得小巧精致的结婚证书，再接着，自然又看见了一身红装的蓝桂桂……

"怎么……你结婚啦？"他惊讶极了。

我哈哈地笑了起来。

他仍在门口愣着。我拍了拍他的肩膀，装作十分轻松很有风度的样子，说："今天晚上，请你和叶小昙来闹房！"

"我大概不能来……"他嗫嚅地说。

"一定要来，不然就不够朋友了！"我坚持说。

来了一房子闹新房的人。来的都是朋友，都是为了给我凑热闹，创造欢喜气氛来的。叶凯来了，田大光来了，叶小昙也来了。

来得好！

第一个"节目"是"吃糖"。叶凯站在床上，用一根细缝纫线拴着一颗水果糖，吊在我和蓝桂桂中间，让我们去吃。但不能动手，只能用嘴和牙齿去叼。水果糖在空中调皮地晃荡，我和蓝桂桂像舞台上的丑角一样嗫着嘴唇去叼，由于叶凯在上面操纵着线绳，无论怎么努力都叼不着。我们的滑稽相不断逗得大家哄堂大笑。有时候那颗糖故意静止在空中，好像下决心让我们吃掉似的。我们鼓足勇气又去叼，快叼到了的时候那颗糖又猛然被提走了，而我们的嘴唇由于惯性作用却碰在了一起，大家立刻笑得像疯了似的。

总是叼不到水果糖，总是不由自主地互相碰嘴。我知道这个游戏的目的就是想让我们当众亲嘴。蓝桂桂由于害羞，脸红得像红帖子。而站在不远处的叶小昙，却脸色惨黄。

怎么又红啦？精神焕发！

怎么又黄啦？防冷涂的蜡。

尽管有"防冷涂的蜡"，叶小昙似乎还是怕冷，冷得眼泪都快流出来了。

很好很好……正由于你和我作假，在我求爱时你说了假话，以真作假……你欺骗了我也欺骗了自己，由于你的欺骗我才会有今天，才有今天和蓝桂桂的以假作真……我尝了苦果也要你尝尝苦果……

第一个节目玩腻了，又换上了第二个节目，名曰"按电铃"。"电铃"就是蓝桂桂的乳房，我隔着衣服在上面按一下，蓝桂桂嘴里必须像口技演员一样模拟出电铃的响声："当啷啷……"我为了讨朋友们的高兴，果敢地伸出两个食指，按在蓝桂桂小苹果似的乳房上。但她红着脸老是不作声。后来她甚至有点愤怒了，眼睛深处闪烁着暴躁的火花。她大概以为嘴里当当乱响有失她新娘的尊严和纯洁的人格。

她愤怒了，闹房的人也愤怒了。叶凯和田大光手里各捏着一个笤帚疙瘩，在我额头上、后脑勺上、肩膀上、屁股蛋上叮叮咚咚一阵乱打。我大声喊冤,声明"电铃"是她而不是我,是她嘴里不响不是我嘴里不响。

"行了,饶了他吧!"叶小昙替我求情。

但他们根本不理她的茬儿,继续打。打得我头上起包,眼冒金花,疼痛难忍,满床打滚。但脸上还要笑,因为今天是我的大喜日子,更因为他们打我是出于对我深厚的友谊!

打得好,实在打得好!我疼的只是肉体,而你疼的却是心灵!你喊:"饶了他吧!"为什么不喊:"饶了我吧!"因你那一次作假的拒绝才造成了今天这拳棍交加的痛苦。这痛苦必须要你和我一起承担,甚至你要承担更多,不然那不公平的命运就更不公平了!

"好了,好了,我响,我给你们响……"蓝桂桂为了保护我,疼爱我,终于什么尊严、什么羞耻都不顾了。

"电铃"清脆的"当啷啷"地响了起来。

大家热烈鼓掌,庆贺战斗胜利。

叶小昙却捂着脸跑了出去。

二十一

一觉醒来,已经是早晨八点。金黄金黄的阳光从玻璃窗口灌了进来,落在被面上,像一方金手绢,富丽堂皇。早晨寂静,尤其安详。我侧身伏在枕上,有点儿慵懒地注视着那一柱阳光——清澈得像金水,清澈得无依无靠,可以看见许多纤尘像无数小生物,在光里浮游。我将手伸进去摆动了一下,扇起的气浪竟让小生物们剧烈地颠簸起来。

对于微尘,我简直强大无比,我的任何一个小动作,都可以摇撼它们的命运。然而我又是谁的微尘呢?

蓝桂桂还在酣睡,乌黑的蓬乱的头发覆盖着我的胳膊。那脸色既美丽又狼藉,像狂风过后的残花。饱满的眼皮下,留着两片浅蓝色的阴影——让我又回忆起昨夜那不堪回忆的亢奋。我油然对她产生了怜爱之心。我默默地望着她。她正唇儿嗫嚅,在梦里傻笑,一副儿童般的烂漫天真。她此刻梦见的一定不是我,不是我的房子和我的鲁莽,她梦见的一定是她的家乡,是家乡的黄土山包和广阔的庄稼地,还有那些长在山洼洼里的野鸡冠花和红苴荚花。也许在梦里她还是童年时那个样子,牵着弟妹们在山坡上疯跑,大姐站在不远处,很不放心地喊着:"小心绊倒!"但她终于还是绊倒了,下巴磕倒了一朵野花,脸上滚着泪珠,嘴巴却还在嘻嘻地笑……

昨夜,你确实绊倒了,绊倒在我的婚床上……依然还是那个模样,脸上滚着泪珠,嘴巴却还在嘻嘻地笑……

只不过,小时候跌的那一跤,将一个小姑娘跌成了大姑娘,而昨夜的那一跤,却将一个大姑娘跌成了小妇人。

蓦然记起一首古诗:"冉冉孤生竹,结根泰山阿。与君为新婚,菟丝附女萝。……"

如今,菟丝已附了女萝。你将你的纯洁、贞操和你的痴心,全给我交付,所以你是一无负担了,轻松得像一个儿童。

而我的肩头上,却因为有了你的负荷,今生再也不会轻松。我对你已经有了责任,有了义务。正因为你毫无保留地交付,才使我变成了你的仆役。

仅仅一夜,然而一个真正的家庭诞生了。从此,我再也不是纯粹的我。我变成了这个家庭。我丧失了独立。我还要为这个家庭去劳作,去献身。

哪里去寻找过去的浪漫?

我穿好衣服,从床上跳下来。洗脸,刷牙,然后上街购买上午去探望丈母娘的礼品。一边走,一边在心里盘算昨天的婚宴一共花了多少钱,其中多少钱是借别人的,哪些借款需要尽快还给人家。

安睡吧,蓝桂桂!

为了你能安睡,以后每个早晨我都要早早地起来……

二十二

叶凯一边给桌上那盆文竹浇水,一边说:

"南彧,你现在可以算是一个完人了。"

"为什么这样恭维我?"我说。

"因为你已经经历了初恋、失恋、复恋,现在又经历了结婚,对于各种各样的爱情,已经有了很完整的体验了。"

"其实直到现在,我仍不知道爱情为何物。"

"你别太谦虚了!"叶凯笑着说。

"真的,我说的是真话。"

"唉,你真是个薄情郎,爱了那么多反而不承认曾经爱过,那些女子真是白认识你了。"

我没有回答他,悠闲地吸着烟。一阵又一阵花香从窗口溢了进来,是石榴花、紫薇、锦葵之类。我最喜欢的却是鬼脸花,因为这种花懂得幽默,老是向人扮着鬼脸。

"叶凯,劝你以后再不要奢谈爱情。因为爱情是一个骗子,是一个怪物,你越是追求它它越是要躲避你,你越是珍重它它越是要嘲弄你。想一想我们身边天天发生的事例:最坏的男人常常得到最好的女人,最好的男人却常常落入淫妇之手。你很惊讶?我料定你会这样,甚至你还会认为我的说法是异端邪说。但我说的却是事实。对于一个姿色绝伦的女人,我们这些正人君子往往会噤若寒蝉。因为她太美了,美得如同一个艺术品而不是一个女人了。她成了一个偶像。尽管我们的内心都热血沸腾地爱着她,却又拘于道德,在行动上不敢越雷池一步。甚至正因为爱她爱得太深在她面前反而更怯懦、更拘谨。我们不敢向她表白爱,怕自己不配,怕表白会变成对她的亵渎,甚至还怕被她嘲笑,之后又被社会舆论嘲笑。于是我们都变成了谦谦君子,将沸腾的爱情在九曲回肠里不断用道德和理智冷却,最后冷却成对她的崇拜和可悲的神圣感。而这种崇拜和神圣感其实是自轻自贱、自我矮化,自己将自己变成了弱者,反而让那女人瞧不起。要别人瞧得起你首先要你自己瞧得起你自己,失去自信的男人就会是最丑陋的男人。然而坏男人却不同,女人越是长得美,他们越是色胆包天。他们都是些很粗鲁的家伙,根本没有我们那些复杂纤细的审美意识。他们甚至嘲笑文雅和高尚。他们什么也不崇拜,再美的女人在他们的眼中也只仅仅是女人而已。一旦决定得到她,他们就会大胆进攻。他们无视道德,无视社会舆论,无视女人的拒绝和哀求(或许拒绝和哀求只是女人掩盖情欲的遮羞布),甚至会采用强暴和流氓手段逼迫女人就范。最坏的男人常常得到最好的女人,这就是事情的结果。俄国作家蒲宁在一篇小说里这样描写年轻时的祖母:'祖母是个当家做主、威风凛凛的美人儿,可她不敢抗拒色胆包天的淫棍和恶贼特卡奇。'

"更可悲的是,有些漂亮女人偏偏就喜欢这些坏男人。她们认为坏男人够劲、剽悍、有野性、有男子汉气魄,是强者和征服者(事实上有不少女性是被虐狂)。'小姐爱流氓',这句俗语调侃的就是这种不大正常的心理。

"同样的道理也能说明英俊的男人为什么会常常落入荡妇之手。她们将爱情删繁就简,舍弃了男女之爱开始时战战兢兢的试探、揣测以及那些以真作假、欲迎故拒的把戏,舍弃了痛苦扰人的心理折磨,舍弃了曲折迂回的追逐过程,将一切都直线化了;她们撕毁了一切'面具'(这些面具其实就是人类文明),用本能果敢地向男人进攻。由于男人毕竟是男人,除了柳下惠式的英雄们,很少有人不在那些石榴裙下败北。

"爱情是什么?爱情就是目的和愿望的反向发展,爱情就是对爱的否定,甚至爱情就是弱肉强食!我们平常所说的爱情只不过是弱者用善良的愿望编织起来的梦幻!"

叶凯并不同意我的观点,他说:"你说的虽然也有局部的道理,但你说得太偏颇了。在生活中，有许多人确实是因为互相爱慕而结婚的，也有许多好女人得到了好男人，好男人得到了好女人。假如爱情没有一而再、再而三被生活证实，那谁还会相信爱情呢？如果爱情只是一个梦幻、一个神话，那漠谷河畔双双对对的情侣又如何解释呢？至于你所说的那些坏男人坏女人，他们采用邪恶手段所得到的，只仅仅是情欲和原始的兽爱，而不是爱情。

"乌云不是月亮，罪恶不是真理。"他振振有词地反驳我。

"这些只是空泛的道理，"我说，"由于人类性格深处的弱点，真正的爱情确实太稀罕了（当然并不是没有）。虽然漠谷河畔天天都有很多情侣，政府里也天天都有许多对男女申请结婚，并且全都申明自己是自由结合而不是被迫结合，但究其真实，又有几对男女是出自深刻的爱情而不是一时的迷误呢？

"我就是例子，还有许多同辈人都是例子。

"但我并不由此对爱情失去信心。爱情的缺乏恰恰说明爱情的高贵，我抱怨爱情也是因为我太看重爱情。谁也没有见过上帝，但上帝却有众多的信徒。"

叶凯燃起了一支烟，用右手小指抚弄着文竹的叶子，脸上一片恬静。

"我知道，你尽力地否定爱情，只是因为你这个情种爱得太深太切，甚至得到了爱还要追求更新更多的爱。另外一个原因，是你不满意蓝桂桂，婚后心情不大好，所以才满腹牢骚。

"既然你认为爱情只是一个梦幻，那你为什么又要苦苦地追寻呢？你为什么不能豁达一点儿，超脱一点儿？你说很多人都陷于迷误，难道你就没有迷误吗？其实你比别人迷误得更深，迷误得不能自拔！

"你总是不能看破红尘！

"爱情是什么？爱情不过是上帝的优生学。

"世上的生灵，都有一个与生俱来的最重大的使命——那就是繁殖。甚至可以说，生命的本质就是繁殖。如果有上帝，这就是上帝的最高指令。去年我养了几只蚕儿，长大长壮后就作茧自缚，后来又变成了蛾儿咬破蛹皮钻出来。最先出蛹的是一只雄蛾，刚一接触外面的空气，翅膀就扇得像风车一样——它用这样的动作表现它渴望交尾的激情。但是，与其说它对交尾（我们人类叫作爱）充满激情，不如说它对死亡充满激情，因为交尾对它是致命的。但它不顾一切地寻找雌蛾交尾，就像人对于爱情，充满了可歌可泣的狂热。尽管它也心里明白交尾后会立即毙命，却并不因此而畏惧胆怯。人类的做爱虽然不会死亡，却也是生命最剧烈的消耗，而谁又畏惧过这种消耗呢？最小气吝啬的人哪怕小气吝啬到一毛不拔，却不会吝啬性爱时的巨大的消耗。

"繁殖——这最繁重的劳作，最可怕的甚至会导致死亡的消耗，被大自然（或者叫上帝也可以）化为最高的快乐，这就是大自然超凡绝妙的艺术。

"从本质上说，每一个人都是勇敢的，不怕死的。怯懦只是因为某些事引不起内心真正的激情。

"爱就是无条件的牺牲。

"至少，爱也是自损，上当（上大自然之当）。真可谓'看破红尘惊破胆'！但看透了又能怎么样，生命本身也是大自然缔造的，又怎么能违抗大自然的意志呢？

"甚至我怀疑：人的思维也是自然程序的一部分。就是人对自然的革命，也仍然是大自然意志的体现。

"大自然无所不在。

"譬如说爱情，每一个男人都在追求漂亮的女人。每一个女人都在追求漂亮的男人。弱者追求强者，智商低的人追求智商高的人……每一个人为此费尽心机，用尽手段。无望的幻梦，可悲的痴情，苦苦的相思，癫狂的心欲。痴男怨女，情天孽海。喜、怒、哀、乐、忧、惧、悲，几乎都是缘此而生；几千年来，无数的诗词歌赋、传奇小说，几乎都是为爱而作。王实甫的《西厢记》、曹雪芹的《红楼梦》……更是写得缠绵悱恻、哀婉动人。爱情对人类来说，真是复杂得不能再复杂，神圣得不能再神圣！但对上帝（或者叫大自然）来说，爱情的目的却简单得不能再简单。那就是：让异性们追求漂亮的对象是为了繁殖体型优秀的后代，追求聪明伶俐的对象是为了繁殖智力高超的后代。爱情其实不过是上帝的优生学。

"而我们在追求爱情的过程中,所表现的丑恶的嫉妒心、虚荣心,以及对情敌毫不留情的伤害和排斥,是不是一定就是恶德和自私?"

"确实,任何爱情都是自私的、排他的。但由于这些自私和排他性体现了上帝优生的宏伟意志,就应该视为最大的为公。爱的实质并非是为自己,而是为了人类一代比一代更加优秀。

"所谓的好色之徒都是上帝的最卖力气的仆役。

"明白了这个道理,你的任何爱情烦恼不就是嫌自己卖力气还卖得不够吗?不就是愚蠢的可叹可怜的奴仆意识吗?

"南彧,难道你还不能从中解脱吗?"

我满头大汗,仿佛听了枚乘的《七发》,长吁一口气说:

"善哉斯言!"

叶凯笑了。

"不过,我恐怕还是无法超脱。"我说。

"为什么?"

"因为我是人,不是上帝。如你所言,我的血液里潜存着大自然的意志。不管我愿意不愿意,都必须去执行它。这就是命运,难以违抗。"

二十三

蓝桂桂早在结婚前,就被政府安排在县木器社干会计工作。木器社在城外,距俱乐部足有五里之遥。

婚假满后,蓝桂桂每天早晨步行上班。我劝她骑上那辆生产牌旧自行车,说:"不要看它破破烂烂,除过车铃不响全身都响,但实践证明,它是一个忠实的安全的坐骑。它不是刘玄德那匹危害主人的卢马,而是堂吉诃德的那匹羸瘦安全的老白马。"大概由于我说得过分夸张、过分玄虚,以致使蓝桂桂产生了逆反心理,说什么都不肯骑了。她说自己才结婚十多天,好歹还是个新媳妇,若骑上这辆自行车,就像骑在一头满身疥癣、流血流脓的驴背上一样,会觉得恶心,觉得丢脸。

我只好不再坚持。

我甚至欣赏她的反驳。她反驳得那么干脆,那么自信,那么富于独立精神。我猜测她的自信一定是从镜子里获得的——自从结婚以来,她仿佛偷食了什么灵丹妙药,变得更娇艳、更妩媚、更细嫩、更滑腻、更红润了。特别是那两只黑瞳仁,光芒四射,普照四方。

她流的汗也香得像油。

她过去是灰姑娘,现在却是骄傲的公主了。

前天上午,有一个小伙子,骑着崭新的凤凰牌自行车来了,模样颇为英俊。他是木器厂的出纳员,听说蓝桂桂没有自行车,自告奋勇来驮蓝桂桂上班。我问:"你驮她不嫌累吗?"他说:"一点儿也不累!"蓝桂桂高兴地为他端水倒茶。昨天上午,他又来效劳。我心里很不快,心想这家伙助人为乐的精神未免太过分了。谁知今天上午他又来了。我没有招呼他。他有点儿畏怯,一个劲地催蓝桂桂:"走吧,快走吧!"

我说:"你先走吧!我有些话要给她说。"

他厚颜无耻地说:"你说吧,我等一会儿。"

我火了:"叫你走你就走!"

他抿着嘴,眼神恶狠狠地望着我,退到大门外面,又不走了,撑着车子站在那里等她。蓝桂桂站在院子里,同情地望着他。

"让他走,今天我送你!"我说。

"用啥送我?"

"自行车。"

"又是那辆生产牌?你不怕到了我们厂,工人们会笑话这辆烂车子吗?"

"你就这么虚荣!这么好面子!如果你是这样一个人,当初你就应该找一个有钱有势的人嫁给他,何必嫁给我!"我火了。

"你小声点好不好?"她央求我。

"你怕他听见是不是?为什么怕他听见?难道我连大声说话的权利都没有?你为什么要护着他,天天跟着他跑,让他驮你带你?他算是你的什么人?"

"你都胡说了些啥呀!"她气得哭了。

那位等在门口的男出纳员,见事情闹大了,慌忙骑上车子溜了。

"这么点小事情,你都要胡乱猜疑!"蓝桂桂边擦眼泪边说,"我倒罢了,让那个出纳员听见,会笑话你肚量小,没见过世面!甚至还会说咱们不识好歹!"说罢,从房子里推出那辆生产牌旧自行车去上班。

"你这会儿骑着它不觉得恶心、丢脸了吗?"我揶揄她。

"那是跟你开玩笑的话,你就记得那么牢!其实,别说骑这破自行车,就是你穷得叮当响,当叫花子讨饭,我也会跟着你一起去拉枣杆。"她说。

"出尔反尔!刚才你是怎么说的?"

"我就是要出尔反尔!"她破涕为笑说,"我以后还要故意叫那个出纳员来接我,我就是要看你嫉妒、吃醋、大发脾气!你脾气发得越大我就越高兴。"

说罢骑着车子扬长而去。

二十四

我们请了几天假,回家去看望母亲。

蓝桂桂花了一个月的工资,买下一丈三尺黑条绒衣料,给妈做了一身衣服。妈穿在身上,高兴得满脸通红。

妈站在门上,隔壁对门的三婶四姨四嫂都来看,对着那崭新的耀眼的黑,啧啧称赞。妈骄傲得像蟒袍加身一样。满脸皱纹的三婶望她望得热泪盈眶,一边用粗布帕子擦眼一边说:"海棠,你二十年总算熬出头了……"妈嘴角忽然颤得像指南针尖,想挺住却怎么也挺不住了,一头扑倒在三婶怀里,汪汤汪水哭了起来。

由于都知道妈的身世,妈一哭,四姨四嫂都哭了起来。她们一哭,惹得我也趴在窗台上哭。

"都怪我,惹得大家眼酸!"三婶抬起头说,"妹子,你二十年寡妇守娃,哑巴吃黄连,不容易呀!不过再苦也苦过去了,如今南或长得人高马大,成了国家干部,又娶了这么一个漂亮贤惠的媳妇,过门不到一个月就知道孝敬老人,可见头上有青天!你也应该知足啦。"

妈破涕为笑。

我将大家让进房子,每人送了一大把糖果。三婶爱抽烟,蓝桂桂给她点着了一根带过滤嘴的"大前门",递进她的嘴里,喜得三婶又夸奖了她几句。不一会儿,门口又拥进来一伙娃娃,瞪着眼看新媳妇。妈连忙端出来一笸篮核桃红枣,雨点般的撒在院子里,让孩子们去抢。孩子们滚成一团,银元宝似的。

孩子们未散,又来了一群小伙子,有的是我的同学,有的是叔伯兄弟。他们将我和蓝桂桂拥进房子。他们全都变成了强盗。他们强迫蓝桂桂向他们鞠躬,向他们唱歌,还要叫她猜酸得不能再酸的谜语:

弟兄五名,抬炮出城,
大雨一下,收兵回营。

小伙子们威逼利诱,软硬兼施;蓝桂桂顽强不屈,不肯听命。吵嚷哄闹,鼎沸盈天。房门外面挤着一群年轻媳妇,眯着眼静静地听,嘴上笑微微的,可能是产生了"认同"心理,回忆起自己当年结婚时相似的遭遇。

妈吓坏了,怕蓝桂桂太受罪,在院里乱转,有时还趴在窗口往里边瞧。年轻媳妇见她那个样子,咯咯咯笑了起来,其中一个大声说道:"你老人家放心,出不了人命!"

第二天一早,天还没有亮,家里那只老雄鸡叫第三遍了。叫声饱满高亢,有一种振奋感。蓝桂桂摸黑起床,按照农村的习惯,去向婆婆问安。我好奇地趴在窗口倾听，听见她问安的两句话是：

"妈，炕还热不热？"

"热，热着哩。"妈说。

"夜间睡得稳不稳？"

"唉，妈一辈子就是怕夜晚，想这想那，老是睡不好觉，"妈毫不客套地说，"不像你们年轻人，头一挨枕头就呼噜呼噜睡着了。"

"上辈人勤谨，不像我们贪吃懒睡。"蓝桂桂卖乖地说。

"瓜娃，能睡是福，睡不着是活受罪哩！"

天亮了，太阳从村东头斜照过来。在家里由于围墙和房脊遮挡，自然看不见太阳，只看见院子里的梧桐树半边叶子被照得金黄。几只绒球似的小麻雀大概是觉得阳光太晃眼，在枝头很气愤地吱吱乱叫。房屋的庞大的阴影，落在打扫得干干净净的地上，又浓重又清新。阴影的边沿，渐渐地染出一片黄朗朗的阳光。那只肥壮威武的老雄鸡，提起一只脚，一动不动地站在阳光里，五彩斑斓。温驯的母鸡们围在它周围，用爪子拨拉着柴草，静悄悄地觅食。

在动物世界里，最自负的要算公鸡，它似乎从来没有抑郁过、忧伤过，即使是面临宰杀，也依旧意态昂扬。母鸡则善良安详，对世界上发生的任何事绝不大惊小怪。假若农家小院缺少了它们，不知会减却多少悠长的韵味。

蓝桂桂在厨房做早饭，炊烟沿着烟囱袅袅上升，极自由极舒展。母亲端着半碗草籽，在后院喂鸡。她自从出嫁到我们家，第一次没有自己做饭。她侧耳听着儿媳啪嗒啪嗒拉风箱的声音，很陶醉很感动。过了一会儿，似乎因为无事可做，有一种空落落的感觉。她倚在金黄的麦秸堆上，渐渐打起了瞌睡，身子一点一点滑了下去，最后跌坐在软麦秸上，似醒非醒地打着呼噜。

我将她老人家搀进房子，又将她抱在炕上。她一骨碌又坐起来，眼睛睁也不睁地说："妈不瞌睡……"说了没有多久，却又头歪在枕头上真的睡着了。

中午，妗子来了。两人一向亲密，由于高兴，今天更是格外亲密。我陪着她们拉家常。

蓝桂桂真会卖乖,进来请示道:

"妈,上午做啥饭?"

"面。"妈自豪地说。

"昨天还剩二斤肉。"我提醒她。

"那就煮肉,包饺子!再温四两黄酒,我和你妗子喝。"

蓝桂桂答应一声走了。

下午,我去村子周围转了三圈儿,看秋庄稼,看远处的唐王陵,看小时曾挖出许多龙骨的土壕,看长着枸杞豆和萱草的土坎,看撒着牛粪、羊粪的小路,看拽着黄土的铁轱辘车,看小黑驴驹趔趔趄趄在红荞麦地里奔跑……我为什么要看这些?我也不清楚,总之是看了很亲切,很动感情。

天黑了,我回家去了。

整个村庄泡在炊烟里,就像泡在牛奶里一样。月光煌煌,照耀着暗蓝的天空,照耀着黑黝黝的庄稼地,照耀着白亮亮的小路……我的灵魂已变成千缕万缕,在月光下四处飘散,有好多缕缠在树枝上、屋脊上、草叶上,再也不肯回我的躯体……

皈依吧!

我和蓝桂桂躺在炕上,月光从窗口照进来,在被子上铺了一块方形的洁白。蓝桂桂的皮肤也像月光,又凉又滑腻。她偎着我,抚弄着我,等待我的激情,然而今晚我却极其平静。我看着月光,看着窗外梧桐树那慢条斯理的悠悠摆动的树影,看着叶隙间漂亮的小星星。不远处,传来蟋蟀和蝼蛄低沉短促的歌声。夜静极了,安详极了。我为有这么好的夜晚而感动。如果我坐起来,取一沓纸,拿一支笔,立刻会写出许多首绝妙的抒情诗。但我不会起来,我不会用几首诗换取此刻这神圣的安谧。就这样静静地躺着,就这样静静地浸沉。没有了我,也没有了月光和天空,一切都消融为一。

以后每到晚上,我们怕妈一个人寂寞,就去陪她老人家说话。

炕边放着一只纳了半边的鞋底。鞋底很大,我一下子明白了妈是为谁纳的。

"妈,秃子大叔死了老伴,这几年孤孤单单一个人,日子也不好熬。"我说。

"不好熬也得熬哇!"妈说。

"您老人家发扬雷锋精神,给大叔另找一个老伴吧!"我故意说。

妈半晌没有说话,捡起那个鞋底又纳了起来。后来叹了一口气说:"妈老啦,这辈子完啦,不敢再给你和桂桂丢人啦!等你们有了孩子,妈就替你们带娃娃。"

有一天晚上,桂桂和妈坐在炕上缠线,我在炕仓里找一件东西,没料想找出了那个钱罐子。钱罐子里装着三四百枚铜钱,个个金光灿亮。

我摸出十几枚,在手心掂得叮当响。

"这可是值钱的东西!"我说。

"胡说!"妈一点儿也不相信。

"真的,现在这叫古币,有些很有考古价值。文化馆那个程海先生,很爱收集古币,我看就卖给他吧!"

"放下!"妈厉声说,"啥都想卖钱,我看你不如将妈卖了!"

我吓得吐了吐舌头。

二十五

妗子今天又来了,领着表哥的独生子蹲蹲。蹲蹲五岁,壮实得像一枚大枣。手背上五个坑,胖得像蜂蜇的似的。不好动,样子有点痴呆,但喜欢探秘。有一次,半天寻不见他,妗子急得大喊大叫:"蹲蹲!蹲——蹲——"其实他近在咫尺,钻在炕顶头放杂物的炕洞里,翻弄那些铁油灯、破铜脸盆,还有陶罐里的铜钱,任妗子怎么叫他都不作声。后来还是我听见了炕洞里有响声,揭起炕洞门上的旧布帘子,才看见他撅着的胖屁股。又一次,他趴在院子里看一窝蚂蚁打架,陶醉极了,整整一晌都趴在那里看,仔细研究蚂蚁打架的每一个回合和每一个细节。他这么热爱探秘,我想他长大后一定能成为一名出色的侦察员。

到了下午,蓝桂桂又成了他的新目标。

他老是注视着蓝桂桂那只插在裤兜里的手,他不明白别人的手没有插在裤兜里为什么她的手要插在裤兜里?她的不同于常人的举动使蹲蹲感到迷惑和怪异,激起了他追根寻底的决心。蓝桂桂走到哪儿他就跟到哪儿,眼光不看别的只看她插着手的裤兜。

蓝桂桂终于讨厌了。她皱着眉头说:"蹲蹲,你不到别处耍跟着我干啥?"

蹲蹲不作声,仍盯着她的裤兜。

"这孩子真怪!"蓝桂桂气哼哼地说。

妗子也厌烦了:"这孩子像个闻屁虫!"

蹲蹲也有羞耻心,哇的一声哭了。哭过之后,仍改不了那份好奇心,还是老跟在桂桂后面看。

第二天,蓝桂桂实在烦得不得了,就关起房门,在里面做针线活。蹲蹲进不了门,就趴在门缝上往里瞧她。

这时我正在院子里揽柴火,看着蹲蹲那个呆样子嘿嘿地笑。但蹲蹲看了一会儿忽然果决地离开了。后来蓝桂桂拉开房门去厨房做饭,蹲蹲也没有再去跟她。他端着一脸盆水,去后院聚精会神地灌粪巴牛窝。

"蹲蹲,你怎么不去跟你姨啦?"我笑着问。

"我看见了。"他一边往粪巴牛窝里灌水,一边漫不经心地回答我。

"你看见了什么?"我问。

"一个手大,一个手小。"他说。

我惊讶得眼睛都直了:"真的?"

"狗哄你,不信你去看。"

我当然不会立即去看,因为我不是蹲蹲,也不敢学他的那份直率。我已经二十三岁了,是成人了。成人做事就要讲点策略,来点虚伪,不能那么直来直去。

我把我的全部惊愕全窝在肚子里。

一整上午，我都窝在房子里看书。那是一本最不值得看的儿童读物：《小木偶奇遇记》，是蹲蹲从家里带来的。内容荒诞不经，我越看越恼火。

蓝桂桂进屋来唤我吃午饭。

"你给我端来吧。"我说。

"妈和妗子等着你一块儿吃呢。"

"我今天不大舒服，不陪她们老人家了。"

"你越来越大男子主义了！要端你自己去端，我可不是侍候你的丫鬟！"

"你不端我就不吃！"我装作生气地说。

她终于将饭端来了。照农村的规矩，递饭时必须用双手。但她用一只手递。我故作恼怒，不接那碗饭。她无法，只得用双手递。在她递饭的一刹那，我看见她的左手果然比右手小一些。她看见我观察她的手，突然脸色涨红，在炕沿上放下碗，扭身就走。我没有阻拦她。

她逃跑了。

她欺骗了我。

但仔细一想，又觉得很难指责她的欺骗。因为在婚前她让我看过她的手，并没有隐瞒我，只不过让我看这一只手的时候就把另一只手藏在裤兜里，而每一只手单独看的时候都是完美无缺的。她的诡计仅仅是没有把两只手同时拿出来。

一切好歹美丑都来自对比。

而她恰恰避免了对比。她一只手老插在裤兜，你看见的总是一只手。失去了对比，你根本就看不出她的缺陷。这与其说是她的诡计，不如说是她的机智。

她完全可以振振有词地说她没有欺骗我，所以她根本不会害羞，甚至会心安理得。我前面猜想她已经掉入羞耻的炼狱仅仅只是猜想。

她不会嘲笑自己。

她只会嘲笑我的愚蠢。

也许，她还会为她的完美无缺的欺骗而得意，殊不知这种完美无缺对我的伤害更大。如果她能指责，我就可以凭借指责发泄我的愤怒；如果她感到羞耻，感到对不起我，我也会产生同情而减弱我对她的怨意。但由于欺骗是完美的，无可指责也无须自责的，我便将她看作精心算计我的十恶不赦的敌人。

蹲蹲不知什么时候踅进房子，两只黑豆眼望着我，伸出胖手，索要他的《小木偶奇遇记》。

其实，他今天的经历才是真正的"奇遇记"。

他善于观察，将来这种天赋一定能帮助他成就某一番事业。但我此刻对这孩子并没有好感，正如我对任何告密者都没有好感一样。

"出去！"我对他吆喝了一声。

"我要我的小人书！"他坚定不移地说。

"拿走！拿走！"我将书递给他。

蹲蹲走了，忽然又回过头，双眉倒竖，在地上唾了一口："呸！翻脸不认人！"

月亮又从窗棂格里升起来了。是一个缺月。秋天的夜气也升起来了，沁凉沁凉。月光将梧桐的叶子画在对面的墙壁上，犹如水墨荷叶。

我一声不响地躺着。

桂桂在我身边坐着，她脱掉了衫子。她确实很丰满，皮肤光滑得像缎子一样。她的身上也画满了桐叶，叶隙间有几个圆圆的光点，亮得像银子。

她已默坐了好长时间。

我等待着她的开场白，等待着她的文过饰非，等待着她的再欺骗。不过我什么也不准备说，我怕说了会失去幽默感。

"我对不起你。"她终于说了。

我有点惊讶。

"订婚前我几次想给你说，但我不敢，我怕说出后你就不喜欢我了。我太爱你了！从第一次你在我家借宿，我就爱上你了。那一晚我一夜没睡，半夜里起来在你门口捡柴火，实在希望你走出来和我说几句贴心话，假如你忍不住搂我亲我，我也会很高兴。可是你没有出来。在外面给你点完炕后,我又贴着窗纸站了好久。我听见你呼吸很急促……那时我才知道男人有时候也很胆小。当然我自己不会主动跑进你的房子,如果那样我成了啥样的人了!我的手生下来就是这样,一个稍大,一个稍小,如果不仔细看,根本看不出来,况且又不影响干活。在我们村里,我的手根本没有人注意,也没有人谈论。只有在见了你后,我才将一只手老插在裤兜里。因为你知识分子味儿太重,太敏感,太看重细节。我唯独要隐瞒你一个人是因为我爱你,怕你知道后挑剔我,厌弃我,更怕因此会永远失掉你!"说到这里,她哭了起来。

我仍然一声不响,心里想着另外一件事:如果在借宿的那天晚上,我有胆量走出房门抱住她亲她一下,那倒能留下一段浪漫的回忆。

"你原谅我吗?"她呜咽着问我。

我懒得吭声。心里又在想:还是那位舅母大胆,她干脆采用抢劫的手段,因为欺骗太麻烦、太费事。她比蓝桂桂更早地得到了我。

"你说,你原谅我吗?"她又问。

"你既然成功了,和我结婚了,为什么还要我原谅你?到了现在,原谅和不原谅又有什么意义呢?"我说。

"如果你不原谅我,你就骂我、打我吧!"

"为什么要骂你、打你呢?"

"骂我打我会给你消消气。"

"你为什么不说和你离婚呢?"我说。

"不,我绝不离婚!绝不离婚!"她坚决地一迭声地说。

"为什么?"

"因为我爱你,确确实实爱你……"

她说的是真心话,她确实爱我。难道这就是人世间所谓的爱情:一个爱,一个被爱,你不爱别人但你被别人爱着!

"好啦,不说啦!"我确实有点疲倦了。

"你还没有说原谅我呢。"她嘟哝着说。

"真没有意思。"我拉着她并排儿躺下。我已没有愤怒,只有疲惫。她那条丰满的右膀子穿过我的脖颈,环着我。我感觉到了她肌肉的温柔和生动。她的丰润的脸颊有一种甜甜的气息。

忽然又觉得一切都很乏味。

"睡吧,我困得很。"我打着哈欠说。

第二天,我把这事儿告诉了妈。

"其实我早看出她是个雌雄手!"妈说。

"那你为什么不给我说?"

"我当你早就知道。"

"她瞒了我!"

"算了,生米做成了熟饭,还说啥哩。再说,那手啥活儿都能做,并无妨碍,只不过是看起来大小不匀罢了。"

"我以后怎么有脸见人!"

"胡说!有啥见不了人的?又不缺鼻子少眼!再说,这几天相处,我觉得她心性好,平和厚道,也孝顺贤惠,哄得我天天高高兴兴的,心想后半辈子跟着这媳妇也许能享几天福哩!人哪有十全十美的?这头短了,那头就长了,一个萝卜总不能让你两头都切!"妈说。

妈替她说话。妈图了她的"孝顺贤惠",但我要那"孝顺贤惠"干什么?

她好聪明!她怕失去我,就极力拉拢妈,用她的"孝顺贤惠"将妈变成了她的同盟军。以后,在家庭的"政治局"会议上,她们就成了多数。多数就是真理!如果过几年她有了儿女,"多数"更会增多,成了"绝大多数",到了那时候,我独自一个人假如还要奢谈爱情就不但变得无理,而且也变得很可笑了。

我又看见了命运!

南彧,你总要去追求缥缈的爱,但生活中究竟有几许真爱?撇开男女之爱不说，就说生活之爱吧。试问：你爱"文化大革命"吗？你爱江青搞的"三突出""三陪衬"吗？你爱假大空式的文风吗？你明明不爱但你又何敢违抗？这就是命运！为了活着，为了满足命运的虚荣心，你明明不爱还得向外界宣称你是很爱的！即使这样你还得强颜欢笑，做出一副"心情舒畅"的假面具来取悦命运。

不要说可悲！因为用可悲来形容命运显得太浮浅了。

二十六

我去书店里买书。自从逮捕"四人帮"后，书店里的好书愈来愈多。

我从八岁刚念书识字起就喜欢进新华书店。我进新华书店就像教徒进教堂一样，心情油然地虔诚肃穆；我接触书架上那些心爱的书籍就像我接触心爱的女人一样无比愉悦。那清新爽朗的油墨香，那新纸张翻动时嚓啦嚓啦的脆响，那寻书者悄悄走动的窸窣声，无不使我陶醉。书店是我的公园，书店是我的禅房，书店是我藏娇的金屋也是我生命的归宿。我今生注定离不了一个"书"字，或者是写书，或者是读书，如果不能读书写书我就站在这里卖书。这里有天空，有沃野，有青山，有绿水，有花色花香，有琴筝鼓瑟，有史记春秋天文地理，有痴男怨女悲欢离合，甚至还有美酒佳肴神仙洞府……由于我的痴爱，就觉得书店几乎包容了整个大千世界。

其实呢？这里的三个年轻店员个个都想调出去。这三个"庸俗之辈"都和我很熟，都和我说过这里工作又寂寞又枯燥，不像在百货商店里工作奖金多紧俏物资多，因此巴结的人眼红的人自然也多。

我嘲笑他们同时又理解他们。

来书店购书的人似乎格外地多——这不是用眼睛看到的而是肩膀碰撞到的，因为我的眼睛始终盯着书架。

我抽出一本罗马尼亚的小说《我为什么这么爱你》，觉得书名很新鲜，就想翻一翻看看里边的真货色,但这时我看见了叶小昙。偏偏她就在我的附近,身子娇懒地倚在书架上,正聚精会神读一本叶赛宁诗集。

我不想理她,我甚至想走出去。因为我看见她心里忽然十分辛酸。既然我的爱情已经是一本写完了的书,我又有什么必要去沾惹她?况且我是一个如火如荼的人,稍稍沾惹就又会燃烧,我又何必再去白白浪费感情,再去徒然地折磨自己又折磨他人!

她看着书,神情凝然。她没有看见我。

我想要离开,却又万般地依依不舍。

她懒懒地倚靠在那里,弯曲得像一根折弯了的细藤。由于弯曲,她的苗条越发显得旖旎多姿。她的头发是刚洗过的,没有编,用一方紫蓝色的小手帕束着,却仍有许多散发蜷在她红润潮湿的脖子上,看得人替她发痒。

我心里忽然十分苦楚:这娇美的人儿今生不会属于我了,她将属于别的男子(这个男子必然是世界上最有福气的男子了)。对这个男子,我只能用仇恨为他祝福!因为她是我的。我爱她,她也爱我,只是因为命运的阴差阳错,我才误娶了另一个女人。但无论我和她在尘世的婚姻形式上属于谁,我们的心却互相属于对方。正如一首诗中所说的:

　　将肉体交给尘世
　　——你交给男人,我交给女人
　　然后去期待真正的升华

然而话又说回来,难道我是一个当代的柏拉图,仅仅只追求精神的结合?

难道我会以此为满足?

"你也来啦。"她忽然问我,眼睛却仍未离手中的书页。声音听起来十分甜软温柔。

奇怪,她一直没有看我,却又是怎么看见我的?

我"嗯"了一声。然而我的心却怦怦地越跳越欢。我有一种要哭的感觉,就像远离在外的游子忽然见到亲人一样。

她抬起头,一眨不眨地看着我,轻叹了一声。

"挑的什么书?"她问。

"《我为什么这么爱你》。"我说。

"你一定是骗我!哪儿有这么直率、这么毫无顾忌的书名?"她笑了笑说。

"是真的!一点儿也没有假……"我将书递给她。她小心翼翼地接过去,仿佛接的不是一本书,而是我的一颗心。

"真的没有假?"她问。

"没有假,确实是《我为什么这么爱你》!"我说。

她定定地看着书名,会意地一笑,说:"果然没有假……"接着一连几遍地念着:"我为什么这么爱你?我为什么这么爱你?我为什么这么爱你……"声音越来越微弱,到最后不知是念书名还是在诉说衷情。

"这本书好吗?"我问。

"好是好,可惜已经迟了。"

"什么迟了?"

"既然别人已经挑走了这本书,我再要,不是已经迟了吗?"她抿嘴一笑。

"我不甘心!"

"不甘心又能怎样?"她冷笑道。

"总之我不甘心!"

"别和现实赌气!"她叹息一声,说,"顺便告诉你一件事,三天后我也要结婚了。"

"和谁?"我惊问道。

"田大光,"她神态从容,撂下书,一边往外走一边说,"到时候一定送你请帖,务请大驾光临。"

我望着她的背影,惊讶得一句话也说不出来了。随即我又追了出去。

"你真的爱田大光吗?"我轻蔑地问她。

"那你真的爱蓝桂桂吗?"她同样轻蔑地问我。

田大光送来了大红喜帖,说是婚礼定在明天举行。

他可以说是"得意忘形"了,那张黑脸兴奋得像又黑又红的猪肝,那两个犁头似的高颧骨红得像两轮红日,那颗大塌鼻子紫得像腌坏了的糖蒜。

他高兴得像一个得手的强盗。

他明明知道叶小昙爱的是我而我也爱叶小昙,他也明明知道他和叶小昙结婚就是公然对我的伤害,甚至他也一定明白给我送大红喜帖就等于在我流血的伤口里再撒一把盐!但他依然高兴他的,根本无视我的痛苦。

极度的兴奋使他变得残酷,变得没有了同情心。

他将他的欢乐毫不迟疑地建筑在我的苦痛之上!

他还是我最好的朋友呢!

他还是我见到的天性最善良的人呢!

而这一切又都是合理的,并没有逾越道德的规范。我可以恨他怨他但我不能谴责他,因为我已结婚了,照世俗的规定已没有再爱的权利,更没有再结婚的权利。在我结婚以后,他和叶小昙的任何行为都是合情合理合法的,他并没有错。既然我没有得到小昙,为什么不能让他得到呢?

然而叶小昙爱他吗?

叶小昙当然不爱他,但又自问:你爱蓝桂桂吗?

叶小昙不爱田大光却被田大光深深地爱着,我又怎么能说他们之间没有爱情?

"我祝贺你们。"我说。

"到时你一定要来参加我们的婚礼。咱们是老朋友了,你一定要来!"他再三说。

"还要我来参加你们的闹房吗?看你们的'吃糖果''按电铃'吗?"

"新婚三天不论班辈,你们爱怎么闹就怎么闹吧!"他大概是被高兴冲昏了头脑,连我的讽刺都听不出来。

"我不会去的。"我说。

"为什么?"

"田大光,你明明知道为什么,还偏偏让我说出为什么!你不感到说这样的话太残忍了嘛!"

田大光猛一愣,恍然大悟似的,一声不响了。

黄昏,我一个人在漠谷河边徘徊。

大自然是我的教堂。

太阳已经落山,最后的一片夕照像巨大的红翅膀在天空扑棱。立秋后的树木仍然是苍翠的,比起夏天,只不过有点儿过分庄严。东边的沟坎一片朱红,像老太太为了重返青春在脸上涂抹的胭脂。天空如淬火后的钢块,又灰暗又坚硬。刚才辉煌亢奋的沟坎也随即变成了难看的苍黑色。几只郁悒的蓝乌鸦,迟滞地滑过我的头顶,忽然几声呀呀哀啼,仿佛在朗诵一首表现苦痛的朦胧诗。

然而整个黄昏是宁静的。漠谷河水在看不见的深处叽叽咕咕。清凉的水气带着草腥味从沟坡漫了上来,似乎到处都是水了。一切都向往着黑暗,向往着向黑暗沉浸。我一个人在槐林中的小路上行走,没有任何目的。每当抑郁的时候我就觉得大自然才是最亲密的,在这里每次我总能找到某种默契和宽慰。

可是今天,与其说我来寻找宽慰,不如说我来逃避现实。明天,就是叶小县和田大光结婚的日子,我伤感的心灵似乎觉得整个俱乐部,甚至整个小县城都有一种故意刺激我的浓浓的喜庆气氛。当我来这里逃避那种气氛时,在街上难免要碰见许多生人和熟人,而这些人似乎都知道明天要发生的事情,都在用讥诮的目光嘲弄我……

唯有大自然不会嘲弄我。唯有大自然是我忠贞不渝的朋友!甚至我在这里不知羞耻地号啕痛哭它也不会嘲弄我。

唯有人嘲弄人，除过有人的地方却到处都有同情。

忽然，我听见有人在哭。

是谁在哭？

但这里只有我一个人，并没有第二个人。

难道哭泣的是一个幽灵？

幽灵又在哭。我循声找去，终于在一棵树棵子后面找见了"幽灵"——她坐在一张报纸上，两只手掐着一片枯黄的五角枫叶子，独自啜泣。白白的泪珠子在红红的腮窝上乱滚。穿着红皮鞋的脚面上，湿汪汪滴满了泪水。

原来是她！她为什么哭泣？明天不是她的大喜日子吗？

大概是喜极而泣吧！关中的女子，出嫁时总要哭泣一场。但她为什么要选在这个地方这个时候来哭？

我默不作声，看着她哭。

她的啜泣渐渐变成伤心的恸哭。她扔掉五角枫，两只手捂着眼睛，指缝里泪珠飞迸，两只小肩膀抖得像火山爆发。我忽然怕"抖"坏了她，就绕到她身后扶住她的肩膀。

"你不要管！田大光，你不要管！"她边哭边说，"你怕什么，反正我要和你结婚，就是泪流成河也要和你结婚，你怕什么？你还有什么不放心的？"

原来她把我当成了田大光，我怕她哭坏了，又去摇她的肩膀。

"你别管！我的身子嫁给你，眼泪却没有嫁给你，难道我连哭的自由都没有了吗？老实说，我嫁给你，也是出于无奈，迫不得已！因为爱我的那个男人已经结婚了。他结婚也是迫不得已，因为我拒绝爱他，拒绝和他结婚，其实我爱的恰恰是他！我拒绝他只是因为他也爱我，他爱我当然就要对他任性，对他耍小脾气，让他感情受到挫伤，让他不能一开口求爱就如愿以偿，让他遭到拒绝后再去酝酿新的激情、新的勇气，再次来向我求爱，等我的虚荣心完全满足后再答应他。谁知他太男子汉了，自尊心太强了，他把我的任性当成了真情，将我的假话当成了真话！他坚毅自信，提得起，放得下，毅然决然熄灭了对我的爱，毅然决然找了一个他不爱的女子结婚了事！我太对不起他了，是我害了他，毁了他，到头来又毁了我自己！"她擦了擦眼泪又继续往下说，"而你，又有哪一点值得我爱，凭你那丑金刚般的相貌还是那窝窝囊囊的血性？算一算，你究竟给我写了多少封信？五十封还是六十封？我从来都没有给你回过信，从来都轻慢你的激情。但你是一个没有血性的人，你并不把我的轻慢当成耻辱。你自轻自贱，奴颜婢膝，厚着脸皮继续向我写信，而我又是个虚荣心很强的女人，偏偏就爱听你信中那些中听的恭维话，而且越听越爱听，越听越动心。殊不知，真正深沉的爱情是不说的，不写的。现在，我终于自食其果，中了你的奸计，成了你那些臭信的俘虏，抛弃了我真正所爱的人，要和你去结婚！今天，我到这里来，就是来哭我的不幸、我的悔恨……"

她的话像晴天霹雳，每一句都让我震撼，也使我对过去所发生的一切全找到了解释。我索性也挨着她坐下，跟着她一起啜泣。

"哼！你也哭！难道你还不满足吗？"她扭过身子朝我吼道，"你……怎么是你？"她随即认出了我，"我还以为是田大光呢？你来这里干什么？"

我什么也不想说，只顾哭，越哭越伤心。

她本来不哭了，见我哭，又跟我一起哭了起来，两个人哭得没完没了。

哭到后来，她不哭了，掏出手绢，替我擦眼泪。待我不哭了，她却又哭了。

"别哭了，明天是……是你的大喜日子……"我劝她。

"什么大喜……喜日子……啊！"我的话更惹得她伤心了。

星辰开始在头顶闪烁。先是一颗两颗，胆胆怯怯的，后来越来越多，像密密麻麻的红葡萄。一切都看不清了，一切都还原于黑暗。世界像一条巨大的墨鱼。在我的视野里，小县城已经丢失了，漠谷河也已经丢失了，而潺潺的水声仍在耳边微响。

有一个声音在夜的空旷中响了起来："小——昙——"先是在远处，隐隐约约地，后来越来越近，越来越响了："小——昙——"

"是田大光。"我说。

"不要作声！"她用手捂住我的嘴巴，急促地说。

田大光沉重的、踢踏踢踏的脚步声响了过来。我忽然有一种负疚感,摸着槐树干想站起来……但她拽住了我,顺势又搂住我的脖子,脸颊紧贴着我的脸……接着,几大滴泪水像冷雨一样从她眼里掉下来,落在我的眼皮上……

田大光黑乎乎的影子就站在距我们一丈多远的地方。"小——昙!"他又喊。叶小昙仍然一声不响。过了一会儿,田大光唉声叹气地又去别处寻找。

"他明天就是你的丈夫,你为什么不答应他?"等田大光走远了,我问她。

"别问了!"她一边说,一边侧过脸冲动地亲我。她的嘴唇像火焰一样灼热。但假如刚才田大光没有来这里寻她,使她感到某种逼迫和绝望,她会这么急促地主动地亲我吗?——女人哪女人,这就是你们的歇斯底里!

她因为已经失去了我就不顾一切地要得到我!

她怕明天。

我何尝不怕明天!她怕失去我,我更怕失去她,于是我就去用火焰迎接火焰。我贪婪地、不顾一切地吻她,用嘴唇寻求和她灵魂的黏合。我忽然尝到一星咸咸的液体,是血!不知是我吮破了她的唇还是她吮破了我的唇,总归我们都尝到了爱的疯狂和爱的血腥……这滴血会一辈子含在我嘴里,就像含着一朵永不凋谢的爱之鲜花……将来我就是死了,肉烂骨朽了,这朵花却不会朽!假若子孙们将来兴修水利挖掘矿藏挖开了我的棺材盖,他们一定会看见一切都腐朽了却唯有这朵花仍然是红艳艳水灵灵的!

星光乱射……她的面孔因激动而变得苍白,她仿佛一个纸糊的人,显得脆弱极了。她躺在我怀里,举起右手,有气无力地抚摸着我的嘴唇、牙齿,低声说:

"你真恶!你干脆把我吃了吧!"

"我真想把你吃了!"我笑着说,"我把你吃了,世界上没有了你,我也就不会为你害相思了!"

"假如我嫁给了你,你还会这么爱我吗?"

"当然会。"

"骗人!人所珍惜的总是得不到的东西,得到了,反而要轻慢了……"她说。

"但珍惜的总是所爱的。不爱的无论得到得不到都不会珍惜。"

她点点头,忽然下定决心说:"咱们结婚吧!"

没等我明白她的意思,她就嗦嗦地解开上衣扣子。从那衣缝里闪出一线白来,先是像小溪,接着像白色的肌肤之河。我猛然将整个脸颊沉在那河里。一阵汹涌的涛声震动着我的心灵。我哭了。

我替她扣上纽扣。

世俗的情欲忽然完全消失,剩下的只是对她彻底奉献的深深感动。如果她是那位"舅母",也许我会恣意妄为,但她是她,是神圣的,不能冒犯的——我的耳边又响起那两句诗雷霆般的旋律:

　　将肉体交给尘世
　　——你交给男人,我交给女人
　　然后去期待真正的升华……

她疑惑不解地望着我。

"我不敢再有其他奢望。"我说。

"你一定会后悔的!"她说。

"不会!我知道你想让我首先得到你,以表示你的爱心。但我得到的已经够多了,我已经很满足了。"我真心诚意地说。

"不,你什么也没有得到……"她摇着头痛哭失声。

二十七

我怕明天,"明天"却终于来了。

其实,在我昨晚的烦躁异常的梦境里,就有几只大唢呐故意朝着我嘹亮地吹。

我仿佛一整夜都荒诞地躺在小县和大光的婚宴上，我看见那几只无休无止地吹奏喜庆音乐的大唢呐，就像西藏宗教仪式上的那种一丈多长的巨型唢呐，吹得呜呜咽咽，感人肺腑。

　　第二天一早，我约叶凯一起去钓鱼——我怕他们再来邀请我。我们背着渔具和干粮，徒步去五里外的一座水库。我们散步式地慢慢地走，乡下的铺着车前草、蓝狗娃花的黄土路让人愈走愈疏散。有一个小村庄前边的涝池里，长着一棵古老的弯弯曲曲的老笨槐，像一条向天空艰难爬行的老态龙钟的绿龙。龙背上爬满了嬉耍的孩子，忽然都一声不响，黑眼珠子全好奇地盯着我们插在脊背上的颇为精致的钓鱼竿。

　　天空一片瓦蓝，有时候也飘过几片淡云。一只带鸽哨的灰鸽子飞得满天都是音乐。夏庄稼早已收割，秋苗绿汪汪地从田地里起身。阳光金黄爽朗。泥土灿烂极了，像金属一样。黄色的旋复花和红色的枸杞豆点缀着坡坎。大自然不管人间哀乐，当然也不会管小县今天结婚的事，它用永恒的美丽漠视一切。

　　一路上，叶凯故意找不相干的话题和我聊天，为了不让我疼痛他就聪明地绕开我的伤口。我也因为不喜欢听别人的劝导亦不愿提及今天正在小县城发生的事，便十分乐意和他聊闲天。

　　水库到了。由于好久没有修葺，这里显得十分荒芜。马齿苋几乎有半人高，像披坚执锐的武士。蒿蓬大得像车轮子，牛舌头草壮硕得像南方的芭蕉。由于不受任何制约，一切野花野草几乎都长疯了，那蓬勃的气势仿佛生长在云南的西双版纳。

　　唯有水色浓绿、平静。水螳螂像冲浪运动员一样在水面上飞掠而过。几只鲜红的蜻蜓仿佛定在空中似的抖动着翅膀，倏忽之间又飞得无踪无影。

　　叶凯猛然钓上来一条小柳叶鱼。小柳叶鱼在钓丝上像小鸟一样乱蹦乱跳。叶凯将它摘下来放在水罐子里，嘴里忽然哼起"索索叨索发拉索……"

　　我的鱼漂却一动不动。

　　其实我什么也不想钓，我只想静静地坐在这里，坐一整天。

　　我不希望那些可怜的鱼儿咬我的鱼饵。我的鱼饵就是我的诡计。既然我好几次中了命运的诡计弄得这般痛苦，我又怎么忍心也用诡计引诱那些自由的鱼儿？

然而生活常常是反意志的，我不想钓鱼却偏偏就有鱼来咬钩。

钓上来的是一条青绿色的大草鱼，又胖又笨。那模样儿不知怎么忽然使我想起了蓝桂桂。我微微一笑，觉得如此联想真是太滑稽了。

叶凯跑过来掂了掂，说是足有二斤重，上午可以有一顿丰美的野餐了。

"索索叨索发拉索……"

他折来一大抱干树枝，点着火，一边烤鱼一边唱。几条鱼很快都烤熟了。我折来一大片牛舌头草叶子，将鱼放在上面。叶凯又拿出盐和胡椒粉之类的东西调烹了一番，味道鲜极了。我们一边吃，一边从挎包里摸出一瓶杂牌白酒轮流喝。吃完喝完后已有了醉意，我便躺在水泥做的水库边上，头枕着一蓬蒿草睡着了。刚入睡又梦见了那几只巨型唢呐，像车轮子似的伸在我耳边呜呜地吹，吹得我肝肠寸断。

醒来后，叶凯说他看见我在梦中老是流眼泪。他问我是否有什么伤心事。他神情专注凝重，准备好台词要劝说我。我皱了皱眉，心里忽然很烦，说什么伤心事也没有。

我吐了几口酒，吃下去的大半条鱼也吐出来了。用湖水漱了漱口，觉得轻松了许多。

回到县城，天已经黑了。叶凯将我扶上床，替我盖上被子，又替我沏了一大杯酽茶，放在床头柜上，才告辞去了。

叶凯刚走，我又从床上下来，径直奔向县委后面的职工宿舍平房。我怎么能睡得着！

平房外面有几棵茂密的冬青树，我便隐在树后倾听。夜很黑，田大光的新婚洞房里却一片炫亮。尤其是那面粉红门帘，被电灯光照得红透了。里面人声喧嚷，像夏天的蜂房。大约闹房已到了高潮。

"按电铃！按电铃……"震耳的吆喝声传了出来，接着是许多应和的声音。

"我不……"房子里忽然响起叶小昙近乎凄厉的拒绝。

一阵短暂的沉默过后,忽然又爆发出抗议似的吵嚷声。不知谁喊了一声"打!"随后就听见鞋底笤帚之类击打人体的噼噼啪啪的钝响。挨打的一定是田大光,也许还有叶小昙。

"我响!我响……"叶小昙终于央求了。

我急忙捂住耳朵,觉得那一声央求足以撕心裂肺。我不堪想象:就在小昙模拟电铃的那一瞬间,田大光熊掌一样的黑手是怎样按到她如花似玉的小乳房上去的?

受辱的不是她。因为她已经是田大光的妻子!

受辱的是我的自尊心!

在这场尘世的婚礼之前,我和她早已举行过了灵魂的婚礼。我们的结婚证书就是我们之间无伪的真情。我们相亲相爱,鱼水相欢。有了她,我才有快乐和笑声,才有梦想和期待;没有她,那活着还有什么意趣,死亡又有什么恐惧呢?我和她就像眼眶和眼珠、琴箱和琴弓。因为有她,上帝才创造了我;因为有我,上帝才创造了她!我们是不可分的,无论是我离开她或者是她离开我,都必将是破碎的,有缺陷的,不完整的!

她是我的!这是上帝的允诺。既然它创造了我们不能分割的灵肉它就应该承担这个允诺!

我不能容忍任何人对她的侵犯!

闹房的人群渐渐离开,房子里最后剩下了他们两人。我听不见说话声,一片沉寂,沉寂得像一个深渊。

"睡……吧。"是田大光嗫嚅的声音。

电灯吧嗒一声拉灭了。一片黑暗。黑夜黑得深不可测,黑得像世界的末日。我猛然一阵冲动,我恨不得立刻冲进房子,将田大光宰了!

他不再是我的朋友,他是正在对我的"妻子"施行强暴的罪犯!

然而我究竟有什么权利做这样的感想?

不管怎么说,他是她法律上的丈夫,而我究竟算她的什么人呢?

我没有冲进田大光的房子,而是抱着脑袋痛苦不堪地跑回了俱乐部。

我像枪击了似的摔倒在床板上。

"你一定会后悔的!"我想起了小昙昨夜说过的话。

我确实万分后悔。

我应该得到她,她也应该得到我。这才是真正道德的,天经地义的!而昨晚由于我那种虚伪的"高尚",将我和她都陷入了极度愧悔的地狱……

但假如今晚是昨晚,这里不是俱乐部而是漠谷河畔那丛洋槐棵子下面的草地,叶小昙躺在我怀里,一切又都重新开始。

"咱们结婚吧!"她说。

我又该怎么办?

"不!"我想了想,还是决定这样回答,并且会再次替她扣上扣子。

刚才那些亢奋暴烈的想法,只不过是一阵青春的疯狂。对昨夜我所说的和所做的,我仍然应该这样说:我不后悔!

  将肉体交给尘世

  ——你交给男人,我交给女人

  然后去期待真正的升华……

我又一次默念着这几行诗……

二十八

蓝桂桂的两手仍老是插在裤兜里。

她害怕对比。

假如没有对比，谁又能知道她是雌雄手呢？

这可恶的对比简直就是一切罪恶的渊薮！因为有对比，这世界才有了黑白、高低、大小、高下、贵贱、香臭、美丑……才有了感情上的爱憎、褒贬、推崇和鄙弃、欢喜和厌恶……才有了是是非非、风风雨雨、恩恩怨怨、生生死死……假如没有对比，一切都没有区别，一切都只是混沌，只有一没有二，只有统一没有对立，只有一言堂没有多言堂，只有一花独放没有百花齐放……那世界该是多么安宁、平和、永存永恒啊！

然而对比却是无法消除的，就像永远不会消失的撒旦！

蓝桂桂恨这个撒旦，老是躲避这个撒旦，所以她两手总插在裤兜里。

但躲藏是愚蠢的。

凡掩藏的总是秘密的。然而"秘密"会激起别人的好奇心。这种"好奇心"会愈来愈浓重，浓重得近乎敌意。"好奇心"最终总要得到某种解释、某种满足。如果不能解释不能满足，这"好奇心"就会像猎狗追踪猎物一样千方百计去追踪"秘密"，直到弄清楚弄明白方肯罢休。

有好奇心的人慢慢结成一个集团。这集团不断地叽叽咕咕，酝酿着这样或那样的阴谋。这阴谋只有一个极简单的目的——想法将蓝桂桂的手从裤兜里取出来。

蓝桂桂干会计工作，可以用一只手打算盘、记账，另一只手用不着取出来示众。

"阴谋集团"的成员当然包括木工厂的那几位头儿，为了将蓝桂桂的两只手都调动出来，她被用某种巧妙的借口取消会计工作改任营业部营业员。

"阴谋集团"的其他人立刻集合在营业部门口，他们装作要买东西的样子，要蓝桂桂将那些两只手才能搬动的家具——譬如小炕桌小板箱之类——拿到柜台上让他们挑拣。

蓝桂桂迫不得已，取出双手去搬运家具。所有眼睛就像蝇子看见鲜血一样，一下子全盯在那双手上。那双手由于同时出现立即产生了对比：一只大，一只小！其实两只手都很红润，都很健康，如果单独看并非六指瘸掌或其他种类的畸形，但放在一起就会因为大小不匀使人感到别扭、丑陋，心理上很不舒服。凡是美的事物大都是匀称的，而这双手却背叛了匀称，背叛了美的起码常识，给人一种很荒诞很滑稽的感觉。

"哈哈哈哈……"围观者全笑了起来。是一种快意的、恶毒的笑声。

蓝桂桂的脸色忽然血一样涨红。两只手像两只遭到枪击的兔子，悲惨地躺在柜台上面。取也不是，不取也不是。她觉得她不是在这里售货，而是在这里示众。

来围观的人越来越多。

"哈哈哈哈……"每一个新来的人，由于好奇心终于得到满足，都要发出一阵快乐的笑声。

第二天，听说那个经常来我家接送蓝桂桂的出纳员，也去营业部看了那两只不匀称的手。他没有笑，呆呆地望着这个他曾经很崇拜的女人，脸上有一种惊讶的、受骗的感觉。

他匆匆挤出人群，逃走了。

"哈哈哈哈……"这回笑的不是别人，而是蓝桂桂。

那天下午，我骑着自行车去接蓝桂桂，刚巧碰上了那个围观场面。

半路上，她说："咱们离婚吧！"

"为什么！"我故意装作很惊讶的样子。

"我很惭愧，觉得对不起你。"她说得很伤心。

我忽然变成了她的同情者。"没有什么对不起的。"我说。

"我隐瞒了你，确实感到对不起你。现在你什么都知道了，也一定恨我，厌恶我了。但我瞒你确实是因为爱你。既然我爱你，我就不忍心看你不高兴，愁眉苦脸。所以我想和你离婚，还你自由！"

"你已经怀了孩子。"我说。

"孩子我养，不要你管。"她说。

"你自己怎么过？"

"我一个人过。"

"不另找男人？"

"不找。女人离了男人照样活。"

"你准备要多少财产？"

"一分一文不要！只要你母亲那罐铜钱……"

"要那个干什么？"

"到了冬天，夜晚特别长，假如熬不过去，我就学妈那样，将铜钱撒在地上，然后再去一枚一枚地捡……"说到最后，她竟哽咽起来。

"别说了……"我说。

就为了那么一点虚荣心，那么一点可叹可怜的隐藏，她现在成了众矢之的，成了被欺凌者、被伤害者。假如在这种时候，我还要抛弃她，和她离婚，那就等于给她雪上加霜，岂不是太无情无义了吗？何况她欺骗我的初衷并不可恶，更何况在婚后这一段时间里她对我百般地温柔百般地体贴，我怎么能忍心陷她于绝境呢？

我默默无语，什么也不想说。

"你同意离婚吗？"她又问我。

"不。"

"难道你还爱我？"

"不。"

"那你为什么不同意和我离婚呢？"

"现在不是讲爱不爱的时候，而是要讲起码的婚姻人道主义的时候。"我说。

"婚姻人道主义？"她怪声怪气地笑起来，"说白了，其实就是可怜我同情我。"

"是这样，每一个人都有同情和被同情的权利！"

"难得你有这样的好心，"她颇有感慨地说，"但'好心'有时候也是会伤害人的！"

"你想得太多了。"我说。

"想得太多了？你以为你是诸葛亮别人都是阿斗吗？你太自负太让人受不了了！如果你是真心同情我，你就应该欺骗我说你爱我，让我的痛苦得到暂时的麻痹和安慰，但你偏要毫不留情地说你不爱我来刺激我，又要我接受你的'人道主义'和宽宏大量，这样做你不觉得太过分了吗？"

"你确实想得太多了！"我说。

"告诉你，我只在今天答应和你离婚。躲过今天，以后你想离婚我也不和你离了！你不要失去机会！今日之内，你要离婚我立刻就跟你去扯离婚证书；到了明日，我蓝桂桂就是蚂蚱拴在猴腿上，想甩也甩不掉了！"

我第一次领教了蓝桂桂的厉害。

"别说离婚不离婚的话了！"我故意岔开话题，"咱们先想想办法将你调出木器社吧。那里的人和附近的人太混账！"我指的是在营业部门口发生的事。

"没有必要！我又不是瞎子聋子跛子、缺胳膊短腿、缺手短指头，他们爱看就让他们看吧，我才不在意呢！就当有一群孝顺儿女，天天来看望我这个老娘！"蓝桂桂大气磅礴地说。

二十九

叶凯狠狠地教训了我一顿，他说："南彧，近一年来，你几乎整天混在女人堆里寻找爱情，以为这个世界上真有什么神话般的、完美无缺的、永恒的爱情，其实，爱情不过是一个时期的、短暂的甚至是瞬间的概念，即使是你得到叶小昙，和她结婚，也并不意味着你就可以一劳永逸地享受爱情。因为结婚是追求的结束。如果你们不能创造出新的激情去天天刷新爱情，那么爱情就会老化，就会发生危机！再说一个人如果整天什么事也不干，只是为爱情而爱情，到头来只会陷入虚妄、空寞和无穷尽的烦恼。我们是男子汉，不是公猪，除了爱情，我们还有更重要的事情去做!

"你过去不是热爱文学事业吗?你为什么不去用大部分精力去读书,去写作呢?如果在事业上不能取得成就,咱们还值得在世上再活下去吗?还值得别人尊重吗?还值得叶小昙等出类拔萃的女子去爱吗?"

他真是我的诤友。

白天,蓝桂桂毅然决然又去木器社上班,叶小昙又在院子里的有线喇叭里广播A县新闻,那位舅母有时怀着浓重的失落感来借某一本书。对她们我淡然处之。我不想再招惹她们也不想再让她们招惹我。我有时候读书,有时候写一些诗歌。我还将过去写的诗整理了一些出来,寄给各种各样的刊物。过了不久,像过去一样,我又收到许多夹着铅印条的退稿信。但接着,我又将这些退稿取掉铅印条重新寄走。有时候,我还故意将退稿寄给给我退稿的刊物,而且卖弄诡计将其中几页用糨糊粘连起来,结果再次退稿时那几页仍粘连着,铅印条上还是那一句话:"大作拜读,稿件不拟刊用,故退回,谢谢您对本刊的支持。"

以前,每接到一封退稿信,我总是十分懊丧,怀疑自己是否是写作的材料。但现在,我不是懊丧而是愤怒了,因为这些可憎的编辑根本就没有读我的诗!

于是,我便恶作剧式地报复他们:我将那些退稿十次八次地再寄给退稿者。他们虽然不读我的稿子但总要给我写一个信封寄一个铅印条,我要让他们感到无比心烦又无可奈何,直到有一天烦透了不得不认输不得不认真读一遍我的诗稿。

终于有一天,我接到了一封钢笔写的——不是铅印条——认认真真的来信:"大作拜读,觉得有几首诗颇有诗味,但整体意境仍欠完整。若有时间,请来编辑部一叙。"底下署名是地区文学刊物《新葩》编辑"秋叶飞"。

我欣喜若狂。我将那封信看了又看:信确实是亲笔写的,仔细辨认,甚至我还可以断定是用上海"民生"牌蓝黑墨水写的!秋叶飞!秋叶在金风中朝着生活飘飞!名字多么神气,多么潇洒!"大作拜读""颇有诗味",可见他对我的诗作已有几分赞赏⋯⋯

我还接着勾画出了他的风采:高个头,偏分头,白绸长衫,金表链,黄皮鞋……潇洒得像一片金色的秋叶……了不起的才子，富有眼光的伯乐，他终于发现了我这"匹"已经处于艰难竭蹶、困顿不堪、饱经坎坷、奄奄待毙的千里马了！乌啦！

明天我就去地区看望我的"伯乐"。

蓝桂桂参谋说：你第一次去见"大人物"，总要带一点礼物吧？我问她应该带什么样的礼物？她说人家是文人，烟酒点心之类未免太俗气了，最好是带一点土特产，例如核桃、大枣、柿饼、花生。说完后她立即提着一个大帆布提包去土产公司找熟人采购去了。她的背影在夕阳下闪闪发光，竟渐渐高大起来。

但第二天临出发时，我又改变了主意。我总觉得这一大包鼓鼓囊囊的东西有行贿之嫌。古人云"清廉为官品，清高为士品"，像秋叶飞那样的"士"一定清高得像阮籍一样，怎么会接受我的这些庸俗不堪的土特产呢？

想了想，还是不带好。只带了一包好香烟，等谈话时递给他一支。"烟酒不分家"，既不会损他的人格也不会损我的人格。

蓝桂桂说，这些考虑全是知识分子的"酸气"。

乘了三百多里的公共汽车到了地区所在的城市。大城市比起小县城最明显的优势是三多：人多、楼房多、汽车多。我问了好多人错走了许多小巷，最后总算找到了《新葩》编辑部。

编辑部在三楼，由于过分激动我的两条腿簌簌发抖。我十分担心见了那位文学"泰斗"会举措失当。然而上楼后的事实证明举措失当者不是我而是秋叶飞。

秋叶飞和我的想象完全相反，矮个儿，虎背熊腰，蛤蟆似的大脑袋，一点儿不像文人倒像一个拳击运动员。他坐在椅子上两只脚却搁在桌面上，而且是两只没有穿袜子的精脚片子。那些脚指头像兔子耳朵一样快活地摇动。

"大行不顾细谨，大礼不拘小让。"也许这恰恰是名士的派头。

我拿出他写给我的那封信递过去，说明来意。他略略有点惊讶地问："你就叫南彧？"我点点头。"你是一个怪才！"他说，"前一次你寄来的诗我都看过了，有一两首诗写得颇不寻常。你有着一种很偏颇很敏感的气质，这种气质可能会使你在生活中遇到许多麻烦，但用于写诗却会产生许多独特的感受。你所用的形式是笨拙的，甚至是丑陋的，就像一个漂亮女子穿的是厚重的兽皮而不是轻盈的丝绸。这种笨拙的形式在美学上有多种含义然而很少有人能欣赏。大多数人欣赏的常常是流行的东西而不是独特的东西。你表现的意境是新鲜的，象征性极强的。有时候是尖锐的，似乎和你所使用的形式相矛盾。但其实并不矛盾，因为最新颖的东西常常是最质朴的东西。这样的意境同样很少有人能欣赏，因为它像怪味豆一样，很难适合一般人的口味。"

说话中间，那两只脚从桌面上取了下来，改为二郎担山式，一只脚踏地，一只脚跷在膝盖上。脚指头随着他十分精彩的谈吐，生龙活虎般地转动着。

"秋老师，你说得太对了，太英明了！"我激动地说。

"用词不当！"他皱了皱眉头说，"其实上一次你寄来的诗我是准备刊用的。"

"那为什么……"

"因为我只是一名普通的诗歌编辑，只有审阅权没有审批权。"他说。

"谁有审批权？"我困惑地问。

"主编。但他年老多病，经常不上班，实际握有审批权的是我的顶头上司——诗歌组组长。你最好也去见见他，将你的诗让他阅一阅，再听听他的批评意见。"

"他在什么地方住？"

"咫尺天涯，就在我的隔壁。"他说。待我临出门时又叮嘱我："该人姓黄，一定要称黄老师，或者称黄组长。切记！"

我点点头，但对他的叮咛有点莫名其妙。

我想，秋叶飞已经够了不起了，大概这位管秋叶飞的黄组长更了不起吧？所以敲门时有了狼狈感、委琐感，就像小人国的居民要走进大人国一样。然而门开了后，站在我面前的竟是一个武大郎式的矮子。不但矮而且瘦，像一个小木偶，脸色蜡黄，仿佛患有贫血症。两片嘴唇薄得像刀刃，锋利得近乎残酷。唇上几乎没有胡须，只有几根黄纤毛。看得出是一个雌化了的男人。

房子里的长靠背椅子上，还坐着另一位胖胖大大的业余作者。看他的神色，一点儿也没有藐视黄组长的样子,甚至还目含畏惧,仿佛斑斓猛虎畏惧一只小豺狗。我尽量克制着突然产生的滑稽心理,将稿子递给黄组长,然后毕恭毕敬挨着这位业余作者坐下。

黄组长坐在办公桌后面,哗啦哗啦翻着我的稿子。然后伸出舌头,迅速地舔了舔嘴唇,开始讲话——人不可貌相,说不定他是晏子式的人物呢!

"嗯……嗯……你的诗,语言通顺,字迹清楚,形容得当,使用了华丽辞藻,主题思想较为明确……"

我不禁讶然,觉得这位黄组长的水平简直都不配当一名小学教员。我于是将畏缩弯曲的腰杆猛然挺得笔直。

"但……是,诗的教育性不足,政策注意不够,回去后再修改修改,修改后再拿来看看。"

我箭似的跨到他的跟前,鼻子里哼了一声,拿过我的诗稿,什么话也不说,就往外走。

走下楼梯口,发现那位业余作者也跟着我一起下来了。

"你老哥火气不小!"他笑着说。

"那头蠢猪!"我骂道。

"猪也比他大。"

"那个蠢货根本不懂诗歌为何物!我想不通那个蠢货为什么还能当诗歌组组长?还能领导秋叶飞?还能堂而皇之地天天给各地业余作者说那些狗屁不通的意见?"

"想不通?中国人想不通、看不惯、睡不着的事多着呢!但又能怎么样?想不通是你没想通,看不惯是你没看惯,睡不着是你没睡着。在《新葩》编辑部里,论水平,自然要算秋叶飞老师最高,如果让他担任主编或者诗歌组组长,那当然是虎归山,龙入海,《新葩》会出现空前繁荣的局面,短期内就会出一批好作品、好作者。然而上级并不重用他,因为他太有才能了,太了不起了!古语云:'威震主者不赏''卧榻之侧,岂容他人酣睡',如果重用他,他做出的成绩过大,威望过高,那上级不是相形见绌了吗？甚至还会担心自己的职位会不会有一天被秋叶飞取而代之。再则，秋叶飞像你一样，太偏激太愤世嫉俗，总是爱发牢骚爱提意见，性子又太直率、太坦诚、太不拘小节，无论是见了业余作者还是顶头上司，都一律光着臭脚。理解他的人当然不会计较，但不理解他的人却会认为是故意对自己的轻慢和侮辱。加之世人中本来就爱才惜才怜才者少，妒才恨才害才者多，你想想在以上诸多因素的作用下，秋叶飞会有出头之日吗？

"而那个黄组长，尽管愚蠢，对诗歌外行，你和我都瞧不起他，但主编却欣赏他，因为他能巴结逢迎。当然编辑部懂巴结逢迎的人还有几位，那几位在艺术上也比姓黄的强一些，而主编为什么不提拔他们却要提拔这个小木偶呢？因为主编最欣赏的还不是他的巴结逢迎而是他的愚蠢！因为他愚蠢，才能显出主编的英明。就像法国作家左拉所写的《陪衬人》，黄组长正是主编最合适最能开心的'陪衬人'。"

"有道理，有道理！"我表示钦佩地说。

"你是第一次来吧？"

我点点头。

"看得出你是一个生手，还不懂此地文坛的'山规'！"他撇了撇嘴。

"什么山规？"

"听我说——老哥毕竟比你多吃过几年盐——第一，在表面上对姓黄的不要瞧不起，不要说刺激他的话，牙要长在肚子里，不要长在额颅上。第二，背地里给他送些土特产，或者烟酒之类。否则，你的作品永远也发表不了！"

"怎么能这样做！这不是太卑鄙了吗？"

"瓜熊，教都教不会！什么卑鄙不卑鄙！就是真卑鄙也属于小卑鄙，是大卑鄙逼出来的小卑鄙！再说送礼的事只有你知他知，天知地知，只要来点阿Q精神，自我感觉良好，卑鄙不就变得不卑鄙了吗？中国和外国不同，在中国你要当作家，首先需要学会当半个政客；要在文章中当节妇就得在生活中当婊子！你的文章写得无论如何好，秋叶飞无论如何称赞，但那个姓黄的不批准刊用就永远只会是箧底物！许多人开始不认这个理，生顶冷撑，死牛鳖犟，像堂吉诃德一样怀着天真的热情与现实为敌，结果一个个被现实碰得满头生姜疙瘩，甚至是头破血流，最后才不得不认输。"

"你老兄可算是老于世故了！"我感慨地说。

"老于世故？去年我还和你一个样！"

"给秋叶飞送点礼还可以，因为我还服他，但姓黄的算什么东西！"

"什么东西，人家也算是名诗人！"

"他能写诗，他连语言都写不通！"

"不通改一改不就通了！当然他写的是地地道道的顺口溜，不是诗。而且那顺口溜也是最蹩脚的顺口溜！但别处的文学刊物却照发不误，甚至个别庸俗的评论家还要从中像屎巴牛发掘粪便一样发掘出什么'深刻的意义'！因为别处的编辑及评论家们也想在《新葩》上通过姓黄的发表自己的文章。这种事在文学界叫作'稿件交换''互惠互利'。这种怪现象在当今文坛司空见惯，而且造出了一批世界上最拙劣、最低能、最无耻的'作家'！由于这些'作家'的名字被铅字不断重复，虽然他们被内行人所唾弃，但在不大懂文学的人们中却由于长久的耳濡目染，渐渐竟有了可笑的知名度！

"这类人的可恨之处还不在于他们的欺世盗名，而在于他们所占据的地位。他们将文学事业官僚化了。他们是一切天才的克星。由于他们没有才能，他们就妒恨别人的才能；他们自知自己屑小委琐，自然要仇视别人的伟大。就像鸡当了鸟类的领袖一定会迫害凤凰一样，这些假作家一定会迫害真作家，迫害还未成名却又具备真正作家禀赋的人。这些可恶的'农夫'握着锄头守候在文坛的田野，每一棵稍有希望的作品苗子刚生出地面都会被他们像杂草一样锄掉！"

"说得太精彩啦！"我不禁为他鼓起掌来。

"不敢谬领夸奖。其实上述观点是我从秋叶飞老师那里听来的。他真是了不起，有些见解深刻极了。"

"请问贵姓？"我问他。

"姓韩,名含。今口含。"

"说不定以后还能见面。"

"只要弄文学,一定会再见面的。"

我和他依依握别。

三十

桂桂果然心里有我,而且那个"我"一天大似一天——她已经有五个月的身孕了。她将我一分为二,"大我"留给世界,"小我"留在心腹。她真是一块爱情最肥沃的土地,你就是播种一块石头,也会立即发芽。她是那种农村人称为"娃模子"的女人,有一副极宽敞的盆骨,如果不是计划生育,她大概能给我生一打孩子。

她已经进入做母亲的预备期。她骄傲地腆着大肚子,就像蜗牛挺着自己的蜗房,谷秆挺着金黄的谷穗一样。她就凭着这个"重大贡献"在精神上和我取得了平等,她不再觉得对不起我了。

有一天,蜂窝煤炉子灭了,她破天荒地第一次喊道:"南彧,生炉子去!"

我不敢怠慢,连忙去生炉子。

以后,这种命令式的召唤渐渐成了她的习惯:"扫地去!""洗衣服去!""买菜去!"

有一次,她奶罩上一只扣子掉了,竟然也喊道:"南彧,钉扣子去!"

"钉你妈的 ×!"我火了,将那防风镜似的奶罩扔在她的胖脸上。

"用粗话骂人,书读到狗肚子去了!"

"骂人?你为什么叫我钉那东西?"

"那东西有什么不好?"

"难道你不知道那是罩奶头的裹品?"我愤愤地说。

"罩奶头就成了亵品?那你的手也在我奶头上摸过,算不算亵品?"

我被问得哭笑不得。

"别在我面前假清高!"她教训道。

晚上,我为白天的事仍在心里赌气,躲开她,睡在床的另一头。忽听她又一声命令:"过来!"

我没有理她。

"你过来不过来?!"她声色俱厉。

我怕又要和她吵嘴,更怕窗外有人听见我们吵嘴,只得降尊纡贵,爬到床的另一头去。

她忽然掀开被子,露出尖溜溜的肚皮,手朝上边一指,说:"趴上去听!"

"你别得寸进尺!"我抗议道。

"叫你听你就去听!'亵'不了你的头!"

我只好耳朵贴着她的肚皮去听。刚开始什么也听不到,心里想,这贱货大概是想借此招惹我和她亲热一番吧?但接着,我忽然听到从那深厚的肚腹深处,隐隐约约传来一阵有节奏的响声。这响声开始像用牛皮鼓敲击的胜利的鼓点,后来又似骑兵嘚嘚的马蹄声,再后来,简直犹如惊蛰的春雷一样震耳了——原来这是我那还未出生的儿子的胎音!

我兴奋若狂,抱住桂桂亲了一下。

"哼!你不嫌'亵'了你的嘴吗?"她还记着白天那件事,"我真服了你们这些知识分子。整天批孔子骂孔子,结果内心深处尊的还是孔子!你们这些人就像孙猴子,不管翻多少筋斗也翻不出老祖宗的手心!"

我从地区回来的那天,她见我满脸懊丧,便关切地问是怎么回事,她忽然又成了我的知己。我将去《新葩》编辑部的所见所闻以及业余作者韩含的那番议论说了一遍。她听了后说:"这有什么大惊小怪的?这就是世事!自古到今,都是这样的世事,你这个书呆子今天好像才发现了似的!"

"我宁可不写诗,也不去给那个姓黄的送礼!"

"为什么不送?送一点土特产,又能发表诗歌,又能得到稿费,名利双收,有什么划不来的?"

"我的人格要紧!"

"人格?人格几角几分一两?人格是什么?还不就是知识分子的臭架子!你有人格,人家姓黄的就没有人格?我不信你就那么好,人家就那么坏?姓黄的和你非亲非故,凭什么给你发表诗歌?凭什么帮助你成名成家?俗话说,靠山吃山,靠水吃水。姓黄的靠的就是那点儿权力,要的就是你们那点儿土特产,就给你们办那么大的事,也算是比较有良心的了。现在有些当官儿的简直都黑了心了,你要他办一件事,就得送彩电、电冰箱之类的大件儿,谁还看得上你那一点儿土特产!"

"照你说,姓黄的还算是不错的了!"

"矮子里面挑长子,比起那些赃官,他当然不错!"

"照你说,我就应该去给他送土特产?"

"当然。"

"那好。等到了明天,我便做一头驯顺的小毛驴,驮着一大包核桃柿饼、花生大枣,一直走进《新葩》编辑部,走进黄组长办公室,说:'黄太爷,你要的土特产小民已遵照老婆的命令,给你拿来了,请验收。如果你满意,就请高抬贵手,可怜可怜小民,给小民发表一首诗歌吧!'"

蓝桂桂咯咯地笑了,笑了后说:"你要那样送礼,非让人家赶出来不可!你们这些书呆子,只知道在文章里讲究艺术手法,岂不知道送礼更要讲究艺术手法。"

"什么艺术手法?"我不解地问。

"一要送礼时不让任何人知道,不要往机关送,要想法打听清他的家在哪儿。等天黑以后,悄悄儿敲门进去,神不知鬼不觉,人家才敢收。二要送的礼物恰当,要让人家不尴尬,觉得喜欢,不轻不重,恰到好处,同时又觉得收了后也不算太过分,不会留后遗症。"

"高！高家庄的高！"我竖起大拇指，学着《地道战》里汤司令的口气称赞她。

她受到称赞后有点儿得意忘形了，用二拇指点着我的额头说："你们这些书呆子，在写文章的时候一个个都像巨人，但遇到实际生活的事，一个个又都幼稚得像小孩子！"

那一大包土特产是上次去地区前，她就在土产公司买好了的。第二天，她就催我去送。这时刚巧叶凯来聊天，我就将蓝桂桂的打算对他说了。他听了后惊呼道："万不能去，万不能去！咱怎么能做这些事儿！"

"为什么不能去？"蓝桂桂反诘道。

"实在有伤大雅！"

蓝桂桂撇了撇嘴："哼！那就让他辛辛苦苦写的那些诗，一辈子都在抽屉里闲搁着！"

"闲搁着就闲搁着！权当是怡情养性。名利若能自然得来，当然也好，但若要摧眉折腰毁节去求，就太不值得了。"叶凯说。

"其实我也是这个意思，根本不会去的！"我说。

俱乐部有辅导业余作者创作活动的任务。有一天，我邀叶凯下乡去找一位年老的业余作者。

他在一所小学校任民办教师。高个儿，高颧骨，红彤彤的秃顶上，翘着几根稀毛。

他住的土窑洞有一种潮潮的甜甜的土腥味。窑洞壁上，有一个壁橱。他说这壁橱里锁着他的全部藏书。他发誓说这壁橱对谁也没有打开过。为了对我们表示亲密和最大的信任，他小心翼翼地打开壁橱让我们尽情参观。其实里面并没有多少书籍，大量的是一本本一沓沓的报纸剪贴。

有许多本剪贴已经年代久远，散发出浓重的纸霉味。剪贴的都是些当时报纸发表的三流四流的文章，随着时间的消失这些作品和作者早已失去光彩，鲜为人知了。但这位剪贴者仍然永恒地热爱着这些作品和作者,并且对这些作品发表时引起的各种议论反响记得清清楚楚。他承认他不大爱读经典作家的作品,而这些三流四流的文章他却读得津津有味。他以它们为范本,经常也写这类三流四流甚至不入流的文章。这类文章不管别人喜欢不喜欢,他自己却喜欢得要命。

他忽然显出狷傲的神情,从抽屉里取出一篇昨天夜里写的散文,念给我们听,说是想听听我们的意见。没等我们点头,他就已经抑扬顿挫地念了起来。

他从来没有在报刊上发表过作品,他也不懂发表文章还要找熟人还要送土特产。他寄出去的文章全都变成了退稿(当然也与他的文章质量有关系),他后来干脆不往外寄稿子了,发表欲也淡漠了。他仅仅剩下的兴趣就是向别人读自己的文章,仅仅剩下的希望就是得到别人的赞许。若听的人在他读完文章后能慷慨地说一声"不错,可以",他就会受宠若惊,马上去给人家熬茶叶,喝白糖水——这对收入微薄的他来说,已算是最隆重丰盛的招待了。

学校里一位馋嘴教员,摸透了他的脾气,嘴馋时就来听他朗读新作,听完后假心假意给他叫好。几年中,骗吃了他十几斤白糖、七八包茶叶。后来,他已经明白那人是要他哄他,但他还是心甘情愿地给人家熬茶叶,喝白糖水。

想得到些微的赞赏——这就是他一辈子辛辛苦苦写作要得到的唯一报酬,我怎忍心不去满足他这小小的愿望呢?

"不错。很好!很好!"我说。

他激动极了,大概是听到我的称赞后将我认作了他的知音。他挥舞着手臂,滔滔不绝地津津有味地向我述说那篇散文构思时的情况,特别是文中他自认为的"警句佳语",向我反复地吟诵。又唯恐我不能领悟那些"佳句"的妙处,就像老师对待刚启蒙的学生,反复地不厌其烦地向我讲解、阐释。我当然理解他的心情,但对于不熟悉写作这个行业的人,很可能由于他的得意忘形、指手画脚而产生误解和憎恶。听说这个公社的文教专干,就曾多次批评他的"骄傲",并因此多年不给他转正。其实呢,那不过是他渴望得到欣赏的无限焦灼,和骄傲并无关系。非但无关,这些人的心灵倒常常是十分的敏感和自卑。

一位文学殿堂里悲壮的殉道者!

文学没有给他带来幸运,带来荣誉,却带来了误会和伤害。

然而,正由于此,他让我感到肃然,感到某种超脱世俗名利的庄严和纯洁。

三十一

我怕上街,尤其怕去县广播站所在的那条巷子——我怕碰见她!我深知我感情脆弱,怕碰见她又要惹动情怀。

然而冤家路窄,有一次我去商店买一包香烟,偏偏又碰见了她。那时她正挤在化妆品柜台前,指着一瓶新出品的润肤霜问售货员价钱。我霎时什么都忘记了,只顾望着她出神。

容颜神态完全是一个少妇了。

少女的苍白变成了一片晕红。脸庞、项颈、手掌手腕……总之凡是裸露在外的肌肤,也许由于男人的拥抱和摩挲,都变得酥润娇艳,光彩照人。田大光紧挨着她站着,他的黑他的粗糙更衬出她的白她的娇嫩。也许为了减弱她和丈夫的反差,她故意围了一条黑绸巾,却反倒显得更俏了——就像茫茫黑夜包裹着一轮皎洁的明月!

她忽然回过头看见了我,脸上显出惊讶的样子。我转身就走,我不愿再和她接触。当我走出商店门的时候,她追上了我,一把拉住了我的后衣襟。我不愿回头,拖着她就像拖拉机拖着拖车一样继续向前走。她急了,伤心了,凄凄惨惨叫了一声:"南彧——彧!"

这一声,立即叫得我热泪盈眶,我猛然甩开她的手,疾步挤入街上的人群。待看不见她了,才掏出手帕去擦眼眶里涌流不止的泪水。周围几个陌生人回过头望着我,神态就像看着一个大傻瓜一样。

韩含来了,他百里迢迢来走一家亲戚,顺便来看我。天气已是初秋,他穿一件价钱便宜的薄呢大衣,一边口袋里装着一本刚出版的《新葩》杂志,另一边口袋里装着一瓶杂牌高粱酒。

他意气昂扬,和我握手的姿势简直潇洒极了。我上街去买了一斤熟牛肉,切成一大盘,两人一边大嚼一边"觥筹交错"地喝着他带来的那瓶高粱酒。高粱酒质量低劣,呛得人头昏眼花,也呛得人慷慨激昂。他大谈李白的《答王十二寒夜独酌有怀》:"一生傲岸苦不谐,恩疏媒劳志多乖!"我则用李商隐《重有感》一诗安慰他:"岂有蛟龙愁失水,更无鹰隼与高秋。"他听了后,却长叹一声,吟起李白《行路难》中的两句:"弹剑作歌奏苦声,曳裾王门不称情!"我一听,忽然疑他已经去过黄组长家送了土特产,就用王维《洛阳女儿行》中的诗句试探道:"莫非老兄已经'自怜碧玉亲教舞,不惜珊瑚持与人'了吗?"

他"唉"了一声,什么也不说,只将口袋里那本《新葩》杂志扔给我,我翻开一看,见里面刊登了韩含一首诗。

"送了多少土特产?"我笑问道。

"三斤柿饼,四斤挂面,"他坦率地说,"多乎哉?"他学着孔乙己的口气反问我。

"不多不多,不多也!这笔交易还算公平。"我调侃道。

"请仔细看看老哥的那首诗!"他猛地喝下一口酒说。

"诗确实写得不错,"我读完后说,"有个性有激情有才气。"

"只是还比不上你老弟的诗。"

"哪能这么说!各人有各人的风格和独到之处。只要是花就各有各的不能替代的风采,就不能说哪一朵漂亮哪一朵不漂亮。"

"诗虽然发表了,可我总觉得心里不大美气。没有发表的时候,日日夜夜盼着发表,不惜采用一切手段争取发表。如今真的发表了,又觉得只不过是用铅字重新排列了一遍而已,并没有多大意思。况且,一想起给那个姓黄的送礼的事,就觉得很不得劲,甚至很恶心!自己恶心自己!"

"你不是说过：送礼的事只不过是大卑鄙逼出来的小卑鄙吗？只要来点阿Q精神，自我感觉良好，卑鄙就会变得不卑鄙了吗？"我笑着说。

"说归说，不安还是不安。道理都是讲给别人听的，对自己并不适用。"

"总归是发表了，而且诗作也是高质量的，就不必有什么愧疚！"我见他还准备分辩，自我谴责，便连忙转移话题，"算了，说说别的事吧！"

"说说什么呢？"

"我给你讲一位老大哥的故事。"

"什么老大哥？"

"是一位业余作者，在一所山村小学当民办教师，由于年龄太长，故大家都称他为'老大哥'。"说完，我就向他讲起了这位业余作者。正说着，门吱呀一声响，有人进来了。我抬头一看，谁知不是别人，正是老大哥！

我哈哈笑了，说："中国这地方怪，说曹操，曹操就到！"说完拉他们俩相互介绍。

老大哥一听说韩含是位年轻诗人，而且新近又在《新蕾》杂志发表了作品，立即对他产生了十二分的敬仰和莫测高深的神秘感。他一下子矮下去了半截，坐在一只小凳子上，从怀里颤颤嗦嗦掏出一个笔记本，又取出钢笔，毕恭毕敬地叫了一声"韩老师"，吓得韩含从正坐的椅子上蹦了下来。

"不敢当，不敢当，不敢当……"他一迭声地自谦道。

"韩老师，"老大哥不顾他的自谦，又坚定地叫了一声，"请您谈谈创作经验，还有第一次发表作品的体会。"说罢，打开笔记本，作出要做记录的样子。

然而韩含涨红着脸，一句话也说不出来。

午后，叶凯也来了。房子里天地太小，四个人于是决定去上次去的那个水库野游。韩含和老大哥各扛着一根钓竿，叶凯提着一瓶从家里带来的白酒，大声野气地叮咛我："别忘了带火柴、盐、胡椒面！"

空气愈来愈潮湿、清冽。水库到了。

水面宽阔平滑，像一块软弱的蓝色的土地。岸边的树木，叶子一半儿绿，一半儿黄，虽没有了夏天的葱郁，却有一种潇洒感、爽朗感。已是初秋，阳光却依然很强烈，煌煌而下。水面像黏稠的蓝油，腾起千万朵黄火苗。

两根钓竿垂在水里。我和叶凯去捡干树枝，准备烤鱼。干树枝被太阳晒得很暖。

叶凯忽然直直地站着不动，凝望着什么。我顺着他的视线望，望见水库的那一边——距我们很远的水面上，漂着一个红皮球。红皮球在碧波里忽隐忽现。我有点困惑，这水库里哪来这么一个红皮球？后来我怀疑那是一个测量水位的漂浮物。

这水库也许除了我们从来没有别人来这里钓过鱼，所以这里的鱼对鱼饵一点儿也不警惕。当我们注意那只缥缈的红皮球时，就听见韩含和老大哥几乎同时欢呼了一声。我回头去看，见他们的钩子上都钓起了一条大草鱼。大草鱼后悔不迭，疯子似的在空中扭动，泪水涟涟。但我们对鱼类没有慈悲之心，四个人一齐响亮地喊："亚克西。"（维吾尔族语）

不一会儿，他们俩又钓起了四五条鱼。

叶凯支起一个木架子，开始点火烤鱼。我在一旁准备盐和胡椒面。

远处的那个红皮球愈漂愈近。叶凯也在望，忽然情绪激动地吭哧起来。我有点烦躁，因为那红皮球很像一个女人穿着红游泳衣的屁股。红皮球继续向着我们耸动。我惊骇起来，因为那果然是一个女人，每一耸动，那鲜红的圆屁股就自动从绿浪里抛出来。

这个游泳的女人根本没有看见我们，否则她不会游得那么大胆。

我们却看见了她。四个人八只眼睛像八挺机枪，一齐向她射击。到后来八只眼睛像八只饥饿的狮子，凶猛地吞食那女子裸露的肌肤甚至每一条曲线……

那女子由于没有觉察而满不在乎。后来大概游得疲倦，改为仰泳。她安闲悠然地躺在水之床上，眯起眼望着头顶的太阳之灯。水面光滑、柔韧、十分平和；广阔，平静，微波荡漾。四个人的灵魂顷刻全变成了水，如脂如韦，拥护着她的胴体。

她肯定酷爱游泳。她也许是一个水边长大的女子,与水有着难割难舍的爱情。不然,怎么会在这样的初秋天气,一个人来这儿游泳呢?我用手试了试水温,沁冷。我担心她的腿会抽筋。

想什么就有什么,后来她果然抽起筋来——我听见她尖叫了一声,两手乱刨,接着来的便是灭顶之灾……眨眼间又从水里冒了出来,两手本能地乱抓。而水里一片虚无,什么也抓不着。她的双手于是更猛烈地顽强地挥动,仿佛狂热的恋生之舞……

四个人几乎同时跳进水里去抢救她。

但她已永恒地沉没了,水面一片平静。如果此时有人走到湖边,他会觉得这里风景优美极了。

我憋了一口气,潜进深水去寻找她。水面下的暗流一股热,一股凉。水面下没有温柔只有狞恶。它是坚硬的沉重的,如死之深渊。我好不容易在水底稀糊糊的软泥里找到了她。我拖着她游向水面。我憋闷得眼冒金星。周围一片辉煌……思维忽然黯淡起来,模糊起来……当我感到再也无法坚持的时候,却突然游出了水面……这就叫幸运!假若再迟五六秒,我就会和她同归于尽。

韩含、叶凯和老大哥忙着给那姑娘倒水,做人工呼吸,而我已疲累不堪,躺在水泥岸边大口大口地喘气。

一股烤鱼和胡椒面的刺鼻的香味从火堆那边传了过来。这香味逗起了我的饥饿感。

我忽然听见那姑娘轻微的呻吟声,就像听见汽车熄火后又重新响起了马达声,有一种振奋感。这呻吟声表明她已经复活了。

我为我和她的重生而庆幸,但也有一点儿些微的遗憾——假如我今天死了,就能为共和国缔造另一位罗盛教式的英雄了!而我的生使我丧失了一次伟大不朽、永垂千古的机会。

那位姑娘躺在离我不远的草地上休息。其他的人又围着火堆烤鱼去了。胡椒面的香味愈来愈强烈……

我忽然想看一看这姑娘，看一看我的英雄行为的创造物。更确切地说，我想玩味我的胜利。我挣扎着坐了起来。但我立刻惊呆了——

这又是命运的一次恶作剧！我甚至听见它在我的头顶发出一阵开心的、鸽哨一样响亮刺耳的笑声。

她极安静地躺着，眼皮微闭，脸色苍白。黑发一大绺一大绺，湿淋淋地搭在半裸的胸脯上——她只穿着一件游泳衣——她由于溺水呈现出一副病容，但她的美丽仍然是惊心动魄的。啊！就是她曾使我一夜无眠，一夜狂想；就是她曾使我三番五次地去她的村子寻觅，逡巡；就是她使我至今一想起也照样会像那天晚上一样热血激荡……我常常想她也许并非实有其人，只是我的一次美妙的想象，或者说是我对女人世界的最完美无瑕的幻觉。由于她太美了，我不敢奢望她真有其人！也许在今天，大自然为了向我显示它的活跃丰富和无奇不有，向我显示凡是人类所能幻想出来的都是它能够创造出来的，才让这美妙绝伦的女子以一次极意外的方式横躺在我的面前！

我站起来，跟跟跄跄走到她的跟前——我要好好地看看她（欣赏无论如何贪婪也是无罪的）。我的眼光迅速溜过她的苍白的面孔、柔嫩的饱满高耸的胸乳、纤腰、美臀，以及修长的大腿。那游泳衣突然红得像一团烈火……

假如我刚才在水里知道拖的抱的就是她，我一定会热血激荡得使整个水库都沸腾起来。但我刚才并不知道，只觉得她不过是一个濒死的冷冰冰的生命。现在，由于我的激情灌注，这个普通的生命才顷刻变成了光芒万丈的神物！

感情，千奇百怪的感情，多么像颠倒好恶的靡非斯特呀！

那三个人在火堆边喊我。我走过去。叶凯让开一块地方，顺手递过来一条烤鱼。烤鱼味道美极了。韩含又将白酒瓶子递给我，我狠狠喝了两大口，胃里顿时像吞下了太阳一样灼热……韩含已经吃饱了，他脱下长衣服，扑通一声跳下水，去水库那边取那女子的衣物。其他人仍围着火堆喝酒吃鱼，都不说一句话，也许心里都想着一个地方。

韩含很快就返游回来,将一堆衣物小心翼翼地放在那女子身边。

"她在县工艺厂工作。"韩含走回火堆时诡秘地说。

"你怎么知道?"三个人一齐伸长脖子问。

"她衣服里装着工作证。"

"她叫什么名字?"三个人脖子伸得更长了。

"名字……名字我没有注意。"韩含吞吞吐吐地说。他留了一手。

他叛变了。我们和他之间忽然有了敌意。

他坐立不安,烦躁地搔着头皮。后来站起来朝那女子走去,脚尖踢起一股黄土。

"你去干什么?"老大哥厉声问。

"我……我去给她做……人工呼吸……"韩含嗫嗫嚅嚅地说。

"过来!"三个人同时吼道。

"我……我是想治病救人……"

"她早已脱离危险了。"老大哥说。

"治病救人?说得好听!"我根本不相信他的话。

"说不定是想去耍流氓!"叶凯说。

"叶凯,你不要血口喷人!"韩含火了。

"谁血口喷人!人家已经清醒了,你还想骑在人家身上做人工呼吸,不是想耍流氓是什么?"

"你……你狗日的诬蔑我!"韩含一边骂一边朝叶凯扑了过来。我和老大哥忙去劝架。但两人拳脚快速敏捷,早已互相打得鼻青脸肿。

那女人被吵嚷声惊醒,神色惊恐,仿佛遇到了一伙歹徒。她突然站起来,抱起衣服朝一片玉米地里猛跑。由于跑得太猛,中途绊了一跤。

"不要跑!"我喊道。韩含和叶凯也停止打架,张开鲜血流淌的嘴巴一齐喊:"不要怕,不要跑!"

但那女子爬起来后跑得更欢了。后来一头钻进了一人多高的玉米地里。

世界忽然异常地寂静。

大家默不作声，却仍等在那里——大概都在想那女子是去玉米地里穿衣服去了，一会儿就会出来。

一直等了一个多小时，那女子并没有出来。

"走吧走吧！"我不耐烦地说。

叶凯和韩含去水库洗脸上的血迹，途中又回头朝那片玉米地望了几眼。当他们蹲在岸边准备洗涤的时候，我笑着说："朝水里看，看你们两个人像什么？"

"像两只公狗！"韩含说。

"今晚上电影院放映《永恒的爱情》，看不看？"蓝桂桂边吃晚饭，边征求我的意见。

"国产片吗？"

"巴基斯坦的。"

"我不大爱看西亚的片子，"我说，"更不爱看描写爱情的片子，看人家在银幕上亲热，有什么意思？"

"假正经！"桂桂鼻子里哼了一声。

"什么假正经？我的意思是说，自己想吃西瓜又没有西瓜，就别去看别人吃西瓜！"

"我难道不是西瓜？"她问得厚颜无耻。

"你怎么能是西瓜？"

"为什么不是？"

"当然不是，你是圆的吗？花皮儿的吗？瓜田里长的吗？用刀能切开吃的吗？"我诡辩道。

"哼，别耍嘴皮子糊弄人！"她愤愤地说，"你当我是傻子，什么都看不出来吗？你从来都没有真正爱过我，我不过是你的爱情代用品！你当我不知道你爱的是谁——你爱的是广播站那个骚货！别争辩！你也不用争辩！每当院子里那个有线喇叭一响,你就像丢了魂似的,发呆发愣发酥发麻发痴,恨不得钻进喇叭匣子里去和她亲个嘴!既然你那么爱她,为什么当初不娶了她?娶了她你爱怎么爱她就怎么爱她,哪怕一天二十四小时黏在一起也不会有人管你。但你偏偏不娶她却要娶我,娶了我你又不甘心又要去想她爱她,白天将我当作保姆管你吃管你穿管你使管你用,晚上将我当作你的兽欲发泄器!你玩了我也玩了自己,玩得什么都完了!玩得没有欢乐只有戚戚惨惨,何必呢!"

"你不要想得那么多!"我也和她一样愤愤,"想得简单些好不好!我承认你说得对,但对又怎么样!道理是道理,生活是生活。如果道理就是生活,那人世间就成了至乐至美的天堂了。生活和理想之间永远有一个差额。中国古代哲学家苦苦寻找解决这个'差额'的办法,寻找了几千年,最后只找到了'乐天知命'四个字。所以说要把生活想得简单些。愈简单愈好!简单到把痛苦也看成幸福,才算是大彻大悟,简单到家了!"

"哼,净是嘴皮子上的功夫!"蓝桂桂并没有被说服,"你真正能做到像你说的那么'简单'吗?"

我苦笑了。

"我知道你做不到!我没有你读的书多,也说不出你那些歪道理,但我知道一个最'简单'的方法,那就是:我和你离婚,叶小昙和田大光离婚;我和田大光另找对象,你和叶小昙破镜重圆,不就一切问题都解决了?"

"如果你说的是真心话,那当然很简单。"

"你怎么知道我说的不是真心话?"

"因为你知道我不会狠下心和你离婚,你才会这么轻松地说要和我离婚的话;如果我真的要和你离婚了,你就绝不会说离婚的话,甚至非闹个鼎沸盈天不可!"

蓝桂桂冷笑了一声。

吃过晚饭,我对她说我要去找叶凯办一件事。其实我是去看《永恒的爱情》。我要一个人去看。我觉得看这样的片子如果带上蓝桂桂就会是一个活生生的讽刺。

电影已经开映，放映厅里一团漆黑，只有银幕上一片灼亮。黑白分明！里边的工作人员打开手电筒，替我找到了座位。

那个漂亮的巴基斯坦女人和那个不太漂亮的巴基斯坦男人已经开始在银幕上恋爱。他们都渴望着对方，然而像任何爱情故事一样，他们都遇到了环境障碍和心理障碍。

音乐声如泣如诉。

我渐渐进入了角色，我已经变成了那个巴基斯坦男子。也许我周围的所有男观众都变成了那个巴基斯坦男子。生活中总感觉到的是别人，而艺术中总感觉到的是自己。你在公园看见的那些恋爱中的男女拥抱接吻你总觉不舒畅，总觉得有一种因嫉妒而产生的恨意，但你在影片中却不会嫉妒，不会恨，因为你在观看时不知不觉变成了那个男主角。男主角的爱就是你的爱，甚至男主角和心爱的姑娘接吻就是你在接吻。

"南彧！"我的旁边忽然突兀地响起一声呼叫，音调有些苍凉。我先是一愣，但马上便分辨出是田大光的声音。我有点不知所措，不知说什么好，只和他握了握手。那只手大得像小簸箕一样。如果他使劲儿握，说不定会将我的手握得指骨骨折。

"这些天总不见你，你到哪里去了？"

"什么地方也没去。"我说。

"那为什么不到家里来玩？我和小昌都惦着你呢。"

"还是互相忘记了好。"我说。

"谁又能忘了谁呢？"

"忘不了那就活受罪吧！"

"受什么罪？假如大家都冷淡了，见了面认识也装作不认识，那才是活受罪呢。"

"你太善良了。"我说。

"大光，你坐我这儿吧，我和南彧有话说。"原来小昙在大光外侧坐着，这时候夫妻二人叮叮咣咣倒换了位置。

"照原样坐着多好。"我虚伪地说。

"不要大声喧哗！"一位影厅工作人员走过来，用手电照着我们。于是满肚子话只好放着不说，寂然地去看银幕上的巴基斯坦男女。那对男女之间的爱情已发展得如火如荼，在一片草地上又是搂抱又是接吻又是打滚。我看得有点儿气喘。这时小昙的一只手在黑暗中像小老鼠一样摸索过来，我的手立刻迎了过去。两只手猛然碰撞了一下，又迅速一缩。心里一阵战栗一阵羞愧最后又是一阵灼热。手又偷偷摸摸互相摸索寻找，等找到了便紧紧握在一起。

我们用手拥抱用手接吻用手互诉情思。

在手上我们举行隆重的结婚典礼成了相亲相爱的夫妻，在手上我们超越现实超越世俗但又没有超越道德。

黑夜茫茫，银幕上的爱情不过是光和影的海市蜃楼。银幕上的爱情正如我们两只手的爱情，只不过是畸形的变态的爱之梦罢了。

田大光当然看不见什么，但他一定觉察到了什么。如果他威严地咳嗽一声，我们自然会马上"分手"，但他故意佯装不知，故意装作傻乎乎的样子向我们小声推测影片后面的情节发展。他明显伪装起来的平静安详的声调不像是谴责我们反倒像是鼓励我们。也许正因为如此，我愈强烈地感到他的宽容他的善良他的博大，甚至觉得他真像"三突出"时代那种"光彩照人"的完人！而他的高大完美使我和小昙之间的偷情愈发显得卑微甚至可耻！

我猛然抽开了被小昙紧握着的手。

但叶小昙不屈不挠，又一次寻找到了我的手，又一次紧紧地握着。

银幕上的爱情继续向前发展，那个女的患了一种不治之症，在病床上最后绝命的时候，那个男的由于痛苦到了顶点竟和那个女的一起死了。看到这里，叶小昙感动得呜呜咽咽哭了起来。我也忍不住啜泣。我们哭别人也哭自己，每一滴眼泪饱含酸甜苦辣甚至是五味俱全。

奇怪的是，田大光也咿咿地哭了，哭得比我们还伤心。我猜不透他为什么哭。

电影忽然急促地结束了。影厅里电灯全亮了。那两位电影中的主人公早已化为乌有，犹如大梦一场。我们刚才为"虚无"哭泣了一场，现在在一片光明中看见对方脸上湿漉漉的泪痕，竟都有些惭愧。

田大光走在前面，我和小昙跟在后面。

"以后不要这样了。"我指的是和她握手的事。

"为什么？"

"他会伤心的。"我用下巴指了指前面的田大光。

"不要紧，我们并不是夫妻。他是我姐，我是他妹，他绝不会伤心的。"

"胡说！"

"一点没有胡说。"

走出电影院，她道了声"再见"，跟着田大光走了。

三十二

秋叶飞老师来小县城度假，韩含跟着他一起来了。我打电话找来了老大哥和叶凯。

为了表示由衷的热忱，我们请秋叶飞老师和韩含去县城东街颇负盛名的老马家羊肉泡馍馆吃羊肉泡馍。羊肉泡馍热气腾腾，再拌上酱辣子就上糖蒜，吃得大家津津有味，满头大汗。虽然每碗只有四角钱，但对我们这些工资低微又不屑于狗苟蝇营的穷文人来说已经是一顿美餐了。老大哥边吃边说："不要小看羊肉泡馍，它可以驱寒暖胃滋阴补阳。"叶凯反驳道："再说也不过是一种市井小吃！"老大哥忽然涨红了脸说："市井小吃？双十二事变时蒋介石在西安还吃过羊肉泡馍呢！"

吃过饭，大家一齐拥着秋叶飞老师去叶凯家里听他讲文学创作。走出泡馍馆,迎面飞来一群群小白蝗——原来是下雪了!时间真是白驹过隙,眨眼间已是寒冬。小白蝗飞得满天满地,一群跟着一群,似乎无穷无尽,匆促得像一片乱箭。快接近地面时,却又舞蹈般的轻轻摇晃几下,然后才落下去。街道两侧的屋顶,已经白得如一块块银板。但落光叶子的树木,仍然是枯黑色,似乎落不住雪。有一只肮脏的黑狗,好像惊讶这满世界的洁白,发狂地奔跑。地上的雪已经渐渐积厚,唾一口唾沫,雪面上立即陷一个花生形的白坑。

到了叶凯家里,都像冻死鬼似的,围着大火炉子听秋老师的侃侃高论。

听完后大家各谈感想各抒己见,尤以韩含的一席牢骚发得精彩:

"秋老师的文学见解确实透彻,要不大家都公推你为本地区十五县的文学泰斗呢!但精彩又怎么样?真正是'文学泰斗'又能怎么样?在现实中,你还不是要接受那个没有狗大的黄组长的领导!尽管他不学无术,心地丑恶,向业余作者公开索要土特产,但他却在社会面上越混越红,社会偏偏就欣赏他这样的人!你越是才华盖世,越是清清正正不肯同流合污,你就越是要靠边站!英国的唯美主义作家王尔德为艺术努力了一生,到最后却不得不感叹说'一切艺术都毫无用处'!

"现在的文人中,究竟有几个是真文人,真艺术家!大多数不过是以文求生,以文混世罢了,谁又是真正献身艺术的人?在我所认识的许多作家中,有的热衷于成立一个团体,拉一个山头当一个山大王,当了山大王后就立即自封为文大王;没有当上山大王的便热衷于巴结逢迎山大王,以求被封为二大王、三大王、四大王;什么大王也没有当上的,便不得已而求其次,故作出清高超脱的姿态,躲进书屋粗制滥造爱情流行小说,然后像小瘪三似的提着烟酒糖茶到处找关系发表,找名流写序写评。以为名流写了序写了评便自己也成为名流了,以为驴粪蛋儿装进漂亮的点心匣子就会神奇地变成高级点心了!有的还不到此为止,还要乘胜追击向各级文学评奖委员会钻营。这就是当今许多平庸之作竟然获得文学大奖的原因!所以说现在的名人中,有许多是人造的名不副实的假名人。这些假名人不但欺世盗名,而且还要以此为资本到处招摇撞骗,混淆视听!

"而少数真作家真艺术家的命运又如何呢？其中当然也有些人因为成就太大不得不被社会承认、接纳，但更多的人却被压在底层。他们因为愤世嫉俗、锋芒毕露而被那些假文人视为异己分子，甚至被打击被排斥被冷落被视为眼中钉、肉中刺。古人所说的'蝉翼为重，千钧为轻；黄钟毁弃，瓦釜雷鸣'，往往不是个别现象而是普遍现象。例如秋叶飞老师最近出版的诗集《残云》，明明写得十分精彩并可能成为传世之作，但那些评论家却偏偏对此沉默，甚至还要故意为另一部平庸的诗集在报刊上聒噪，用以转移读书界的视线。其实，就是这些评论家评了秋老师的《残云》并说它如何如何好，谁又相信呢？因为读者上那些假评论的当上怕了，什么也不相信了。"

老大哥眼睛瞪得老大，像听天方夜谭似的。因为他以前将文艺界想得太纯洁了。

"说得好！"叶凯和我鼓起掌来。

"不过太偏激了，"秋叶飞老师笑了笑说，"有些事也不见得像你所说。你的偏激是因为你太看重文学的功利性了。其实呢，写文章只是写作者的一种笔趣，就像下棋者爱下棋，吸烟者爱吸烟一样，不过是一种嗜好而已。至于文章刊登后能获名获利，能获得批评家和社会的青睐，当然也好，但却不是至关重要的事。至关重要的是：我写作是因为我热爱写作，写作可以愉悦我的天性，疏导宣泄我的情绪，填充点缀我的生命需求。至于写得好写得坏，能否得到好评，能否获奖，能否产生物质效益，便都是逾分的考虑了。老子曰：'无为而无不为'，其实只有在这样的精神状态下，才能产生真正的好作品。而那些急功近利的作家、作品注定入不了上乘。

"当然，你说的文坛上那些玩弄权术计谋、欺世盗名、狗苟蝇营之辈，也确实大有人在。但又能怎么样呢？时间是无情的仲裁者，它硬是要沙里淘金，从一大堆赝品中找出真作品来。即使你采取瞒天过海的手段，名噪一时，也不过是烟云过眼，终了还是要被淘汰。请相信历史是绝对诚实的，不可欺的，那些欺世者到头来不过是自欺罢了。"

大家点头称是,但我觉得秋老师的话似乎说得太超脱了,有点不食人间烟火的味道。

在叶凯家里吃过午饭,已是下午五点。秋老师要回市里去,大家便去车站给他和韩含送行。

回来的路上,叶凯忽然变得情绪低沉,一路默默无语,后来重重地叹息了一声说:

"真是红颜命薄哇!"

"从何说起呢?"我问道。

"田大光根本不能房事,他患的是阳痿。"

我一下子愣了,半晌,才缓过神来问道:"你怎么知道?"

"我的一个同学在县医院工作,有一天田大光来找他看病……"

"不要说了!"我烦躁地说。

不久,心里又升上来一股奇妙的宽慰感。

桂桂的肚子越来越大,简直成了一个母袋鼠。由于有了硕大的成果,她什么也不顾忌了,公然举着两只大小不一的雌雄手,坐在房门口给未出生的婴儿做小衣服。

她平静、自得,手里的针线拉得嗤啦嗤啦响。听得久了,竟能听出其中有微妙的韵律。

她是真正幸福着。

她不知道她的幸福里其实潜伏着极大的危机。但她又何必知道那危机呢?人是为幸福活着,并不是为危机活着。

这些天,她一直生活得温情脉脉。打水、炒菜、做饭、洗衣服、擦洗家具……她从这些琐屑小事里体味出充沛的乐趣。她没有干一番大事业的欲望,她绝不去幻想任何虚无缥缈的事。她热爱实实在在的生活,她的生活目的就是生活本身。我有时候嘲笑她太现实了,现实得都有些庸俗了。但她并不为此愧悔,相反倒嘲笑我是一个怪人，因为很大一部分人都是这样生活的，而且生活得有滋有味呢。

她热爱平淡，讨厌激烈。对于爱情也是这样，她不会像我那样爱得癫狂爱得没死没活，她甚至还嘲笑爱情本身，以为那不过是虚幻的梦想罢了。尽管以前她也热烈地恋爱过，却因为没有得到过真正深刻的爱转而怀疑爱情本身，以为那不过是电影和小说中虚构出来的东西。所以她在生活中自然就将爱情看淡了，看实际了，以为同床共枕、生儿育女、衣食住行等婚姻行为就是爱情行为。她由于性格肤浅，本来就容易满足，既然生活中还没有大的风暴、大的曲折，她就误以为暂时的平静便是真正的幸福了。

我和她之间始终有一层看不见但又无处不在的隔阂。

但隔阂也是独立。

隔阂是一只保险柜，将我们各自的隐秘藏得严严实实。无知便会相安无事。假如没有这一层隔阂，让桂桂一览无余地知道了我的内心深处，那她还会有平静和幸福吗？

我坐在桌子前看书。她怎么能知道我此刻的心思并不在书上，而是在想另外一个女人呢？

叶凯的话对我震动太大了。

我忽然想起那天在电影院叶小昱说的那句话："我们并不是夫妻！他是我姐，我是他妹。"现在我才彻悟了那句话。

她仍然多情，因为她仍然是一个少女。

她仍然对我保留着一个完整的世界。

她肯定有巨大的苦闷。她为她的完整而苦闷，她在寻求破裂，寻找破裂后的另一个全新的光辉灿烂的完整。

接着我又去想象她那些不眠的夜晚，那些难以排遣的激情，那些像我一样的爱的渴望……我于是为她而痛苦万般……

蓝桂桂请了假回娘家去了，说是三天后才能回来。

我忽然有了一种解脱感,觉得这小房间里忽然有了一种无限大的自由。

但到了第二天下午,却又觉得房子里空落落的,若有所失。这就是时间的惰性——由于和她生活久了,竟使我对她有了一种习惯性的依恋。

家里待着无聊,便去外面散步。先是去欣赏那一垛残存的古城墙,高大雄伟,遮着半边蓝天,苔藓在上面一层一层写满了深绿色的历史。我踩着这些"深绿色的历史",顺着古砖砌成的台阶爬上城墙,回眸四望,整个县城和县城外的田野都在我的脚下。我忽然有一种伟大感,禁不住学着毛泽东在天安门城楼上的姿势向四周款款地挥手。城墙下有一个提着筐捡牛粪的孩子望着我嘻嘻地笑。西北风浩荡而来,吹着我的后脑勺。我打了一个寒噤,念了一句东坡先生的词:"高处不胜寒。"接着就有了孤独感,匆匆从城墙上爬了下来。

天上人间,抽一支烟的工夫全经历了。

我又一次融进万丈红尘,融进充满各种欲望的人群之中,就像鱼儿融进海水一样,有一种舒适感、惬意感。真是俗性难改。回头望那高耸的城墙上面,只横着半天鲜蓝和一抹斜阳。

我信步而走,没有任何目的。

有目的的生活总感觉累,无目的的生活才会洒脱轻松。但过头的轻松却又会产生郁闷。

走着走着,不知怎么走到了广播站。我没有停留,想走回家去,却又想,回家去干什么呢?我怕那寂寞,于是就去广播站找叶小昙。其实我出来散步的真正目的就是去找她,怕寂寞只是自己骗自己的借口。

叶小昙和田大光都在家。田大光站在水池子边上洗菜。白菜、青菜、红萝卜,整整一大堆。由于水冷,两只手洗得红通通的。小昙坐在床边,两只精脚片子吊在热水盆子里洗着。见我来,田大光热情过分地和我打招呼,让茶让座。小昙却一动不动,阴着脸洗她的脚,头也不抬。

"小昙,南彧来了。"田大光提醒她。

"早看见他来了!"她仍然头也不抬。

田大光又忙着给我让烟,但发现没有烟了,后来又在抽屉里找,也没有。他急了,说:

"你先坐着,我上街办点事!"

说完就匆匆出门去了。我知道他上街是去买烟。

"上街顺便捎点芹菜!"小昙隔着窗子喊。

房子里只剩下我和她。

"你怎么今天有工夫到这儿来?"她抬起眼睛问。

"桂桂回娘家去了。"

"怪不得呢。如果她不回去,你当然也就不来了。我这儿有老虎,你来了小心老虎把你吃了!"

"我是担心我来了大光不高兴。"

"给你说过了,他只是我姐。他能嫉妒,能不高兴倒好了,倒像一个男人了。"

"假若他真的不能人事,那又何必徒具这互相束缚的婚姻形式呢?"我说。

"他说他爱我,如果我和他离婚他就自杀!"

"这岂不是爱得太无理,太自私,太残酷了吗?既然自己有病,又何必要求别人也跟着自己同归于尽呢!"

"他说就当咱们都是女人,是亲姐妹。"

"那岂不成了同性恋了!"我说。

一听这话,小昙呜呜地哭了起来。

"你比我更不幸!"我一霎时感慨万千,"当然大光也不幸,甚至蓝桂桂也很不幸。他们俩都异常热烈地爱着我们。他们自以为爱没有错,却没有想到他们的爱对别人已成了灾难。"

"他们只知道要爱我们,却不知道我们也是人,也一样要爱呀!"叶小昙激动地说。

我默然了。

"来,到我跟前来!"

我弄不清她的意思,迟疑了一下。

"你这个胆小鬼!"她使劲地摇晃着两只精脚片子,"劳驾你,劳驾你给我把擦脚布拿来!"

我赶忙从屋角的铁丝上给她拿来了擦脚布,递给她。

"不……不……我求你,求你给我擦擦脚,就像一个真正的丈夫那样给我擦擦脚!"

我叹息一声,蹲在地上,仔仔细细地给她擦着脚。不知为什么,两股泪水从眼里涌流而下,滴在她嫩笋般的脚面上。我一声哽咽,索性抱着那双脚痛哭起来。

"不要哭……"她用手温存地拨开苫在我眼角的几绺头发,说,"明天晚上十点,我到你的住处去。我们不能再傻了!"

我正想劝阻她这一疯狂的念头,但门外脚步声山响,田大光买烟买菜回来了。

天色已晚,我回到家,躺在床上,怎么也睡不着了。

八点,九点,十点……对,明晚十点,也就是这个时候,她就会像聊斋中的梅女,飘然而至,"把天般恩爱,变成潇洒"……

那时,正如她说:"我们不能再傻了,我们要为自己活着。"

多么畅意!多么痛快!

我渴望"明天晚上",我的心因为欢乐的迫近而变得疯狂;我似乎成了原始森林中的野人,为重重欲念不知害羞地啸叫;我甚至抱怨她为什么说的不是"今天晚上"而是"明天晚上"!

我为明天的快快来临而祈祷。

然而明天却像世纪末一样遥远!

我忽然又有了许多担忧:担忧明天俱乐部王主任会一时心血来潮,派我去北部山区调查了解什么村风民俗,使我无法于明天晚上归回;担忧小昙明天会突然有了更要紧的事,不能如约前来;更担忧蓝桂桂会产生微妙的心灵感应,突然从娘家赶回来……

更可怕的忧虑是：我怕明天晚上有人会发现我们，当场捉住我们……灵魂里忽然响起一片嘈嘈杂杂的吵嚷声，俱乐部的所有人围着我和叶小昙，朝我们脸上吐唾沫，骂我们是"瞎熊王八蛋"！并将两双破鞋挂在我和叶小昙的脖子上游街示众……

完了！一切都完了！

荣誉、成就、未来、尊严……全都毁于一旦！谁都瞧不起我们了，"万恶淫为首"，我们犯了"淫"，自然就是"首恶"了，而平时我十分瞧不起的伪善者，阴险狡诈之徒，拍马溜须之辈，甚至强盗和小偷儿，都会一下子在我面前高大起来，光辉自豪起来……尽管别人唾骂他们，而他们却可以唾骂我，因为他们的恶比起我的恶都成了不足为道的小恶……

全县城的人（包括亲戚和友人），从此以后，便在酒足饭饱之后，一边用火柴棍儿剔牙，一边拿我和小昙的事寻开心，而且越是说得猥亵恶毒就越会显出议论者的高超，越会换得一场可以消食开胃的大笑……

从此，在这个世界上，我们再也看不见一双尊敬的同情的将我们当人看的眼睛！

生活将变成痛苦的炼狱！

而要结束这一切，恐怕唯一体面的方式就是一同自杀，和世界永别……

思绪如麻，幻觉丛生。漆黑的夜色像漆黑的重压，挤压着我。我喘息连连，冷汗淋漓，心里恐怖极了。那个刚才还渴望的"明天"，忽然变得像瘟神一样面目可憎。

明天，既是天堂又是地狱的明天，我仍然盼望它然而我又没有勇气迎接它。

明天，我会走入幸福又会走入罪恶。假若我放弃明天的约会，我就能重新获得平静获得安全感，却又会陷入失望和平庸！

一个多么艰难的抉择！

"砰砰砰……"忽然有人在外面小声敲门。我一愣，一惊，又忙忙地看了看表：已是深夜十二点！是谁这么晚来了？莫不是那位不知羞耻的舅母？

"谁?"我跳下炕,趴在门缝小声问道。

"我。"原来是小昙的声音。

我连忙哗啦一声将门打开。等她进来后,又连忙哗啦一声将门关上。

"这么晚你来干什么?"我胆怯地问她。

"停电了,想出来买几支蜡烛……走到俱乐部门口,见你窗口的灯还亮着,就顺便来和你说话。"

"没有停电哪!"我诧异地说,"我的电灯一直亮着。"

她看了我一眼,忽然脸红得像割破了似的。

"你大概是想我了吧?"我笑着问她。

"我……"她闭上眼,不胜害羞地将脸埋在我的胸膛上。

我心里一热,想去亲她,却又惊恐地将她推开:"不要这样!不要这样!"

"怎么?"

我并不作答,先跳上炕,盖上被子端端正正坐着,然后指着炕沿儿,让她也端端正正坐着。"小心!窗户纸没有糊严,小心有人在外面看见咱们!"我惊魂未定地说。

"那就熄了电灯吧!"说完就去抻开关绳子。

"不敢!"我阻止她。

"又为什么?"

"拉灭了灯,更叫外面的人怀疑我们干坏事了!"

"外面的人爱怎么怀疑就怎么怀疑,爱怎么学舌就怎么学舌,管他呢!"

"声轻点,轻点,墙外有耳!"

"真是神经病!"她用右手中指捣着我的额头,嗔笑着说。

"小心无大错!"

"那我就走了,走了后你就彻底安全了。"她真的跳下炕沿站起来要走。

"别走。"

"不怕影响你的安全了?"

"炕热烫烫的，在被子下暖会儿手再走。"我说。

等她将手伸进被子，我立即也将手伸进去，紧紧地忘情地抓住她的手。我想这时即使有人趴在窗外盯着我们，也不会盯见什么。

"伪君子！"她笑骂道。

"有时候，就要学会当伪君子，"我小声说，"合理不合法，合法不合理。所以要学会作假，学会偷偷摸摸。假若公开了，'光明磊落'了，在我们来说是为了由衷的爱情，但在别人眼里却是奸夫淫妇！"

"奸夫淫妇就奸夫淫妇！我就敢担当这个名声，你敢吗？"

"不……不敢。"

"呸！呸！呸！懦夫！软骨头！窝囊鬼！想吃鱼又怕沾腥！好，那你就当你的正人君子吧，我走了！"说完就往外急走。

我猛地跳下炕，什么顾忌也没有了，一把抱住她，揽进怀里，俯下头和她亲了个嘴。

"窗外有人！"她小声喊道。

"管他有人没有人呢！"我说。

"怎么又返璞归真，不当伪君子了？"她抱着我的脖子问我。

"不能当时就不必当了，"但接着又补充了一句，"能当时仍然要当！"

"你真复杂！"

"越复杂越好。"

"唉，做人何必那么费劲呢？"

"这是生活所逼。因为我不能为爱情牺牲一切，不能为爱情什么都不顾忌了！我还要创作，还要做一番可以告慰人生、惊天动地的事业！"

"我只要你！"她说。

"我两者都要！"我说。

"物无两全！"她悲伤地说。

"因为无全所以更要求全！"

"你真是一个贪婪的人!"她说。

"也许你说得对,我向往一切美好的东西!"

"那好吧,我尊重你的愿望,包括你要做伪君子的愿望。我姨家在城外有两间空房子。她们现在全家人都在西安工作,房子闲着,很僻静。"

"我知道那地方,"我说,"明天晚上,我们就到那里去吧。"

她点点头,拉开门告辞走了。

三十三

小说写到这里,程海先生有点难为情,停下笔问我道:"南彧,下面的故事怎么写?"

我也有点难为情,说:"干脆算了,不写了吧!"

"不写不行,"他皱着眉头说,"已经写了这么多,怎么能半途而废呢?况且,前面那十几万字已花费了我近一年时间,如果扔了,今年的创作任务怎么完成?不要说奖金,恐怕连工资都难领了。没有工资,难道让我去喝西北风吗?"

"实在要往下写,那就编造一个光明的尾巴吧。譬如说我在赴小景的约会前忽然读了孔夫子的《大学》《中庸》《论语》中的哪一本书哪一段话,终于受到中华民族伟大道德的感化,幡然悔悟,不但没有去赴那次约会,而且还在第二天或者第三天,用同样的道理教育小景使她也迷途知返,大彻大悟,最后成了一位全县城人人称颂的贤妻良母。"

程海先生皱了皱眉说:"那样写当然对你我有利。你可以骗得一个新道德典范的美誉,我可以骗得一笔可观的稿费。不过几年之后,总有人识破我们的鬼把戏,骂我们是两个欺世盗名的大骗子。"

"那你说怎么办?难道要照实往下写吗?"

"最好照实写。"程海先生语气肯定地说。

"照实写？你以为照实写读者就会欢迎你的作品吗？其实读者和我一样，既希望真实，又惧怕真实。譬如说裸体才是人最真实的形象，但谁又敢裸体走上大街呢？尽管人人都渴望看到裸体，但人人都要用衣服将裸体掩盖起来。假如你想标新立异，冒天下之大不韪，光着身子走出家门，你注定要遭到唾骂和围打。说不定唾骂和围打你的人恰恰就是那些最渴望看到裸体的人呢！"

"你说得也许对。因为真实会使人羞愧，甚至无法容忍。但羞愧到难以自容的时候，那便是反省的时候。"

"其实我担心的倒不是我，"我说，"因为我毕竟是一个虚构的人物，而你却是真实活着的人。假如因为你写我写得太真实使你的作品有'金黄色'之嫌，而遭到口诛笔伐怎么办？"

"不要紧，如果我穿过那些愤怒的冰雹时我身上被打得片甲不留，再没有一片布和一丝纤维来遮盖我赤条条的灵魂，说不定我反倒有资格站在西天净土之上了。

"肥皂是油做的，但肥皂能洗掉油。

"疫苗是病菌做的，但疫苗能防治病菌。

"治疗冻坏了的躯体，反倒不能用烈火只能用冰雪。

"但我的文章不是肥皂，不是疫苗也不是治疗冷冻的冰雪。它不过是一个人灵魂的记录。我只在乎别人说它记录得真不真，而不在乎别人说它记录得好不好。"

三十四

第二天，每一分钟都成了等待，甚至成了煎熬。我渴望这个夜晚又恐惧这个夜晚，因为在这个夜晚我将走入天堂同时又将堕入地狱。

吃过午饭，田大光忽然推门进来，第一句话就是："小昙呢？你见小昙了吗？"

那意思好像是我将小昙藏起来了？

"没有，我没有见她。"我觉得脸上一片胀热，甚至都不敢正眼瞧他了。

他并不理解我的窘状，坐在床沿上喘了几口气，然后接过我递过去的香烟，吸了起来。他说他是去县医院给母亲买一种特效药的。药买好后又回到广播站找小昙，她却不知到哪儿去了。他到处去找，最后找到了我这里。

"老人的病要紧不要紧？"我表示关心。

"危险期已经过去了，不过我今晚上还得将这种药送回家。"

"明天送不是一样吗？"我假惺惺地说。

"不行，我明天还得回来上班。"

"找小昙有什么急事吗？"

"也没有什么急事。我只是想见一见她。其实见不见都没有什么，只是不见她心里不大自在。"

"一日不见，如隔三秋兮！"我调侃道。

"可以这么说，"他的脸渐渐黑里透紫，"我太爱她了！"

"这恐怕有点不大正常。"我说。

"有什么不正常的？"

"因为这种狂热的感情只有初恋者才有。现在你们结婚这么长时间了，以前相恋时那些过分激烈的情绪理应得到排泄和平复了，怎么还会有这么浓重热烈的爱呢？"

田大光头猛一低，脸庞更紫更红，却一句话也不说。

"是不是你身体有什么毛病？"我佯装不知，但骨子里却没有取笑他的意思，一种突然而至的同情心促使我向他建议，"如果真的有病，最好找医生去看一看。"

"我已看过几次了，"他懊丧地说，"也吃了好多药，可是一点儿效果也没有。"

"另换一个名医看看。"我说。

"再看也没有用！"

"为什么？"我诧异地问。

"这根本不是病!"

"不是病是什么?"

"不是病!我知道,不是病!根本的原因是我太爱她了,爱得过头了。说老实话,结婚后整整一个月,我根本就没有勇气去'碰'她,我觉得自己能和她并排儿睡在一起,耳鬓厮磨,说说亲热话,就已经很满足,很幸福了。再说一句丢丑自卑的话:我甚至连亲都没有亲过她。也许由于她并不爱我,她也从来没有主动和我亲近过。我唯一的享受就是当她睡熟了的时候,像狗一样蜷曲在她旁边,抬起鼻子,嗅她油油的头发、甜甜的皮肤。那皮肤好闻极了,后味有一股奶味儿,像小娃娃。

"有一天晚上,她背朝着我侧身躺着,整个后脖根连同肩膀裸露在电灯下。那脖根又圆又光,被灯光照得粉红粉红。我忽然心里像火着了一样,呆呆地盯着她的脖根吭哧吭哧喘息,后来实在忍不住了,就照着那粉红粉红的地方咬了一口……她疼得一声尖叫,一巴掌抡过来,正巧打在我的鼻子上。鼻血唰唰流了下来,白床单上染满了血。她慌忙跳下炕,在冷水盆子里拧了一条湿毛巾,又跳上炕来给我擦鼻血,擦着擦着忽然又哭了起来,并问我疼不疼?我连忙说:'不疼,一点儿也不疼!'她说:'真对不起你……'

"事后的第二天晚上,大约是十二点钟,我从外面回来,她提议让我在澡盆子里洗个澡,并说她刚洗过了。我立即照办。洗完后上床就寝的时候,她忽然说:'实在对不住你,结婚这么长时间了,也没有让你亲近我的身子。昨天晚上,还失手打了你。现在我满足你,你爱怎么就怎么吧。'她横躺着,身子又白又红又酥,像白玉雕的,像花瓣儿拼的,真是美得不能再美了。恍惚间我觉得她简直不是人而是神仙……我猛地扑过去,然而那东西却蔫得像棉花捻子(而以前那东西好好的呀)……她口里咬着三两丝黑发,嘿嘿地朝我微笑。那神态媚极了,媚得我恨不得将她一口吃了……然而我愈是爱得要命那东西就愈是蔫!后来她大概明白了我不能人事,吃惊地望着我。望着望着忽然又冷笑起来,大约是嘲笑我的无能……我一骨碌滚下来,趴在枕头上羞愧地哭了……

"从此,每到晚上,我一看见她的身子就条件反射似的自我萎缩。我愈是恨自己无能就愈是无能,愈是自责自怪就愈是敏感自愧精神萎靡。我日日夜夜被自卑感折磨着,病也一天比一天加重了。但她并不责怪我,和我相处得像亲姊妹一样。有时候,还用开玩笑的口气称我'大姐'。说者无心,听者有意,我被这'大姐'的称呼深深伤害了。因为我从这不伦不类的称呼里知道,她已把我当作了女人而不再当作男人。我先是痛恨她的侮辱,后来又痛恨自己,我恨不得将自己宰了!常常在夜里当我和她秋毫无犯并排儿躺着的时候,心里就想:何必死拖着人家为我耽搁青春呢?但我又下不了决心和她离婚。我太爱她了,没有她我就活不成!何况我本来就没有什么病,我的无能也仅仅是因为对她太崇拜的缘故。"

"如果我是医生,我就会对你的病起一个恰当新颖的名字——心理崇拜障碍病!"我很感慨地说,"爱情要求的是平等,并不是崇拜。狂热地崇拜他人,当然会产生自卑甚至自我萎缩。"

"现在我该怎么办?"他恳切地问我。

"恐怕最重要的并不是吃药打针而是进行心理调整。其实,中国很多人都有这种崇拜病:有些人崇拜金钱,有些人崇拜政治领袖,有些人崇拜名人,有些人崇拜女人……越崇拜越愚昧,越崇拜心理越不平衡!到最后也会像你一样,形成一种无药可治的顽症!如果要我治这种病,便只有一个药方,那就是:平等自由,摆脱一切精神羁绊!我爱一个女人,但如果这种爱竟成了一种痛苦和束缚,我就宁可摆脱这个女人!"

"说起容易做起难!"他说。

这时窗外天色已晚,田大光起身告辞,骑上撑在门外的自行车,准备回家去了。

我忽然想再试一试自己的命运:

"天快黑了,最好在城里歇一晚,明天再回去吧!"我再次劝告他。如果他听了我的劝告果真不回去了,我就毅然放弃今晚和小昙的约会。

"不行,今天晚上一定要回去!"他说。

他跨上车子走了。我忽然清楚地看见，命运在虚空中朝着我和他狞笑。

傍晚的天空灰蒙蒙的，半明不暗的云彩，迷离恍惚的太阳。我站在院子里，觉得四周的风景极不清澈。心里倏然产生了一种污浊感，便叹一口气，向门外走去。在一条小巷里，我看见了一株老皂角树，树冠庞大，只是没有叶子，密密匝匝的树枝，像黑炭条一样。树杈处生满了一窝一窝的皂角刺，向天空愤怒地戟张着，似乎有"刑天舞干戚"之概。我有感于它的武装和抗争，觉得在这令人沮丧失意的冬天仍保持一股英雄之气真不简单。于是我站在树下，用眼睛向它致礼。透过树隙，我看见晚霞渐渐冲破了迷蒙，红了起来。到后来红得像烧沸了的铁水一样。满天空都是色彩响亮的喧嚣。我心里惊喜异常，因为我终于看见了世界火热的激情。

天空在继续燃烧。一朵一朵的火烧云，有时候像鲜花，有时候像热血。一忽儿红得热烈一忽儿又红得凄惨。到后来像一群红妆舞女，围成一大圈，跳起无词无韵的火焰之舞。我仰头向上痴望，心情逐渐变得狂热。世界其实无论对谁都是奇妙的，人的悲哀只是人的悲哀，世界却从来都不悲哀。我一刹那间超越了自我走入了永恒的快乐。

晚霞又昏暗起来……彻底昏暗了，再没有重新燃烧。黑夜降临了。黑夜极其严肃，严肃得像是对不久前那场热烈痛苦的反思。我对今夜的约会刚刚建立起来的信心又动摇了：既然夜已报复了晚霞，那么一定也会有什么来报复我们不正当的恋情！

我又变得心事重重。

我该如何？满城灯火已明，该是赴约会的时候了。我到底去还是不去？假若不去，那相思的焦灼和苦楚如何平复？假若我去，我又如何对得起母亲关于人生道德的教诲？如何对得起蓝桂桂和田大光？如何对得起明天早晨洁白清新的晨曦和那轮鲜红如丹的太阳？

我的面前，横着的是好人和坏人最后一道分界线。

当好人还是当坏人？

然而好人一边站着痛苦，坏人一边却站着欢乐。

要痛苦还是要欢乐？

我犹豫踟蹰，不知如何是好。

我在皂角树下盲无目的地来回徘徊。后来我看了看表，荧光针鬼火般的指向了深夜十一点。我急了，我忽然想起了叶小昙。她此刻在干什么？大概已烧暖了火炕，打扫了屋子，正心急如焚地等着我吧？她——一个弱者，一个最易遭受伤害的纯洁的女人，仅仅为了爱我和接受我的爱，今晚她什么都不顾了，宁愿走向堕落和毁灭，英勇无畏地恭候着我。而我呢？我却在这里斤斤计较自己的损益得失，像一个可怜的懦夫一样踌躇不前，完全辜负了她神圣的企盼！

我终于下定决心，和她一起去跳下火海。

我像勇士一样，一步步走向罪恶。

我远远望见，郊外那两间屋子的窗户里灯火通明，仿佛真正的新婚洞房，笼罩着一片辉煌的粉红。我甚至听见从头顶的星空里，吹下隐隐约约的唢呐声。我眼角一热，几乎滚下泪来，觉得自己今天晚上才算是真正做了新郎。

门虚掩着。我勇敢地排闼直入。

房子果然收拾得整齐洁净。炕上铺着红缎被子，在被下一摸，热腾腾的，但不见小昙。

我走到化妆台前，见桌上留着一张字条：

南彧：

　　炕已经烧暖了。桌上有开水和茶叶，渴了就喝。你一个人在这里休息吧！祝你睡个好觉。

小昙

什么意思？难道她约我到这儿来，仅仅是为了骗我，开一个玩笑，演一场恶作剧?

或者约会虽是真实的,中途却变了卦?

但我相信她的真诚,相信她并不是那种玩弄自己也玩弄别人、水性杨花、轻诺寡信的女子。

她离开时一定另有苦衷。

既然离开,又为什么不锁门?难道不怕有人入室盗窃?

我忽然觉得:她并没有走远,她就在这间屋子的周围。

我带上门,出去找她。周围黑乎乎的,什么也看不清。这是瞳孔还不适应黑夜的缘故。我谨慎地行走,仿佛跨越国界似的。然而我还是被什么绊了一跤,鼻子和脸颊被泥土碰得冰凉。我爬了起来,又懊恼又伤感。前面射来一线星光。周围似乎渐渐不大黑暗了,我已经能够辨别树木和土丘。在昏暝中,它们看起来像埋伏着的活物,用阴谋般的沉默注视着我。如果小昙在这儿,她一定也会感受到植物的威胁。夜总是无穷无尽地创造幻觉。我不敢大声呼喊小昙的名字,吃力地睁大眼睛,蹑手蹑足到处搜寻。我忽然看见一株很窈窕的没有树冠的树木。我用手去摸索,那树木极富弹性,而且颤动了一下,并发出一声惊呼:"谁?"

"小昙,是我。"我轻声说。

她一下子扑进我怀里,全身微微颤抖。我用额头去挨她的额头,挨到的竟是一片冷汗。

"我心里怕极了!"她说。

原来她和我一样,也是一个可怜的懦夫!

等走进屋子,我就问她:"你为什么要留这张字条呢?"

"别说了。"她满脸通红,接过那张字条揉了,沉默了半晌,又说:"我约你到这地方来,只是想和你说说话。"

我并不理会她说的是真是假,一把将她搂在怀里,慢慢地亲。她的嘴唇干燥灼热,像一团有硬度的烈火。她忽然忘情地抱着我的脖子,将她整个儿递给我,一会儿后,却又匆忙躲开我的嘴唇,喏喏地说:"等一会儿,我还要回去。"

"回哪里去?"我问。

"回广播站。"

"那你为什么还要收拾屋子,生火点炕呢?"

"留你一个人在这儿休息、看书。一个人清清静静,最好。"

"这是荒郊野外,你不怕半夜狼从窗子跳进来,将我吃了?"

"吃了我就痛痛快快哭一场,以后就省心了,不会想任何一个男人了。"

"可惜我死不了!"我叹一口气,接着又说,"记住:以后不要想我。"

"那你呢?"

"我也不去想你。"

"这做得到吗?"

"要努力去做。"我说。

"实在做不到呢?"

"做不到你和我就要既当人又当鬼,人不人鬼不鬼地活着。"

"这会儿你又想要清白的名声了!"

"我确实喜欢清清白白地活着。"

"中国人都喜欢清清白白!为了清清白白,你娶了蓝桂桂;为了清清白白,我嫁了田大光;为了清清白白,你妈宁可天天晚上扔铜钱守活寡,也不愿意嫁给秃子大叔!但我们的清清白白究竟为谁?还不是为了别人,为了让别人占有我们,为了让别人不说闲话!而自己宁可受折磨、受屈辱、受万般痛苦也要守住那个一钱不值的好名声!"

"说得好!那你呢?你就真的如你所说,不要什么清清白白吗?"我问她。

"能要当然还……还是想要。"她苦笑了。

"想要又要不了。"我补充说。

"要不了还是想要。"

"到底要还是不要?"我问。

"我不知道……"

"多么困难的选择!"我喟叹道,"那就什么也不选择了,只选择我们自己吧!"我猛地抱起她,走向热气腾腾的火炕。

"不,我要回去……"她完全软弱了,软弱得只说了一句软弱的拒绝。

"拉灭电灯……"她说。

我拉了开关。立即,铺天盖地的黑暗从窗外涌了进来……

似乎从极深处,小昙冒上来一句断断续续的话:"这是……罪恶……"

三十五

她就是天堂。她就是幸福。

如果没有昨夜的一切,我就是成为亿万富翁成为世界之王也会觉得两手空空!但因为有了昨夜的一切,即使我沦落为一文不名的乞丐甚至即刻阎罗向我索命我也不会悲哀不会遗憾。

我已彻底满足彻底充实。

昨晚的每一分每一秒都是永恒永生。"洞中方七日,世上几千年。"这就是天堂和尘世的时间比例。

我是春天,我从昨夜复苏了。尽管一夜未眠,但我没有任何疲倦感。一大早我就走向原野。我面朝东方,顿觉眼前万丈光明。从我诞生到现在,第一次看到天地之间如此充沛的辉煌!我像鹅一样尽量向上昂起头颅,伸长项颈,让太阳灿烂的金黄吹着我的头发、我的眼睛和我的肌肤。我无比地舒服无比地惬意,我和太阳共醉。我慢慢眯起眼睛,什么也不看,什么也不想看。我听见我的身边踢踢踏踏走动着早起的人群。不远处,有小骡驹的奔跑声和小牛犊的哞哞声,还有麻雀和布谷的叫声……我猛然觉得,我的精神和周围的一切有了新的联系和新的理解。此时,它们全都是有灵性的神物,它们和我一起创造了这个极美好极动人的早晨。我微闭着的眼皮外面一片彤红,仿佛世界充沛的热情。我有点震撼,微微睁开眼睛，那些彤红倏然消失，只剩下一轮光芒迸射的太阳。

我也是早晨。我的旧生命已经死去了，现在的我是从昨夜重新诞生的我。我觉得身心无比爽朗无比清新。

这真是生命的奇迹：因为有了她，有了她的爱，我才有了痛彻身心的喜悦。但这喜悦并不仅仅是因为情欲的满足。我是一个结了婚的人，还有什么没有经历过呢？这喜悦自然也包含着情欲但又超越了情欲，它是灵和肉最完美的契合，人性幻梦的最彻底的实现。

不仅仅是满足，而是通畅和潇洒，无穷无尽的生命升华！

我能获得这么纯粹的欢乐，这说明这件事已得到了上帝的鼓励。

我并不觉得对不起蓝桂桂，因为我并不爱她，昨天晚上我只是爱我所爱。

诚然，蓝桂桂有她的风韵，长相并不比小景差，甚至还有小景不及之处，但我和她之间总有一层说不清楚的隔阂。在生活中我有这样一个经验：有些人和我相处了十几年也产生不了友谊，而有些人和我刚刚认识就觉得对脾气，合得来，仿佛多年故友。这种神秘选择同伴的直觉谁又能解释清楚呢？同性之间尚是这样，更何况异性相爱？我有一个小时的朋友，曾有几个相当漂亮的姑娘向他求爱他都拒绝了，后来却爱上了一位走路东倒西歪的跛姑娘。亲戚朋友没有人不劝阻他嘲笑他，但他爱她爱得发疯并坚定不移地和她结了婚。爱是最个性化的。你喜欢哪一种体型、脸庞，哪一种性格气质，甚至哪一种音色的笑声，似乎都是特定的，必须的，不能更改的。

但我毕竟是一个已结过婚的人，在婚后还奢谈对其他女人的爱情，难道还正当吗？不该自我谴责吗？

回答是：我没有娶她，仅仅是因为命运的失误。再者，婚姻形式仅仅只是形式，只要是真正相爱而并非卑下肤浅的皮肉之乐，就不能说是不正当的。

又自问：假如我并没有失误，娶的是叶小景而不是蓝桂桂，我还会这样爱她吗？最珍贵的总是失去的，假如我当初并没有失去她，我还有对她像现在这样强烈的情感吗？

回答是：也许不会。贵远贱近，贵难贱易，这些都是人可悲的天性啊！

也许正因为失去了她，我才有了痛惜，才有了对她的重新认识，才有了日夜让我震撼和焦渴的爱恋。

又自问：假如我失去了蓝桂桂呢？我还会产生同样强烈的情感吗？

回答是：不会。我也许会有些惋惜，但不会产生深刻的激情。因为我的内心并没有和她互相呼应的力量。

再自问：世俗仅仅重视的是婚姻形式而不是婚姻的实质，我和小昙昨晚的事情无论如何辩解都是非正当的，亵渎世俗道德的。我算她的什么呢？她又算我的什么呢？算第三者吗？算奸夫淫妇吗？

也许应该算是小昙昨晚最后说的那句话——"这是罪恶"吧！

面对良心最终的宣判，我虽然凛冽战栗，却又没有悔意。为了这场刻骨铭心的爱恋，假若已没有任何其他的选择，那就让我选择"罪恶"吧！

然而这并非最后的选择。还有一种选择——那就是我和蓝桂桂离婚，小昙和田大光离婚，等到这一切全破碎后，然后再寻求新的结合。也就是说，为了我和小昙的幸福，必须首先要去剥夺桂桂和大光的幸福。

最好的选择也是最残酷的选择。

为了爱必须先去恨，恨那两个爱我们爱得最热烈的人！

但恨得起来吗？

为了右手要砍掉左手，爱和恨都一样地痛心彻骨。这几乎要有吴起杀妻求将那样的决心。然而我却是一个心肠软弱的人。我几乎不敢想象我怎样去向蓝桂桂提出离婚的要求，怎样和她大吵大闹，怎样看着她痛哭流涕苦苦哀求全不动心……

如果我真有这样的铁石心肠，我岂不成了没有良知的坏蛋？

可是做了奸夫淫妇更是坏蛋了。

离婚！狠下心回去离婚！这便是没有办法的办法，无可选择的选择！

想到这里,我初来野外时的美好情绪全消失了。

三十六

昨天傍晚,桂桂从娘家回来了。我从窗口瞄着她从大门外走进院子,夕阳的余晖扫过她的肩头,扫过她尖溜溜的肚皮,扫过她笑微微的嘴巴。她那种过分充沛的幸福感使我感到羞愧。

她从娘家提回来一大篮子鸡蛋,还有一大瓶我最爱吃的蜂蜜。我走出去接她。她为了让我欢呼便先将蜂蜜递给我。她的深情使我尴尬羞愧,以至于双手颤抖将蜂蜜瓶子掉在地上打得粉碎。黏稠的蜂蜜载着几片死蜂翅膀犹豫踟蹰似的在地上缓缓流动,由于夕晖照耀,呈现出美丽的金黄。我急忙蹲下去,用指头刮了点还没有沾土的蜂蜜,在嘴里吮。由于惋惜我觉得它格外香甜,甜得让我有点儿伤心。

蓝桂桂安慰我说:"算了算了,打了就打了。"

我说:"这么甜的东西,太可惜了。"

"接瓶子时为什么不小心,这会儿才懂得可惜了?可惜时又来不及了。"

这时候从四周迅速围上来一群蚂蚁,在那摊蜂蜜边沿镶成一个不规则的黑圈。这些精瘦窈窕的黑色勇士为了甜蜜连命都不顾了,虽然有好多蚂蚁被继续流动的蜂蜜淹死粘死但其他蚂蚁仍毫不退却。也许蚂蚁们的终极幸福就是饱尝甜蜜,为了幸福它们一个个视死如归充满了悲壮的英雄主义。

"坏事变好事,由于我的失手才给蚂蚁们创造了这个千载难逢的吃蜂蜜的机会。大慈大悲,大慈大悲!"我说。

"嘴真能翻,好说成坏,坏说成好!明明是糟蹋了一瓶蜂蜜,却又说成是为蚂蚁行善施舍!"桂桂不满地说,"就是杀了人,作了恶,也许还能被你说成是立地成佛呢!"

进屋后放下鸡蛋篮子,桂桂片刻未歇,忙着去打扫屋子,擦洗桌椅箱柜,扫床铺被。她细致周密地经营着她的家务王国。这一整套动作与其说是出于勤奋,不如说是出于习惯。我忽然心里十分感动(而我以前一直鄙视这类琐碎劳动),甚至有点儿愧疚,于是也拿起一条抹布,帮她擦洗桌椅。她有点惊讶,后来害羞起来,仿佛我异乎寻常的举动是一种特殊温情似的。她满脸红晕,轻轻夺过我的抹布,眼珠乜斜,语调轻软地说:"歇——着——去。"

我不敢歇,又去擦窗玻璃。我觉得从今日起我已无权领受她的辛勤。但她又将我的行为误解为体贴,越发欢喜了。

夜渐渐深了。我爬上床,将两只腿埋在被子里,斜靠在窗台上。由于有电褥子,被窝里烫热,暖得我暖洋洋的,懒洋洋的。电灯光一片辉煌,照耀着干净悦目洒满黄菊花的被面,照耀着墙上那画着穆桂英挂帅和娃娃骑鲤鱼的年画。屋子里安静极了(蓝桂桂在蜂窝煤炉子上煮鸡蛋,锅里偶然咯噔咯噔响一阵),弥满了安详醉人的家庭气氛。我忽然十分留恋这种气氛。我甚至怀疑假若叶小昙做了这间屋子的主妇,还会不会创造出这种气氛。也许这气氛只有蓝桂桂才能创造。

蓝桂桂拿了两个剥了壳儿的熟鸡蛋上床来坐在我的身边,她将我像搂儿子一样搂在怀里,笑嘻嘻地,让我看那两只鸡蛋。鸡蛋在她红润润的掌心突噜突噜地颤。然后,伸出另一只手轻轻将蛋清儿和蛋黄儿剥开。蛋黄儿送进自己嘴里,蛋清儿喂给我吃。她不许我动手,小心翼翼地一点儿一点儿给我喂。她将爱具体成一个细节。她将爱化为逗趣。一副专心致志的样子,眼珠子像两团黑烟似的。

我忽然想起了昨天晚上。我猛地扭过头去,心里十分辛酸。

上帝呀!造物主哇!你既然规定我只能爱一个女人,却为什么要造出两个女人来爱我?你是因为爱我才缔造了我,却为什么要给我这么多的烦恼和痛苦?也许因为你知道我是一个泛爱主义者,爱一切美丽的事物和美丽的女人,便将爱化为炼狱,来惩罚我折磨我吗?但你知道不知道:假若我真是一个没有良心的,只贪皮肉之乐的淫棍坏蛋,你还能折磨我吗?你能折磨我仅仅因为我的好色只是艺术意义上的好色,而且心性敏感善良,不能容忍任何欺骗。你利用"我"折磨我,利用善良折磨善良。假如真是这样,你不觉得太残酷了吗?

蓝桂桂当然不知道我这些复杂的想法。她以为我不堪逗趣犯了小孩脾气,就又将我扭过一边的脸颊扳过来轻轻地亲,亲得温柔也亲得妩媚。

我忽然热泪满面。

我不敢直视她,或者说我不敢面对她的纯洁和痴情。我不爱她却敬爱她。我能因恨而恨却不能因爱而恨。今晚她那深挚的爱虽没有引起我的爱却引起了我的感动。

擦不干的眼泪滚滚而下。

假如我现在对她说:"桂桂,咱们离婚吧!"她一定会惊得目瞪口呆,以为是白日见鬼,待到明白了我的话竟是真的,她一定会昏晕过去或者发疯!

我不能说。

可是我不说岂不成了欺骗她纯真感情的骗子?

但欺骗她总比毁了她好!那就暂时选择欺骗吧!

桂桂啪的一声拉灭了电灯。

夜色漆黑。她紧紧搂抱着我,她用乳房和光滑柔软的小腹紧贴着我。后来她又腾出一只手激动地急切地摩挲着我。她那散乱的头发触得我肩膀发痒。我却动也不动。因为有了昨晚的那一切,假若我再要和桂桂做爱那我就真的成了坏蛋和淫棍。忠贞对不爱的人不算什么,但对所爱的人却是本分。

桂桂仍在施展她的温柔,而我心里却想的是小昙。我一遍又一遍回味着昨晚的每一个细节,回味着她的肌肤、她的声音、她的芳馨。她的一切都是神奇的,妙不可言的。我想念她,渴望马上见到她。我感到万分孤单,就是蓝桂桂紧紧搂抱着我我也感到孤单。

"桂桂,"我轻轻叫道,"你看我这个人好吗?"

"好,啥都好。"

"没有不好的吗?"

"有,就是有时候有点儿猜不透。"

"我觉得我不配你。你对我真心真意,而我对你却是半真半假。假若我是你,就会考虑离婚,另找一个真心真意爱自己的人。"

"我并不觉得你对我半真半假。"她说。

"你太轻信了。假如我背着你爱着另外一个女人呢?"

"我早就知道你爱着叶小昙。"

"既然知道,为什么还要爱我呢?"

"你爱她又能怎么样,还不是妄想一场。你有你的妻子,她有她的丈夫,一个萝卜一个坑,各有各的家庭。这就是现实,你能改变这个现实吗?你这个人,最不安分,最爱幻想,一见到漂亮女人,就像蝇子见了血!但要你真的去干什么,你又没有胆量。色重胆虚,这就是你!可是你又不甘心,吃着碗里看着锅里,想入非非,每天总要为自己编造一个荒唐的不切实际的爱情故事,例如和叶小昙的故事就是其中一个。你用这些故事折磨自己麻醉自己,自叹自怜,装出一副才子伤春的情调。但你假如娶的是叶小昙而不是我,你仍然会不安本分,仍然会期待一次有刺激性的艳遇,说不定你又会成为你的幻想对象!但不管怎么说你都不会越过最后的界线,去和别人私通。所以我对你很放心,对你的任何非分之想只感到好笑而不会吃醋。你是马,命运是车,你已经套在命运的车辕里。你开始当然觉得不习惯,但你最后总是要认命的。"

"我要不认命呢?"我故意问。

"哼!你要不认命,真的和某个女人有了奸情,你就不能在人世上做人了。人人都要谴责你,连小孩都要骂你唾你,甚至连小偷儿无赖都要瞧不起你。你就像一只过街老鼠,成为大家撑打的对象。你的日子就全是灰溜溜的日子,没有一天是晴朗的日子。你整天会良心不安,自惊自怕。等到老年,更需要荣誉和尊严的时候,你会为过去的荒唐行为后悔,做'一失足成千古恨'的感叹。但历史总是历史,无论如何悔恨也不能抹掉。别的人也不会因你的悔悟而饶恕你,而且要把你作为坏人的活标本,训诫子女们。想一想,那样活着多么悲惨!其实,大多数人一生中都做过这样一次抉择,要么悲惨地活着,要么认命。而大多数人都选择了后者:认命了!"

"不要说了!"

"为什么?"

"我心里烦!"我说。

一片寂静。由于寂静头顶的黑夜似乎更黑了。我阻止她说话是因为她说得完全对。我敬服她,我又恨她。我恨她是因为她将我和小昙的将来看得太透彻了。

夜色像一片深渊……

我们又去城外那间房子幽会。

我回家的时候已是凌晨两点,一路上我已编好了谎话:假若桂桂问我为什么回得这么迟,我就说是和叶凯喝酒聊天,后来聊起了文学便聊得没完没了。编好了谎话然而我仍心虚胆怯,因为我能欺骗她却不能欺骗自己的良心。我用钥匙轻轻地开了门,蹑手蹑足心跳怦怦,幻想她也许会突然坐起来,用手指着我的鼻子,厉声问我:"干什么丑事去了?"如果真是这样,我说不定会吓得发慌将编好的谎言忘得精光,甚至会精神崩溃扑通一声跪倒在她的脚下向她坦白一切,求她宽恕。但她实际上并没有坐起来,而且鼾声如雷。我忽然释然了。爬上床就寝时又想出一个小诡计:如果明天早上起床后,她问我昨晚是什么时候回来的,我就说是十一点。

我挨着她躺下,心里亢奋极了。前半夜的奇妙经历又回到眼前,我一遍又一遍地咀嚼,一遍又一遍地回味。

她不是女人,而是艺术。

在那间屋子里,在那盘火炕上,她那裸着的身子仿佛爱的祭坛上神圣的牺牲:雪白、细腻、光润、丰满。肌肤之上,隐隐约约笼罩着一层虹辉。甚至我觉得那肌肤也不是实有的肌肤,而是一团虚幻的光影。没有一处不是曲线,没有一处不是起伏。无与伦比的贞洁，无与伦比的旖旎！真是至美至妙——我忽然领悟了古希腊的艺术为什么几乎全是裸体的艺术。其实她并非全裸，她还穿着一件红马甲，灼红灼红，薄得像蝉翼。没有扣扣子的襟儿向两边张开，像两页张开的红蚌壳。由于红马甲的辉映，那裸着的双乳和小腹显得更鲜嫩、更生动、更妙不可言。

这就是她的匠心，她的做女人的艺术。

这艺术仿佛普希金的一首诗、毕加索的一幅画，甚至这两者也和她难以比拟。因为这才是生命的最本真的艺术！

她为了爱我也为了赢得我的爱，便经过深思熟虑，用这样一个小小的美的技巧，展示了她无比的慧心。和她比起来，我见过的其他女人不过是女人，而她却是女人中的天才和精灵。

一件红马甲，使我懂得了她爱的文明。

那裸体吹拂着我的眼睛，有一种清凉感、爽馨感。原始的情欲被镇静了。我的心里没有任何猥亵和轻佻的念头，只有陶醉和崇拜。

后来我替她盖上被子，又替她理了理鬓边的散发。当我的手指触到她的面颊，她怕痒似的颤抖了一下，接着涌上来一片酥红，显得不胜羞怯。

她抬起右手，慢慢地轻轻地捏着我的下巴颏儿，说："你这个人……"

后来她又狠狠地捏，捏得我轻轻叫喊起来。她开心地笑了，牙齿白亮亮的，又说："你这个人……"

"我这个人到底怎么了？"我问。

她咯咯笑了，却什么也不回答，显得可爱极了。我去亲她，她却骄傲地仰起项颈，唇儿东躲西藏，不让我亲。我被她逗急了，便用两只手掌夹着她的脸颊，鲁莽地亲她。她咯咯地笑，朝着我猛吹了一口气。我不由得眼睛一闭，她乘机躲到一边笑，笑得更响了。

等我并排儿和她躺在一起，她用二拇指戳着我的额头，娇羞地说："你真是个大笨蛋！笨手笨脚的真叫人烦你！"……

蓝桂桂又是一阵很响的鼾声。

一弯下弦月照进窗格，月色清冷。桂桂的侧影白得像石膏，有一种生硬的雕塑感。表情朦胧，似乎有点儿悲惨。那鼾声听起来呜呜咽咽，哭泣似的。

在这张床上，她大概不会再有一个甜蜜的梦境了。

我又一次感到愧疚。

也许由于燥热，她忽然从被窝里甩出两只胳膊，梦呓了一句含混不清的话，仿佛是呼唤我的名字。

清凄的月光照耀着那两只在被面上并排儿摆着的手。

为什么要一大一小？为什么要不匀称？为什么要有对比？

因为有对比，世界上才有了说不尽数不清剪不断理还乱的烦恼！

我将她的胳膊放进被子，一是怕她着凉，二是忽然十分讨厌对比⋯⋯

我抱着她。

这是一个上午，仍在城外那间小屋子里。阳光暖洋洋地从未糊窗纸的几层窗格里照射进来。瓦檐上，有一只灰麻雀傻乎乎地喳喳着。白云悠悠闲闲，在窗外轻舒曼卷，画着不断变化着的云的画儿。在云的空隙里，蓝天蓝得那么深刻，惹人留恋。

我们依偎在一张藤沙发上，脸儿挨着脸儿。我乜斜的目光，仍能看见她的鲜红，像一大朵玫瑰。她为我而盛开。我全身奔窜着微火，而她的腮也有些烫热。无言，唯有温情脉脉，更觉得滋味无穷。

"南彧！"她叫道。

"小昙！"我叫道。

其实什么话也没有，只叫了一声各自的名字。

后来我不堪这爱的寂静，轻轻地去解她的衫襟。她有点吃惊，用手拨我的手。但我不屈不挠，我决心要打开她胸脯前的门扇。她坚守着，一次又一次地重新关了。而我又重新打开，她没奈何，恨了我一眼，松开手，任凭我打开。我偎在她胸脯上，光滑柔腻，像无风的港湾。我听见左边的"帐篷"有鼓声在咚咚地响。我像一个刚走上战场的兵勇听见了战鼓，心里忽然一片茫然。最后我想到了死亡。

那帐篷变成了两座白色的坟墓！

我忽然渴望死亡，便将一座"坟墓"噙在嘴里。

她一阵怪痒，用手推我掀我，后来却又伸出胳膊将我揽在怀里，像揽儿子一样紧紧地揽着。然后像圣母望着圣子，安详地出神地望着我吮她的"坟墓"。

啊！女人！生我养我爱我伴我者都是女人！最伟大的性别，最神圣的爱怜！尽管我的爱我的恨我的烦恼都源于她们，然而无论我爱我恨我烦恼我还是会以无比深情礼赞她们！她们造就了男人的一切，造就了他们的雄心、他们的事业、他们的失败、他们的胜利和他们的赫赫名声，也造就了他们的残酷、他们的奸佞、他们的悲壮苍凉和流血牺牲！女人是男人的太阳，没有女人男人就无法生长。一个男人总是和一个女人联系在一起。千万年的历史和艺术写的都是两个人的故事：男人和女人的故事。

又有一次，在城外的原野上。节令已经是春天了，小路黄乎乎的，有点儿潮湿。肥肥胖胖的车前草和牛舌头草铺满了这条很少有人行走的田间小路，踏得鞋帮都成了绿的。黄色的猫儿眼花，紫色的野豆角花，红色的麦瓶瓶花，站满了路畔，好像欢迎我们的五彩缤纷的队列。

温暖的阳光无所不在，照满了田野，没有一块云彩和阴影。天空是金黄的。背脊被太阳晒烫了，像贴着一块大大的热饼子。

天上和人间的郁悒，全被好天气蒸发尽了。

她显得那么新鲜和年轻，穿了一件大红衫子，下摆套在裤子里边，细腰若蜂，越发显得窈窕了。不慌不忙，款款地走着。

越是往前走，路边的花开得越是繁盛。微风中，花头乱点，花香乱射。她兴奋异常，弯下身采那些花，采了一大捧，满怀都是花。后来又采了几朵鸡舌舌花，歪下头，让我给她插在鬓边，半边头发都成了红的。

她忽然小声唱道：

天上白云往哪里飘？
地上花儿为谁在笑？
我曾悄悄问我自己，
为了什么自寻烦恼
……

唱到最后真的有点烦恼了，低下头去，想着什么事，后来又抬起头来，望了我一眼，鼻子一皱，眼眶里泪淋淋的。

是呀，既然明明知道这样苦苦地交往没有好结果，又为什么要自寻烦恼？

手一松劲，满怀的花儿全掉在地上，七彩狼藉。我连忙替她拾了起来，又掏出手绢，替她擦干泪痕。

"别想得那么多，过一天算一天！"我说。

"到头来怎么办？"

"到头来再说到头来的话吧！大不了是个分手……"我安慰她。

"分手？你不知道女人是多么地重感情！若分了手，还能活吗？"

"别说傻话了。不能活那又怎么办？"

"我就会去死！"她杏眼圆睁，"你不信？你不信我今天就死给你看！"她忽然跑到一个土崖边，真的做出要跳的样子。

我猛地抱住她。

她身子一软，歪在我的怀里，热泪长流。

"你何苦要爱我！"她说。

"你何苦要爱我！"我说。

她拔了许多翠绿翠绿的营草，铺在一道土坎上，拉着我和她坐下。土坎上长满了红酒壶花和野牵牛花。一棵牵牛花的软须伸上了她的脚面。我们干脆仰躺在斜坡上,懒洋洋地闭着眼睛,任红彤彤的阳光照得脸上发烫。

"你还说和我分手的话吗?"她有气无力地问我。

"不说了。"

"我告诉你,如果明天后天你还要提分手的话,我就真的死给你看!"她认真地说。

"但若不分手,长期下去,终究会被人知道的,那时候你和我就成了过街老鼠,人人喊打喊骂。从此我们不会在蓝天下生活,而只会在唾沫星子下生活。整个世界将会变成我们的监狱,每个人都会变成用舆论和轻蔑折磨我们的狱卒!想一想,那样活着还有什么意思,还不如死了痛快一些!"

"横竖都是死,还不如死在一块儿,是羞是辱一起承担!"她不顾一切地说。

"其实还有一条不用分手的光明大道,那就是离婚,再重新结婚,成为名正言顺的夫妻。"

"离得了吗?"

"离不了也得离呀!"我说。

"那桂桂姐呢?她不是也很爱你吗?况且她已经有了身孕,假如离婚了,她多可怜哪!"

"我们现在还顾得了别人吗?"

"不行。我这人心肠软。现在我每碰见桂桂姐,就觉得内心有愧,不敢抬头正眼看她。假若你和她离了婚,我不是更对不起她了吗?"

"多善良的'坏蛋'!"我叹息道。

"就这样一天一天往前混日子吧!既然没有给你做妻子的命,那就做你的情人吧!别人看着不顺眼,爱骂让他骂,爱唾让他唾吧!假如桂桂姐哪一天知道了责问我,我就向她承认,但绝不向她求饶。如果她知道内情后嫌弃你和你离婚了,我就立刻嫁给你。"

"那大光呢?"

"他不是男人,离婚与不离婚对他并不损失什么。"

"可他也是人哪!和我们一样有爱有恨有自尊心!"

"那怎么办?"她问。

"又能怎么办呢?"

"别说了,什么都别说了!越说越烦恼,不如什么都不说!"她说。

天空飘过一片薄云彩,几只蜜蜂在牵牛花上嗡嗡嘤嘤。太阳在渐渐地暗淡,世界显得越来越没有精神……

城外那间小屋已不是安全的地方。距它不远,有一家居民,儿女全在外地工作,只有老两口在家。老头子稀里糊涂,整天在门口靠着墙壁眯着老眼打着呼噜晒太阳。老婆却很精神,虽然瘦得只剩下一张皱皮,但每天都要早早起来,去城里摆小摊卖花生、瓜子、甘蔗之类的小生意,太阳落山时才收工回家。

在白天,我们常常撞见那个老头儿。开始我们并不躲避他,以为他不过是一个等待死亡的没有知觉的棺材瓢子罢了。谁知他有气无力的躯体里,仍然活跃着人类的各种欲望和各种恶趣。他虽然闭着眼皮,但他并没有睡着,甚至他的鼾声有时也是故意装出来的,就像侦察兵身上的伪装网。他偷听着我们没有戒备的亲昵话,心里默默计算着我们在屋子里待着的时间。有一次,我无意中从窗格向外望,望见他竟然大睁两眼,奕奕有神地望着我们紧关着的门窗,龇着黄牙冷笑。

老婆子很快从老头儿那里知道了一切,也行动起来。晚上,她总是装作捡柴火或者寻一件什么东西的样子,窸窸窣窣在我们屋子周围徘徊。有时候,像个巫婆似的,故意让月光将她干柴棍似的黑影映在外面的窗纸上,或者故意重咳几声惊吓我们。有时候竟肆无忌惮地用舌头舔开窗纸,用一只浑浊阴鸷的眼睛公然窥视我们。小曼每看见这只眼睛就吓得尖叫起来。

老婆子如果某一天没有去做小生意,就会整晌坐在门口的青石上,满怀妒意地大骂那些在地上啄食的鸡类:

"卖×种种!"

"哪来的野鸡,在这里胡踏蛋!"

"骚熊!不要脸的货!胡刨食!偷着吃!"

但他们的行为仅限于骚扰和谩骂,却从来没有去告发我们。也许因为他们不知道我们是谁;也许因为他们年老体衰,行将就木,还不想将事情做绝,还想留一点余地,积一点阴德。

真正可怕恐怖的不是他们,而是我们内心。最后几次在这里约会的时候,我们已经不敢大胆拥抱,甚至不敢接吻。小昙比我怕得更甚,她总是眼珠乱转,一副异常紧张的样子,即使是那老两口并不在外面,她也是这样。她老看着窗纸上每一个破洞,甚至破洞全糊严了她仍担心什么地方仍有一个小孔。她幻觉丛生,看见到处都有老太婆那只浑浊险恶的眼睛。哪怕老婆子在很远的地方咳嗽一声,也会吓得她心惊肉跳。而事实上老婆子确实经常在窗子外面偷听,一次又一次地舔破窗纸偷看。她一点儿不怕我们发现她,甚至听见小昙的惊叫声反倒会高兴得嘿嘿嬉笑。由于可以拿我们开心,这对老夫妻这些天忽然从过去死气沉沉的萎靡状态中振奋起来了,生动起来了。嫉妒竟然可以激发活力——他们整天精力旺盛地监视着我们。

有时候,小昙也来我在俱乐部的那个家(都是在桂桂去木器社上班的时候),仿佛做贼似的,匆匆地拥抱,匆匆地接吻。由于渴望和恐惧,使那短暂的偷情反倒显得极端甜蜜。外界的骚扰和阻隔不但不能拆散我们,反而加剧了我们的激情。棒打鸳鸯,其实越打越不散,越打越会生死与共,这就是爱的逆反哪!

但我们总是心惊肉跳,总是怕着什么。怕每一个人——怕有人议论我们,怕有人看见我们关上门而怀疑我们的私情,怕有人敲门,更怕蓝桂桂敲门(说不定她会因一件意外的事赶回家来)。假如真是她敲门进来,看见我们在一起,她会怎么想呢?

风声鹤唳,草木皆兵。

何处去寻找一个自由的空间?

我们商量好去外地旅游——到很远很远的地方去，到一个谁也不认识我们、谁也不打扰我们的地方去！

我对蓝桂桂撒谎，说我要下乡去体验生活。因为我从来没有撒过谎，所以第一次撒谎感到难受极了，别扭极了。由于我神态尴尬，语气急促，使得蓝桂桂诧异起来，警惕起来。她愣愣地望着我，后来目光渐渐变得严厉。我更加脸红耳热，局促不安。我想反抗她的威逼，便恼羞成怒："鳖瞅蛋！你一个劲儿地瞅什么？"

"我瞅你！"她斩钉截铁地说。

"瞅我不认得我？"

"不认得！越看越眼生！"她说。

"纯粹是胡说八道……"我心虚得很，软塌塌地嗫嚅道。

"难道连瞅你都不能瞅了？你瞧你，脸红脖子粗的样子，仿佛干了什么坏事似的！其实是下乡体验生活，光明磊落，并没有什么见不得人的事，而你却吓吓怕怕的，正眼都不敢看我，假如不是我而换了别的女人，就真要怀疑你要去干什么见不得人的事了！"

话里滋味很多，我什么也不敢说了，就转过身去找着干家务活。

这些天，我总是找着干各种各样的家务活，做饭、洗衣、扫地、擦桌子、叠被子、买煤、劈柴、生炉子……因为良心不安，觉得对不起她，便尽量努力地做家务活来弥补自己的过失。我干了这样干那样，不怕苦不怕累，干得满头大汗，热气腾腾。我大大改观了屋子的面貌：窗明几净，地面光洁，劈柴成堆，家具成行，被子叠得有棱有角，墙壁也刷白了。以前，我最烦干家务活，蓝桂桂经常指责我不管家，大男子主义，将她当作女仆。现在我争着抢着干家务活，她却又不高兴了，说是男子汉就应该懒着躺着，就应该让女人侍候。若整天像个女人似的干家务活，还像个大丈夫吗？

我用她以前说的话反问她现在说的话，问她究竟什么才算是真理？

"真理是狗屁！"她说。

今天，我不顾她"不像大丈夫"之类的指责，又去抢着干家务活，却不是因为良心不安，而是因为惧怕。我惧怕和她对视，惧怕和她说话，我想用干活来掩饰自己。

第二天一大早，我就匆匆从床上爬起来，去县城汽车站。小昙来得更早，她缩着脖子，站在车站的黑影处等我。车票她已经替我买好了。

长途汽车离开县城，向无穷无尽的北方行驶。大约在三百里外，有一座青桐山，山上有一个大佛窟，是一处很有名的风景胜地。

车窗外的天色仍然漆黑。远处村落里的灯火像发光的鱼群，向相反方向缓缓游动。虽然汽车马达声呜呜地响，但我仍然能感觉到黎明前那大片大片的寂静。灯光暗淡昏黄。旅客们寂静无声，一个个昏昏欲睡的样子。小昙头靠在我的肩膀上，手拉着我的手，整个身心因自由而松懈。

自由！多么神圣宝贵的自由！

到青桐山已经是早晨九点。

山势雄伟，呈现深蓝色。半边山裹进雾里，大片的白，大片的蓝，那么高拔伟岸，仿佛另一个星球。山沉默无语，面向宇宙，玩味着永恒。在这里看不见时间，到处都有一种巨大无比的意识。在这里，人的思想里只有山，没有自己。与其说是感到山的壮丽，不如说是感到山的威压！初来乍到的人，无论嘴上说了多少话，心里其实都是悲哀的沉默。

大家都向山顶攀登。由于在山面前，人人都是侏儒，所以大家都想登上山顶，去战胜山的可怕的高度。山的腰身，山的肩膀，山的头颅，踩满了人。

人又返回到大自然，返回到人类进化之初那伟大的洪荒，返回到远古岁月那特有的纯净清新的空气里了。总爱弯下腰捡一颗漂亮的石子，就像祖先拾起一个有用的石器。人对山，对莽林野草，对一颗石子和一泓山泉的浓重的感情，也许是精神上的返祖现象。

也由于在黄土地上，在碌碌尘世上生活得太久，太烦太腻，所以大家都来寻找超越。当站在半山腰，俯视茫茫尘寰，几乎都有一种再生的兴奋。

山风迎面，有点儿凌厉。满山坡的青竹树木飒飒作响。山藤子活龙似的爬满了峭壁，上面开满了灿亮的小黄花。蓝灰色的花岗岩上涂满了温暖的阳光。青天浩浩荡荡，头顶只有一轮孤独无比的太阳。苍灰色的老鹰在脚下云彩里，用两只门扇般的翅膀迟滞地爬动。

爬完了山，已到了下午。于是在山下面的小饭馆里吃午饭，用啤酒嬉闹着碰杯。吃罢饭用随身带来的香纸擦手擦嘴，并且当着饭馆女服务员的面互吻（谁也不认识我们，谁都以为我们是夫妻俩。自由哇自由，多么伟大的自由！尽管这自由是偷来的），然后背着马桶包，去参观大佛窟。

大佛窟正中是如来佛祖，足有十丈高，一手举在胸前，一手摊在膝盖。据说那摊着的手心，七八个人坐在上面打牌也绰绰有余。佛祖法相果然庄严，似忧非忧，似喜非喜；眼睛半睁半闭，似醒非醒，似睡非睡；头上的螺髻很像女人的烫发，下巴上也没有胡子，可是细看五官却有男子汉的伟岸之气。似男非男，似女非女。在佛祖身上，一切都似是而非，没有确定性，说不清楚。然而正因为是这样，佛祖才显得博大完整，奥妙无穷，不可猜度。佛祖的两边，侍立着观世音菩萨和大势至菩萨，雍容丰满，天然妙相。佛祖和他们就这样成三角形对峙已经两千多年了，但都心如枯井，不起微澜；视若无睹，不生妄念。他们三个人实在太伟大了，身上全然没有人性而只有神性。

佛窟里香烟袅袅，跪倒了一片善男信女。有的求治病，有的求发财，有的求长寿，有的求消灾，有的要求得一个好女婿，有的要求得一个好情人……无欲不有，无奇不有，都想用几角钱的香火，向佛祖换得一个大大的幸福。

佛祖不答应什么，也不拒绝什么。一如既往，永恒地、似笑非笑地看着地上那一群匍匐在地屁股撅得高高的信徒。他其实是无所谓与、无所谓不与的，甚至是无所谓善，无所谓恶，无所谓福，无所谓祸的。他也许只意味着解脱，从善从恶，从福从祸中全解脱出来。

人人皆可成佛。

自我解脱的时候，便是立地成佛的时候。

甚至解脱到无所谓解脱的时候,就更是顶天立地的大佛了。

又譬如说,我和小昙在今天才寻得的自由自在,难道不也是见佛见禅了吗?

我拉着小昙,面对大佛作揖、叩头,心里升起一种静悄悄的虔敬。

我站起后,又去体味这佛窟中独有的幽微神秘的气氛。这气氛使人产生无穷的幻觉。我默享清寂之趣,顿觉超尘绝俗。

人的追求和人的不可知本身就是宗教。

"瞧你那个呆头呆脑的样子,真像个入了佛门的和尚!"小昙在一旁笑着说。

"我已入了佛门。"我说。

"胡说,你还没有剃度呢!"

"入佛门未必就要剃度,"我说,"无佛处才有真佛。"

"佛是什么?"

"佛就是无所用心。"

"无所用心也是用心。"她说。

"当然,但却是自然而然的用心。凡是自然而然的东西,才是佛心所在。"

"那咱们这次的情奔也是出自佛心吗?"

"当然。"

随后,我念了古时兀庵和尚的一首诗偈:

　　我无佛法一时说,
　　子亦无心亦无得。
　　无说无得无心中,
　　释迦亲见燃灯佛。

太阳落山了,青桐山下的小镇上,街灯一盏一盏地亮了起来。街上大都是山上下来的游客,像暮归的鸟儿,吵吵嚷嚷地寻找合适的旅店。

我们该在何处投宿?

假若去国营旅社,登记时怎么登记?若说我们是同志关系,被分在两间各住着其他人的房子,今晚又如何欢聚?若说我们是夫妻关系,那位负责登记的服务员,会不会要我们拿出结婚证书?再说,我和小昙又最不会撒谎,若要撒谎说是夫妻,肯定会面红耳赤,吞吞吐吐,极不自然,那位服务员若将我们一眼看穿怎么办?就是登记时能蒙混过关,但假若在半夜,街上派出所来人查店,抓住我们索要证件怎么办?我们自然没有证件,那时候就会被扭送公安局,通夜审讯。待问出实情后,第二天就要押送我们回家,或打电话让我们单位来镇上领人。假如真的落到那种下场,我们还有何面目去见"江东父老"!

街上人渐渐稀落。回望南边的青桐山,像半天黑雾,隐约不清。

到哪里去?

难道真的无处可去?

在可悲的幻觉里,每一座旅社都像蹲伏着的猫,而整个小县城像一个大捕鼠夹子,极有耐心地、不动声色地等待着我们这两只走投无路、流浪街头的小老鼠,只要我们稍有不慎踏入了他们的机关,就会立即被捕获。

小昙呜呜地哭了起来。

我不敢去安慰她,我怕越安慰她越伤心。我无可奈何,看着她的悲哀。

有几个行人站住脚,惊诧地望着她和我,眨了眨眼,作着神秘的猜测。

"既然没有地方住,就干脆找一辆汽车回去吧!"她用小手绢沾着眼泪,赌气地说。

我无可奈何,表示同意。这时恰好有一辆过路的黄河型大卡车开了过来。我老远挥着手,但那车根本不停,而小昙只挥了一次手,那车就停了。嘎嘎几声急刹车,路面磨下两道黑胶印。司机的脑瓜从司机室里伸出来,壮实得像一个强盗。"上!快上!"他只向着叶小昙说。

"两个人。"

"不,只能挤一个人!"

"那你就一个人先回去吧。"我向小昙说。

"我不走了。"小昱向司机说。

"你到底走不走？顺路着哩。"司机眼睛火辣辣的，仍抱着一线希望。

"不走了。"

卡车隆隆起动了，司机朝车外吐了一口唾沫，骂道："妈的×，净糟蹋爷的时间！"

"不回去怎么办？"我抱歉地问。

"上青桐山。"她决然地说。

山又到了面前，如黑黝黝的剪影。雾气漫着山路，有点儿潮湿。周围静悄悄的，只有风在树叶间微响。怪鸟在不远的地方一声一声号叫，很久，才从空谷里传出回音。忽然间体味到了山的空寂和凄清。若是我一个人在这个时候来这儿，我会感到最彻底的孤独，还有对黑暗的惊怵慌恐。但有小昱在身边，便一切都变化了——我非但没有孤独感，连无处投宿的抑郁也消失殆尽，甚至还生出了幽趣和向往。月亮从山头颤颤巍巍升了起来，是上弦月，亮得晶莹。青辉泻天，黑黑的山脊便呈现出了朦胧的清秀。淡淡的白光勾画出了一切，虽然都只是个轮廓，有点儿恍惚迷离。回望四周，雾谷生烟，莽林若梦，陡直的峰壁和峥嵘的岩石仿佛变柔和了，亲切了。云气弥漫，万千景象渐渐若有若无，模糊不清……

安谧，多么广大的安谧呀！

山坡上有一片疏疏朗朗的竹林。我们走进去，选择了一块较宽阔的地方。我折了一抱竹叶，铺在地上，上面再覆上我的风衣。小昱在近处采了好多野花，这些花大都是旋复花，散发出浓郁的药香，只是在月光下看不清颜色。小昱摘下花瓣，一片一片撒在"床"上，一边撒一边唱：

不要问我从哪里来，
我的故乡在远方……

她的姿势优美极了,像威廉·布格罗的绘画。我猛地抱住她,和她一起跌坐在"花床"上……

如饥似渴地亲吻……不要慌,慢慢地亲,尽情地亲……这里只有山,只有月光,只有树木,这里没有田大光和蓝桂桂,没有那个假装打鼾的老头儿和那个卖瓜子的老婆子。人的真正忠诚的朋友并不是人而是大自然!

但她并不让我彻底实现,她仅仅让我亲了一小会儿,就将脸拼命地扭动,躲避我嘴唇的追捕。她故意装出一副吝啬鬼的样子,其实这正是她的慧心,她的爱的艺术。她永远让我有所追求。这样,她才能不让我因满足而厌腻,才能保持我对她永不衰竭的激情。后来我生气了,噘着嘴不理她了,她却从背后缠着我的脖子,亲我的后颈窝。我痒得难受,就去报复她,挠她的胳肢窝。她顺势抱住我,和我一起滚在花床上打闹。

第一次没有任何恐惧,没有任何心理阴影、调皮任性的打闹嬉戏啊!

她故意破坏爱的神圣。当我亲她的时候,她就朝我嘴里吹气,弄得我口腔胀鼓鼓的;当我要亲她乳房的时候,她就故意在上面抹上唾沫星子,让我厌恶得连连摇头。后来我去亲她娇嫩的脖子,她却悄悄抬起头,嘴巴对着我的耳朵"啊"了一声,震得我耳鼓发麻。

她的嬉闹并不是卖弄风情、假作娇痴,她反倒喜欢丑化自己。孩子般的顽皮率真,无饰无伪,使我在这个有饰有伪的尘世里愈觉得她可爱无比。

等打闹得一点儿劲也没有了,她就慵倦地柔顺地躺着,一动不动,有点儿困惑有点儿惊讶有点儿好笑地看着我,看着我对她的疯狂。最纯粹的欢乐,欢乐得战栗,也欢乐得一片迷茫……

我们合盖着她的风衣,并排儿躺着,互相搂得紧紧,总觉得有一条胳膊是多余的。

头顶竹影婆娑,已是半夜时分,月光似乎更亮了。月光从竹子的叶隙间洒下来,像一条一条的白绸带。山风微吹,渐渐有些凄清。露水也潮了上来,风衣上面,一摸一手水。

"我们像山顶洞人。"她说。

"不，山顶洞人还有一个洞，我们什么也没有。"我说。

"像比山顶洞人更早的原始人。"

"不，原始人还有原始的自由，而我们没有。"

"那你说我们像什么？"

"像两个游击队员。"我说。

她笑了。

后来她闭拢眼皮，打起轻微的鼾声。

我不敢睡，蹑手蹑足走下"花床"，在附近折了一根山树杈，再折下上面的斜枝做成棍子。等我返回来的时候，见她已睡得很熟，满脸的和平天真，可爱极了。我俯下身轻轻亲了亲她的鼻子，然后重新躺下，将棍子放在头后面。

一阵睡意袭来，我拼命又睁开眼睛。我要彻夜守护她，我不能睡。但我实在太疲倦了，越来越浓的睡意总是困扰着我。忽然一阵朦胧，觉得有什么野物踢踏踢踏向我们走来，并停在我们身边。我惊醒了，猛地抡起棍子打去，那野物哀叫一声逃跑了。一会儿后，我又瞌睡得不行，不管怎么挣扎，眼前总是模糊不清。似乎那个野物又走了过来，而且伸出舌头，温良地舔我们的脸颊，大概是一只鹿吧……

"天地上苍，我不知道应该向你自骄还是应该向你忏悔？我和小昙都是结过婚的人，照尘世的道德，我们只应该爱自己的配偶，而不应该也没有权利再爱其他人。但我们却相爱了，而且爱得真挚爱得没死没活。我们偷情、私奔，如今又在山林野合，这明明是不道德的却又明明是最幸福的，明明是丑行和罪恶却又明明是自由和解脱。天地上苍，请审判我吧——我如此地亵渎道德热爱罪恶，难道我真是一个不可救药的好色之徒吗？"

孩子，亲爱的孩子，你希求我审判，其实是希求我判断。但我从来不判断什么。我管辖的是整个宇宙，而不仅仅是银河系中的太阳系，更不仅仅是你居住的地球。任何道德是非都是某个区域性的道德是非。例如天狼星座上认为光荣的事情在天蝎星座上却是罪恶，猎人星座上的所谓丑闻而在仙后星座上却是美谈。就拿你们地球来说吧，道德标准也是因地而异。譬如离婚，在你们中国被认为是不道德，而在美国却是很自然的事；异性相悦（不论婚否）在法国是任其自由的，而在你们中国却会成为大罪大恶。何况假若有离婚的自由，你们又何必整天胆战心惊地偷情、私奔，以至于露宿山野呢？

但我鼓励的是爱情（无论哪一种形式的爱情）而不是淫乱，就是动物界，淫乱也是不能被长久容忍的。因为淫乱破坏健康也破坏优生。

你心里充沛着爱情，这爱情不仅仅是对女人之爱，你对一切美都有着特殊的敏感，就像一棵含羞草对任何触摸都有特殊的敏感一样。你爱生命，爱自然。春风秋雨，朝露暮云，都能引起你诸多的感叹，就连花开花落、月缺月圆这些寻常小事都会使你想到命运的沉浮衰荣。你的心总是像一个盛得太满的杯子，你写的诗全是感情在纸上的外溢。你爱真理，爱世界的奥秘，总想探究什么发现什么，甚至妄想掀开上帝的衣襟披露上帝的奥秘。

但你要受到我的惩罚。我要让你抑郁终生苦思终生困惑终生，因为我的博大精微远远超越了你们人类那可怜的智慧所能理解的极限。

你给我以热爱，而我却回报你以痛苦。

你爱真理，我便用真理的无极性折磨你；你爱正直，我就用尘世的虚伪折磨你；你追求真正的爱情，我就要你付出不道德的代价；你热爱艺术的神圣和纯洁，我就要用黄组长那样的腌臜人物去毁坏你的幻觉……总归，你所有的欲求都要被我阻碍。

我要用一切机会引发你的痛苦，当你痛苦到不能再痛苦的时候，你是否意识到这便是我的慈悲和对你的真正拯救。

要欢乐干什么呢？欢乐是肤浅的，是过眼烟云。只有痛苦是深刻的，是刻骨铭心的，永远难忘的。痛苦是一位最伟大的教师，人只有在痛苦中才能求得最后的完善。

你的艺术全是你痛苦的喧嚣。

你要勇敢地迎接痛苦，到最后你会热爱痛苦。因为痛苦就是你的命运。

你是一个女性崇拜者，只有女人才能引发你丰富优美的内蕴。她们是你的灵感之母。在任何稍有姿色的女人面前，你都会激动惶惑，如醉如痴。又由于你太爱她们了，你反倒常常显得僵硬固执，极不自然。你的孤僻影响了你和女人的进一步亲密。实际上，你并没有得到过几个女人，而许多感情浅薄的人却要比你幸运得多。

你钟爱女人，钟爱得无穷无尽。爱她们的颜色、声音、肌肤、气质甚至每一丝头发。但你的好色大多都是出于对美的向往。你仅仅是欣赏、迷醉，而不是侵犯和占领。而那些真正的淫棍却不是这样，他们从来不尊重女人，更谈不上热爱女人。他们是女性世界最野蛮的侵略者。他们仅仅追求皮肉之乐，最姣好的女人对他们来说只不过是一个猎物和玩弄品。你和他们有很大的区别，因为你真正热爱女人。

但怎么能否认你也有旺盛的情欲呢？我原先以为你的爱仅仅是纯精神的，在行动上却不会越雷池一步。可是当我在高处看见青桐山上那一堆狼藉的竹叶，方才知道我的估计太冷静了一些。但我并不因此惊讶，也不会责备你，因为你们毕竟深深相爱。既然做爱是爱的最高表达方式，又为什么要禁忌这种方式呢？

平心而论，你泛爱女人，却爱而不滥。那位舅母和蓝桂桂，固然使你产生过生理激情，但使你产生心灵激情的只有叶小昙。

可你风流成性，叶小昙又何以能成为你最后的归宿？你只是在和蓝桂桂等女人的对比中选择了叶小昙。而对比本身是无穷尽的，假如你以后又有了接触那个挑水女子的机会，你会不会又爱上那个挑水女子呢？

爱情从来都是类比的产物，而不是忠诚的产物。忠诚仅仅只意味着某种制约。

你终生都不会有长久的快乐。

欢欣的极点是用眼泪表示的，而爱的极点是用痛苦表示的。持久的快乐需要人会突然长出大乳房一样吧？不过这实在太离奇了！"我说。

"管他什么原因呢，反正是发表了。"桂桂有点不耐烦地说。

我兴奋得难以入睡。黑暗中，我到处都可以看见我的那组诗。那组诗的每一个字、每一个标点都在我的眼前闪着金光。

这组诗发表之前仅仅以手稿的形式存在的时候，我并不珍视它，甚至几乎忘记了它。但现在不同了，它用响当当的铅字印刷了，发表了，被编辑和公众承认了，它给我带来了殊荣，它一下子成了我最心爱的宠儿。

这不也是一种趋炎附势吗？

这组诗将我从愧疚不安的深渊里拯救了。我重新获得了自信和荣耀。假如我再乘胜前进，继续努力写作和发表几篇有影响的作品，成了了不起的作家，那我和小昙之间的事就会不再是丑闻，而是大人物无伤大雅的风流韵事了。

可见，世俗道德同样是趋炎附势的东西。

大家都这么地热爱艺术、热爱文学，连最严肃的道德家也对艺术津津乐道。为什么呢？大概因为生活是怯懦的，而文学却是大胆无畏的；在生活中被禁锢的欲念和情感，在文学中却可以淋漓尽致地表现抒发。文学是最自由瑰丽的想象，是人欲合理合法的抛卸场。张生和崔莺莺、李益与霍小玉、"小夫人金钱赠年少""闹樊楼多情周胜仙"……哪一篇写的不是痴男怨女，离经叛道？而人们却可以超越世俗去欣赏它，赞美它。但假若现实中真的发生了文学中所描写的事情，人们却绝不会容忍。这就是人类道德的两重性。

人们借文学以发泄，却又借文学以隐藏。

诗人在诗中越是胡说八道、笑骂世俗越会被捧为了不起的天才，但在实际生活中如果也像作诗那样口没遮拦，却会被当作最危险的疯子。这就是生活和艺术的两重性。

蓝桂桂同样很兴奋。天黑后不久，她就关住房门打了一大盆热水洗了一个澡。这是一个很熟悉的信号。当我胡思乱想上面那些相互矛盾的事情时，她已经轻手轻脚地钻在我的身后，像猫儿一样小心翼翼地亲我的脖颈和肩头上的块状肌。她呼吸渐渐急促起来。她身上一片燥热却说她冷，冷得打颤颤。

我装作十分瞌睡，装作头脑不清听不见她唠唠叨叨的呼唤，后来还故意打起鼾声来熄灭她旺炙的激情。

她呜的一声哭了。

这哭声煽动了我脆弱的良心。我想起了她平日的辛苦勤劳，甚至想到凭她今晚告诉我那么重要的喜讯也不应该冷落她。我为了平复我的愧疚，只得凑过去尽那个义务。

她高兴了，口里却又假惺惺地说："你当我爱这个事吗？我只是拿这事试你的心哩！"

我心里一阵苦楚。

爱一个女人却又要和另一个女人做爱，这就是我被生活逼迫出来的爱的两重性啊！

三十八

叶凯和韩含、老大哥相约而来。

"你这几首诗确实不错！"一进门，叶凯就举着那本《新蕾》，大声嚷着。

蓝桂桂连忙提篮子上街，去给客人们买烟买酒买肉买菜。

"主要是写得活泼，有生气，有新意，"韩含说，"当然有几处用词是否精当还值得再推敲。"韩含坐在床沿儿，大腿压二腿很舒服地坐着，一边弹烟灰一边发表评论。

老大哥什么也不说，坐在小板凳上，埋着头反反复复地看那几首诗，青黄的长满胡楂的脸庞上充满了对铅印品的虔诚。

后来叶凯问他对那些诗的印象，他说："不简单，能印出来就真不简单！"

韩含说："你这句话像是讽刺。"

"怎么是讽刺呢？我会讽刺小南吗？"老大哥急了，"凡是变成铅字的文章，我都服气！"

"因为你至今还没有一篇变成铅字的文章。"叶凯调侃道。

"确实是这样。所以我就对一切变成铅字的文章都很崇拜！"

大家都笑了。

"我们邻村有一位民办教师，和我一样不争气，什么爱好都没有，就只爱好写文章。写了几百篇，往杂志和报社投，结果不是退稿就是石沉大海杳无音信。他不灰心，继续写，继续投。他发誓说如果他的文章不变成铅字他就不订婚不结婚，一个人伴着他的那些手稿过一辈子，死的时候也绝不瞑目。有一天，他高兴地对我说：'日他妈，发表了！终于发表了。'他手里拿着那份'发表了'的报纸。我要过来一看，你们猜是什么文章？"老大哥眨眨眼，故意卖关子说。

"通讯报道？"叶凯猜测。

"是征婚启事！"老大哥说。

大家哄堂大笑。

"由此可见发表一篇文章有多难！所以我说我崇拜一切铅印品，甚至连征婚启事也一样崇拜，因为发表本身太辛酸了。"

"我不明白，黄组长为什么会同意发表这些诗？照南彧的脾气，他肯定不会给黄组长送土特产的。"叶凯说。

"士别三日，当刮目相看，说不定南彧最近已学会了拍马屁的本领呢！"韩含说。

"不会！不会！南彧不是那号人。"老大哥憨厚地说。

"他当然不会。但有人会。"韩含说。

"谁？"老大哥问。

"当然是嫂夫人。我有两次在市里碰见嫂夫人提着鼓囊囊的大帆布包，去拜谒黄组长。"

"真的？"我惊问道。

"别来那一副假惺惺的样子了,搞夫人外交,你这个幕后策划者还能不知道?"

"真的不知道!"我说。

这时,蓝桂桂已提着装满蔬菜肉类的篮子回来了。我愤怒地站起来,问她是否背着我给黄组长送过土特产。

"没有哇!这真是连影儿也没有的事!"蓝桂桂深表惊诧,"这是谁说的?"

"韩含!他还在市里亲眼看见过你呢!"我怒气冲冲地说。

"韩含,你哪次来嫂子亏待了你,你怎么能给嫂子编排这些话呢?"

"哈哈!一句笑话嘛,何必当真呢。"韩含摇着二郎腿,学着刁德一的口气说。

"这可不是笑话!"我说。

"我是故意用这个笑话考验你,考验你对嫂子的信任程度。你想想,像嫂子这样清清白白的人,能给黄组长送礼吗?"韩含说。

"其实你就是不那样说,我仍然会怀疑黄组长为什么会轻轻易易批准发表这几首诗。"

"黄组长也是人嘛,"韩含说,"纵有几分恶,也有一分善。也许是在审阅你的稿子时那一分善忽然起了作用——一刹那间良心发现,大笔一挥,批准发表了你的诗。"

"这样解释未免太玄了!"我说。

"吃饭吃饭!别追寻那些没味儿的话了。"蓝桂桂招呼大家坐在桌子边,端上来一大盘猪头肉,又打开一瓶廉价白酒,每人斟了一盅,说道:"只要诗是好诗,够发表水平,没有对不起读者,就是给黄组长送点礼,也不算什么了不起的事儿!"

"老实说,我就给黄组长送过土特产。只要目的正确,无论采用什么办法其实都是无所谓的。"韩含呷了一口酒,坦白地说。

"我不那么认为。就是不发表作品,只要在人世上留下清白,也可以自慰满足了。但为了某种目的,哪怕是正确的目的,去狗苟蝇营的话,就是目的达到了,也总会自愧的。"叶凯说。

"你们这些臭文人,就是死爱面子!"蓝桂桂笑着说,"我可不像你和南彧,将世事老看不开。"

三十九

在回家的路上,我把那辆生产牌旧自行车踏得像摩托一样。我兜里装着那本《新葩》杂志,春风得意,仿佛衣锦还乡的新科状元。

我将那篇印成铅字的诗作拿给妈看,妈不识字,横看竖看看不出什么值得高兴的事情。

"黑乎乎懵糊糊。"她说。

"妈,我念给你听。"于是我把那首诗向她老人家大声朗诵了一遍:

我是一朵伤心的蒲公英,
离开了生我养我的山村。
我撑开小伞,像撑开青春的太阳,
走了,记得是一个微雨的清晨……

母亲听完了,却仍然糊里糊涂,打了个哈欠说:"说的啥洋话,我一句也听不懂。"

"妈,不是洋话,是我写的文章。"

"那就好,那就好!只要是我娃写的那就一定是好文章!"妈高兴地说。

"妈,你永远都是个偏心眼!"我说。

妈笑了,说:"唉,真是时代不同了,老子说土话,儿子说洋话。说句实话:你老子说的土话妈句句都听得懂,你说的洋话妈一句也听不懂。比起来,还是你老子说的土话好听。"

"那当然。"我笑着说。

后来,妈给我去做我喜欢吃的苜蓿菜鸡蛋面。妈擀面,我烧锅,风箱啪嗒啪嗒有节奏地响着。我说:"妈,等明年我挣的钱多了,给你买一个煤气灶。"

"煤气灶是啥样子?"

我给她详细叙述了煤气灶的功能和好处。然而无论怎样说得天花乱坠,妈还是直摇头。

"还是烧麦秸的土灶好,"她说,"我这辈子就爱闻麦秸火那股烟味儿,比水烟还香。煤气灶再好也烧不出那股香味儿。"

我又是摇头又是笑。

"桂桂快生了。你要照看好她。女人生孩子前恐慌得很,连死都想到了。男人大都心粗,到了紧要时候还满不在乎。"

"我想让她在城里医院生孩子。"我说。

"在家里生!"妈斩钉截铁地说,"叫个好医生接生,还不是和医院一个样。娃娃落草,一定要先落在咱南家这块土上。娃娃一哭,会惊动祖先神灵,传到你爸的耳朵,知道咱南家添了新丁,他一定会高兴得不得了。再说咱家房宽院大,空气新鲜,对桂桂和娃娃身体有好处。"

"假若生个女孩,说不定父亲不但高兴不起来,反倒要生气哩。"我说。

"男娃女娃都是娃。你父亲不是那种小心眼人,他想得开!"妈一边滚动擀杖擀面一边说,"不过桂桂不是那种倒霉的不争气的女人,头一胎也许不会生个没牛牛娃。"

我哈哈笑了,另换了一个话题。

"妈,你看桂桂怎么样?"

"又贤惠又勤谨。"

"如果另有一个更贤惠更勤谨、模样儿漂亮得像仙女一样的媳妇,你要不要?"

"我只有一个儿,怎么要?"

"如果我离了婚,你不是能要了吗?"我试探道。

"好好的，怎么能说到离婚呢？"

"我其实和桂桂并没有感情。"

"我约约略略听了些风声，说是你和县广播站一个女人常来来往往。说是那女人长得妖，心眼儿也妖，是个狐狸精，缠着你要和你好。"

"其实那女人是个顶好的人。我爱她，天底下我就爱她一个。我想和她结婚。如果我能和她结婚我就是最有福气的人了。"

"胡说！"妈忽然回转身子，脸气得煞白，目露凶光。我从来没有见过妈这么气愤过。

我低下头，什么也不敢说了。

"这种话以后再不要说！这种事以后也再不要想！"妈厉声说。

饭做熟后，妈却气得一口也吃不下去，躺在房子里睡闷觉。我进去想和她说几句话，逗她乐，她却更生气，吆喝我不要到她跟前惹她心烦。

我怕气坏了她老人家，连忙骑上那辆全身乱响的自行车去舅家叫妗子。妗子念过高中，口齿伶俐，在亲戚中妈和她关系最好。她若来了，一席话就能让妈的恼怒烟消云散。

在归回的路上，我问妗子："为什么那样慈和善良的母亲今天会怒不可遏？"妗子坐在车子后面的车架上，由于路面高低不平，她的屁股一边咚咚弹颤一边对我谆谆教导："彧儿，你怎么敢在你妈面前说要离婚呢！她守了半辈子寡，吃尽了各种各样你无法想象的苦头。同病相怜，她怎么忍心让桂桂也变成寡妇呢！"

桂桂已进入临产期，我遵照母亲的叮咛，把她送回家里去了。我暂时仍待在城里。

一天上午，我正和小昙在房子里说话，韩含突然进来了，一副风尘仆仆的样子。小昙不认识他，仍低头打她的毛衣。韩含疑疑惑惑地望着她，后来又望着我。

"叶小昙，广播站播音员，来这儿闲坐。"我向他介绍。

他点点头，忽然现出一副漠不关心的样子，靠在床头上悠悠地抽烟。然后向空中吐烟圈儿,一圈儿又一圈儿。

"南彧,我只羡慕你一件事。"吐完最后一个烟圈,他突兀地说。

"什么事?"

"你娶了个好老婆。"

我有点莫名其妙,小昙也停了竹签抬起头来。"为什么想起说这样的话?"我问他。

"本来想不说,又怕你不识好歹,辜负了她的一片苦心。"

我越发是丈二和尚摸不着头脑了。

"你以为你能发表那一组诗真是黄组长良心发现了吗?你以为狗突然有一天遗传基因发生了变化就会变为可爱的小白兔了吗?世界永远只是世界,并不会出现神话!真正的原因是你老婆背着你,给黄组长送了两次土特产。这样既满足了你的清高,又满足了黄组长的私欲。待诗歌发表后,她一边看着你自我膨胀自吹自擂,一边又战战兢兢唯恐你知道了事情的真相,指责她的庸俗。"

"我确实要责备她,我宁可不发表也不愿做有损人格的事!"我说。

"呸!又是那一套假清高!你以为她去给人家低三下四地送礼心里就那么舒服吗?她这样忍辱负重其实只是为了成全你!她对我说,她看见你天天夜里趴在桌子上写诗,苦得像女人生娃一样。好不容易写出来的诗寄往外面的编辑部,却往往不出七天又会被编辑部退回来。她看见你一接到那些退稿信,就像狗挨了鞭子一样痛苦沮丧。每看到你这个样子她就心里怜你疼你。她说她太爱你了,既然只有发表能给你解除痛苦,她就要不顾一切采取各种手段给你争取发表的机会。

"可那个黄组长的胃口并不是一点土特产就能满足的。最近他答应蓝桂桂给你再发表一组诗,条件是在深夜十点钟要她和他去公园约会一次。桂桂吓了一大跳,但她为了让你快活,让你成名成家,就又含羞忍辱答应了他。到了晚上,她去赴约会就像壮士赴刑场一样壮烈。临去时她怕出什么事就悄悄告诉了我,让我不远不近跟着她。约会地点是公园那一片竹林子。桂桂一进去,黄组长就像饿虎扑食似的抱住她要和她亲嘴。她一边用手推他的嘴巴,一边说,她是来和他说话的,并不是来和他干失体面的事。黄组长嘿嘿笑着说：'别假正经了！'说罢又伸手去摸她。桂桂急了，叫道：'韩含，你是活着还是死了！'我一个箭步跨上前，打了黄组长一记耳光，怒斥他耍流氓，逼良为娼，并揪着他的领子要上公安机关。他吓得跪在地上求饶。桂桂哼了一声说：'你当老娘是好欺负的？老娘的便宜是好占的吗？''不敢！不敢！'黄组长边说边叩头。桂桂说：'你要是答应以后经常给南彧发表诗歌，老娘就饶了你，否则咱们走着瞧！'黄组长不得已答应了。桂桂不放心，怕他事后不认账，又用手电筒照亮让他写了一张保证书，才放了他。"

"真像一个最惊险的故事！"我擦了擦汗说。

小昙也感动得连连叹息。

"所以我说你娶了一个最了不起的夫人！"韩含说。

"有什么了不起！她其实误解我了。我过去经常对你说我和她之间永远有一层看不见的隔阂，你老是不信，老是说我假清高，可见我们之间也有隔阂了。我固然热爱写作，也希望发表，也曾确实因为无穷无尽的退稿万分痛苦，但如果要以桂桂那样的手段去达到目的，我宁可不发表，甚至宁可以后一首诗也再不写了！"

"其实桂桂也是一片好心！"小昙说。

"也许。但这样的好心只会让我心里不安。不过，我不会像她想象的那样去指责她的庸俗。这些事即使是庸俗的，也是因为爱我而去'庸俗'的。所以，我只有感动。"

"这还差不多。"韩含笑着说。

四十

听几位朋友说，叶凯最近在恋爱了，还说那个恋爱对象确实长得漂亮，在全县城也是挑梢儿的。

我立刻动了好奇心,想看一看那女子究竟长得如何。有好几次,我装作无事闲聊的样子,去找叶凯。其实我的真心是想和他的对象碰一面,但一次也没有碰见。

小昙说,她见过那个女子,确实是名不虚传,美得简直像个皇后。女人不会轻易去夸赞另一个女人。她这样夸赞那个女子,说明那女子一定美得太离奇,美得无法攀比,美得连嫉妒都失去意义了。

难道世界上还有比小昙更美的女子?

如果真有这样的女子,我就太热爱这个充满奇迹的世界了。

小昙劝我最好不要去见那个女子,就是见了也不要太频繁地去接触她。"因为她是你最要好的朋友的未婚妻。"她说。

"这有什么?"我诧异地说。

"你是个天字第一号的情种,你是一片风波不息的爱海!你对任何一个漂亮女人都会产生激情。你若是见了她,你一定会爱上她,否则你就不是你了。这样你就又会演出一场复杂的多角恋爱悲剧,闹得妻子伤心,朋友反目,人言汹汹。"

"不会的,"我笑了笑说,"有了你,我就不会再爱别人。"

"但愿你说的话不只是一个良好愿望。"她抿嘴一笑说。

"你放心。"我说。

"我才不管呢。"她故作无所谓的样子。

说话后的第二天,我回家去给桂桂送了些衣物。在返回县城的路上,忽然看见叶凯和一位姑娘在不远处的麦田边儿上散步。那姑娘穿着桃红衫子。麦子碧沉沉的,麦浪连天,一浪接一浪扑向那点儿桃红。我撑住车子,向他们走去。他们肩挨着肩,背朝着我,兴致勃勃地检阅着春天。满世界都在春风中荡漾。他们听见了脚步声,忽然一齐回过头来。我惊呆了,原来面前正是那个挑水女子。

"你……"我和她都轻轻惊叫了一声。

叶凯耸了耸眉说:"你们好像认识?"

我很想说:"她就是那个我念念不忘的挑水女子呀!"但考虑到他们现在的关

系，便故意淡淡地说："不认识，只是好像在哪里碰见过。"

"我也觉得好像在哪里碰见过。"那女子很天真、很坦诚地说。

"你呀，怎么突然记性这么坏？她就是上次咱们在水库里救起的那个女子呀！"叶凯提醒我说。

"谢谢你们搭救。"那女子害羞地说。

"你是不是在县工艺厂工作？"我记得那次韩含曾说过这个地址。

"是的。去年才从农村招工进这个厂的。"

"你当时为什么要逃跑呢？"我又问。

"我以为你们是……长毛。"

"长毛难道就那么可怕吗？"我笑问道。

那女子头一低，很羞地笑着，一句话也不说了，后来用牙齿咬着一片麦叶。

她仍然像我那年见她时一样，美丽得异乎寻常。一切语言忽然都失去了意义。我痴望着她，就像痴望着一个活生生的奇迹。后来我觉察到叶凯已经不自在起来，而那位女子也被我望得满面通红。

"你是个天字第一号情种！"

我忽然想起叶小昱那句揶揄我的话，一下子从痴迷中清醒过来，匆匆告辞走了。

我骑着车子，既感觉不到路，也感觉不到方向，如坠迷雾。因为我的全部心思想的都是那个挑水女子。我的眼前，晃动着她的美目、她的秀发、她的姹紫嫣红……这一切诱发着我的渴望……啊！难道我是一个永远不知改悔的好色之徒吗？

南彧，难道你忘了和叶凯的友谊？难道你忘了小昱对你的至诚？你得到过那么多的爱仍不知餍足，仍渴望新的爱情，你真是不可救药哇！

桂桂忽然觉得腹痛。

妈和妗子猜出是怎么回事，立即吩咐我去镇上医院妇产科请那位很有名的王大夫。

　　王大夫只有三十五六岁，袅袅娜娜，像林小姐似的弱不禁风。但她已接生过一千多个小孩。正因为她有菩萨般的慈悲之心，她的两手才经常沾满鲜血。她将小生命们从黑暗的深渊解救到广大光明的人世间，她逐渐从一片血腥中找到了人生最庄严的课题。

　　我用自行车驮她回家。我将自行车蹬得像摩托一样快。她身上背着的那些医疗器具被颠得叮当乱响。她怕自己也被颠下来便猛地抱住我的后腰，用银铃儿似的声音说："不要急，不要急，那是产前阵痛，三小时内孩子肯定还不会出生。"

　　我说："如果这孩子是个急性子怎么办？"

　　她咯咯笑了，说："你这人真怪。"

　　刚进家门，就听见桂桂惊心动魄的呻吟声。那叫声充满了痛苦又充满了甜蜜。她故意叫得满院响，唯恐谁不知道。她与其说是表白痛苦不如说是炫耀痛苦。

　　她痛苦得骄傲极了。

　　女医生再三安慰我说："不要紧，不要紧，真的不要紧！"

　　桂桂的呻吟声渐渐低了下来。妈端着一碗刚做熟的鸡蛋，喂给她吃。妈说："吃了鸡蛋生孩子就会有力气。"

　　第二次阵痛又开始了。她疼得皱眉，咬牙，向后仰脖子，额头的冷汗滚得像暴雨一样。我坐在炕上，抱着她的后腰。由于疼得太厉害，她什么骄傲感也没有了。她热泪长流，尖叫了一声："妈——喔——"人总是在最危急的时候呼唤母亲。她的热泪顺着她的眼尾流下我的胸膛，在那里渐渐积成一片壮丽的血泪之海。极度的痛苦将她装饰成了伟大无比的圣母，无论怎样可歌可泣的爱情顷刻间都在她面前变得渺小了，微不足道了。假如有人在这个时候问我究竟爱叶小昙还是蓝桂桂，我肯定会说我爱的是蓝桂桂。

　　还有什么比生死关头更让人震撼！

　　她开始抽搐。她的两只手一会儿抓着圆鼓鼓的小腹，像是要将那里面的疼痛抓出来扔掉；一会儿又颤颤巍巍伸向天空，像是要拉住造物主哀求他取消女人生孩子的义务。女医生指示母亲和妗子脱掉她的裤子。开始她挣扎着不愿意脱，她大概觉得当着这么多人脱裤子太可笑太羞耻了。但痛苦一阵紧似一阵鞭打着她的羞耻心。后来她大概想到了孩子，就什么羞耻也不顾了，乖乖儿躺着，让母亲和妗子还原了她降生时的本来面目。鲜血淋漓，像猩红的花……那个长得过分壮硕的孩子，有节奏地爬向光明，却难以通过生命窄狭黑暗的隧道……血流得像海潮一样……桂桂为了忍受痛苦，用手指紧攥着我的小胳膊，愈攥愈紧……（第二天，那地方仍留着五个乌紫色的手指印。）她又尖号了一声："妈——喔——"在生死关头她想到的永远只是母亲，而不是我。

我只是一个负心汉，她其实早就知道，她只是隐忍着不说罢了。她怎么会想到我呢？

孩子还是生不下来，连女医生都着急了。

她扭动着身体，痛苦得像受宰割一样。她流着流不完的汗水，连头发也成了水淋淋的，脸色苍白得可怕。她无法摆脱痛苦，于是愤怒了。当我对她说着"忍着点，忍着点"的时候，她忽然意识到了我的存在，一巴掌打在我的脸上，骂道："你这个狗东西，都是你害了我！害了我！"

那一巴掌打得我热泪盈眶。

并不是因为疼痛而是因为自责。

南彧！你看见了吗？你看见了最无法忍受的痛苦了吗？你看见了那一片鲜血了吗？你这个可憎的只知道享受情欲的男人，你看一看眼前这个女人为你的恣意妄为付出了多么可怕的代价！你这个流氓恶棍，你赢得了片刻之乐后像一个最不负责任的无赖一样逍遥而去，甚至还要将和她们交往的经历当作趣事向朋友们卖弄！现在请听一听她的呻吟、她的哀号！你难道不感到良心谴责吗？

我忏悔，我要向桂桂忏悔！

桂桂！我是一个很坏的男人，我并不爱你，却要和你结婚生子。我欺骗了自己，也欺骗了你。孰知欺骗的种子却一样地生根发芽结果。（现在他要出生了，要叫你"妈",叫我"爸"了。)你为我而爱,为我而操理家务,为我而冒天大的风险去赴黄组长的约会,今天又为我而鲜血淋漓,痛不欲生!而我却不理解你,更没有回报你海阔天空般的爱心,甚至还为了一己之爱,去和另一个女人偷情私奔……我真是一个十恶不赦的罪人哪!我要跪在你面前,向你坦白这一切,以求得你的宽恕……

我想什么都对她说,然而在这种时刻说什么话都是废话。

终于,一个黑黑的小脑瓜顶儿,顶着一层光滑漂亮的黏液,胆胆怯怯地挤出了生命之门。他感到了外面大世界那刺骨的寒冷,便表现出一副不进不退、犹犹豫豫的样子——他长大后一定是个小滑头。大家都屏气屏声地等待着他,心里忐忑不安,似乎怕他突然反悔又退回原来的居处。唯有女医生像大将军一样镇静自若,她坚定地相信孩子也懂得伟大领袖的那句教导:"倒退是没有出路的。"她一边巧妙地做着辅助动作一边激励桂桂鼓足干劲。桂桂眼泪长流,脸憋得像猪肝子一样。那种可怜艰辛,使人觉得她分娩的不是小孩而是一个星球!

"哇——"孩子终于降生了,是个男孩儿。

一切都平复了。

孩子仍在大声地哭,脚手乱蹬,仿佛在发表强烈的抗议:抗议阳光,抗议空气,抗议外面这纷纷扰扰的一切!

大家围着他看着他哭,无限轻松,无限欣慰。他愈哭,大家愈是高兴。后来他长大了,更懂得了人们最欣赏的就是他的哭泣。

桂桂显得疲倦极了,也平静极了。

母亲附在她耳边轻轻地说:"是个男孩儿!"

她虽然没有作声,但脸上立即升起一片极幸福极灿烂的光辉。

而我刚才产生的忏悔和内疚也平复了。我甚至又想起了小昙。

一场多么可怕的暴风雨!它几乎改变了一切。但它已经过去了,一切又都还原了本来面目。

桂桂已经不是原来的桂桂了，自从生了孩子，她简直自豪得像一个女皇。

我和母亲都成了她的仆人。母亲给她做饭，她喜欢吃什么就给她做什么。我则给孩子洗尿布（本来母亲要洗，我怕她太劳累，不让她洗），还要服侍她拉屎拉尿，替她倒尿盆。

桂桂说："端开水去！"我就给她端开水。

桂桂说："拉上窗帘！"我就替她拉上窗帘。

她的身边，躺着她的同盟军——那个小男孩儿。孩子确实可爱极了。

她逗他笑，她甚至和他整晌整晌拉家常："你这个小东西！小坏蛋！小毛蛋！小狗蛋！小乖蛋！你笑一笑，妈求你，你笑一笑！你笑一笑妈就高兴，妈就心大得像天一样……妈这下放心了，尽管别人不爱妈，但只要你爱妈就够了……别人爱的是他的小姐小妹小婊子，妈却只爱你……"那些话情意缠绵，夹枪带棒，东拉西扯，滋味无穷。

她丰满壮实，奶子大得像山羊奶。她整天将孩子吊在奶子上，让他不停地吃，似乎想要他一天之内就吃成大小伙子。她将胸膛里那些郁积多年的无所寄托的爱情，全变成了母爱倾泻给孩子。深更半夜，无论她睡得如何熟，只要孩子稍有响动她都会醒来，似乎孩子和她之间有一根最知解的神经线。

孩子是乖戾的。有时候，他笑得像一朵花。笑完了，又咿咿呀呀地叫嚷，像唱给母亲的抑扬顿挫的儿歌。母亲的一切都成了他的玩具，他捏她的鼻子、耳朵、嘴巴，甚至将她的一绺头发拔下来。有时候，他忽然对世界极不耐烦，便大声号哭起来，哭得没完没了，哭得撕肝裂肺，哭得全家人心惶惶，桂桂无论怎样哄他都无济于事。她便整夜抱着他，将胳膊圈成一个摇篮，颠着摇着哄他。有时候，困得实在不行了，脑瓜鸡啄米似的打着盹儿，但胳膊仍在有节奏地颠着孩子。

作为人，桂桂也许并没有什么了不起，但作为一个母亲，她却是伟大的。

养育一个生命绝不比完成一桩社会事业更省力！

那种含辛茹苦，无比的耐心和耐力，对孩子的任性哭闹所表现的驯顺和温柔，使她变成了崇高的圣母。

但对于其他人，她仍是原来的她，甚至比原来更糟。

由于有了孩子，她似乎成了大功臣，她的尊荣已经膨胀得让人无法忍受。妈尽心尽意地给她做饭，但她总是不识好歹，一会儿抱怨醋放得太淡，一会儿又抱怨生姜末放得太重。有一次妈给她炒了一碟儿鸡蛋，她竟然将碟子往炕沿一摔，说是盐放得太咸了！

我气得真想扇她一巴掌。

妈却不生气，赔了个笑脸，给她另炒了一碟儿。

"女人生了儿子就等于男人中了状元，"妈说，"月子里要由着她使性子，由着她她就会高兴，高兴了就会多生奶，多生奶孩子就能吃得饱吃得胖。"

一切都是为了孩子！

到后来她不但支使妈而且支使我：让我去洗尿布，抹桌子倒水，甚至让我给她剪脚指甲！她吩咐我干什么我就去干什么，就是她让我端着她小便我都愿意照办不误。

我等候她的支使。我甚至等候她的虐待。因为我和小昙的事情，我便要借用她的虐待抵消我的忏悔。

我对不起她的地方太多了，就希望她也对不起我。我做的是一笔很盈利的买卖：用她的小过失赎回我的大过失。

夜深了，孩子和她都熟睡了。我没有睡。电灯光一片火红。她大概觉得热，两只手搁在被子外面。仿佛为了充分对比，两只大小不一的手交叠在一起，越发显得乖谬不堪了。

我越看越厌恶。多么荒唐！多么可笑！多么丑陋和不匀称！

我忽然想起了孩子，心里猛地袭来一阵恐惧感。我急急忙忙将孩子的小手从被子里取出来，仔仔细细端详，然后长松了一口气。

孩子的手不但匀称，而且红润美丽。

出月后（孩子出生满一月，农村人称为出月），桂桂带着孩子熬娘家去了。惯例是要去四十天。

四十天是一段长长的空白。

这空白长得让人感到孤单、寂寞，甚至想要去滋生是非了。

我给小昙打了个电话，让她晚上十点在城西那间屋子里等我。

从放下电话的那一刻起，我的心里就没有了片刻的安宁。

像初恋一样，每一分钟都是思念，每一分钟都是煎熬。

我对她的激情永不衰竭！总是内心惶惶，总是坐卧不安，总是像丢失了什么像要固执地寻找什么。看书时看了这句忘了那句，平日那么珍爱的伟大作家的作品突然间变得无滋无味。我好像要去干什么，但当我丢下书，又不知究竟要去干什么。我失魂落魄，在房子里转来转去，没有任何目的性，一切都变得毫无意义。我明知距晚上还早，明知现在只是上午并不是等待的时候，却偏偏还要等待。我责骂自己为什么不能活得洒脱一些，为什么要活得这么苦！但苦还是那么苦，一点儿也不能洒脱。

后来我去上街。街上逢集，人山人海。我想在人海中淹没自己。淹没心中那些顽强的焦渴和思念。我挤进人群，人群也挤着我。人的森林人的磐石人的汪洋。一片热烘烘的臭汗味。挤吧挤吧，欢迎更挤一些，挤出我的灵魂我的爱的渴望，让我活得平平静静淡淡泊泊。

到处都是吵嚷叫卖声吆喝声欢笑声。我尽力倾听着这些声音，我想将自己变成小贩变成普普通通的赶集者，变成讨价还价的立眉瞪眼口沫飞溅的顾客，我想在人堆里像得道成仙者抛弃肉身那样抛弃自己。但这一切都是徒劳。

我可以抛弃一切，直至整个世界，唯独不能抛弃自己。

我挤呀挤，尽量往人多的地方挤，但我的心仍孤独得仿佛荒原。因为这人群里没有小昙，这千人万人的人群便等于是没有一个人。

我又回到房子。

来了几位农村同乡，进来找水喝。他们一边喝水一边和我聊地里的庄稼情况。我尽量想装得亲热一点，和他们一起聊，却总有一种隔膜感。他们终于觉察到了,客客气气告辞走了。

终于等到了晚上十点,我提前半小时来到那间房子,打开门锁走进去。由于较长时间没有往这儿来,屋里有一股让人气闷的潮湿的霉味儿。我打开窗户让空气流通,但不敢开灯。我怕灯光会招来那对老年夫妇的注意。我向窗外窥探,见那间居民小屋里一片漆黑。也许因为我们长期不来这里,那两位义务侦察员已经懈怠了,丧失信心了,注意力转移了。我隐隐约约听到老头儿的鼾声,我更释然了。

没有月亮。满天星斗灿亮,闪闪烁烁,像一群风中的蜡烛。夜色并不十分黑,可以看见周围的树木,虽然都只是一个黛青色的轮廓。我眼睛眨也不眨地盯着门前通往县城的小路。小路呈青白色,宛如一道河水。小路仿佛在微响,仿佛是小昙走来的脚步声。我瞪大眼看,小路上却什么也没有。

又仿佛在微响,又仿佛是谁走来的脚步声,又一次瞪大眼看,又一次什么也没有。

秒针在手腕上铮铮作响,时间在迟滞地流淌。我站在窗前,眼睛瞪得发疼,我焦渴地希望看见她那像往日一样的蹑手蹑足胆胆怯怯走来的身影。然而一小时过去了,她仍然没有来。我由于急切而气愤了。我叹着气,咬着牙齿,在屋里烦躁地踱着步子。我思谋着如果她来了我就狠狠责备她一顿。但她仍没有来。我看看手表,荧光针已指向十二点了。莫非她不来了?但她已经知道我在这里等她,她怎么会不来呢?莫非她因另有急事而耽搁了,或者是田大光已看出了破绽监视着她使她难以脱身?一个又一个的疑问,一层又一层的忧虑。后来我完全失望了,不想再去窗前看她了。可不断有一个侥幸心理在催促我:若是她来了呢?于是又去窗前伸长脖子瞭望。

又是失望,又是那个侥幸心理。又去窗前瞭望。望得脖子发僵,眼睛发直。

已经快深夜一点了,我不但没有半点睡意,而且情感愈来愈炽烈,精神愈来愈旺盛。

海潮般的永无止息的爱欲啊,你为什么永远这么新鲜?这么急迫?

何况又非初恋!

我早已爱过了她并得到她的爱了,甚至早就熟悉了她的每一条曲线、胴体上的每一层起伏,直至每一绺头发每一扇眼睫……然而我还是这么渴望她,真所谓"一日不见,如隔三秋"矣!

也许这便是真正的爱情吧。她的爱和魅力,对于我永远是无穷无尽的;她是我的艺术我的诗歌我的事业;她是我激情的层出不穷的源泉。没有她,也许整个世界都会失去意义!

一直等到深夜两点,我才彻底失望了。我和衣倒在炕上,呼呼入睡。梦里又梦见她在外面轻轻地敲门,并呼喊我的名字……我惊醒了,跌跌撞撞拉开门栓,却只有夜色如漆风声如诉……

我第二次和衣倒在炕上,一场酣睡,直睡到早晨八点才醒来。

我回到俱乐部,刚漱洗完毕,小昙来了,手帕里包着三个热气腾腾的粽子,放在我的桌角。

我没有理她,也没有理那三个粽子。

我稳坐在桌前看书,尽管我一个字也看不进去。

就这样互相默坐了十分钟。

"唉!"她叹了一口气,移坐在床边靠近我的地方,小心翼翼地解开手帕,取一个粽子解开粽叶,露出尖尖的嫩白的糯米团和红软的枣子,讨好般地放在我的面前。

"趁热吃吧!"她说。

我愤怒地将粽子推到她那一边,继续看书。

"你真犟!"她又推了过来,"凉了就不好吃了。"

我又愤怒地推了过去。

她呜的一声哭了,泪珠在红腮上乱滚。泪珠清亮极了。我疼爱得真想将那一颗颗泪珠从她脸上摘下来喝了。但我表面上仍不理她。

世界上还有什么事比约会时的等待更折磨人呢？每一分钟都那么揪心、焦躁、紧张，像热锅上的蚂蚁，像掉在陷阱里乱抓乱转的狗熊……应约却不赴约，这不是耍弄人吗？这不是像王熙凤那样毒设相思吗？这不是故意画地为牢，造一个炼狱，煎熬、折腾我的感情吗？

让她哭吧！我今天无论如何也不能理她！

"你以为我没有来吗？我其实就在那座房子附近……"她一边哭一边说，"我站在一堆洋槐条子后面，看着你开门进去，看着你在里边等我……我恨不得跑进去扑进去，恨不得用刀子将我削成片片全贴在你身上！"多么血淋淋的语言——她继续说，"可我心里惭愧，我愈爱你想你就愈觉得对不起桂桂。桂桂对你那么好，那么赤胆忠心，为了给你发表诗歌，她忍受屈辱给黄组长送礼，忍受屈辱去公园竹林……要不是韩舍，她说不定还要忍受黄组长的糟蹋……一个女人爱一个男人爱到这个分儿上，可算是千古罕见了！我怎么忍心和这样一个女人去争夺爱，去亵渎她的神圣！假如她有一天知道了我们曾在那房子里偷情，她一定会伤心得活不成了。假如她活不成了，我还能活吗？我会无时无刻不谴责自己，诅咒自己，活得比死更难受！我站在黑夜里想来想去，想来想去……露水将裤脚都浸湿了，我不觉得，仍在想。最后我想通了，想通了还是和你断了这份情好。这样做虽然对我来说实在痛苦，却对得起桂桂，也对得起你。因为没有我，你也就没有了别人的诽谤，没有了感情的牵挂，便能专心致志奔你的事业。为了你的事业，桂桂既然能做出那么大的牺牲，我为什么不能呢？我用牺牲割舍对你的爱情，也用牺牲证明对你的爱情。所以，我毅然离开那里，回广播站去了。"

她说完了，望着我，等候我的谅解。

我猛烈地抽着烟，等一根烟抽完了，又用脚去狠狠地踩那烟蒂。

"今天晚上，我们仍去那间房子约会！"我决然地说。

"我不去！"她绝望地拒绝道。

"不去？不去我就到广播站来拉着你去！"我蛮横地说。

"难道我刚才说的没有道理?"

"蛮有道理!而且也可以称得上是一席最伟大的了不起的辩解词!"

"那你为什么还要这样……"

"不管她怎样爱我,但我爱的是你,并不是她!"我说。

这一天,我并没有昨天那种渴盼和焦虑。我平平静静做着王主任交付给我的工作——替他写一份在某某会议上的发言稿。

发言稿只用了两个小时就写成了,剩下的时间便是躺在床上看书。书看倦了,便望着窗外胡思乱想。

我想的仍然是她。

如果她对失约的事做出别的解释,譬如说身体不适或者说家里来客难以脱身,我都会很轻易地原谅她。但她永远都不会撒谎,永远说的都是内心最真实的话——我反倒不能原谅她了,因为这些话提醒了我也深深刺伤了我!

她觉得对不起蓝桂桂。

那我呢?我对得起田大光吗?

田大光是一个善良得不能再善良的人,善良得连小孩子都敢欺侮他。他其实是一个一拳头能打死牛的大力士,但他却又是圣雄甘地那样的忍者。他认我为知己,无论什么秘密都不瞒我,甚至连他结婚前写给小昙的那些情书都要让我过目。而我呢,不但没有报答他的赤诚和信任,反而利用了他的赤诚和信任,和他的妻子偷情。现在他戴上了我这个朋友一手编织的绿帽子,仍浑然不觉,仍像过去一样,常常来向我袒露心扉。每当这种时候,我就感到一种人格的威压,一种自我畏缩和强烈的愧疚。如果他是我的仇敌,或者是一个伪善者、奸佞之徒,我还会用仇恨和他的丑恶来解脱自己的罪愆,但他偏偏又是一个极好的人,他不知道他的善良每次是怎样地鞭打和撕裂着我的脆弱的良心!他更不知道他的那些美德其实比刀枪剑戟更厉害,无时无刻不在惩罚我报复我。

这些与其说是他的报复不如说是上帝的报复。

因为他什么也不知道。

愧疚总是由某种过错引起的。如果过错改正了，愧疚感自然就会消失。

但我的"过错"根本不可能改正。

因为我太爱他的妻子小昃了。我爱小昃已经超出了我爱荣誉，甚至超出了我对罪恶的恐惧。

刚才，她提出和我断绝往来。

如果这要求是出于她对我的厌倦，我会答应她的。

如果这要求是出于对罪恶和不道德的恐惧，我也会答应她的。

然而她的要求并不是因为这两者，而是因为爱我爱得太深，爱得要为我的事业和荣誉做出悲惨的牺牲，正如她所说：她要用牺牲证明她对我的爱情。所以我不能答应她，甚至在她提出和我断绝往来之后，我更疯狂地不顾一切地爱她了。

神说："悖逆常理就要受到常理的惩罚，不顾一切走向暴风雨的人自然要迎接雷火！"

神还说："你既然这样地热爱叛逆，你就要将不幸和痛苦当作旗帜，举上头顶，无畏地走向惨淡的命运！"

谢谢昭示！

天黑后，我又去那间房子等待小昃。

我相信她会来的，因为她爱我，她不会让我再空等一夜。尽管她已拒绝约会，但她的情感会战胜她的理智。

我刚用钥匙打开房门，那对老年夫妇便觉察了。他们先是聚在自家门口，头对头悄声商量着什么。后来老头儿便坐在门外的石头上压阵，由老婆子走过来游弋侦察。她一会儿走到我的窗前斜着一只眼睛向里窥视，一会儿又躲在附近某一棵树木后面阴险地等待。她亢奋极了，老眼在半晦半明的夜色中灼灼燃烧。

但我今晚什么也不怕了。我索性拉亮电灯，让他们更能够瞧得清楚。然而老婆子却被灯火吓跑了。也许他们在一片光明面前感到了羞愧。老头儿从石头上站了起来，吆喝老婆回去做饭，双双退回门里去了。

到了十点，小昙还不见来。

我在桌上捡起一张半年前的报纸，躺在炕上，一条一条看那些老掉牙的新闻。

我猜想她此刻就在周围什么地方，望着灯光，内心里的感情和理智又在猛烈地搏击。不是为她自己，而是为我。她一定以为我在焦灼地等她，她便要比我更加焦灼。

但我今夜偏不焦灼。

我只是让她焦灼。

我要看她的理智究竟能坚持多久。我要一直让灯亮着，让她知道我在等她；我要最终让她的理智崩溃，走进这间房子！

邻居的门轻轻响了一声，老婆子又走了出来。她不甘心失败，她和我们一样没有睡意，内心里燃烧着阴险的激情。她蹑手蹑足在我窗前徘徊，踮起脚尖向里窥视。我索性将窗户大开，让她一览无余大看特看。

我什么都不顾忌了。

窗口突然泻出一大片煌亮的灯火，将老婆子从暗夜中鲜明地刻画出来。她慌了手脚，本能地举起衣袖遮住灯光，朝我难堪地一笑，急忙弯下腰装作捡什么的样子，趑到黑暗处去了。

等一会儿，她又会卷土重来。

我不怕她。我还要等小昙进来后，让这个老婆子看着我们搂抱，看着我们亲吻。我要用激情去报复她的嫉妒，用放肆去刺激她的阴毒。

看这个行将就木的老婆子能把我们怎么样？

但小昙并没有来。

但我知道她就在附近。

等到深夜一点，我和老婆子都失望了。隔着窗户，我看见老婆子仍在不屈不挠地等待。我笑了笑，在炕上睡觉去了。

她没有来。我过低地估计了她的理智。

连续两次的失望激怒了我。

吃过早饭，我又给她打电话，又约她在当天晚上约会。

"南彧，我可能不去。"她在电话中说。

"你不去，我就来广播站真的要拉着你去。我说到做到，你试试看。"

"你太狂热，太不理智了！这样下去，非出事不可！"

"出就出吧，无非是一起走向毁灭！"

"太可怕了！"

"我不怕！我什么都不怕！"

"俗话说，淡淡长流水，黏黏不到头。"

"我不想听任何说教！"我说。

"好吧，我答应你，只答应这一次。"

深夜十点，她果然来了。她没有让我多等一分钟。她投进我的怀抱，吻着我，眼泪簌簌而下。她说她害怕极了，她不让我去拉亮电灯，于是我们同归于黑夜。

夜黑极了，天上布满了阴云，连星光都没有。没有听见那户邻居开门的响声。大概经过昨夜一整夜的折腾，老婆子已大失所望，所以今晚早早地关门睡觉去了。

我说不用害怕。

用黑夜躲开白天，用被子躲开黑夜。她还嫌不安全，又钻进我的怀抱躲开被子。

我又说不要怕，全身却大汗淋漓。我掀开被子晾了晾，全身仍大汗淋漓。我似乎全变成了水。没有肌肉，没有骨骼，只有水。她漂在我的水里，后来她淹进了水里，老是说她憋气极了。

潮涨潮落……

汗渐渐干涸了，身上清爽了许多。我搂着她，深刻地感觉着她的小巧玲珑。我是泥沼，她只是一只小小的蝴蝶。她扑棱扑棱扇着翅膀，抖下许多异常光滑的蝶粉。我不堪光滑，一次又一次跌倒了。她用她的纤细支撑着我，也用她的纤细感动着我。她简直细得像一条捆缚我的绳子。

由于灵和肉的全部参与，使爱变得无限完整，完整得无法比拟。

她忽然哭了。

我也哭了。

她悄声抽泣，鼻子里吸哧吸哧地响。眼泪流得很多。我替她擦，她说："不要擦，不擦倒痛快一些。"

"怎么办？"她问。

"只有离婚，没有第二条路可走。要么离婚，要么死！"我说。

"怎么会想到死？"

"灾难已经临近。这是我的预感和直觉。至少，我现在已经看见了麻烦。其实，你提出中断我们的关系是十分明智的。我佩服你的明智，但是又控制不了我的激情。这样下去，迟早总是要出事的。即使出了事我还是会想你，会不顾一切去找你缠你。我知道这就是罪恶，但也是我的幸福所在。既然开始了，就不会结束。除非死亡才能结束。"

"那么只有离婚了？"她问。

"只有离婚了。"

"如果能离早就离了。"她感叹道。

"不能离也得离，否则只有死！"

"活着多难！"

"有多难就有多快活！"我说。

她又哭了。不过是抱着我哭。越哭越伤心，越哭越甜蜜。

我看看表，已经是凌晨四点。我慌忙拉她起来穿衣服。"不要等到天亮！"我说。

拉开门，正要往出走，忽然看见门口蹲着一个黑乎乎的人影。小昙惊叫了一声。我以为是那个老婆子。

"不要怕，是我。"

是田大光的声音。

那个老婆子其实没有睡。此刻她从树丛后扑了出来。田大光挡住了她，扭头朝我们吆喝道："快跑，快往回跑！"

"婊子！嫖客！瞎熊！母狗⋯⋯"老婆子的骂声从夜色中尖锐地扩散过来，渐渐变得模糊不清⋯⋯

四十一

小昙回了广播站。

我一个人回到俱乐部。我将自己摔倒在床上，后脑勺咚的一声碰在什么硬物上，并不觉得疼，我仿佛一个死人。

死吧！死了便什么都结束了！

如果不死，我怎么还有脸面对白天，面对人群，面对母亲，面对桂桂，面对田大光！

一切都暴露了。

尤其是在田大光面前暴露了。

死吧！死吧！死了就不会有耻辱了！

怎么死？喝毒还是上吊跳井？我见过上吊的人，吐着长舌头，恐怖极了；我也见过跳井的人，被水泡得肿胀，大便都流出来了，肮脏极了；那么喝毒吧，但听说毒死的人脸色发青发蓝，难看得像鬼；最好还是用刀子割破动脉血管⋯⋯不⋯⋯那样这房子里就永远有了血腥味⋯⋯管不了许多了，管他恐怖不恐怖，血腥不血腥呢！死人只管死人的事，不管活人的事⋯⋯不过，死总要死得文雅一些，有诗意一些，因为死是艺术家的最后一件作品。这最后一件作品不能搞得太粗糙，太缺乏匠心⋯⋯窗外仍是黑乎乎一片，天还没有亮⋯⋯幸亏天还没有亮⋯⋯那么亮的太阳，受得了吗？记得抽屉里有一片新买的刮胡须用的刀片，锋利极了，像青面兽杨志的宝刀，吹毛立断……天那么黑，不要紧，天永远不会亮了，永恒的黑暗来临了……"天下有物，其名混沌。"……混沌，亲爱的混沌，我来了，我也成了混沌……彧！彧！仿佛是母亲的声音：我养你一趟不容易！你不能死，我寡妇守娃，养你一趟不容易，彧！彧！……刀片呢？不是在抽屉里吗？怎么摸不到呢？……别了，母亲，我想你，我此刻最想你，最最想你！我知道我还没有回报您的大恩大德，我忤逆不孝……可我无颜见你，我不是你的儿子，我只是你的耻辱和痛苦……让我去吧……终于找到了，刀片原来在左边的小角落里躲着。刀片也怕死，故意躲着……爸爸！爸……谁的声音？是儿子的声音，是那个刚刚出生的儿子的声音。林彪夸奖林立果："思想像我的思想，声音像我的声音。"儿子乃父亲精血所化，声音怎能不像父亲的声音？儿子说，你死了，丢下我怎么办？儿子长得太漂亮了，像个白马王子。你创造我就要抚养我，这是你的责任！现在你这个老滑头不想负这个责任了，想丢下我去死！太无耻了！……刀片用左手捏着，听说自杀时要用左手，不能用右手。因为人一生总宠爱右手，冷落左手，所以左手对人心怀愤恚，自杀时会毫不手软，一刀见血……你这个花花公子！儿子继续骂道：你让我一出世就举目无亲，受苦受难！我不能让你就这么便宜地撒手去死，不能！……骂吧骂吧！母亲，妗子，妻子，儿子，朋友，敌人，一切一切相识的不相识的同胞……骂吧！骂吧！你们知道我要走了，便用骂声来向我送行。你们骂我，说明你们还瞧得起我……你们总要寻找一个骂的目标，不然你们对世界的满腔愤怒向谁发泄？我充当了你们愤怒的排泄场，也算是我对你们的最后贡献……黑夜如漆。并不是没有留恋……我朝世界看了最后一眼，如胶似漆，割舍不断。他妈的！怕死鬼！下等货！这回该我骂我了……

将刀片举起来！怕死鬼，听见了没有！将刀片举起来，放在手腕上……

不能死！

你死了，小昙怎么办？你死了，难道小昙还能活吗？你不死，耻辱由你们两人共同承担，总好一些。既然真诚相爱，就应该生死与共。她一个弱女子，离开你，她能承受什么呢？你太自私了，竟想一死了之，将全部羞耻留给她一个人！

这不仅是自私,而是可耻了!

不能死那么就要活,但怎么活?

中国人的格言:好死不如赖活着。

也许耻辱并非我想象的那么难以忍受?

那个老婆子并不认识我们,当然也不会知道我们的姓名和工作地址。她充其量不过是向她的几位亲友叙说这件事,而那几位亲友亦不知道我们是谁,只能当作一件开心的趣事听听而已。但田大光呢?他看见了我们……他又那么爱小昙,爱得如痴如醉,没死没活……如今我欺骗了他的友谊,夺去了他的所爱,给他戴上了可耻的绿帽子,他能饶恕我吗?他能不向俱乐部领导告发我吗?他能不向每一个认识我的人毁坏我的名誉吗?

会的,他会那样做的。

他也应该那样做,有权利那样做!

死吧!死吧!不能活了,一分钟也不能活了……刀片已移交左手。刀片上流满了汗水,捏起来有点滑腻……不要紧,在被子上擦一擦……田大光,在人世上,除过你,我没有做过一件对不起人的事……就是现在,我仍认你为好朋友。我们都是善良之辈。我对不起你并不是因为我的邪恶,而是因为命运安排你是小昙的丈夫。我爱小昙自然就要侵犯你的爱,但我是无意的。这一切都是命运的恶作剧。我不请求你原谅,我也没有资格请求你原谅,因为我伤害你伤害得太过分了……我现在用死向你道歉……

我毅然举起刀片……

砰的一声,有人猛然推开了虚掩的房门。"南彧!南彧!"是田大光的声音。冤家路窄……他找上门来了。要骂要打还是要杀?我放下刀片,微笑了一下。由他动手吧!这样可以让他解恨,又可以省却我的犹豫……

我默不作声,闭着眼睛等待。

尽管死亡在即,但我仍然感到羞愧。我不敢正眼瞧他,他脸上的任何表情都是对我的审判。我眼皮低垂,脸颊灼热。我十分想哭。我哆哆嗦嗦抽着了一支烟,忽然心里什么都无所谓了。我等着他的报复。

他却什么都不说,坐在床对面,取出一根烟,默默地抽。

黑暗隔着我们。两颗香烟头儿烧得红爆爆的,一片浓郁呛人的香烟味儿。

"这样倒好,"他自言自语地说,"这样倒好……"

什么也没有发生,只说了这么一句话,语调稍稍有点儿伤感。我不懂他说这句话是什么意思。

沉默,与其说是沉默不如说是僵持。

"桂桂和孩子什么时候回来?"他问。

"别问那些废话了!你要干什么就直截了当地干吧!要打要骂要杀什么都行!不必绕弯子,乏味得很!你有充分的理由向我报复!我卑鄙,丑恶,无耻,和朋友的老婆偷情,破坏朋友的婚姻家庭!我承认这些都是事实。我十恶不赦!就是你饶恕我我自己也不会饶恕我!你该怎么办就怎么办吧!"

我说完了,他仍什么都不说,只抽着烟。

他叹了一口气,脸上泪光一闪,开始低声啜泣。越哭越伤心,哭得气噎喉堵。"我恨不得宰了你!"他说。

"说得对!拿起家伙,照你说的干吧!"我说。

但他只是哭,并不动手。

"大娘身体最近好吗?"

"问这些废话干什么!"

天色微明,外面的曦光从窗口照了进来。

"其实这样倒好。"他又是那句话。

"什么意思?"

"你和小昙在一块儿……其实倒好。"他嗫嗫嚅嚅地说。

我先是惊讶,后来哂笑了一声,我哂笑世界上竟有这么没有骨气的男人。

"滚!往出滚!"我朝他吼道。

"我知道你瞧不起我。其实我比你更瞧不起我自己,"他说,"你以为我今晚才看见了你们……其实我早就知道了。第一次我发觉这件事时我气得发疯,在铁匠铺买了一把杀猪刀子,在磨石上磨了整整半夜。你看。"他从怀里取出那把刀,果然雪亮锋利。"当天夜里我就要去宰你。我在你窗口下遛了三趟,听见你鼾声如雷。"

"为什么没有干!"我问他。

"我没有资格,"他说,"当我就要向你动手的最后一刻,我清醒了,觉得我没有资格报复你。因为我是一个废人,和小昙结婚等于是白白糟蹋她的青春。再者,她真正爱的是你,并不是我。她当初和我结婚仅仅只是因为你抛弃了她,使她再无可选择才选择了我。你们没有成为夫妻不过是因为误会,等误会消除了,自然又要互相爱恋,互相吸引……我想通了,便对你恨不起来了。不但恨不起来,反而还同情你们,可怜你们。可怜你们爱得太深太苦。

"有一度,我想和小昙离婚。我想解脱她,让她完全属于你。但后来我没有那样做,因为你还没有离婚呢。况且,你离婚是很难的。桂桂根本不会和你离婚,她爱你的程度绝不亚于小昙。爱极成恨,假如她知道了你和小昙的事她就更不会离婚。她要用不离婚来阻隔你们报复你们。她现在又有了孩子,就又多了一种对付你的手段,她会利用孩子将你和她更牢地拴在一起。

"所以我估计你不可能离婚。但你并不爱她,你必然要继续在小昙身上寻找真情。你们这种值得同情但又非正当的关系可能要维持终生。我暂时不打算和小昙离婚的原因正在于此。因为这样我既可以保护你,又可以保护小昙。当你们约会的时候,我就尾随在你们不远的地方守护你们,使你们免受别人的伤害。

"我这样做并不是为你,而是为了小昙。因为我太爱她了,爱她爱得超越了肉体上的需要。如果她能爱她所爱,如愿以偿,我就觉得很幸福了,很对得起她了。

"我今天来找你并不是来指责你,报复你,而是要你放弃那些自罪自责的想法,更坦荡地和小昙继续往来,让她得到幸福。你这样做不是对不起我而是太对得起我了,因为这是我为了小昙对你的请求。"

他说完后真诚地望着我,似乎等着我的答复。

"你走吧。走吧!"我喊道。

他走了。

大滴大滴的泪水从眼里涌了出来。

我对小昙的爱情毕竟还掺杂着肉欲的成分,而大光呢?他才是真正爱小昙的,他的爱才是无私的,超乎寻常的,可歌可泣的呀!

比起他,我算得什么呢?

四十二

我忽然想起了叶凯。

好长时间,我没有到他那里去了。时已六月,那满院的鲜花,该又盛开了吧?

我没有去,是怕那朵过分美妍的鲜花。

怕见了那朵花,变成了讨人嫌的花痴。

其实我怕的是自己,怕的是心中那滚滚大潮似的永不衰竭的激情。我为激情而害羞。

激情使我产生了许多逾理的妄想。

这些激情和妄想既能使我产生瑰丽的诗句,又能使我产生难堪的懊悔和自责。

我总觉得,我到叶凯那里去一定会碰见那个挑水女子。我有一种奇怪的预感:她一定会成为我们友谊的陷阱。

但我必须去。我的生命已到了紧要关头,我必须找叶凯商量这件事。

我想狠下心和蓝桂桂离婚。

不能再这样苟且下去了。

我和小昙的爱既不能靠田大光高风亮节式的施舍,也不能再忍受蓝桂桂的阻挠和羁绊。决定命运的时刻到了！痛下决心的时刻到了！既然我们真心相爱，我们为什么不能堂堂正正地结婚？为什么要像一对奸夫淫妇似的暗地里偷情？为什么要出外流亡，露宿山野，为爱而忍受千般苦楚，到头来还要落一个让人唾骂的坏名声呢？

当然，离婚并非轻而易举的事。母亲会和我反目，蓝桂桂会和我拼死拼活，还有亲戚们的苦口婆心的劝阻，社会舆论的嘲弄挤压……一场轩然大波，一场家庭革命，暴风骤雨电闪雷鸣刀枪剑戟……中国每发生一次离婚就等于发生一场战争，一场旷日持久的情感厮杀，最后变成仇深如海的冤家对头……藤缠树，树缠藤，几千年歌颂的就是这种互相纠缠的爱情！夫妻爱侣之间没有人格的自由独立，互为锁链互为牢狱。讲究的是白头偕老同生共死……一次性的终身大事，神圣的结发夫妻，半途而废便是不完美不道德……宁可没有爱情，宁可苟且隐忍，终生痛苦，也要维持现状……不愿解脱自己更不愿解脱别人，互相依赖互相折磨互相怨恚又互不分离……自己是这样别人更是这样。"遇官司说散，遇婚姻说合。"这就是格言。大家都遵照格言办事……讨厌变革，讨厌动荡，讨厌别开生面……任何现状的破坏者都会成为大家的公敌……

但我准备承受一切后果！

不是为我而是为了小昙。

我既然真心爱她，就不应该让她蒙受不名誉的耻辱，就不应该让她整天胆战心惊自罪自责。既要爱她又不想和她结婚，既想占有她又不想负什么责任，这难道是男子汉的所为吗？

爱她而不是自爱。

爱她就要维护她，不让她受到一丝一毫的损伤；爱她就应该娶她，让她得到应该得到的名分和荣誉！

我已经下定了决心。

但在执行这个决心之前，我想见一见叶凯，向他说说这件事，以求得他的理解。也还想听一听他对此事的建议和想法。

我敲响了他家的大门。

"掀吧,门开着!"一个女人清脆的声音传了出来。

掀开门,迎面而来的是花的世界。萱草,君子兰,美女樱,清湘子……比起去年,又新添了几盆牡丹、芍药、美人蕉。那女人不是别人,正是那个挑水女子。她提着洒壶,背朝着我,给花儿浇水。削肩美臀,腰细盈握。由于洒壶在手,身子便袅袅地斜着,斜得我怦怦心跳。她听见脚步声,回过头来,正巧是站在一株美人蕉后面,红蕉人面相映,花面难分,只多了一双滴溜溜水灵灵的黑眼睛。

她真是太娇太美了。

我愣愣地望着她,她也愣愣地望着我。

她忽然眉头一挑,轻轻地惊叫了一声:"噢,我记起你来了。我有一次在村子里挑水,碰见过你……"

我点了点头。

"你不小心碰了我,那担水险些都碰翻了。"她咻咻笑了。

"真对不起!那天晚上我一夜没有睡好觉……第二天早上起来,到处去找你……"

"找我干什么?"她极妩媚地一笑。

"向你……道歉!"

"现在道歉还来得及。"她狡猾地说。

这一句玩笑使我卸却了对她的过分沉重的神圣感。

"等什么时候再碰了你,再向你道歉吧!"我说。

"别尽想便宜事!"她收敛笑容说。

"什么时候吃你和叶凯的喜糖呢?"我换了一个话题。

"我和他只是一般朋友。"

"我不信。"

"真的。他爱花,我也爱花,见了面就谈栽花、养花、护花……因花而结识,因花而交往,并未谈花以外的事情……"

"谈花谈到尽头,还不就是一个'爱'字吗?"

"也许,但现在还没有到那个地步。"

叶凯不在。那女子说,他上班去了,马上就回来,让我进屋去等。

我于是进屋坐在炕沿上,抽着烟,静静地等。一会儿,她也跟了进来,顺手在书架上拿下一本唐诗,坐在一把椅子上默读。后来大概觉得寂静得难堪,便去打了一盆水,放在脸盆架上。我以为她是要洗头了,其实她只是洗脸。后来又洗脖子,黑黑的长发散开,猛一扬头,全甩在另一边的肩窝下面。又嘣嘣解开下巴下的两枚扣子,襟领向外一掀,裸开半边膀子和细长的白脖子。撩起水,滴滴答答地洗。那处丰满娇软的圆弧洗得湿亮亮的。我恨不得变成一颗水珠子,也在那圆弧处滚上几滚……她像是觉察到了什么,猛地回过头来,向我很害羞很妩媚地一笑……

我忽然觉得晕眩。跳下炕,向前奔了几步。我有点身不由己,竟想去亲那圆弧、脖子和那水淋淋的脸蛋……我即刻又认识到这是发疯,顺势走向门口——再停留一定会发生什么,我想我该走了。

"他马上就会回来。"她有点惊愕地说。

我又犹豫起来,对着那脖子看了看,那脖子简直白得耀眼。

我摇了摇头,赶快走了。

我要逃开那出众的美丽,逃开那脖子的诱惑,逃开那几乎难以抗拒的吸引力!我不能再见叶凯了(她说她和他是一般朋友关系完全是撒谎),不要说有什么卑劣的行为,单就是刚才那些疯狂的想法,也使我无颜再见这位患难与共的朋友了。

罪孽呀!

我对不起叶凯更对不起叶小景!

我不是爱她吗?我不是对她才有真正的激情吗?我不是曾经对她信誓旦旦吗?却怎么见了这位挑水女子又会产生如此强烈的爱欲呢?难道我爱她也和爱蓝桂桂一样,也是一场假情假爱?

假如我娶的是叶小昙而不是蓝桂桂,我会不会同样厌腻她呢?尤其是见了这位挑水女子后,又会不会和她渐渐狎昵相好呢?

难道爱情永远都不会忠实可靠、始终如一?

难道爱情只是一个外表纯洁的骗子?

难道爱情如同蓝桂桂的两只手,永远都会产生对比,永远只在对比中显示短暂的真实?

永恒在哪里?

亘古不变的伟大、神圣、坚贞不移的感情又在哪里?

如果这些并不存在,如果真理竟是这么脆弱,我又何以建立一个热忱的信仰?

若失去信仰,那人生岂不成了一场轻浮的滑稽剧?

若爱情也只不过是一场短暂的游戏,那《红楼梦》呢?《西厢记》呢?《茶花女》呢?《少年维特之烦恼》呢?……难道这些千古佳作中所歌颂的忠贞不贰的爱情也只不过是一场爱的迷误吗?

多么可悲的推理!

但我绝不相信!

天地上苍,我向你匍匐跪求,求你向我宣示爱的真谛,宣示庄严神圣的永恒精神;求你将真理具体成一束阳光或一朵鲜花,让我时刻清晰地感觉到它的存在,以拯救我的迷茫和我的堕落……

四十三

《新葩》杂志又发表了我的一组诗。

蓝桂桂那次以贞洁为代价,在公园竹林里和黄组长冒险约会的大无畏行为终于开花结果了。

如果没有她，这几首诗一定又会成为退稿，退稿中又会只夹一张千篇一律的铅印条：

"您的诗经研究不拟刊用，现退回，谢谢你对本刊的支持！"

我翻开那本刚寄来的《新葩》，看着已变成整齐的铅字、散发着油墨香味的诗行，不但不觉得高兴，反而觉得耻辱——我觉得发表的并不是我的诗而是蓝桂桂丰腴的能惹动黄组长发情的肉体！

"婊子货！"我也不知在骂谁，也许骂的是那几首诗。

我又想哭又想笑，哭笑不得，啼笑皆非。我将那本杂志扔在地上，又去踢了几脚，唾了几口："呸！这就是当代艺术！当代诗歌！他妈的都是肮脏的狗屁玩意儿！"

但命运又乖谬地和我开了一个玩笑。就因为这些歪诗的发表，我竟然在几天之内名声大振，发紫发红，成了小县城内有口皆碑的才子！

时隔不久，秋叶飞老师又在一家晚报上，发表了一篇评论我诗歌的文章：《不同凡响的诗坛怪才》。我的名字立刻凭着他在诗坛的威望和名声，就像一棵干枯的蒿蓬凭着一股强风，一下子飞了起来，不但飞遍了小县城而且飞遍了全省。

周围的人对我刮目相看，连俱乐部王主任见了我也不敢直呼"南彧"，而改称"南诗人"了。

妗子感到荣光，母亲感到自豪，亲戚们奔走相告。村东头一位老风水先生说，他二十年前就知道南家后世要出一位文人。

蓝桂桂当然知道我成名的底细，便在我面前骄傲得像一个大功臣："没有我……哼！"话只说了半截，却充满了没有说完的潜台词。

黄组长向人宣布：我是他一手栽培起来的。这使我忽然想起一部战争片中的一句话："感谢蒋委员长的栽培！"我一个人坐在房子里哈哈大笑，笑得悲惨极了。

我忽然成了小名人了！

大家都为我高兴，唯有我自己不高兴。我感到整个儿事情太荒诞，太可笑，像一个最典型的黑色幽默。

并不是我怀疑自己的诗才,怀疑"盛名之下,其实难副",而是对这场鱼龙变化的契机太厌恶了!我想不到我一直怀着最纯洁的感情憧憬追求的文学殿堂里,竟有这么多的丑类,这么可笑的滑稽戏!这座殿堂其实也像争名逐利者的上海滩,真假难分的哈哈镜,互相杀伐的大屠场。投机者常常占据要位,大部分天才刚出土时便被扼杀了。真正的天才作家的出现不是培养的结果而是屠伯们疏忽的结果,正如锄头有时候也会漏掉一棵野草一样。

而我侥幸成名的原因更是荒唐!

我告别神圣,我甚至想从此告别写作。

即使是以后兴之所至,按捺不住写一点文章,我也只把它看作是真性情的流露自赏自叹,而不会拿出去发表了。因为发表无异于自我亵渎。

对这件事,我越是想,越是伤心,竟默默地哭了起来。

蓝桂桂看见了,说:"好好的,流什么尿水?"

我不回答,只是哭。

"瘦狗扶不上墙!不识抬举!"她说。

只有小昙还为我留着一个真纯的世界。她是宝贵的,不能失去的。如果失去她,我就会一无所有。当然,我还有母亲,我不该忘记她。她一生都为我而活着,为我而守寡,为我而受尽千辛万苦。但我觉得她老人家活得太悲惨了,她不应该只为我活着,她还应该为自己活着。至少,她应该与秃子大叔结婚。她太对不起自己了。

而桂桂呢?虽然她没有守寡,却也和守寡差不了多少,因为我的心并不属于她。我们同床异梦。她得到的只是虚荣心并不是爱情。我们是真正的牛郎织女,灵魂之间隔着一条无法横渡的银河。她对此其实也明明白白,但她宁愿忍受冷漠也不愿和我分离。她现在和母亲当年一样,将全部精神寄托在儿子身上。

正如母亲为我活着,她也为儿子活着。

而我要为自己活着。

我下定决心和她离婚。我要粉碎这虚伪的婚姻锁链,将我和她彻底解脱。一方面为了我和小昙,一方面也为了她。我要给她一个绝境,让她没有了苟且的余地,然后背朝着我,去重新寻找她真正的爱情。

有一天傍晚,我用随随便便的口气对她说:"桂桂,咱们离婚吧!"

她以为我是开玩笑,便也用随随便便的口气回答我:"行。我同意。明天咱们就去扯离婚证。"

"真的?"

"当然是真的。"

"孩子归我还是归你?"

"归我归你都一样。"

"到底是归我还是归你?"我很严肃地问她。

她一愣,怔怔地望着我,渐渐觉察出我不是开玩笑,而是谈正经事,便冷冷笑了一声,什么也不说了,低下头,做手里的衣服。

"到底是归我还是归你,说呀!"我催问道。

"别开玩笑了。正经事都忙不完,谁和你开这么大的玩笑。"她撂下手里的活计,做饭去了。

她一句嬉笑逃开了刚才的话题。

"我并不是开玩笑。"我一边帮她捡韭菜里的干叶子,一边说。

"不是开玩笑?现在孩子都生下地了,你怎么还能说这种话?"

"有孩子的夫妇离婚的多得是。"

"就是有,也不该是你我。况且我以前几次向你提出离婚,你都不同意,怎么现在忽然又同意啦?是不是你写了几篇臭文章,有了点小名气,就娇贵了,觉得我配不上你了?难道你不怕别人骂你是陈世美!再说,你即使真的不爱我,你也应该在结婚前说出这个意思,免得误你一生也误我一生。但你并没有说,不仅没有说,还几次向我信誓旦旦地表示你确实爱我,后来又毅然决然和我结了婚。一个真正的男子汉,要敢说敢当,要为说过的话做过的事负责任!现在孩子都有了,你却说出要离婚的话,你不觉得太轻率,太不负责任了吗?再退一万步说,即使是你出尔反尔,要反悔这场婚姻,也应该放在几年以后。现在我刚刚费尽苦心、受尽屈辱为你在《新葩》打通了关节,发表了文章,让你在人面前人模狗样地炫耀了文采!想一想,只要你胸膛里长的不是狼心狗肺,你能恩将仇报,提出和我离婚吗?就是你心想瞎了,也应该看在我为你做了很多牺牲的分儿上,再骗我几年哄我几年,怎么能立刻就和我恩断义绝呢!"

"说得好!"我赞叹道。

"只要你觉得有理就行了。"她说。

"但世间有许多事情是无理的。譬如说爱情,爱就是爱,不爱就是不爱,根本没有道理可言。"

吃完晚饭,我躺在床这头看书,她躺在床那头哄孩子。

"你来看一看,"她说,"看孩子像不像你!"

孩子胖得像莲藕一样,脚手在空中得意地划动着。嘴里咿咿呀呀,望着我笑。眉眼之间,活灵活现透出一个小我。我已在他身上再生了。他还更新了我,长得比我更漂亮。看见他,我就知道我永生了,再也不会死亡了。因为他是一个链环,会将我无穷无尽地传递给未来。

我忽然热泪盈眶,在孩子的小脸蛋上亲了一口。热泪濡湿了他的腮窝。

"像不像你?"

"像,像极了。"

"你承认是你的骨血?"

"承认。"

她呜呜地哭了起来,有几滴泪落在孩子嘴边。孩子吸着吮着,忽然皱起眉头,大概是觉得太咸了。

"你不要我,难道也不要孩子了吗?"她哭道。

这是很厉害的一着,利用孩子打击我的决心。

我被摇撼了。

因为任何夫妻的离异，总会有一个痛苦的后遗症——并不是离异本身，而是孩子。孩子是离婚的唯一受害者。要么失去母亲，要么失去父亲，他的童年注定是一个破碎的世界。无论父母重新组合后的家庭多么美满，却因为孩子，这美满便要终生蒙上一层悲伤的阴影；也无论第二次结合的婚侣是多么互相恩爱，即使是爱得最痴迷最忘情的时候，也仍能依稀听见那孩子的哀哀啼哭。

只要想起孩子，任何最饱满的幸福也会顷刻变成辛酸。

父母的离异无论是多么必要，多么合乎情理，但对孩子来说，却是最残酷最自私的行为。

我默然了。

桂桂看见了我的弱点，便更加猛烈地攻击："你到底是要那个小婊子，还是要孩子？"

"离婚后，我愿意一个人抚养孩子。"

"我不会给你！"

"你带着也行，我愿意每月付双倍的抚养费。"

"我也不带！我要将孩子偷偷送人，送给千里万里之外的某个人，让你一辈子再也见不着孩子！我要让你晚年想孩子想得发疯发狂！"

"歇斯底里！"

"是又怎么样？我就要这么做！"

我畏惧地望了她一眼———一个绝望的女人什么事也做得出来！

沉默了一会儿。她叹一口气，语调突然转为柔和："当然刚才说的是气话，我怎么能忍心将孩子送给别人呢？我知道你说要离婚的话不是真的，只是一场恶作剧，一个残酷的玩笑，至多不过是一时的感情冲动，心血来潮。因为我刚刚出月，身子都没有恢复过来，你怎么能在这种时候和我吵架离婚呢？睡觉吧，我带了一天孩子，早累得不行了。别弄假成真，将假戏演成真戏了。"

她又巧妙地逃开了。

战争已经开始。

第一次战斗已经结束了。在第二次战斗来临之前，中间总要休息和停顿。

蓝桂桂今天虽然是初露锋芒，却已经证明她并非是寻常角色。

结婚硬是将两个独立的人弄成了连体婴儿。如今又要分开，怎能没有痛苦和血！

痛苦的是两个人而不是一个人。

不管怎么说，我和她已经一起生活了近两年。两年毕竟是一段历史。两年的耳鬓厮磨，相依相偎，毕竟已成了一种积累和记忆。特别是那些数不清的隐秘和细节，会常常带着脉脉温情浮上心头，让人留恋回味，永世难忘。婚姻形式虽然不会产生爱情，却会产生习惯。正如烟草不好，吸多了却能上瘾。蓝桂桂虽说比不上叶小县，可也自有她的风韵和妙处，何况她确实是爱我，她的爱虽然没有能创造我的爱却创造了深厚的友谊。她的牺牲和奉献，已使她成为我最要好的朋友。尽管友谊不等于爱情，可仍然十分让我珍惜。一旦真的失去她，我也许会很不习惯，甚至会痛苦和内疚。

得到意味着另一种失去，最完满的选择也是被迫的选择。

但我只能走一条路，不能两条路都走。

在梦中，我听到一个稚嫩的声音向我呼唤："南彧！南彧！"

我抬头一看，在一棵挂满绿果的苹果树树杈上，坐着一个胖胖的一丝不挂的小男孩儿。

"你是谁？"我问。

"我是你的儿子。"

"那你为什么不叫我爸爸？"

"我现在已经有了新爸爸，我只能有一个爸爸。"

"可你是我的骨血呀！"

"我不是你的骨血，自己身上的骨血难道能抛弃掉吗？"

"你刚才承认你是我的儿子！"

"因为我没有父亲，我便胡乱叫任何男人为我的父亲。我需要父亲。但好几个人说：你的父亲名叫'罪恶'，你找见了'罪恶'，也就找见了父亲。我问'罪恶'在什么地方？他们说：'罪恶'在狗男女们寻欢作乐的地方。"

"孩子，你千万不要去那个地方！"我说。

"但我要找父亲呀！父亲去哪儿，我就去哪儿。"

"不要去！那里是一片火海，一片日日夜夜都在沸腾的岩浆，假使你招惹上一星半点，你终生都会熊熊燃烧，直到化为灰烬，你才能得到安静和宁馨。"

"那父亲为什么去那儿？"

"他没有去那儿，他去的是亚当和夏娃居住的地方，名字叫伊甸园。那地方很像眼前这块地方，长着许多可爱的苹果树。"

"那地方有'罪恶'吗？"

"那地方只有禁果，没有罪恶。"

"你骗人！你这个老骗子，也许你就是罪恶！"

我不敢再争辩，我哭了。

我回了家。我想给妈妈做做思想工作，求得她老人家的支持。

妈不在家，大概到隔壁婶子家串门子去了。屋子里干净清爽，深红的立柜和平柜擦得闪闪发光。墙壁看来最近又用泥水墁了一遍，很是光滑新鲜。那只五年前我给她花了十二元买的小闹钟，仍摆在窗台上滴滴答答地响。妈忘记过好多事，但没有一天忘记过给它上发条。所以它滴滴答答一直响了五年，从来没有停止过。它与其说是钟表不如说是她老人家的八音盒，因为妈一听见它的响声就想起我的孝心。妈常常想我，想极了就找一个我的替代物。这替代物就是小闹钟。妈几次对我说："真是怪了！我一听见闹钟响声就像听见你对我说话。有一次听见你说：'妈，你要多吃鸡蛋。'又有一次听见你说：'妈，你要多吃芹菜，芹菜可以降血压。'又有一次……"我惊讶得张大嘴巴,心想妈把我以前劝她的话怎么在小闹钟里又听到啦?难道她爱子爱得太心切竟出现了幻觉和幻听?我不敢说破这一点,甚至为了讨她高兴便继续哄她说:"妈,那是真的,小闹钟真的就是我。因为我每次走时都把魂儿装在小闹钟里侍候你。"

"是真的?"

"是真的。我能哄你老人家吗?"

"呸呸呸!越长越成了谎溜儿了!你当妈就真的老瓜了,把你哄我高兴的话会当成真的?"

妈还没有回来。我闲着无事,忽然动了童心,趴在柜子底下找我小时做的弹弓和桃木刀。它们都在。我跪在地上,拿着它们在手里玩。小弹弓和桃木刀忽然散发出许多童年往事。但我现在不能再玩它们了,因为我再玩它们就会被人看成白痴。我既不想变成白痴又不想丢掉童心,所以我忽然感到辛酸。

我将弹弓和桃木刀放在原处,又在柜子底下翻腾。眨眼间又翻出了一个陶罐子。我摇了摇,里边哗哗响,一片清脆的金属碰撞的声音。我仍跪在地上,从陶罐中掏出一把小铜钱。亮晶晶,黄澄澄的,像赤金。我捡出一枚,高高地抛了起来。它在空中像一颗灿烂的星。铜钱当啷啷又落在地上。我去捡。忽然想起了程海先生那段描写母亲艰难守寡的故事,特别是母亲深夜寂寞难熬,往地上撒铜钱捡铜钱的情景,霎时历历如在眼前。

当时,母亲为什么不去和秃子大叔相爱?为什么要撑他出门?为什么要自寻烦恼自找苦吃,自己和自己过不去?

难道仅仅只是为了荣誉?

我忽然懂得,我是无论如何也说服不了母亲的。我是白回来了。

那枚掉在地上的铜钱,沉重得如同钉在地上似的,怎么也捡不起来……

再说,难道还要我将它捡起来吗?

母亲回家后第一句话就是:"彧,你怎么没有带桂桂一起回来?"

"她上班。"

"不能请一天假吗？妈很想见见小孙孙。"

"过几天我带他们回来看你。"

"对，要回来一块儿回来，团团圆圆的，妈见了也高兴。"说完后看见了地上摆着的陶罐子和那枚铜钱，触目惊心似的皱了皱眉头，说："还像当娃娃时一样，啥都要翻出来。"

边说边猫下腰，捡起铜钱放进陶罐子。

"妈，你总是珍惜这些老古董！程海先生爱收集古币，干脆送给他算了！"

"这东西不能送人。要留着。"

"留着干什么？"

"也许桂桂有用……用得着的时候。"她忽然喉头一哽。

"她不会……她不会像你……"我抵抗似的说。

"怎么不会？几千年都这么传下来了。"

"妈，现在不是过去。时代变了！"

"变了？变得不要祖先了吗？变得人不像人，鬼不像鬼了吗？变得不要脸，不要好名声了吗？"

我一句话也不敢说了。

"或，这些天妈听到你的好多风声了。听说你钻了另外一个女人，不想和桂桂过日子了？妈本来不相信，但上次你回来亲口对我说，你要离婚，要找一个比桂桂更好的女人，我才信了。"

"这是真的。我这次回来，就是想给您说这件事……"

"我不听！"妈斩钉截铁地说。说完，抱着那个陶罐子，小心翼翼地放回柜子底下去了。柜子底下一片黑暗。"桂桂哪样不好？哪样配不上你那狗模样！你现在写了几篇臭文章，就以为你能上天了，瞧不起婆娘娃娃了！还想像长毛一样胡成精，另找一个喜眉花眼的坏女人，给咱南家丢人现眼！你现在大了，翅膀硬了，妈管不住你了，也不想管了！只是一点：你要和桂桂离婚，领那个骚女人回来，你就永远不要再进南家的门！就当我没有你这个儿子，你也没有我这个妈！"

"妈，你听我说完再骂我好不好？"我哀求她。

"我不听！不听！无非是说那个野女人如何如何漂亮，如何如何对你好，如何如何非娶她不可！我不听！你如果是单身汉，无论你爱谁娶谁妈都不会管，可你现在已娶妻养子了，不是说这种话的时候了。再说桂桂勤谨贤惠，通达人情事理，为你操理家务，遮风挡雨，今年她又为南家先人争光，生了个白白胖胖的小子。她这么多的功德好处，你不记不说，反倒提出和她离婚，不是坏了良心吗？"

"妈，主要是……我和她没有爱情！"我哀声分辩道。

"啥狗屁爱情！爱情还不就是过日子，生孩子！如今日子过了，孩子生了，咋能说没有爱情？"

"爱情不仅仅是指这个……它指的是人心里的真正感情……它是一种很动人的很微妙的啥也不能替代的东西……"我不知道该用什么样的词语，才能在母亲面前表述清楚我的意思。

"哼，尽是些花言巧语，不着天不着地，云里来雾里去，以为妈不识字，就用来糊弄妈！"

"不是……不是糊弄您老人家，爱情……譬如说……妈当年和秃子大叔……"

"他是个流氓！"

我吃了一惊，怔怔地望着妈，想不到她会说出这么绝情的话。

我于是什么也不敢说了，退回到我的房子，懊丧地躺在炕上看纸顶棚上的图案。忽然又想：既然妈说秃子大叔是流氓，又为什么每年还要给他做两双精致的黑绒面布鞋呢？

四十四

我刚回到俱乐部不久，田大光就来了。

桂桂上班去了，房子里收拾得窗明几净。

"今后咱们最好少见面。"我说。

田大光蹲在小板凳上抽烟，不解地望着我。

"因为见到你我就非常恶心自己！"

"这又是何苦？"他说。

"也恶心你！觉得你和我都不是真正的男人！"

"我不这么看。"

"不这么看就是麻木不仁！"

"也许是。可这是没有法子的事情，既然命运这么安排，我们又都无法违背，还不如顺从，听其自然。"

"越说越恶心！别说了！"我制止他，"你找我有什么事？"

"小昙这几天病了，心情也很不好。我想让你去看看她。"

"替老婆来拉皮条！"

田大光忽地从地上站起来，脸色铁青，目光如炬，右手攥起碗大的拳头，来回拨拉着我的软鼻头，左手抓住我的衣领："你再说一遍！"他凶神恶煞般的吼道，"再说一遍！"

我从狂诞中清醒了。我第一次看见他侠胆金刚的真面目。我吓得什么也不敢说了。

他猛一抬手，将我像摔小鸡一样摔在床头上。"你敢再说一句我就打死你！"他余怒未消，继续说，"你以为我就真的是个窝囊鬼？是个任人欺负的软蛋、废物？其实我是看不起你们，不屑于和你们较量！如果我想教训你，不要说打你一拳头，就是弹你一指头，也会将你的鼻骨弹成粉碎性骨折！"

我噤若寒蝉，蜷缩在床上一动不敢动。

"下午三点，你要准时来广播站看小昙！"

"我不会来！"我感到受辱，猛地蹿上来一股勇气。

"你再说一遍！"

"你打死我好了！我不会来。"

"不识抬举的东西……"

我就听见这么一句，接着就被什么东西猛然撞击了一下，眼前一黑，什么也不知道了……

朦胧中，觉得有人扶着我的脑袋，用什么擦拭着我的鼻头。不知枕着什么东西，后脑勺下面十分柔软温热，有一种飘浮感。我的周围是白色的云彩。我的脑瓜在云彩上浮游。我感到了从未有过的宁馨。

后来我睁开眼睛，发现我原来枕在小昙的腿上。

她正用一大团卫生纸给我擦拭。卫生纸上染满了猩红色的血迹，像一朵花。她另换了一团卫生纸。她边擦边哭。有几滴泪水落在我的脸上，湿濡濡的，怪痒。

"疼吗？"她问。

我摇了摇头，说："他总算有出息了！"

她不解地望着我。

"他像个男子汉了，"我解释说，"他今天打得痛快极了！"

"他并没有打你，他只是气极了，用手掌在你的鼻子上掀了一下。如果是真的打你，你就永远不会再醒过来了。他失手后，见你鼻孔出血，昏过去了，吓得跑回广播站叫我快来看你。"

"照这么说，他还是没有出息！"我叹道。

"但愿他永远没有出息。"她说。

"愚民政策！"

"他有出息了可就不得了了。"

"这是一种极自私的想法。"

"两个小娃娃，在一头沉睡的狮子身边玩耍，玩得快乐极了。后来他们玩得肆无忌惮，用荆棘去刺狮子的鼻子。狮子哼了一声，打了个哈欠，眼看就要醒过来了，但小娃娃仍在玩那种危险的游戏，唯恐狮子不能醒来。他们不知道狮子醒来后就会吃掉他们！"

"不用担心，"我说，"即使是那头狮子醒来，也不会有什么危险。"

"为什么？"

"因为它只虚有其表，其实是个废物。"

"永远是个废物吗？"

"永远。"

"你太乐观了，你不知道他的身体正在发生某种变化。"

"什么变化？"我认真起来。

"他的不能男事，其实并不是器质性疾病，而只是一种精神障碍，或者说是一种崇拜病。他以前将我神圣化了，偶像化了，在我面前自惭形秽，才有了那种病。但自从他发现了我们的私情后，他的精神渐渐起了变化。他换了另一种眼光来看我了。他不再崇拜我了，甚至有点鄙视我了。那种精神障碍也慢慢消除了。在昨天晚上，他竟提出了那种要求……只是因为我不同意，他才隐忍了自己的欲望……"

"狮子醒来了？"我吃了一惊。

"醒来了。"

"真可怕。"

"你现在才知道可怕了？"

"他迟早会强迫你干的。他有充足的理由，因为你们是合法夫妻！"

"也许不会。他十分善良，他会克制自己的。"

"但善良是有限度的，因为条件太特殊了。你躺在他身边，就像鲜美的食物放在狮子口边一样。诱惑太近切，太猛烈了！我不相信他还能忍耐多长时间！"

"那怎么办？"

"赶快离婚！我和蓝桂桂，你和田大光，赶快离婚！再没有任何其他选择了！"

"我们倒问题不大，只是你和蓝桂桂……蓝桂桂她能答应吗？"

"离不了也要离！否则一切都毁了！"

"多难哪!"

"我明天请假回家,再去做做妈的思想工作。只要妈同意了,事情就解决多半儿了。"

"好吧……"她喉头一哽,哭了。

四十五

我到舅家去找妗子,妗子和妈关系最好,她是唯一能说服妈的人。再者,妗子是高中毕业,算得上知识分子了,她一定会同情我,理解我。

院子里有一丛竹。竹旁置一大瓦盆,养着四五尾红鱼。由于有竹的倒影,水变得油绿,绿水红鱼——这便是妗子的诗篇。

妗子让我坐在屋里。我说我爱这丛竹,说着提了一个小板凳,坐在竹阴下。妗子用宜兴壶泡了茶,放在我面前,然后也端了只小凳子,坐在院子里。

我向她详细说明来意。

"难道就真的非离婚不可了?"妗子问。

"真的。"

"要慎重考虑。"

"已经反复考虑了。"

"依我看,桂桂蛮不错,对你很体贴,和你妈也合得来。如今又生了个儿子,母以子贵,她在你家已是有身份的人了。"

"我和她没有感情!"

"我和你舅就有感情吗?"

我一惊,有点愕然地望着她。

"他是个农民,老实疙瘩,又不识一个字。当年我高中毕业,家里人一提起和你舅结婚,我就哭死哭活,几天连饭都不吃。"

"现在呢？"

"现在还不是过得好好儿的嘛，"她笑了笑说，"当然，刚结婚时几乎天天和他吵架，闹离婚，寻死觅活。娘家亲戚们问起原因，也是你那句话：'我和他没有感情。'现在想起来，那句话只不过是年轻人的幼稚罢了。"

"为什么？"

"年龄关系。人到了四十岁，就不那么看生活了。"

"那其实是被生活折磨得麻木了。"

"也许是，但麻木也有麻木的好处。麻木是一种缓解和接受，使你不再感觉痛苦了。麻木到极点，就会获得一种习惯，一种冲淡和平和，甚至还会生出乐趣。你看我现在，又栽竹又养鱼，活得有滋有味。"

"那不能叫活着，只能叫赖活着——用自由做代价，向命运屈服！"

"依你说怎么办？"妗子问。

"不自由，毋宁死！"我激动地说。

"太尖锐了，太激烈了！彧，妗子在你很小时就觉察到：你这孩子太富于激情了。你总是怀着激情，怀着绝对的固执，怀着你的艺术性的天真的想法，和环境和命运斗争。这也并不奇怪，因为每个人都曾经和你一样斗争过。奇怪的是你明知环境和命运不可改变你却仍要斗争。这斗争最后会毁了你！"

"毁了就毁了！正如我刚才说的：不自由，毋宁死！"我说。

"别太绝对化了！生活中一切悲剧故事都是因为绝对化引起的。要学会妥协。老年人的经验智慧无非是'妥协'二字。不是命运对你妥协，就是你对命运妥协，不妥协就会产生极可悲的后果。人从幼稚到成熟的过渡，主要是认识妥协的含义。妥协不是屈服，而是适应。无论如何伟大的人物都懂得妥协，懂得妥协的人才是懂得真理的人。

"彧，相信妗子的话吧！

"在这个世界上生活的每一个人，命运其实都是一场悲剧，连国王都是如此。因为每一个人生下地都有无穷的欲望：权力欲使每一个人想当国王，甚至宇宙之王；财产欲使每一个人想成为百万富翁、亿万富翁；荣誉欲使每一个人都想成为名垂史册的大名人；爱欲使每一个人都想找一个甚至数个最知己最漂亮的配偶；生命欲又使每一个人都想长生不老……但世界上又有谁全部实现过自己的愿望呢？既然不能实现，那不就都是悲剧一场吗？

"既然命运对谁都一样是悲惨的、不幸的，那就不要奢望也不要抱怨命运。不全即全，不幸即幸，这才是没有幻想和粉饰的生活真实。明白了这一点你就会明白为什么要妥协，为什么不要苛求命运甚至要热爱命运。

"就说爱情吧。啥叫爱情？还不就是吸引力！一个女子长得漂亮出众，十个百个男人都会见了眼馋，都会表示千分万分地爱她。但得到她的只能是一个男人，其他众多的男人便都是可怜的失恋者了；同样，英俊聪明的男人也只能做一个女人的丈夫，其他爱他的女人只能自叹命薄。所以说真正的爱情是很稀罕的，是极少数幸运者才会有的。大多数人如果不想自寻烦恼，自找罪受，平心静气地活下去，就不要太奢求爱情。

"再说，天外有天，人上有人，你看着一位女人心爱，其实还有比她更漂亮、更心爱的。爱情是变幻不定的，无穷无尽的，并不是一个固定的概念。你总不能吃着碗里看着锅里，见一个爱一个！爱从来都是无底洞，从来都无法彻底满足，而要求彻底满足的人轻则会成为纵欲主义者，重则会成为淫棍或罪犯！

"你能保证你永远爱叶小昙吗？你如能和蓝桂桂离婚，过了不多久你说不定又会爱上别的女人又会和小昙离婚。离了结，结了离……将生活当作儿戏，岂不是将自己也当作儿戏了吗？

"永远不要奢求圆满。你看天上的月亮，除过十五日晚上，其他晚上都是缺月。圆只是瞬间的事情，缺才是恒常的事情。也永远不要奢求彻底满足，彻底满足几乎是一种罪过，而抱残守缺、恬淡寡欲才是本分，才能求得至善至和。

"克制，忍耐——这四个字便是人生的学校。在这所学校里，你会学会人类的全部美德。人之所以为人，仅仅只是因为人懂得自我克制。如果失去克制，人便会成为禽兽。克制是人对真理的彻底认识。克制也是一种生态平衡。当然，克制总会带来一些痛苦,但不会带来烦恼,因为它没有后果,它用小痛苦避免了更大的痛苦。从某种意义上说,克制是一种朴素的幸福。

"想一想你妈,你总不理解为什么她不答应秃子的求婚,为什么要自找罪受。她其实是爱秃子的,却又不敢爱其所爱——这事用现在的观念来看,她是愚蠢的,可叹可笑的,但用二十年前的观念来看,却又是正常的,合乎情理的。因为当时人们将守节守寡看作本分和美德。她如果顺从自己的欲望,和秃子有了私情,就会受到满村人的唾骂和指责,就会活得人不像人,鬼不像鬼。她权衡利害,不得已选择了拒绝和克制。她虽说付出了寂寞难熬的代价,却赢得全村人的尊敬和一生的安宁。假如我们生活在二十年前,我们会说她的自我克制是值得的,是聪明之举。

"人是一个怪物,人常常出尔反尔。人人都在讲自由,热爱自由,但当某一个人真的自由地去爱了,大家却又会咒骂他,损毁他。大家都是叶公好龙,对自由只是嘴上说说而已。

"所以我劝你对离婚这件事要慎重考虑,不要只凭一时感情用事。"

我入迷地望着妗子,简直是对她刮目相看了。我没有想到一个高中生会说出这么一番深刻的道理。也许每一个人的智力都是深渊,都不能做简单的猜度。

"确实有道理。"我说。

"你能接受吗?"妗子问。

"理智上完全可以接受,但感情上却是另外一回事情。因为再好的道理都仅仅是一种表述。你可以说服我的理智,却说服不了我的感情。"

"或,你太固执了。你一味地听任感情,这样下去是很危险的。"

"无论多危险,我都不怕。我既然爱小昙,我就应该替她负责,娶她为妻。如果只考虑自己的损益得失,我就太自私了。"

"如果你的主意不能改变,你就替你自己负责,走你自己的路吧!"

"妗子,你能否站在我一边,帮助我说服母亲?"

"她已经两次和我说过这件事了。我替你说了许多好话,求她谅解你,但她不肯。或,想想你妈的经历吧,你就会更深地了解她。她是极坚强极自尊的。她不愿意的事情,无论谁劝说她都不会改变主意。"

我默然了。

四十六

蓝桂桂忽然变成了天底下最孝顺的媳妇。

每个星期六,她都要带着孩子回家看望母亲。她工资低微但出手大方,她买了满网兜的苹果、橘子、菠萝、香蕉。她负重累累地走过街道,为的就是要招来满街人对她这不平凡的孝心的赞叹,她事实上已经成了全村老辈人教育儿孙媳妇孝顺的楷模。母亲诚惶诚恐,面对蓝桂桂那一份过分隆重的孝心,与其说感到高兴不如说感到压抑。

星期天早上她闻鸡即起,几乎是在半夜时分她就摸起扫帚唰啦唰啦地打扫院子。打扫完院子,又去打扫大门外的场地,甚至连邻居门前都扫了。天亮后两邻家拉开门望着扫得白光灿亮的地面一齐发出惊呼:"哎呀!几十年没见过这么勤谨的媳妇!"

那扫帚也扫得母亲心里不安,她摸黑穿起衣服,默默坐在炕头。其实她用不着起得这么早,但不起来又仿佛对不起那扫帚声似的。她枯坐良久,后来打起盹儿来。梦一个接着一个,模糊不清,扑朔迷离。她像老鸡啄米似的,一边打盹儿一边微笑。她忽然听到有人喊她:"妈、妈。"她猛地睁开眼,见窗外已是一片汹涌澎湃的晨光。蓝桂桂恭恭敬敬站在炕沿前,请示她早上做什么饭。"做红芋糊糊吧!"她一生最爱吃的就是红芋糊糊。蓝桂桂点头走开。很快,厨房里就响起了清脆的风箱声。

我也早早起来,洗过脸,拿起一本艾略特的诗集,斜躺在妈的被卷儿上看书。

妈不理我,闭拢眼皮,似在打盹儿,似在沉思,嘴角荡漾出若有若无的笑意。

她大概在想：蓝桂桂，你未免太精了，太有心计了。我六十多岁的老婆子，什么事没经过、没见过呢？你那一网兜水果和你突然表现出来的孝心和勤快，无非是想赢得我的同情，让我成为你的同盟军，和你一起反对我的儿子，反对我儿子和那个叫叶小昙的漂亮女人的爱情，从而保住你们的婚姻和你个人的虚荣心。你的最隐秘的打算难以瞒过我这个久经沧桑的老太婆，因为你还太年轻。但我绝不会说破你的诡计，我只会含着温馨的微笑欣赏你的表演，甚至我还会暗地里为你鼓掌，因为你不过是为了维护一个女人最基本的权利和尊严。

妈忽然望了我一眼，慈祥地笑了笑，又闭拢了眼皮，似乎在说，那不过是你的瞎猜，其实妈什么也没有想。

外面的房子里忽然传来孩子的哭声。

"去，帮你媳妇抱抱娃。"妈吆喝我。

我只得撂下伟大的艾略特，去了。

到了上午，我又斜躺在她老人家的脚下，想和她再说说我和小昙的事。我想好了一肚子道理，我要用最深刻的激情去打动她，我要用最顽强的努力求得她对我离婚的支持。由于田大光的心理障碍突然康复，一切都变得急促了、危机了，不能再拖延、再等待了！

妈猜透了我，没等我开口，就赶我下炕：

"去去！帮你媳妇烧锅去！"

"妈，我有话要给你说……"

"我不听！"

"妈，是最要紧的事！"我急了。

"还不是要和桂桂离婚的事！我不听，不听！"她坚决地说。

"你不答应儿子，儿子就活不成了！"我声泪俱下。

"别吓唬我！"

"真的！"

"哼！你离了婚，难道桂桂和孩子就活得成吗？其实你和桂桂活得成活不成倒没有多大的关系,我心疼的只是孙孙,他可是咱们南家的后世香火!"

"孩子我可以养活……"

"你……你都没有想一想,离了娘的娃娃能活得旺势,活得高兴吗?再说,桂桂已发誓说你若和她离了婚她就一辈子守寡……你知道一辈子守寡是咋回事吗……"妈喉头一哽,说不下去了。

"妈,桂桂不会那么傻!她是用这话吓唬你!"

"女人会因一件小事上吊吃老鼠药,男人根本不懂!"

我说服不了她,只得去厨房帮桂桂烧锅。

因为闹离婚,桂桂已经成了我精神上的敌人。她现在所做的一切已不是为了爱而是为了赌气。她眼神镇静、冰冷,充满怨毒。甚至她背过身在案板上擀面的时候,后脊梁上也是冷气森森。在妈面前,她为了表演,故作亲热向我问长问短;而一当离开妈,她就变成了另外一个人,一句好声气都没有。面擀好了,又切青菜,忽然一声呜咽,哭了起来。我不理她,继续扑嗒扑嗒拉着风箱。她见我如此,哭得更伤心,眼泪嗒嗒地往地上掉。我故意刺激她,哼起康定民歌:"对面山上的姑娘……"她不哭了,抡起菜刀在案板上狠狠地剁,好像那堆青菜就是我的脑瓜。后来竟一刀剁中了指头,鲜血迸流。我跳起来,掏出手帕要给她包扎。

"你不要管!"她狂叫道。

我抱住她,去拉她的手。

"你不要管!你去唱你的'对面山上的姑娘'!你不要管!我死我活由我,你不要管……"她抡起那只流血的手,在空中甩了一道血圈。

我制服了她,替她包扎好了伤口——其实只切破了一层皮。然而毕竟看见了鲜血。

我已明白,命运的悲剧快到了尾声。

"咋了?"妈冲进了厨房,厉声问我。

我吓得一句话也不敢说。

"没有事儿,是我切菜时不谨慎切破了一层皮。"蓝桂桂笑盈盈地说。

妈松了一口气，低下头看见地上落了那么多的血，流下泪来。"真惨！"她说。

四十七

我一个人回到俱乐部。

我央求妗子，央求母亲，但谁也不肯帮助我、怜悯我，而最后，还遭到了蓝桂桂血的警告！一切努力都失败了。

我颓然地倒在床上。

天色已晚，窗前那一大块紫色的暮霭里闪耀着蝙蝠的翅膀，像黑色的梦幻。

也许它是死神的黑领带，向我显示死的美丽和死的飘逸。

我为什么会想到死？不，不论命运如何不幸，我都不会向死亡央求慰藉。

朦胧中，我看见小景从门里走了进来。晚霞忽然异常辉煌。她沐浴在晚霞里，显得出奇地娇嫩，出奇地美艳。她眉飞色舞，全没有了平日的忧郁。她一定是来问我是否做通了亲人的思想工作。

"她们都不允许我离婚！她们只求维持现状，平安无事！她们还用鲜血威吓我！"我痛苦地说。

她皱了皱眉，很快又舒展开了，说："不要忧愁。你看我现在一点儿也不忧愁。我们会超越一切阻拦！"

"怎么超越？"我疑惑地问。

"要超越阻拦，首先要超越自己，向蓝天深处升华。"她自信地说。

"怎么升华？"

"用特异功能。"

"可我没有特异功能！"

"有。每一个人都有特异功能。"

"这可没有听说过啊！"

"其实很简单,特异功能就是梦境,或者是艺术。因为任何艺术都是白日做梦。梦是最美的,最自由的,最完整的,谁也阻拦不了的。任何人只能阻拦现实,却不能阻拦梦境!"

"你这是听谁说的?"

"昨天我遇上程海先生,他就是这么说的。他还说你和我都不是现实,只是他笔下两个虚构的人物,我们所有的喜怒哀乐其实是他的一个清醒的梦境。"

"他胡说!"我抗议道。

"为什么?"

"因为他曾对我说:既然他自己是真实的,那么我和你也是真实的。"

"好啦,不说啦,世界上总有一些说不清的问题,企图什么都要说清只能徒增烦恼。我今天来是因为你太痛苦,太抑郁了,就和我前几天的心情一样。但我现在不痛苦了,因为我已经升华了。我也来帮助你升华吧!"

"我说过了,我没有特异功能!"我说。

"难道你没有梦幻?"她惊讶地问。

"我连梦幻都没有。"我说。

"那就太贫穷了。但不要紧,我送给你一个梦幻。"说着,忽然从背后什么地方取出两只巨大的蝙蝠翅膀,分别插在我的两边胳肢窝下面的地方,插得我有点发痒。再看她,两臂下似乎也有一双同样的翅膀。

院子里忽然一片嘈杂。我向门外一看,原来是妈、妗子、蓝桂桂、俱乐部王主任、田大光……他们看见我们在一起,一个个义愤填膺,互相急促地商量着什么。接着人群散开,全瞪着眼睛,咬着牙关,向我们默默包抄过来……

"咱们飞吧!"小晷说。

于是我们像两只大蝙蝠一样缓缓飞了起来。我们不想一下子飞得太高,便在他们头顶缓缓盘旋。

他们一个个脸仰得像葵花盘一样,呆望着我们,像钉子钉在地上似的久久不动。

"多大的两只蝙蝠哇!"田大光说。

"不祥之兆!"王主任叹息道。

唯有妗子和母亲流着眼泪什么也不说。

自由?自由是什么?也许自由根本没有。因为无论在什么地方,你总是妨碍着别人,别人也妨碍着你。我们就在妨碍和被妨碍中生活。我们为了自己的意志、利害、爱欲,总要互相冲撞、侵犯、剥夺,然后为了共同生存又互相让步。剩下来的就是命运——命运即是被情势改变和扭曲了的生存态。

我们鼓翼向上飞升。周围蓝天浩荡,上下四方什么也没有,只有一片醉人的蓝。蓝得彻头彻尾彻里彻外。在这里,我们不妨碍任何人,任何人也不妨碍我们。彻底的自由终于实现了!

太阳,像宇宙硕大的心脏,在我们不远处隆隆地跳动。

太阳是自由的红证章!

我们向太阳欢呼!痛彻心扉的欢乐呀!

我们互相紧紧拥抱。

忽然间,我们的拥护充满了松弛感。开始,我们感觉不到对方的形体了,后来,我连自己也感觉不到了。

但我们仍能互相看见。我仍能看见她的娇艳,她的袅娜,却再也摸不到她了。我和她只剩下了一个空荡荡的影子。

"难道这就是升华?"我问。

"是的,我们只剩下了纯精神,没有任何物质了。"

"那我们还能爱吗?"我问。

"爱和恨其实都是一种束缚。现在我们彻底自由了,还要那些束缚干什么呢?"她说。

我哭了。但没有眼泪,只有感觉。

"哭什么呢?"

"哭我们的死亡。"

"我们并没有死呀。"她惊讶地说。

"没有死,可是我们已经不朽了。"我感叹道。

没有多久,连七情六欲都消失了。

剩下的只是纯粹的欢乐。

欢乐!欢乐!欢乐!无所谓欢乐的欢乐……

连死亡的伤感都没有了……

天色渐渐黑了,黑得像没有门窗的牢狱。我大睁着空虚的眼睛,望着墙壁。墙壁上横着我的影子。痛苦到了极点便没有了痛苦,只剩下一片茫然。

我很想去见小昙,但见了她说什么呢?难道能向她说出母亲和亲戚们的意思吗?假如说出了,她一定也会和我一样,陷入绝望。

痛苦还有期待,而绝望连期待都没有了。

这件事迟早要说,可我要尽量地推迟时间。

欺骗有时候也是一种善行。

我静静地躺着,什么也不想。既然一切聪敏和智慧会导致痛苦,那我就尽量将自己变成一个傻瓜。我乐乐呵呵地哼起一支"文化大革命"时期流行的歌——《北京的金山上》。

忽然有人敲门。大约是小昙吧?但拉开门一看,却是那位好久不见的舅母。

她穿着一件白绸裙,上衣也是白的,衬着白白的肌肤,外表显得纯洁极了。假如是初识,我一定会将她幻想成圣洁的白衣仙子。

"请坐。"

"老朋友了,还这么客气!"她咻咻一笑。

我又仰靠在被子上,默不作声。

她又咻咻地笑。

"笑什么?"我心烦地问她。

"我笑你忘得真快!"

"什么忘得真快?"

"你想想!"

"你是说玉米地那回事?记得记得,我简直不敢去想!想起就恶心。"

"你装什么正经,全县城谁不知道你是风流才子!"

"我不是才子,也并不风流。"

"还不风流?情人都够编一个加强连了!"

"其实你才是真才子!"我说。

"我算什么才子?"

"才子!"我肯定地说,"因为才子才有这么丰富的想象力和浪漫夸张的手法!"

"难道你没有一个情人?"

"我只有一个爱人,并没有情人。"

"蓝桂桂呢?"

"她是我的妻子,但妻子不一定就是爱人。"

"我不曾经是你的情人吗?"她诡谲地一笑,问我。

"不,你只是我的性启蒙者。"我认真地说。

她哭了,眼泪豆子般滚了下来。这是真正伤心的恸哭。我忽然觉得,她此刻漂亮极了,也纯洁极了。

"你这是侮辱我!"她边哭边说。

"我并不是侮辱你,因为那种事是两个人的事,侮辱你也就是侮辱我自己。我说的其实只是一句实话。"

她忽然向我扑来……我以为她是来抓我打我。我并没有躲,任其所为。没料想,她一头扑进我怀里,抱起我的脖子,在我脸颊上发狂地亲……我烦透了,将她推开。

"你别假装正经了!"她爬起来,坐在椅子上哭哭啼啼,"你以为全县城的人都是傻子,什么都不知道吗?你瞒得了别人,但你瞒得过我吗?我时时刻刻都盯着你。你们每次去城西边那座房子我都知道。有两位老年人,住在那房子附近,我给了他们一百元,让他们监视你和广播站那个骚货!他们拿了我的钱,就天天忠实地向我汇报你们如何如何在那儿偷情!如果我将这些事向俱乐部领导据实告发,你们还会有脸见人吗?"

一切都明白了,但我并不惧怕,只感到憎恶。

"你去告发吧!"

"难道你不怕告发后的后果!"

"我什么都不怕,既敢做就敢当。你快去吧!快去告发我吧!"

她呆呆地听着,却仍不动身。忽然又呜的一声哭了起来:"你为啥爱那个骚女人不爱我?难道我没有她白嫩?没有她漂亮?"

我不屑回答,只顾抽着烟。

"你说!你说!你说不清楚我就立即去告发你!"

"根本说不清楚。爱就是爱,不爱就是不爱。"我说。

"不行,说不清楚不行!"

"你很漂亮,也很有风韵,但你不是我要爱的那种女人。"

"难道你嫌我名声不好?"

"我倒不在乎什么名声。有好名声的女人很多是平庸的女人,而有坏名声的女人中却常有杰出人物。崔莺莺未婚同居,李香君流落烟花巷,但她们都是让人仰慕爱怜的奇女子,还不用说声名狼藉的武则天,更是中国政坛的一代雄才!我讨厌你的并不是你的名声,而是你的愚蠢和虚伪。

"你的愚蠢表现在你的爱不是爱而是滥爱。你的爱没有审美标准,没有个性的选择。你随意委身于一切需要你的男人,而那些男人一边占有你一边又在心里嘲笑你。你所谓的爱情其实只是一种生理饥渴,甚至是一种疾病!其中动物性太多,人性太少。而你的虚伪在于你明明是荡妇却要假装正人君子,甚至还要充当'无产阶级先进分子',更甚者你还当上了妇委会主任,在全大队妇女大会上大言不惭地批判别人的奸情和别人的不道德!"

"你说得太过分了!"她哭道。但又慑服于我的指责,在椅子上慢慢萎缩成一团。

"够了！你快去告发吧！"我说。

她默默地站了起来，走向门外。我从窗口望着她的影子。让我诧异的是她并没有去找俱乐部领导，而是走出大门回家去了。

我去了广播站。一进门，看见小昙满脸鲜血，伏在床沿上恸哭。

田大光面朝小昙跪在地上，痛哭流涕，一迭声地说："我是一个疯子，我是一个疯子……你饶了我……"

"出去！"小昙用手指着门外。

"你饶了我……"

"出去！"

田大光畏惧地望了她一眼，驯顺地爬起来，狗似的灰溜溜地溜到门外去了。

我不想问她什么，只顾凶狠地抽烟。

"你知道他为什么打我吗？"她反倒问我。

"别说了！"

她偏要说："他已经完全恢复了。自从他知道了咱们的事情，他就再也不尊敬我了。我在他眼里现在什么也不是，只是一个富于性刺激的女人。他睡在我身边，整夜整夜失眠。大睁两眼，死死望着我的身子，鼻子里喘着粗气。他总是痛哭，却什么也不说。由于狂乱和失眠，他的眼珠子红得像血颗儿。

"昨天晚上，他终于控制不住自己了。他像疯了一样扑了过来，咬我的乳头，撕我的衬衣……我抗拒他，用手打他……他恼羞成怒，打了我一巴掌，将我的鼻血打下来了。我索性用手一抹，抹得满脸都是血。他吓傻了，就跪在地上求饶。"

"躲过了今天，躲不过明天，他迟早要侵犯你！"我说。

"我准备明天回娘家去住，暂时和他分居。"

"这倒是一个躲他的办法。"

"离婚的事你对母亲和亲戚说过了吗？"

"说了。"

"这几天我天天都在想这件事,越想越觉得他们不会同意。"她说。

"不,"我不敢让她绝望,便撒谎说,"她们说再商量一下,过几天答复我。"

四十八

市里召开文学创作会议,邀我去参加。

恰巧在会议期间,省报文艺副刊发表了我的一组诗《爱之殇》,虽说是有些伤感情调,却仍在与会者中反响强烈。

"意境妙极了!"韩含说。

"充满了感伤美!"另一位刚结识的文友说。

"我觉得不怎么样!"我故作谦虚。

晚上,一伙人在秋叶飞老师家里聚餐。一边喝酒,一边大谈女人,大谈各种荒诞离奇的艳遇。觥筹交错,杯盘狼藉,脸孔紫胀,口沫横飞。文人们全是嘴上的功夫,尽管平时在女人面前局促畏葸,胆小如鼠,但事后却能凭着虚假的幻想,将自己说成像《十日谈》中的采花大盗、猎艳奸雄。他们的撒谎是他们的职业习惯。他们将撒谎称为"虚构",正如中药中将蚯蚓称作地龙。对他们的故事你只能姑妄听之,却不可信以为真。造物主因为他们在幻想世界里样样都有,便为了生态平衡,常常会让他们在实际生活中一无所有。

内心愈是凄凉苦闷文章愈会华淡壮美。

看一看《聊斋志异》,再想一想蒲松龄的悲惨生平,就等于找到了上面那句话的注脚。

酒喝完了,女人也谈腻了,便又谈论起文坛逸事。说是某某人在省上小说评奖委员会委员中有一个亲戚便立即评上了全省大奖,尽管那篇得奖小说读了后平淡无奇甚至是狗屁不通;又说某某人用重礼向某某权威评论家行贿,结果那位权威评论家果然在报纸上给他写了一篇评论文章,于是这位三流、四流甚至不入流的作家立刻身价百倍,名噪一时;还说起要当作家最好在出生前向上帝申请性别时申请一个女性,因为杂志编辑大部分都是雄性,根据异性相吸的原理女作者会备受青睐。为了进一步论证这一论点,韩含说他在食堂窗口打饭时由于故意戴了一个女人的花筒袖大师傅便给他多打了半勺菜。但在场的女文友们立即反驳说如果遇上了女编辑那男作者岂不是也会同样受宠!于是男作者和女作者立刻结成统一战线,共同猜想大文豪普希金、托尔斯泰、雨果、梅里美之所以功成名就是不是由于遇见了异性出版商的缘故,回答却是那些出版商都是男的。于是大家百思不得其解,陷入一片茫然。

后来韩含调侃说:"普希金等文豪的出版商虽然不是女性,但大概都是同性恋吧!"

大家哄然大笑,打破了难堪的沉默。

为了重新找到话题便都说起了最不安全的艾滋病。

大骂艾滋病祸及人类,违反民心,违反社会发展规律,甚至违反言论自由。

黄组长表示不满:"艾滋病与言论自由有什么关系?"

韩含立即诡辩道:"艾滋病会大批大批地杀人,人若被杀成了死尸难道还有言论自由吗?"

妙语惊人,大家一齐鼓掌。

聚餐结束,各回宿舍。和我同宿舍的人有叶凯和韩含。

"你今天晚上怎么了?愁眉苦脸的,一句话也没说。"叶凯问。

"这几天,我只关心我自己。"我说。

"你自己?你自己不是很好吗?你已经小有才名,并且声名日隆。这几天多少人在背后羡慕你,赞美你,你还有什么不满足?还有什么忧虑?还有什么要特别关心的呢?"

"你说的只是我这个人的一个面,但这一面对我并非至关重要。"

"那什么才是至关重要的呢?"

"别问得太彻底。我只能说几件历史事实供你玩味:曹雪芹写出了千古流芳的《红楼梦》,为什么后半生活得那么凄苦悲惨?川端康成获得了诺贝尔奖,茨威格、海明威誉满世界,但这些大名人为什么却要自杀?"

他们张大嘴巴,一句话也答不上来。

"老实说,我也希望当名人,当才子,然而我更希望做一个完整的、能获得起码幸福的人!"我说。

四十九

那位舅母虽然没有在王主任面前告发我,却在背后大造舆论。我和小昙的事一下子被传得沸反盈天。

对一个爱你爱得发狂的女人,你的冷淡和拒绝便是对她的侮辱。

她开始实施她的复仇。她在每一个熟人面前揭发我的私情,揭发之后总要叮嘱一句"不许外传"!这句叮嘱其实更增添了事情的神秘性,也更加重了人们的某种悬念和不吐不快的压抑感。熟人们终于憋不住将这件事又告诉了另一个熟人,末后也总是叮咛一句:"不许外传。"

谁都"不许外传",谁又都在"外传";仿佛谁都在好心地替我保守机密,其实谁都在放肆地毁坏我的声誉。

已经是满城风雨。

熟人们见了面,似乎比以前更亲热了。亲热得近乎放肆,亲热得仿佛面对着一个玩物。每一个人似乎都有了松弛感——他们以前总觉得不如我,总感到我显赫名声的压迫,而现在乾坤倒转,我一下子变成了人人唾骂的过街老鼠,也一下子变成了他们道德上的陪衬人。山崩塌了,于是小小的土丘也成了高峰。他们一齐在我面前挺直了身子,成了可以傲视我俯瞰我的贞洁英雄。

连小偷在我面前也能获得自豪感。

背过我，大家都在议论我，口沫横飞，兴高采烈，欢声匝地，笑语连天。我和小昙的事情经过他们的重新创造重新渲染，已变得面目全非，既荒诞离奇又淫秽猥亵。人人都成了口头文学和色情文学的巨匠，一个个口若悬河亢奋异常欲罢不能，凭借着我们的爱情演义尽情宣泄各人的性压抑。

大家不再苦闷不再觉得缺少文化生活。

我们便是他们的新文化。

甚至我们成了他们幸福的源泉。因为自从我们的事情传播出去后，大家一个个变得红光满面神采奕奕。

一传十十传百，传遍了全县后来又传遍了全省。

罪恶太显赫就会变得了不起。它像空气一样无所不在。它丰富了时代，成为某种思维的参照系。它甚至成为绝妙美好的艺术，就像蝎子、毒蛇、蜈蚣由于恶名太大流毒太广后来竟成了民间艺术中的吉祥物。

谩骂影射渐渐变成了行动。

有一次，我正在街上行走，路边有一个人见了我忽然恶声恶气地骂起一条狗是"日毛连蛋的西门庆"！骂后又朝狗唾了一口，嘴巴一歪却唾在了我的身上。我正要动雷霆之怒他却卑谦地赔着笑脸向我道歉："对不起，实在对不起！我确实是向着狗唾，不小心唾在了你身上。"

"你难道长的狗眼！"我吼着。

"狗眼，狗眼。"他低头哈腰自詈道，一副以屈求伸的阴谋家的样子。

"狗惹着你什么了！"

"你不知道，那狗是条淫狗，不骂不能平民愤！早上我还看见它和一条母狗在街上通奸……"

又是含沙射影。骂得恶毒骂得隐蔽骂得让你无法还口。但我故意装出若无其事没有听出任何弦外之音的样子，让他的恶毒用心收不到任何效果。

我已经"豁出去了"！

"豁出去了"就是什么都不顾了，就是从世俗所谓的荣辱祸福中完全解脱了。

但小昙却豁不出去。她像一只可怜的小老鼠一样整天躲在广播站不敢出门。由于她畏惧别人的侮辱和影射,所以任何侮辱和影射在她身上都收到了强烈的效果,正像含羞草无论被怎样轻微地触摸也会战栗畏缩一样。她整天自羞自怕自叹自怜。没人的时候,便泪水长流。她觉得自己是清白的,甚至是符合传统道德的,因为她的贞操只献给了一个男人。她愈想心里愈觉得委屈,愈想愈觉得人心黑暗,人言可畏。愈想愈想不通,愈想不通愈想。直想得形容憔悴,骨瘦如柴。

她总想申辩,总想求得别人的理解,还她的清白。岂不知道,她由于有这样的痴想才正中了流言家的圈套,正如一只粘在蛛网上的小昆虫,愈是拼命挣扎就愈是被缠缚得紧。

她已经濒临精神崩溃了。

五十

蓝桂桂前些天一直在木器社住宿,下午却突然回到了俱乐部,借口是取几件替换的衣服。

她并不愤怒,表情平静极了。见是我一个人在家,便问:"怎么不见那个婊子?"

"嘴放干净点!"

"依你说,不叫她'婊子'叫什么?"

"至少她比你纯洁、高尚!"我说。

"哼,自己是有夫之妇,却和别人的丈夫鬼混,这样的女人,还能谈得上纯洁高尚?"

"她是为了真正的爱情!而你呢,却硬是要和一个不爱自己的男人保持婚姻关系,死皮赖脸不和人家离婚!恩格斯说:'没有爱情的婚姻是不道德的',而坚持这种不道德更是不道德!"

"我就是不离婚!就是不能让你们如愿以偿!"

"你为什么要这样地折磨别人也折磨自己?"

"因为我爱你!"

"单方面的爱情不是爱情,爱情总要找到对方的呼应。"

"你这个伪君子!没有呼应你为什么要和我结婚?和我发生关系,和我生孩子?"

"那只是命运的产物并不是爱情的产物!"

"难道通奸才是爱情的产物?"

"别说得那么难听!没有爱情的婚姻才是真正的通奸,而我和小昙只能算是结婚并不能算是通奸!"

"只要我坚持不离婚,你们就无法去办法律手续,无法取得结婚的名分!"

"真正了不起的爱情是超越一切形式和名分的!"

"好,那就让你们去'超越'吧!咱们骑驴看唱本,走着瞧!你太小看社会和道德的力量了!只要你们这种见不得人的关系能坚持半年不被干涉,我就给你们请一台大戏认输!"说完后拿着几件衣服,气呼呼地走了。

我一个人静静地躺着。

恍惚中,有一个白白胖胖的小男孩儿躺在我的身旁,不声不响,吮着自己的指头。

我认出他就是我的孩子。一定是蓝桂桂为了为难我,为了让我也尝一尝抚养孩子的酸辛,便将他故意丢给我。

他仰面朝天撒尿,上冲的水柱形成一个弧形,落在一本我很珍爱的艾略特诗集上。艾略特伟大的面庞上挂满了小孩儿的尿珠。艾略特皱了皱眉头,朗诵道:

> 夏天来得出人意外,在下阵雨的时候,
> 来到了斯丹卜基西,我们在柱廊下躲避……

紧接着小家伙又拉下了一条屎，像柔软的金条，刚巧拉在劳伦斯的小说《恋爱中的妇女》上面。我看见劳伦斯躲在书页后愤怒地说：

　　我虽然写的是一个金黄色的故事，
　　却是绝妙的艺术，与污秽一点无关……

我笑了，在水龙头上将那两本书冲洗得干干净净，劝解两位仍怒气冲冲的文学大师说："别和小孩子计较。"

就在这时候，儿子又将我的几页诗扯得粉碎，用手在空中撒得像雪片一样。

"扯得好！"我鼓励他，"现在你扯的才是真正无用的东西。"

儿子笑了，忽然扭过头对我说："爸爸，你也把我扯碎吧！"

"我怎么能扯碎你？"我说。

"其实你正在扯碎我，"他说，"你看看我的心，已被你扯得流血了！"我忽然悟到了这句话悲惨的含义，一把抱起他，一边流泪一边亲他。他的脸蛋柔软极了，散发着一种极温暖极熟悉的气息。这气息是从遗传的深渊中升上来的，是千百万年从老祖宗、曾祖父、祖父、父亲、母亲和我的血液中蒸腾出来的，我嗅着这气息就觉得伤心。

儿子的睫毛很长，像一排鱼钩一样，左右两边各勾着一个小小的黄豆大的人儿。两个小人儿因嘴里吞着鱼钩，一边痛苦地扭着身子，一边呻吟。呻吟声尖得像京胡拉出来的。

"你认得这两个小家伙吗？"儿子问。

"认得。一个叫南彧，一个叫蓝桂桂。"

"我每看见他们吊在我的眼皮底下就感到伤心，"儿子说，"其实他们是我的泪珠，是从我眼瞳儿里流出来的。"

"你也是爸爸妈妈的泪珠。"我说。

"不，你们不知道什么叫伤心，你们眼里根本没有泪珠。你们整天大吵大闹，争吵着怎样抛弃我、撕裂我。你们太狠心了！"

我哭了。泪水溅在儿子脸上。

"别假惺惺的！和我刚才撒尿一个样！"

"你太委屈父亲了。"我说。

"谁委屈你了！你心里只有女人，根本没有我！你和蓝桂桂都说爱我，心里其实都盼我死，我死了，你们两个就自由了，无牵无挂了。所以我一定要去死！"

"你不能！"我喊道。

眼前忽然什么都没有了。

我省悟到我不仅仅是我，而且还是人之父。

我以前为了自己的爱，只顾去抗争命运的黑暗，将孩子常常忘却了。

我忽然极强烈地想念小儿子：我想抱他，亲他，想看他的憨稚之笑，想听他的牙牙学语，甚至想让他在我的床单上拉屎拉尿。

我需要儿子，正如我需要永恒和不死。

儿子其实就是我，是我的新的存在形式。从孩子身上我看到了我的万古长青。

没有他，我就没有了最终极的使命。

儿子，你在哪里？你快来吧！让我抱抱你，让我感觉一下你的温热和柔软，再让我摸一摸你胖得像棉花一样的小手掌。然后让我亲亲你，用胡须划一划你嫩红如花的小脸蛋。你就是我的陶醉，我的抚慰。你多可爱呀！我一生中经历的所有春天加在一起也比不上你的可爱！没有你，我活在世上还有什么意思呢？

儿子，我已经十多天没有见你了。我想见见你。你不知道我想见你的心情多么焦渴。我不能不见你！我现在才明白做人之父其实就是做人之奴隶。我愿意做你的奴隶。我现在就用奴隶的身份乞求你了，乞求你让我见你一面。

小的时候，隔壁三姨有一天丢失了五岁的小儿子。三姨急得像疯子一样，在村里到处寻找。她寻遍了每一家每一户，寻遍了村外每一个土冢每一个土壕，她甚至都寻遍了每一个黄鼠窝——尽管她知道黄鼠窝无论如何也藏不下她的儿子。她失去了常态，脸上的表情悲惨得像鬼魂一样。她忘记了羞耻，一声一声呼叫着儿子的名字。从她身上，我第一次明白爱其实是最痛苦的事情。后来，她从邻村一个亲戚家里找到了儿子。她高兴得痛哭起来。后来，她又将儿子狠狠地打了一顿。她用恨表达了她最极端的爱。

儿子，我现在也像三姨一样盼望见到你，当年三姨有多么痛苦我现在就有多么痛苦。我见到你不会打你，但我要轻轻咬你一口，让你也知道爱的滋味是多么地痛心彻骨。

儿子，你到底在哪里？

我在母亲怀里，我现在只有母亲，没有父亲。

难道我不是父亲吗？

你不是！你要和母亲离婚，你还要抛弃我；你是一个只顾自己的人，你没有责任感，所以你根本不配做父亲！

我其实是为了做一个更好的父亲。因为没有爱的父亲，不能算是真正的父亲。爱其实是上帝的优生学。

我不管你那一套，也不管优生不优生。既然我已生下地，成为血肉之躯，我就要求父母之爱，要求我的权利。

那就让我抚养你吧！

那母亲呢？那我岂不是没有了母亲吗？我吮她的血，吸她的乳，我怎么能背弃她！

你总要作出抉择。

我宁可跟母亲。狗不嫌家贫，儿不嫌母丑。即使是受尽贫贱，我也要跟母亲去。你若真的爱我，你就不要和母亲离婚。

我必须离婚。

那你以后就别想再见我一面。想一想隔壁三婆吧（你叫三姨，我叫三婆），没有儿子，她会活得像疯子一样！

可怜可怜我这个奴隶吧！

你不可怜我，怎么能让我可怜你！没有我，你后半生便会是一个有两个影子的人。其中一个影子是我。我永远跟随着你，永远是你的一个阴影！你每天都要找寻我，但你每天都会是徒劳一场！

你为什么要这么折磨我？

这是报应。因为你用爱折磨母亲，我就要用爱折磨你。

五十一

她依偎着我，脸颊凉凉的、腻腻的，再没有以前那滚烫的灼热。激情归于深刻的平静。正如海底，没有浪花和泡沫，只有广阔无比的宁馨和温存。

她右手勾着我的脖子，左脸靠着我的胸脯，鼻息吹得我的皮肤发痒。温柔，失败者的温柔才是最彻底的温柔。对于她，一切都崩溃了，唯有我的胸脯仍像岩石一样坚实。她软弱极了，她无法战胜她的软弱，就来在我的胸脯上寻找支持。

不能想象大海没有海岸。

默默无言。

她蜷缩成小小的一团，显出得到安慰后的倦意。她不像我的情人，倒像我的女儿。我用嘴唇拨开她散乱的额发，亲她的额头。她忸怩地一笑，故意将她的头摇得像拨浪鼓，不让我亲。她要增加我爱她的程度。她要表现出她自身的珍贵。我恨她的狡黠又爱她的狡黠，因为这就是她对男人的艺术。我急了，用两手卡住她的脸颊。她的拒绝忽然逗起我十倍的爱欲，我坚决地亲着她的额头、脸颊和唇。她的唇是一朵永不凋谢的鲜花。我是她的忠实的蜜蜂，这朵花对我有着无穷无尽的诱惑。我吸吮着花蕊，觉得有一股天地间最清新最甜蜜的气息沁入肺腑。所以说我是蜜蜂——有了这气息,我就会酿造出美好的诗句。她咯咯笑了,使劲将嘴唇偏向一边。她知道了我感情的深度,她便更要显示她的矜持。

我又去亲她的眼睛。我的嘴唇既感觉到了她眉毛的柔顺,又感觉到了她睫毛的坚挺。

我又去亲她的前额。她的前额光光的、油油的,闪着亮光。后来我的嘴唇衔着了一缕头发,于是我噙着这头发,慢慢地嚼。

"杂申椒与菌桂兮,岂维纫夫蕙茝。"

一切香味都在其中了。

"整天整夜,我心里总是怕。"她叹一口气说。

"怕什么?"

"什么都怕。有时候邻居咳嗽,吐一口唾沫,我都会觉得那是对我的鄙视。"

"这是你的多心。"

"不,不是多心。我最近一直怕上街,有时候不得已上街,人家就骂鸡骂狗骂小孩,话里夹枪带棒,其实是骂我。"

"就是真骂你,你听见也要装作没听见,而且一点儿不要往心里存。这样,骂你的人也就无计可逞了。"

"我做不到,我总爱想这些话。一想起就心惊胆战,彻夜失眠。我迟早有一天要被这些人骂死。"

"也许他们真的是骂鸡骂狗呢,而你却以为是骂你。那只是因为你存着一块心病,便风声鹤唳,草木皆兵了。再者,若他们真的是指桑骂槐,也只能证明他们心虚胆怯,因为他们毕竟没有胆量指你名道你姓。其实就是有人公开骂你也不可怕,怕的是自己理不直气不壮,自己也跟着别人一起骂自己。这样下去,也许真的会被骂死了。若你不骂你,别人骂你又怎奈你何呢!"

她猛地亲了我一下,笑了,说:"我就是爱听你说话。"

院子里有脚步声响了进来。我一听就知道是谁。

"谁?"她惊问道。

"蓝桂桂。"

她吓了一跳，右手松开我的脖子，要跳到一边去。但我将她抱得紧紧，不让她躲开。

"她会看见的！"她急了。

"我就是要让她看见。她看见了就会死了心，就会恨我，会和我恩断义绝，就会认真考虑和我离婚！"

话刚说完，蓝桂桂破门而入。

小昙羞得将头深深埋在我的怀里。

我平静地抱着她，平静地望着蓝桂桂，甚至我还低下头，在小昙脸蛋上亲了一下。

"真不要脸！"

蓝桂桂与其说是骂我们，不如说是一声惨叫。她两手捂着眼睛，泪水哗哗地在指缝里交流。

"南彧！你这个狗贼！我迟早要杀了你！"

"你现在就杀吧，"我说，"刀就在案板上放着。我昨天刚磨过了。"

但她没有去取刀，而是捂着脸跑出门去了。外面传来一路哭声。

小昙走后不久，王主任来了。也许他有意等着小昙离开才进来的，他干什么都有精明的策略。

"听说你最近又发表了几首诗。"他先恭维了一句。

"对，是在省报副刊。"

"我已看过了，大都是写爱情的。写得那么复杂，那么苦恼揪心，使人觉得爱情好像一场灾难！我真不明白一个结了婚的人，还有那么旺盛的激情去写爱情诗？"

我不动声色，看他葫芦里究竟要卖什么药。

"南彧，你和广播站那个广播员的事已经传得人人皆知。前几天，有人还给单位写了一封匿名信,说是他亲眼看见你和那个女人在城外某某地方幽会。"

我仍不置可否。

"不该,不该!为了一个女人,闹得满城风雨!"

我忽然问他:"王主任,你还记得那个叫玉秀的姑娘吗?"

"你怎么知道?"他惊讶得睁大眼睛。

"去年你和我在办公室打乒乓球,打困了,在长椅上休息的时候,对我讲过你和玉秀的恋爱故事。"

"那都成了过眼云烟。"他一声叹息。

"你说得太平淡了。人家为你嫁给一个秃疮头,后来又为你而死,这么刻骨铭心的事情,怎么能说是过眼云烟?"

"话是这么说,可心里怎么能忘啊!"他眼圈一红,说。

"想想这件事,你也许就会理解我。"

他听了,思忖良久,抬起头说:"不是我不理解你。这年头,多一事不如少一事。我本不想管,只是外面舆论太大了,连县委头头们都知道了!昨天组织部长在街上碰上我,第一句话就是:'你们单位那个南彧太不像话了,公开和那个广播员姘居!这件事要处理,不处理会造成很坏的影响!'你说叫我怎么办?"接着又装出一副很诡秘很同情的样子说:"其实这类事在县城内也不少,不过人家弄得很谨慎很秘密,不像你,弄得沸反盈天,连我也要跟着受牵连,想不管也不敢不管了!"

这席话,分明是一场暴风雨前的安民告示。

五十二

我乘车去市里,找《新蕾》编辑部的秋叶飞老师。我崇敬他。在我眼里,他不但是文章巨公还是人格典范。我要向他诉说我的一切,让他用智慧之手为我指点迷津。

但他偏不在家。门上贴着一张字条儿:"下乡,七日后归。"

我怔怔的,心里若有所失。正要转身走开,却见黄组长从楼上下来,那张蜡黄脸冲着我笑嘻嘻地喊道:"南诗人,想不到你今天大驾光临!"

我也很虚伪地应酬道:"是来登门求教。"

"来,到我的办公室喝杯茶。"他邀请我。

他的热情是冲着我新近获得的那一点小名气来的。但我实在不想去,推托说我还有点急事要办。

"聊十分钟,误不了你的事!"他不屈不挠地说,拖拖拽拽将我"请进"他的办公室。

我默默冷笑。以前我看到的只是他的卑鄙,现在我却看见了他的可怜。

他向我乞求尊重。

我喝着他的茶,吃着他削的苹果,听着他狗屁不通的诗论:

"诗嘛,诗是一门高深的艺术嘛。苏联有个奥涅金,诗写得很好。听说他和他的上级关系搞得很不错,最近还混了个全国作协委员。离开上级的支持,那个奥涅金再有才能也是不行的……"

"十分钟到了。"我站起来说。

"好好,下次再谈,很投机很投机!"他一边往外送我一边说。

到了街上,我不知要向哪里去。一股一股的人流,有的向东,有的向西;一个瞅着另一个的面孔,然而谁也不认识谁。但似乎都洞悉对方的目的,便在脸上做出很理解很温情的样子。

我逛了几家小书摊。书摊上大都是很无聊的玩意儿。后来又去了公园,看看城里人怎样制造假山假水,怎样在失去自然之后用技巧去模拟自然。

水泥做的大象,水泥做的长颈鹿。各样花木被修剪去了野性,显出很整齐很文雅很驯顺的样子。那么一片黏绿的死水,上面有精致的桥、七彩的船。死水边儿上,蹲满了雄心勃勃的垂钓者。

他们是一群幻想家,幻想在玻璃杯里捕到百丈长鲸。但他们钓起的只是关于大海的幻想。

公园是一种艺术——对失去的安慰,对自然的回味。

我慢慢踱到一座假山前,见石头缝里长出一丛很矮小很丑陋的黄狗花,这是我们家乡的黄土路畔无处不生长的一种小野花。它很幸运地没有被园林工人发现,否则会被当作野草铲除。我怜悯它的生命,没有采它,只是用手捧着它在嘴唇上碰了碰,鼻端立刻袭来一阵浓郁的带点苦味的花香。我对花说:

"谢谢你,小同乡。"

身旁有谁哧哧地笑了起来。我抬起头,见是那个挑水女子。

"真不愧是诗人,感情都及于黄狗花了。"她说。

"你怎么在这儿?"我诧异地问。

"来走亲戚,顺便逛逛公园。"

我点点头,想离开她到别处去。

"你为什么要躲避我?"她拦在我面前,问我。

"我有点急事……"我嗫嚅地说。

"你以为我是叶凯的朋友是不是?实际上,我和他只是一般相识。"

"我不是这个意思……"

"嘿!"她冷笑一声说,"你以为躲的是我,实际上你躲避的是你自己的激情!因为我第一次看见你,就凭直觉知道你是爱我的。"

"我不想走得太远……"

"你怕什么?"

"我只怕一样不值得怕的东西。"

"是什么东西?"

"我怕自己的良心。"

"良心?良心是黑的还是白的?"

"说准确一点,我是怕自己的软弱……"

五十三

一天下午，我偶然转悠到办公室外面，隔着窗户，听见有三四个同事正在里面议论我。

"那女的长得怎么样？"

"脸蛋子红是红，白是白，嫩得能弹出水。"

"狗日的交了桃花运！"

里边的人一齐咽了一口唾沫，又一齐沉默了。

"上午两个人还在房子里睡觉！"又一个说。

"你看见了？"

"当然。后来蓝桂桂来了也看见了，捂着脸，一路哭着跑出去了。"

"太不像话了！"

"我要是那个广播员的丈夫，就掂一把杀猪刀子，将那小子的鞭连根割了！看他再用什么快活！"

这句极刻毒的话使另外几个人产生了快感，于是都窃窃笑了起来。

"假如将南彧换成你呢？"

"那就烧了老瓮粗的高香了！跟那样的女人睡觉，就是挨一刀子，也不后悔！"

"出尔反尔，真是……哈哈哈……"于是都放浪地笑了起来。

"听说找情人并不算犯法？"其中一个说。

"要看具体情况。假如有了严重后果，破坏了人家的婚姻家庭，引起丈夫和其他受害人向法庭起诉，就得另当别论！"

"对，找那女人的丈夫，让他写起诉书！"

"至少写一份控诉材料，即使是不能将他绳之以法，也能给他个行政处分！"

"对！"最后一声，竟是王主任的声音。

一连几天，我感觉到周围有一种异乎寻常的气氛：俱乐部里那几个恨我的人忽然变得亲切了。每碰见我，总要笑嘻嘻地问候一声，脸上的线条平和极了、松弛极了。

我从他们笑容里更加感到他们确实要整我了。

我已经知道有几个积极分子，这几天正在忙着内查外调。

小昱还告诉我，他们天天找田大光谈话，要求他写一份检举我破坏他们婚姻家庭的证言材料。

他们对我越来越亲热，原因是不几天后我就要被记大过，甚至开除公职了，已成为弱者、失败者，不再是他们的竞争对手了。

狐狸吃掉了兔子，不妨对着面前的兔骨和鲜血来一番怜悯。

但我并不是他们想象中的兔子。

我很可能是一匹狼。

妗子来了，她说我已十天没有回家去看妈了。她还说妈天天念叨我。

"我不想回去。"我说。

"没孝心的东西！"妗子骂道，"你知道你是怎么一尺一寸长大的？你知道你妈守寡抚养你多么不容易？"

"她受的艰难越多要求我的权利也就越多。过去的一切全成了她辉煌光荣的资历！她要求我回报，要求我顺从，要求我听她的每一句话，要求我爱她所爱的女人而不要爱我所爱的女人！一当我按我的自由意志去追求真正的爱，她就骂我、强迫我、威胁我！永远要求我当她的最听话的乖孩子，而不是独立的人！我永远都为母亲活着而不是为我自己活着。我是什么？我只是你和母亲随意摆布的木偶罢了！"

"越说越不像话了！"妗子制止我，"我和你妈还不都是为你好。换个别人，他爱怎么就怎么去，谁管他！"

"你们就当我是别人，别管我！"我越说越任性了。

妗子气得脸孔煞白，浑身打战，一巴掌打在我的后脑勺上。我吓得头一缩。

她老人家毕竟是有权利的，打了我，还委屈地坐在床沿上啜泣。

"没出息的东西！"边哭边说。

哭完了，却又去给我洗衣服，洗床单。由于余气未消，衣服在盆子里搓得水花乱溅。

"你当我是爱管你？谁不想省些事省些精神！可你将事情闹得这么大，闹得人人替你担心，假若将来出了什么事，你有个三长两短，怎么得了？我和你妈怎么向祖宗交代？"

"你们若要关心我，就请先关心一下叶小昙，她才是最不幸的。"我说。

"别的人我们不管，我们只管你和蓝桂桂，还有小外孙！"

五十四

"王主任叫你！"那位扬言要割掉我生殖器的馆员，在大门口碰见我对我说。

我想大概是要对我宣布处分了吧？

记大过倒不要紧。若是开除公职，我就又变成和父亲一样的农民了，穿着对襟大袄，戴着破草帽，整天吭哧吭哧地拉着架子车，往地里送肥。或是拿一把锄头，在玉米地里卖劲儿地锄草，让头顶那一轮太阳烤得昏昏晕晕。

"锄禾日当午，汗滴禾下土。"

但写这两句诗的人，并不锄禾。

"归去来兮，田园将芜胡不归。"

陶渊明当然盼望回乡，因为他是小地主，回乡后不用劳动，只是享闲福。篱下采菊，门外看山，喝几杯酒，吟几句诗，何等的逍遥！而我回乡却要充当劳动力，流汗吃苦，不然就衣食无着。

王主任坐在办公桌后面的大藤椅里，见我来了，拿出一页纸来。我想那大概是处分决定，鼻子忽然一酸。但我强忍着不让眼泪流下来，还装出一副很无所谓、很从容、很有风度的样子。

"念吧!"我一边用手绢沾眼泪,一边笑着说。

他笑了笑,并不念,只把那张纸递给我。

"拿去自己看吧。"他说。

我拿在手里,往下读:

证言材料

时间:××年×日。

记录人:×××。

我叫田大光,男,二十五岁,县委机关食堂炊事员。

叶小昙是我的妻子,人品高尚,行为端正,在家庭生活中和我互敬互让,关系和睦。而南或是我和小昙很要好的朋友。

至于外面关于他们的种种传闻,我不惊奇也不相信。

他们俩在婚前就是一对情投意合的朋友,而且我现在还认为,天底下只有他们俩才互相般配。他们俩没有结婚只是因为误会和冒失。我自知我配不上小昙,也不该和她结婚;而她和我结合也只是因为要回报和答谢我对她的一往情深。但我知道那并不是真正的爱情。

我不相信他们有什么不正当的行为,更不相信南或会破坏我的婚姻家庭。我是一个阳痿症患者,根本不能尽丈夫的义务。如果说他们之间有什么亲密行为,那也只能算是他们正当恋爱的继续。只要他们之间真正互相倾心,爱得真纯,那么无论他们之间发生了什么事情也都是最正当的、最合情合理和最道德的事情。由衷的爱全都是道德的,而没有心灵契合的皮肉之乐才是丑恶的和非道德的。

我不想谴责他们,我甚至要鼓励他们。我觉得他们之间的事情是世界上最美好的事情之一。

如果说要处分他们,那就请先处分我。因为我才是真正的第三者——一个废物和一个障碍,一个多余的人。因为我,才影响和破坏了他们合法的结合形式。

田大光　×月×日

我读完了,半晌默然无语。

王主任说:"你没事了,可以走了。"

"不!田大光所写的全是假话……我确实破坏了他们的婚姻家庭!我确实是第三者,我确实有罪,请组织上处分我!"我激动得流下了眼泪。

"多感人的良心发现啊!"王主任也激动了,"不过现在我不能认为你有罪了。"

"为什么?"

"因为受害人变成了你的辩护者。"

"不,他说的话不能成为依据!"

"你走吧,这件事已经结束了。如果你觉得自我谴责会舒服一些,就请回到你自己的房子去进行吧!"

我去找田大光。

我要找他忏悔。

在以前,我始终认为我是无辜的。我和小昙的事也只是爱我所爱。为了天底下那么一点真情,我不顾名誉损失,不顾亲戚阻拦,不顾文学前途,不顾受到行政处分回乡种地,不顾失去唯一的儿子!由于这么多的苦难和牺牲的洗礼,使我和她之间的感情神圣化了,没有任何不当和负疚之感了。

我们甚至忘记了田大光。

由于只顾及了自己自私的爱,我们完全漠视了他因这件事所受到的伤害。

蓝桂桂以牙还牙,用伤害我报复我对她的伤害,结果更使我厌恶她,下定了和她分手的决心。

而田大光却以德报怨,反而以宽容和善良保护了我们,成全了我们。

他将幸福奉献给我和她。

他给自己留下的却是失恋和孤独。

高尚只意味着过多的牺牲。

我以前曾读过他写给小昙的那些情书，完全明白他爱她爱得多么刻骨铭心。他没有爱过任何其他的女人，在这个世界上，他只有这一次爱得不要命的爱情。假若他失去她他就是全部失去了。既然我知道这一切我为什么不能像他一样做一点牺牲做一点自我克制忘掉小昙，丢弃那一段风流恋情呢？我为什么不能像他成全我那样成全他的爱呢？

这就是我的渺小！

我想起了妗子的教诲：

"克制，忍耐——这四个字便是人生的学校。"

"彻底满足几乎是一种罪过，恬淡寡欲才能求得至善至和。"

"克制是一种朴素的幸福。克制是人对真理的彻底认识。"

我现在才明白，这些话说得何等的英明！妗子，你能说出这些话就证明你有一个伟大的非同寻常的灵魂。假如你当了国家元首你一定会成为撒切尔夫人那样的人物！但我当时不理解你的话只是因为我年纪太轻，因为只有阅尽人情饱经沧桑才能沉淀出这些思想之结晶！

但田大光和我一般年纪呀！

田大光将自己变成了受苦受难的基督，而我却成了背叛朋友的犹大！

有一天黄昏，我和小昙去城外的漠谷河边约会的时候，意外地看见了田大光。那时太阳刚刚西沉，通红的火烧云像一块巨铁，渐渐变紫变冷。头顶的天空像一张悲伤的脸，布满愁云，灰蒙蒙的雾霭郁悒地落下河面。水声哗啦哗啦，响得十分凄凉。

田大光就在我们不远处的河边上，耷拉着沉重的脑袋，迟缓地向前踱步。他并没有看见我们。一团阴影跟随着他。随着暮霭的深重，他渐渐成了黑色，就像一个庄严的幽灵。

他一边走一边叹息,叹息声粗重得像狮子的哀号。

他只宽容别人,但他对自己的悲伤和痛苦并不宽容。

他是一片哭泣的黑夜。

我感到了惭愧和深重的罪恶。我没有勇气去见他。我又一次感到了我的怯懦和孱弱。我甚至不敢正眼瞧他。我的身子抖得像风中的破布条。

小昙开始啜泣。

"走吧!"我说,"到别处去,到千里以外万里以外去。明天就走!"

"为什么?"

"我可以忍受侮辱、打骂,但我不能忍受善良!我没有勇气再碰见他了。在他面前,我会感到无地自容……"

小昙又一次哭了。

五十五

白居易诗里有一句:"上穷碧落下黄泉。"

五十六

听当地的山民说,前面十里处就是华山。

两边俱是高山,中间是一道溪流。水清澈极了,水底的鹅卵石软得打战。山谷里弥满了原始的空旷的清新。阳光在这里似乎也格外清澈、金黄。一切都是那么爽目。也许由于地震或者山崩,河边上落着许多从山顶上滚下来的房子般大的石头,虽然它不再飞奔不再惊天动地地怒吼呼啸,但它仍威风凛凛。它是一个证明，证明地壳运动和山崩地裂是何等的强悍和可怕。

迎面又是悬崖绝壁。颜色不一的岩石，像书页一样，一层压着一层。都压着别的同类或被别的同类压着，谁也不轻松。巨大的呻吟响彻了山谷，但谁也无法从中解脱。于是，痛苦渐渐凝固成纹丝不动的宁静庄严，一切都沉默了……我们走近悬崖，用手去抠渐渐风化的岩层，竟抠出许多小蜗牛。从这些小蜗牛我们推断这个岩层一定在某个世纪某时某分轰隆一声埋没了一个生龙活虎的世界。

巨大的毁灭其实并不意味着悲惨。在历史洞察一切的眼睛里，生和死，毁灭和再生不过都是极平淡的循环。

痛苦的只是人过分丰富、过于敏锐的感觉，而历史从不痛苦。

小昙将一只小蜗牛放进手提包。

"女人总爱收拾小东西。"我说。

"它很好玩，"她说，"看着它，就会把一切都看淡了。"

道路旁边，横卧着一块瓦蓝色的花岗岩，大得像一个星球。上面镌刻着两个字："脱俗。"走过这块石头，似乎真的脱掉了过去的臭皮囊，变成了一个新我。

我拉着小昙，越过了那条神秘的分界线。

山愈走愈深。到处都是鲜黄鲜黄的山藤子花。小花朵们含着淡淡的忧愁，平静安分地望着一片空旷，望着野鸽子和小山雀，望着寂寞的河水和黑亮亮的鹅卵石。长久的孤独和静寂使小黄花有了某种苦味。一棵高大精瘦的乔木，像笔直的船桅一样，伸向深蓝深蓝的天空，像在企盼着什么。枝头有一片去年弥留的枯叶，如小孩手中玩耍的风车，在风中滴溜溜地旋转。空气清冽得发甜，胸腔里有了一种幽寒，有了一种洗涤感。无边无际的寥廓，寥廓得让人惆怅。在白云和蓝天的大怀抱里，耸立着一座又一座深蓝色的远山。山两两相望，默默无语，似乎都是慧心无伦的禅者，没有激情和冲动，唯有淡漠和庄严。

突然很深刻地感觉到它的庞大。

陌生便是自由。

我们的周围，只有这个山沟，只有山沟里的河水、石头、悬崖峭壁。没有别的人，只有我们俩。即使后面来了别的人，也都是些陌生人。萍水相逢，命运互不相干。只是在此时此刻，我们才彻底割断了过去，割断了一切烦恼和错综复杂的因果关系。谁也不会痛恨我们，咒骂我们，责备我们；谁也不会关心我们，劝导我们，烦扰我们。我们再生了！

山沟里有许多沟岔，如果我们离开脚下这条路，从某个沟岔走进去，我们就会走进另一处陌生的荒山野壑。

我想象我们在那里可以隐居。

最好找一个天然山洞，将里面打扫干净，再拾一些粗壮的干树枝做成篱笆门，再从山外的小镇上买一口锅一袋面粉……还要购置一支猎枪，然后就像两个野人一样住下来。

再没有胆战心惊，忐忑不安，过分的小心，多余的警惕，无法松弛的紧张，惊恐万分的噩梦……

万岁——安全感！

可以最自由地拥抱！最自由地接吻！最自由地做爱！自由万岁！安全感万岁！

再在周围种满桃树。待到桃花盛开，便是一个现代化的桃花源了。

再生儿育女，繁衍一个庞大的桃花源家族。

小昙听完了我美妙的设想，勇敢地说："走，去试试看。"

我们立刻顺着一处沟岔走了进去。

沟道很窄，长满了乔木。头顶是今年的绿叶，脚下是去年的落叶。落叶很厚，踩上去，有一种松弛感。脚窝里，升上来一股股霉味儿。树干上，站满了半透明的金黄色的蝉蜕。一棵杨树梢头，飞来了一只长嘴鸟，羽毛五彩斑斓，鲜艳得有点儿怪异。它低着头，神秘地嘲弄似的盯着我们，忽然"嘎、嘎"怪叫了两声，那叫声很像笑声。

小昙忽然有点儿胆怯，拉紧了我的手。

"不要怕。"我安慰她，继续向前走。

"万一碰见什么……"她嗫嚅地说。

"无非是狗熊、豹子之类。《佛经》里有一个舍身饲虎的故事，假如碰上了便成全了咱们……"

"别说了！"小昙拉着我的那只手颤得像指南针尖。

"想一想兜里那只小蜗牛，别把死亡看得太了不起！"我鼓励她。

正说着，一只褐黄色的野兔从脚下的一个草窝里炮弹似的射了出去。小昙一声惊叫，跌倒在我的怀里，脸色惨白，布兜掉在地上，小蜗牛滚了出来。

"再别捡那只蜗牛了！"她神经质地说。

走过了那片树林，眼前豁然开朗。天上蓝光照耀。白云气势磅礴地从山脊后涌流出来，在天空画出许多奇妙异常的形状。白云明亮极了。

我多愿意做一个牧人，去放牧那些白云。

狼尾巴草长得齐腰高，一大片一大片，像密密匝匝的新生林。野芦苇仿佛从远处投掷过来的一排标枪，横七竖八插在沼泽里。紫红紫红的小酸枣挂满了悬崖，望得人口酸。莎草细叶纷披，摆出懒懒的、弱不禁风的样儿。癞蛤蟆是荒沟里的丑角，故意在你的眼皮底下，耸起龌龊无比的脊背，慢慢吞吞，不慌不忙，十分斯文地匍匐前行。旋复花开得到处都是，醉黄醉黄，惹得人残酷起来，一把一把拔下来放在鼻端狠狠地嗅。

山坡上升起几缕青烟。仔细看青烟下面，原来有庄户人家。我们走近一排瓦房，见门上挂着"村民委员会"的长木牌。一只牛犊似的大狗从门里扑出，用洪亮的共鸣音汪汪狂吠。小昙吓得躲在我的身后。我捡起一块大石头端在手里以防万一。这时，门里走出一位四十多岁的壮年汉子，八面威风地吆喝了一声："回去！"大狗顿时变得软弱，灰溜溜地掉头走了。

"有身份证吗？"壮年汉子转过头，像吆喝那条狗一样吆喝我们。我估计他一定是村主任，不然不会有这么大的派头。

"有。"我和小昙掏出身份证让他验看。

验看无误，摆了摆大手，让我们走开。但两只眼睛仍警惕地盯着我们。

我唉了一声，说："中国人太多，什么地方都有人。"

小昙笑了："而且还有村委会。"

"真是'无处不有处处有'。"我沮丧地说。

"唯独没有你幻想中的桃花源！"小昙笑得更响了。

又走回那片狼尾巴草。狼尾巴草下面，是一年又一年枯死的茅草和莎草，积得很厚。由于这几天太阳好，那一层枯草晒得十分干燥。我们躺在上面，互相爱抚。头顶的太阳火红。晚上草里有露水，不能睡，那就只有白天了。但白天总是可怕的辉煌……肌肤粉嫩粉嫩，看得见每一根毛细血管。绒绒的汗毛被太阳照成了金红色，像肉刺……

总有些事情需要掩饰。

我们为不能掩饰而羞愧。因为无法掩饰，即使是在那刹那间的甜蜜里，也浸进了忧郁和耻辱。

"不要看我！"她忽然缩紧身子说。

我抖开一条被单，盖住我和她的胴体。她背过身，小声哭泣起来，大概因为刚才太裸露，太不知廉耻……

至高的、无所不能的女娲氏呀！我终于看见了你，看见你就在我的上方，和蓝天融在一起。你没有形状，因为一切都是你。

我们可怜的人类不过是你随手捏就的小泥人！

你的最高智慧是将你的指令化为我们的本能，将繁重的劳役化为至高的乐趣，将你的目的化为我们自觉的追求。

你为了让我们获得生存的热能，便给我们以美妙的味觉。我们天天从太阳出山忙到太阳落山,用各种手段为自己觅食,还傻乎乎地以为这是为了自己的口腹之福呢!

你为了让我们克服懒惰,努力劳作,便又给了我们竞争欲和荣誉欲。于是我们为了人类的事业呕心沥血,苦苦奋斗,还傻乎乎地以为这是为了一世的功名呢!

你又为了让我们繁衍后代,生生不息,便又赋予我们如火如荼的性机能。于是我们去追逐女人,纡尊降贵,不顾廉耻地向她们苦苦求爱,还傻乎乎地以为这是为了神圣的爱情呢!

每一次性爱其实都是沉重的交付,有些动物甚至为此要交付生命。这原是你分派的繁重的劳役,而我们还傻乎乎地以为这是妙不可言的占有呢!

你为了后世的进化和优生,又给予人类以审美思维,于是我们都争先恐后地去追求漂亮聪颖的配偶,历尽抑郁烦恼,遍尝相思的苦楚,还称誉自己的行为是倜傥风流呢!

万能的女娲氏,卑鄙的女娲氏呀!你玩尽了花招,玩尽了巧计,让我们可怜的人类成为你手中随意摆弄的小木偶!我们的一切最精彩最愚蠢最善良最邪恶最雄壮最渺小的表演,都逃不脱你的部署和规范!

你不是神话和迷信,哪里有欲望,哪里就有你的存在!

我是什么?我不过是你所有小泥人中的一个。

灵魂又是什么?灵魂不过是欲念的深渊。这深渊里只有你的狞笑和你的狡猾,哪里还有什么独立的"自我"呢!

我没有我,我只有你!

我不过是你的一个渺小的仆役,一个体现你意志的高级机器人。虽然你从不命令我们,强迫我们,催促我们,但我们自身的欲望又何以不是你手中的鞭子呢?你用我们自己抽打我们自己,还要做出一副与邪恶无关的面孔,在一旁漠然旁观,你真是宇宙中最大的伪善者呀!

女娲氏说:

不要牢骚过盛。

我并不存在。若说我存在,那我也只存在于你们之中,就像一只丑陋的寄生蟹。

你其实就是我。连你刚才对我的责问对我的愤怒也是我。没有你,我又何以存在何以体现呢?

你所说的我的智慧(说成是狡猾和伪善也可以),其实是一种自然力,但自然力与智慧无关。

我并没有智慧,也没有意志,没有目的,没有我的任何要求。我茫然无知,我只是你和你们。

一切人的痛苦都是神的痛苦。

一切人的困惑都是神的困惑。

神就是你们内心,每一颗心都是神的殿堂。你们的质问应该向你们自己提出。

我们登上华山西峰。

山孤高得像上帝的肩头,这里已非人间。

白云在脚下海潮般地涌动,将我们和尘寰隔为两个世界。已经这么高,然而天穹依然十分遥远。

太阳无依无傍地向西飘动,显得孤零零的。四面八方都是一片深蓝。蓝得浩浩荡荡无际无涯,蓝得让人有点儿伤心。脚下的山峰,仿佛蓝色汪洋中的一个可怜的小孤岛。我们和小孤岛一起被蓝色围困。

孤绝!据说这是禅的最高境界。

七情六欲茫然若失。心里充满了天的感觉。灵魂渐渐大了起来,我们似乎也变成了天。

回望尘世,若一块淡绿色的小棋盘。河流如带。村庄像围棋子。行人似黑色的小蚂蚁,蠕蠕爬动。原先觉得极大极了不起的东西全变得可笑的渺小。看不见蓝桂桂，看不见田大光，也看不见俱乐部王主任和那个时刻准备割掉我阳具的人……距离将他们从我的视野里省略了，亦省略了他们和我之间复杂的因果关系。山下面的世界此刻只呈现广大永恒的和谐、美丽和平静。

在山之巅，我尽力去寻找"大"。

我的心境为什么不能如山之大呢？

我想：我爱了叶小昙，为什么大光就不能再爱她了呢？两个男人爱一个女人为什么不可以呢？若说不可以，究竟是犯了什么禁忌？若是我爱了小昙别的男人就不能再爱她了，那爱岂不是太偏狭了吗？

我爱了叶小昙，还有没有再爱那个挑水女子的权利？第二次爱情难道一定就是对第一次爱情的亵渎？

前些日子，我为什么要那么怕大光占有叶小昙？将女人看作是为自己守贞的囚徒，这算是爱她还是奴役她呢？

黑夜降临。我抱着她，坐在一块岩石上，周围是深不可测的星空，脚底下的万丈深渊里也有许多闪闪烁烁的小星星。那些星星是人间灯光。

她看着那些灯，说她想起了一件往事。

我问是什么往事。

她说："其实不值一提。"

我说："说一说，权当解闷。"

她说："那是我小的时候，去村外涝池边玩，回来后突然发起了高烧。烧得心里恍恍惚惚，觉得房子全成了红的，红得像一块大烙铁。我无意中将大拇指握在手心，觉得大拇指越来越粗，后来粗得像柱子一样。隐隐约约听见周围有人说着什么：'这孩子准是把魂掉了！'好像是隔壁那个烂眼三婆的声音。'那得去叫魂！'母亲焦急地说。

"她们果然抱着我，去村外涝池边叫魂。夜漆黑一片，有人敲着小锣在前面走，当、当、当……锣声十分清脆悦耳。母亲拖长声音喊：'小——昙耶，回——

来！小——昙耶，回来！'像巫婆的声音，在黑夜里听起来怪神秘的。我心里凉森森，觉得自己就是那个被呼唤的鬼魂，便小声答道：'我回来了。'

"'回来就好！回来就好！'母亲和外婆惊喜万分。"

"后来病好了吗？"

"不好怎么还能活到今天！"她笑道。

她忽然将头一垂，软弱无力地靠在我的胸脯上。

"我又听见了那个声音。"她说。

"谁的声音？"

"妈的声音。"

我惊怵地望着茫茫夜空，从深厚无比的黑暗之中，似乎真的响起了一个老妇人悲怆的呼声：

"小——昙耶，回来！"

"你想家了！"我说。

"什么也不要想。"我说。

"人总要想点什么。"她说。

"要想你就想想我吧。"

"你不能代替母亲。"

"难道有了我你还不满足吗？"

"不！我需要你，也需要父母亲，需要兄弟姐妹、亲戚朋友。没有他们，无论如何幸福，也觉得孤单。"

"又想起一件有趣的事。"她说。

"什么事？"

"那时我大约五岁。有一天，村里一家人娶媳妇，穿红挂绿吃酒席，热闹极了。第二天，有一个和我一般大小的男孩儿，对我说'你当新媳妇，我当新女婿'。

我高兴地说：'行！'于是我们一起模仿大人结婚的整个过程。最后，他还亲了我的小脸蛋，说是昨天晚上他站在凳子上，从窗户眼里看见新女婿就是这样亲新媳妇的。他让我照他的样儿亲他，我立刻毫不犹豫地亲了他一下。

"长大后，我和他都懂得害羞了，不敢再轻易接近了。但见了面总想起那件事，心里甜丝丝的，脸上火热火热。互相渐渐畏惧起来，连一句话都不敢说了，可是又总想起他亲我的情景。在心理上，觉得他和村里任何一个男人都不同。别的男人在我心里冷冰冰的，只有他在我心里是热乎乎的。其实我一点儿也不爱他，只是因为他小时吻了我，就永远觉得他热乎乎的。"

"现在还有这样的感觉吗？"我笑问。

"那感觉大概会至死不变。"她说。

黑暗中，有两个陌生游客走过我们身边。听声音是一男一女。

男的说："昨天，有一对恋人从舍身岩跳下去了。"

女的说："听说那女的刚刚二十一岁！"

男的说："他们跳崖时大家都围在那里观看，没有人去阻拦。他们互相紧紧抱在一起，碰了碰额颅，亲了亲嘴，然后就跳了下去。有好多人趴在悬崖上，看他们怎样下落。有人说快落地时他和她互相松开了。"

女的说："大概那时候他们才想到了死亡，想到了自己，于是就各顾各了。"

男的说："有人用望远镜看见他们摔在谷底后相距甚远。大家觉得他们应该摔在一起，便都很不满意。那个拿望远镜的人接着报告说：他们的头颅和内脏都摔碎了，鲜血互相对流，慢慢流在了一起，像一条互相扭结的红布带。于是大家都释然了，站起来，很满意地散开了。"

我们俩默默地听着，互相都不说话。

眼前有两股鲜红的血线仍在互相对流。忽然省悟到那死去的情人大概是我们。是我们搂抱着从西峰跳下去了？耳边风声呼呼……多么痛快淋漓的飞翔……上下四方什么障碍也没有了……但我们互相搂抱得很紧，并没有半途松开……我清楚地听见我们咕咚一声摔倒在谷底的声音。顷刻,绿谷变成了红谷。但我们仍搂得紧紧。太阳辉煌极了,辉煌得像一个节日。我们脸上没有丝毫苦相。血流得像一片火焰,照亮了崖顶上那些默默观望的人……

有一对饥饿的金钱豹走了过来,毛色光滑极了也美丽极了。它们默哀似的围着我们转了三圈,然后就贪婪地吞食我们的尸骸。我们的尸骸由于充满了爱的激情而芳香四溢,两个野物吃得香甜极了。

它们吞食了我们的肉体,自然也就吞食了包裹在肉体里的火箭弹一样炽热的爱心,于是它们也爱欲发动,吼声响彻了山谷。到后来,由于我们灵魂的感召,豹子穷凶极恶的吼声渐渐变得温柔,温柔得像一支最缠绵最动听的情歌……

"我们也跳下去吧!"她说。

"别太性急。"

"反正回不去了!"

"还有些钱和粮票,够四五天用。要有耐心。既然到了最后,不妨从容洒脱一点。"我说。

"一定要那样吗?"

"也可以不那样。反正由着我们,我们要怎样就怎样。"

月亮升起来了。周围万丈深壑一片空蒙。忽然有了冷寂感。雾气好像乳白色的海水,深不可测。

"我也想起一件小时候的事情。"我说。

"什么事?"

"那是母亲说的,其实我并没有记忆。母亲说我在两三岁的时候,长得胖极了,胖得手背上有了五个窝儿,人见人爱。有一天,对门一个刚结婚三天的新媳妇,见了我,忽然动了恋子情结,一把从母亲怀里抢过我,在我的脸蛋上使劲地亲,亲得没完没了,贪婪得像个情人。我摇着头胡乱躲她,躲得急了,竟急出一泡尿,洒在她五彩斑斓的新衣服上。新媳妇不但不生气,反而爽朗地笑了起来,说:

'不要紧,娃娃尿还是一样药哩。'自从母亲说了这个故事,我就对那女人有了一种特殊的感觉,觉得她和我像有前世缘分似的。其实这时候她已变老了,变脏了,变丑陋了。但在我的眼里,她永远年轻,永远都穿着鲜艳的花衣服,永远都是刚结婚三天那个样子。"

"你也想家了。"小昙说。

五十七

半夜时分,我们由西峰踱到南峰,在一片松树林子里找了一块比较开阔的地方。地面上松针落了厚厚一层。我们铺开风衣,面对面跪在上面,紧紧地搂抱。悲怆的激情又一次燃烧。我腾出一只手掌,抚摸着她冰冷的面颊、细腻的项颈。我的指端染满了类似凤仙花味的女人的气息,清凉、柔腻、芬芳却又变幻不定。时浓时淡,时有时无。然后我就去亲她。无处不是开放的鲜花……我有一种微醉感。

她颤颤嗦嗦解开衣扣,用一种女人的谨慎和斯文,一件一件脱着衣服,脱得什么都不留。她怜悯地看着我的饥饿和我的陶醉。为了显示她的富有和她的骄矜,她故意一动不动,只用两根指头扯着我的几丝头发嬉戏。

那纤腰在我手臂的环抱中细得像要折断似的。我心里怦然一动,取出一方小手帕,慢慢系在那腰的细处。手帕的另两角像三角巾一样遮着她玲珑细腻的小腹。然后我就去吻那两座雄奇无比的山峰。我猛省到那里才有真正的高度。她仍旧漠然,低下头,困惑地看着我含着她的山峰,好像不明白男人为什么总爱攀援……她慢慢伸出手掌,似乎动了爱怜之心,像母亲般慈祥地摩挲着我的颅顶,然后施舍似的吻了吻我的额头。

渐渐地,有燔火在她的肌肤下流窜。也许为了证明她并非木石,她变成了一座烫人的活火山。她呻吟了一声,似乎在哀叹自己迟迟来临的激情。她痉挛般的撕扯我的脊梁，狠劲地啃啮我的肩头，也许为了遮掩羞愧，也许为了表示对爱的愤恨。

被动是女人的美德，但她们也有难以被动的时候。虽然是因为情不自禁，而她们总是为此羞愧。

她对自己无可奈何，于是抱定了牺牲的决心，向后平展展地倒了下去……

一觉醒来，我感觉到了冰凉。

月亮亮晃晃的。她仍在熟睡，额头也是亮晃晃的。我用手去摸，竟摸下满手的露水。

她的头发像泡在河水里的一堆莎草。

她醒了，也用手抚摸我的头发，也摸得两手湿淋淋的。她同情地望着我。

为了保持温暖，我更紧地搂抱着她。她像一只光滑的水獭，偎在我的额下。

猛烈的潮气从风衣下的泥土里升起，皮肤变得水腻腻的。甚至它还浸蚀着我们用身体保卫的那一点干燥和温暖。彻骨的冰凉，一切仿佛泡在水中。

"真不如去死！"她哭着说。

五十八

我不知怎么又回到村子，照习惯又在村外转了三圈。

"月明星稀，乌鹊南飞。绕树三匝，何枝可依？"

小路上仍长满淡蓝色的狗娃花。一堆堆干裂的牛粪黑得像煤饼子。土崖上仍长满菅草，拔下根茎在口里嚼，仍甜得像奶。小时候将小枣刺蓬子叫"狗"，如今它仍然是狗，咬我的手，咬我的脚，咬我的衣服。

一切都没有变化。正因为没有变化，一切才显得十分亲切，十分熟悉，熟悉得让人伤心。

太阳突然之间落了下去,落得那么快,快得使人吃惊。一片漆黑。忽然听到小马锣当当当地响,随后一位妇人悲哀地呼唤:"南彧——耶,回——来!南彧——耶,回——来!"

我循声走去,却看不到一个人。我继续向前走,最后走到了家门口。大门关着,但我不知怎么就轻轻易易走进去了。接着,我又轻轻易易走进母亲的房子。

好像还是二十年前的情景,炕墙上,只放着一盏菜油灯。母亲孤零零地躺在炕上,眼皮半拢,呼吸微弱。她没有看见我,仍在微弱地不间断地呼唤:"南彧耶,回来……"

我跪在炕沿上,上半截身子伏在她老人家的胸口,一边呜咽一边说:"妈,我回来了……"

但她仿佛聋了,一点也听不见我的声音,继续自言自语:

回来!你怎么还不回来?妈要死了,妈想见见你。妈好歹养育了你二十多年!你一定记得咱们家的那罐铜钱,你看哪一个钱没有磨得像纸一样薄呢?你如果不是故意粗心大意,你自然就会知道妈这些年的艰辛。妈不要求你报答,妈只是想见见你。妈不见你死不瞑目,你可怜可怜妈吧!

妈不行了。妈已经看见阎王爷了。这阎王爷长得真像你父亲,他不停地向妈招手,让妈到他跟前去:"快点儿,别磨磨蹭蹭的!还是那个老样子,死都死不利索!"妈任他抱怨,仍不断向后回头,看你回来了没有。

阎王爷有点不耐烦了,派了两个小鬼来催促妈。这两个小鬼长得俊极了,脸白得像粉疙瘩,嘴唇红得像红枸桃。他们不呵斥我也不催我,反倒搀着我扶着我怕我跌倒。他们笑呵呵的,模样很善良。我怕阎王爷惩罚他们的怠慢,便向前很快地走。

阎王爷的殿门口有一道大门槛,向外的一面刷着红漆,向内的一面刷着黑漆。外面红彤彤,里面黑咚咚。我怕黑,不敢进去。两个小鬼便抬起门槛翻转过来,立刻阴阳互换,里面红彤彤,外面黑咚咚。门楣很高,上面写着八个斗大的字。我问小鬼怎么念,小鬼念道:"阴阳无定,生死流转。"我听不懂,问这八个字是什么意思。小鬼道:"前四个字是说:阳间如果恶贯满盈就会变成阴间,阴间如果正气充沛就会变成阳间。所以有时候阳也就无所谓阳,阴也就无所谓阴。后四个字是说:饱受痛苦地活,其实和死差不离儿;安泰平和地死,其实和生差不离儿。所以有时候生其实就是死,而死又何尝不是另一种形式的生呢?"

妈仍旧听不懂,心想生总比死好一点,就说:"我不想活了,我会高高兴兴地去死,但你们要让我的儿子活着,活得越长久越好。"

小鬼说:"其实死活是自己决定的,谁也不会强迫谁。死得厌腻了,于是从无求有,求得一个生;同样生得厌腻了,便又从有求无,求得一个死。只是有了这道大门槛,生便和死互相有了隔阂。生总是误解死,畏惧死;死照样也误解生,畏惧生。其实生未必就是快乐,死未必就是痛苦。生死流转,每一次流转都是一次彻悟,一次胜利。至于你的儿子,他究竟要死要活,那是他自己的事情。他要生,就去勇敢地生;如果他活得烦恼了要去死,那也是没有法子的事情。"

妈听了这些话,心里很不高兴(因为妈希望你永远地活着),心想怪不得他们是小鬼,说的全是让人迷糊的鬼话。妈停留在门槛外面,不肯跨进去,因为妈等着要见你最后一面。

妈什么也不抱怨了,临死的人将一切是非都看轻了。妈心里最后只有你。妈已顾不得那个蓝桂桂和那个叶小景了。你愿意爱谁就去爱谁吧,愿意和谁闹翻就和谁闹翻吧。只要你回来,回到妈的身边,让妈能看见你,摸见你,妈就心满意足了,妈就什么都宽恕了。

你看,妈现在变得多么自私,多么小心眼儿。因为你是我的儿子,我的一切都是为了你,甚至我临闭眼时最后一次的爱也要向你献出。

"妈,我现在就在你的身边!"我大声说。

但妈什么也听不见,头一侧,昏昏沉沉地睡着了。那盏小菜油灯,噗的一声熄掉了。

菜油灯又慢慢亮了起来。

妈仿佛不是躺在炕上，而是躺在灵柩里。面容松弛、慈祥，有一层淡黄色的天国的光辉。

远亲近亲都来了，都穿着一色的白孝服，一个个像雪疙瘩似的跪倒在灵柩旁，哀哀啼哭。舅和妗子哭得最伤心，不像哭，像是号叫。蓝桂桂一边哭，一边向亡者诉苦："哎——妈喔——你咋丢得下你可怜的媳妇、孙孙哪啊——你走了，让我们娘儿俩怎么活呀啊——"

蓝桂桂的诉苦，诱发了其他命运相类似的人们的悲哀，于是哭声大作，声震屋瓦。

我没有哭。我怀疑妈是假死，因为刚才我还看见她好好地活着。

还有两个人没有哭。一个是程海先生，一个是我的小儿子。

程海先生坐在那盏菜油灯下，若无其事地在手里翻弄那些古币。后来又将其中一枚高高地扔在空中。古币在空中翻滚，像一枚紫星星。小儿子猛一跃，将古币接在手里。

"小心烫手！"程海先生说。

孩子说："我不怕烫！"说罢将铜钱举在眼前，从中间小方孔看我和程海先生，并唱起一支儿歌：

钱钱钱，

有方圆。

圆笑方，方笑圆，

方圆都在一个钱。

扯他妈的淡。

刚唱完，猛地手一抖，将钱扔在地上，叫道："果然烫手！为什么？"

古币落在地上，红得像烙铁，从方孔里吱吱地冒起一缕青烟。

"这就是古币的激情，"程海先生说，"你奶奶和你爸爸都摸过它，它已经人化了,至少是有了人情味了。如今,你奶奶和你爸爸都死了,两个人未尽的激情全留给了它。它承受不了,自然就燃烧起来。"

我嘿嘿地笑了,说:"我在这儿,我并没有死。"

"活着也是死。"程海先生说。

"活着就是活着,怎么活着也是死?"我辩解道。

"活着是对死的死!"这位怪人越说越玄,"活在世上,焉知不是另一种形态的死?魂归阴曹,焉知不是又一种形态的生?死不知生,生不知死。甚至生不知生,死不知死。死死生生,就像方方圆圆,还不都是'扯他妈的淡'的一个东西!"

"哎——呀!"灵柩前的孝子们哭得惊天动地。

这时候,我看见妈从灵柩里坐起来,捂着耳朵,烦恼地说:"吵死我了!真都是些糊涂蛋!"她跨出灵柩,走到我们这一边,扔下那些人在那里继续号哭。

灵柩里仰躺着妈的躯体。我迷惑不解地指着那躯体问:

"妈,那是谁?"

"那才是妈的灵柩,妈在里面躺了六十多年,现在妈要离开那灵柩复活了。"

程海先生拍手大笑:"躯体成了灵柩,灵柩成了产床,怪哉!"

"扯他妈的淡!"小儿子嘟哝着说。

我怕程海先生生气,就扯住儿子的耳朵,要他认错。他哇的一声哭了,一边抹眼泪一边朝我吼道:"全是胡折腾!"

身上的衣服黑脏黑脏,油一块汗一块。我们没有一件替换的衣服,只好让它脏着(出行太仓促,只带了很少一点钱,很多东西都忘了带。这足以证明我和她是不切实际的幻想家)。我们怕碰见任何一个人。我们都天生的好洁,二十多年来,洁净已成了我们的标志和习惯,甚至成了我们的尊严。但现在什么也不能了。我们为肮脏而害羞。

出门已二十余天,衣兜里的钱昨天就已经花光了。路过一个小茶棚,小昙说想喝一杯开水。我问了问价钱:每杯水四分。我怀着很侥幸的心理,在衣兜里掏摸着。兜缝里果然藏着一个圆圆的东西。我陡然兴奋起来，祝愿这东西是一枚五分镍币，待摸出来，却是个一分！

一分不多，一分不少！

我哈哈笑了，将这一分闪亮的镍币高高抛在空中，然后让它像一个漂亮的小水滴一样落在干渴的土地上。

就这渺小的一分钱，也让那个卖茶水的老婆子看见了。她敏捷异常地走过来，将钱捡走了。

小昙说："我渴！"

我说："忍一忍！"

"我已忍了二十几里路，你叫我怎么忍！"她嘴唇干裂，干得冒火了。

"再忍一忍！"

"我没法忍！"她朝我咆哮道，变得像个泼妇，一点也不可爱了。

"不忍又怎么办？反正没有一分钱了。总不能像叫花子一样向人家乞讨！"我说。

"乞讨就乞讨！"

"不行，人总不能丢掉尊严！"我说。

但说归说，后来我还是替她去讨水喝。因为她的嘴唇已干得流血了。

"来杯水！"我装出很阔绰、很有风度的样子。

"自己端。"老太婆说。

小昙一连喝了三杯。我也喝了两杯。干渴解除了，全身重新有了活力。我拉了拉小昙的手，悄声说："快走！"

"钱！钱呢！"老婆子在背后喊。

"你刚才不是拾走了吗？"我不得不耍赖皮。

"那是一分钱！"

"明明是五分！"我又一次耍赖，什么尊严也不顾了。

"五分也不够，你们喝了五杯水！"

我们装作没听见,箭步逃走。

"赖皮,骗子,流氓!吃白食喝白水的东西,骗我一个穷老婆,你们不怕损阴德……"

渴解除了,饥又来了,肚子饿得咕咕叫。

小昙只低头向前走,一声也不吭,大约饥比渴好忍受一些。

她脚底下老打趔趄,仿佛得了软骨病。

"你饿吗?"

"不……不饿。"她欺骗我。她可能担心我若再去乞讨耍无赖会再一次挨骂受辱。

"我也不饿,"我笑着充硬汉子,说,"不饿归不饿,但总还可以吃一点滋补品,譬如说人参。"

"又想学曹操了,望参止饥。"她说。

"不,说人参就有人参。"

我让她在田埂上歇着。拿出一把小刀,在草坡上挖了许多粗粗壮壮的马毫儿根,用手帕擦净,递给她吃。"这种东西,乡下人叫土人参。"

她很响地嚼着这些土人参,娇嫩如花的嘴巴顷刻沾满了一圈儿泥水。

我也嚼着,边嚼边说:"走吧!"

"往哪儿走?"她问。

"上神农架。"

"当野人?"

"野人是最自由的人类,而且还是科学家梦寐以求的考察对象。"

"不,还是回老家吧。"她说。

"重新回到原来的生活中去?"

"那里总有水喝,总有一口饭吃,总还有不向别人乞食的那么一点尊严。"

"但那里没有爱情。"

"别再谈爱情,我已经对爱情厌倦了。"她摇着头说。

天边的夕阳忽然变得很大很鲜,有一股葱花大饼的味道。黄昏虽然越来越暗淡了,但仍充满了诱惑。小昙唱道:

> 我的家在东北松花江上,
> 那里有我的同胞,
> 还有那衰老的爹娘……

小昙唱得热泪盈眶。

好,回老家去!

真的该回老家了。很老很老的家。

拂晓时分,我们走到了漠谷河。鞋底磨了一个大洞,鞋壳里沾满了泥土。月亮落了下去。星星亮极了,大极了,低极了,仿佛一伸手,就能捋下一握青光。河水幽暗,呈淡灰色,流动时由于要冲击那些鹅卵石,便发出鸽子鸣叫似的咕咕的响声。和平之音!家乡,让我们和好吧!忘记过去的悲伤和烦恼,忘记那些数不清的恩恩怨怨,让我们重新开始吧!你看,我们鹑衣百结,头发散乱,面黄肌瘦,精神萎靡。我们是你的两个野孩子,我们不听话,自然也不受你的宠爱,但二十多年来,我们的任何经历都是关于你的经历,任何记忆都是关于你的记忆。没有你,我们的生命就是一片空白,就像没有来过人世一样。现在我们回来了,因为我们抵挡不了你的诱惑和你巨大的默默无语的温情。不过,这也许是最后一次。我们斗胆回来,用绝望的激情紧紧拥抱你也让你拥抱我们。不过,大家都不许流泪。

好高的野草!大概是一片艾蒿吧?因为我们嗅见了它的苦味。小昙,我的好妻子,我的生死不离的永恒的伴侣!让艾蒿和它的苦味掩护我们。我们是两个爱情的游击队员,我们是在最后一次完成对乡情乡音的偷袭……艾蒿茂密如林,即使在大白天，也不会有人发现我们……我们的背后，是几十丈深的深谷。我有点糊涂了，说不清这是漠谷河还是华山西峰。可有一点是绝对真实的，那就是，只要我们后退一步，就会掉下悬崖峭壁摔得粉身碎骨……我们也许不会后退……艾蒿浓郁如药，多苦的艾蒿！

浓夜渐渐变得透明。周围的杨树、柳树、榆树有了轮廓。地平线青青的，像眼白一样。有一株没有叶子的枯树，印在苍白的天幕上，黑炭条般的枝权错落有致，如一张抛向天空的网。它要打捞什么？

"希望。"树回答我。

"还有希望吗？"

"有，什么时候都有。"

"但我看你的网仍是空空的呀！"

"那是你看不见。只有希望的眼睛才能看见希望。"

"多么抽象啊！"我叹道。

县城里的雄鸡高亢地啼叫起来。雄鸡的叫声激情充沛，充满自信。咳，漂亮愚蠢、永不气馁的号手哇！小县城像撤去纱幕的舞台，城墙、高楼、平房……冷凝清晰地呈现在眼前，就像一堆吸引我们重新去表演的旧道具。很好很好。很熟悉很亲切，也很滑稽。这就够了！

第一批麻雀像一片尘土一样飞上各种各样的树权，叽叽喳喳，奶白色的肚皮渐渐染上了嫩红的朝暾，像一枚枚红果子。麻雀永远是幸福的、欢乐的，我从来没有见过一只悲伤的麻雀。头脑简单有头脑简单的好处！一只早起的狐狸，在前面几丈远的地方，呆呆地望着麻雀，伸出舌头，舔着粉白色的嘴唇，眼睑下泪渍斑斑。它的痛苦产生于它的智慧。后来，它做出达观、幽默的样子，扭了扭蓬松的毛尖发红的大尾巴，小心翼翼地走向车轮般的太阳。太阳很新鲜很柔和很好玩。狐狸有些迷茫，对着太阳发窘。后来窜到草丛中去了。

小县取出一个小瓶子，碰碰我的手。我打开瓶塞嗅了嗅，农药味直刺鼻子。

"也许用不着。"我说。

县城就在眼前。

是死是生？是投入还是退出？

一切突然变得十分迫切十分尖锐。

县城里有蓝桂桂、叶凯、挑水女子和那位舅母，也有王主任、田大光、俱乐部和木器社……数不清的熟人，数不清的旧人旧事……太阳穴一阵灼痛，各种因果关系全复活了，在心里像纷乱的马蹄一样践踏……不敢再想下去了，不是怯懦而是记忆犹新……昨天的距离太近了！

那么就退出。用死亡退出！

死有死的好处。死可以消除一切，战胜一切在生活中无法战胜的东西，战胜了别人也战胜了自己。唯有死能实现对困窘的超越。死能够洗刷一切，重新创造空白……空白多好哇！这场爱需要一个完美的尾声……总要画一个句号，不然就太麻烦了。这不算什么，只是由一种形式进入另一种形式……

我和她后退了几步，背向悬崖，像仰泳似的倒了下去。我像大鸟一样飞向绝对的自由。我强烈地感觉到风的坚硬的质量和雾气的湿度。人生无非沉浮二字，浮总需要努力，而沉却是极省力的事。高速度，像陨石陨落一样的高速度。我们全身装满了红色液态炸药。我们要把漠谷河炸得鲜红，最后一次表现爱和激情是何等的壮观，何等的轰轰烈烈！

"不能死！你不能死！"有两个人在半空中托住我喊道。

"为什么？"我愤怒地质问。

"你以为死就那么好求吗？其实死和生，甚至和爱情一样，是极珍贵的东西，不可以轻易求之的东西！"那两个人说。

说完，将我们像抛死狗一样抛向沟顶。

随后，他们也像两片羽毛一样，飘了上来。他们竟长得像孪生兄弟，一模一样，脸白得像粉疙瘩，嘴红得像红枸桃。我明白了他们就是母亲曾看见过的两个小鬼。

"死不就是求个完蛋吗？有什么可珍贵的？"

"死是休栖地，是极乐世界。人若不能完成生命的劳役和职责，便不能进入休栖地享受极乐之福。当然你也可以成为孤魂野鬼，被关在休栖地之外，凄凄惨惨地流浪于离恨天，永世不能超脱。但我们见你虽然对生活有过分激烈过分苛求的毛病，总还算是一个痴心真情的男子汉，所以决定给你求死的愿望吃一顿闭门羹。"

"难道死也这么难？"

"死比生更难！"小鬼声色俱厉地说。

我忽然明白了什么，急忙脱下腕子上的手表，掏出口袋里的自来水笔，还有藏在衬衣口袋里的一枚值好多钱的古币"大泉五千"，双手递给小鬼，用哀求的声音说："快死的人没有积蓄，就这一点，求你们放我去死！"

"简直是胡扯淡！"小鬼的脸气得更白，红嘴唇气得更红，"你把我们当成什么鬼啦？难道我们是阳世的贪官污吏不成！"

"大家都是这样……没关系！"我赖着脸皮说。

"胡说。你以为是我们不让你死，其实是你的职责不让你死。你不要用那些臭钱污辱我们的鬼格了！你面前现在有五道'鬼门合格检验关'，你若走得过去，你就去死吧！"

说罢，两个小鬼倏忽消失了。

眼前兀地耸起五道大关，上面用金字书写着"鬼门合格检验关"七个大字。

我装出一副天不怕地不怕的样子，雄赳赳地走了进去，看究竟有什么牛头马面之类来阻拦我。

来到第一关，却没有什么奇诡的物象，只有我家那间小瓦房。奇怪的是周围没有村子，也没有一家邻居。瓦房门口站着我的母亲，白发苍苍，神态悲惨凄凉，口里不住地喊道："彧——彧！"

我忽然动了怜母之心，扑通一声跪倒在妈面前，哽咽着说："妈，我回来了……"

但妈不知怎么了,既看不见我也听不见我的声音,只管朝一片虚空絮絮叨叨地说:"彧,你究竟去哪儿了?你去得那么远,好多天也不回来看妈,你丢下妈寻你的快乐,你好忍心哪!妈天天想你,盼你,盼得急了就哭,整夜地哭,眼睛都哭瞎了。这几天,连耳朵都聋了。妈又开始数铜钱了,过去只是晚上数,现在白天晚上都在数,数你哪一天回来。妈老了,什么活都不能干了,要靠你担水磨面养活妈了。可你只管你,根本不管妈的死活。乌鸦也知反哺报恩,难道你连一只乌鸦都不如吗?"

我哭了。觉得自己真的连一只乌鸦都不如,于是就变作一只小相思鸟,飞向第二关。第二关只有一棵叶子像孔雀尾巴似的合欢树,树下站着我的那个小男孩儿。我飞得很累,便落在合欢树上歇息。小儿子忽然举起弹弓,一下子击中了我。我鲜血淋漓地倒在他的脚前,但他并不怜悯,说:"我认得你,你就是南彧,就是我的那位不要脸的父亲!你扔下母亲和我,和那个野女人一同私奔了。但我怎么办?既然你当初那么狂热地生下我,为什么现在又用那么残酷的心肠抛弃我!刚才来了两位小鬼,说你要求死。我更生气了,因为这证明你不但是一个第三者,而且还是一个真正的懦夫。你想用死逃避养育我的责任,逃避你应给我的那一份父爱,逃避你怠惰的名声!不,我不能让你去死,不能让你在死里找到偷懒的休栖地!"

我无法回答,于是我又变作一条银灰色的无毒蛇,在草丛中蜿蜒而去。

"呸!没有腿和脊梁骨的东西!"儿子在后面顿足骂道。

"这就是第三关。"那个挑水女子嘻嘻笑道。我无心理她,想绕过她爬到第四关去。

"你不是欲望之蛇吗?你那么爱缠漂亮的女人,为什么不来缠我?难道是我长得太漂亮反倒使你产生了逆反心理?可见你还是一个不彻底的爱者,一位孔孟高徒和传统道德的恪守者。外国大诗人普希金和拜伦,哪一个没有成打的情人,他们慷慨施爱,不辜负每一个爱他们的女人,就像如膏的春雨不辜负小草的渴望一样。而你呢？你只对小昙跨出第一步，却不敢向我跨出第二步，甚至连第一步也不敢跨到底，竟然要求去死了！你以为这样就会解脱你的罪恶感吗？这其实是你的自私和残酷！因为你的死辜负了上天赋予你的原欲和女人对你的殷殷深情。你已经变成了真正的伪君子，所以你根本不配去死！"

我面红耳赤，但仍无言以对，于是又变成一只小鹿呦呦地叫着让她觉得我已非我，向第四关跑去。

第四关是一间童话般的五彩缤纷的小屋子，上面用霓虹灯组成四个大字："诗人之家"。门窗大开，秋叶飞老师坐在里边，用一只长杆毛笔正在书写诗篇。他看见我，立即举起拿笔的那一只手招呼我：

"我知道你要去死。我早就知道。

"但你现在无论怎样的死都是非死。

"真正的死是一种成熟。正如麦子成熟谷子成熟玉米成熟就会自然枯死一样。但你现在成熟了吗？你本来有写诗的天赋也写了不少好诗，但你的诗还远远未到鼎盛的时候，你还是诗的芳草地里一株稚嫩的青苗，你还没有结出累累果实，还没有完成大地山川要求你的天职，所以说你的死是非死，或者说是一种放弃奋斗不求进取的可叹可怜的自我夭折！

"我知道你背着道德的十字架。你不堪其累，想在死里找到休息。

"但真正的英雄是敢于背着十字架继续跋涉的人，敢于在身后的道路上洒下汗斑和淋漓鲜血的人。死是苦难和奋斗之后的最高奖赏！"

我惊叹他这一番关于死的奇妙的议论，但我仍觉得无法反驳这一席话，便变成一只雄鸳鸯飞向前去。

第五关有两株绿荫如盖的连理树，树下站着蓝桂桂。我知道她要说什么，赶忙反身逃走。"呸，你这只假鸳鸯、野鸳鸯、淫鸳鸯！你背叛了我又不愿意用正式离婚解脱我！你只想逃脱法律的约束，去干苟且之事寻欢作乐。今天我倒要看你逃到哪里去！"她边骂边扔来一只大木棒，不偏不歪，正打在我的后背。我吐出一口鲜血，知道自己已经负伤，可我仍挣扎着逃走了……

一切仿佛一场噩梦一样。

我猛地睁开眼睛，发现自己仍躺在那片艾蒿里，小昙也仍挨着我酣睡。我摇醒她，想告诉她刚才过五道"鬼门合格检验关"的奇梦，没料想她一边揉着惺忪的眼睛，一边也向我诉说了一个十分相似的梦境，只不过各个关口遇见的人不尽相同罢了。

五十九

太阳升起，世界变得鲜明极了，清晰极了。道路上，拖拉机、大卡车、马车，川流不息。各色衣服的人群熙来攘往。不远处的楼房鳞次栉比。城西头那两间曾供我们多次幽会的瓦房依然在目。一切仍是老样子，既惹人留恋又惹人伤心。唯有青青的树、淡淡的雾、蓝莹莹的天空仍然无比亲切温柔，温柔得让人感动。有一只小牛犊，像红色的小鹿，忽然闯进这片艾蒿，看见了我们，好奇地小心翼翼地走了过来。低下头，瞪着黑环似的温驯的牛眼，猜测这两个人为什么要躺在这么古怪的地方。我从那牛的巨眼里看见了世界最后的善良。我忍不住哭了。我伸出一只手掌，递给它舔，我想它的舌头一定会像佛陀的手指一样温暖柔和。但它吓了一跳，以为我要捉它，猛地转身跑开了。

世界到了最后一刻依然充满误解！

不远处，有一个衣衫褴褛的疯子，跌跌撞撞走了过来。头发肮脏得像老鸦窝，脸像阴阳界，黑一道白一道的。手里抡着一只女式红皮鞋，抡得像红流星。

"是他！"小昙呜咽着说。

确实是他。我不但认出了他，而且也认出了那只红皮鞋——那就是他在很早以前的那天夜里隔窗扔给小昙的红皮鞋。他嘻嘻地笑着，一边抡一边走，很放松很开心的样子。红皮鞋忽然抡脱了手，掉在远处的草丛中。他一下子变得脸色惨白，悲惨地叫了一声："小昙，你不要离开我！不……不要……"然后扑过去将红皮鞋捡起来抱在怀里，后来又贴在嘴上吻了又吻，吻得满嘴都是泥土……

我猛地捂住眼睛……

他疯了，他用疯狂超越了现实。他进入了另一个世界——一个只有妄想和幻觉的悲惨世界！

从他的疯狂我看到了我对他深深的伤害！

我怎么能说我不是一个罪人？

可我并不是淫棍，并不是纵欲主义者。假若是，我怎么会拒绝舅母炽烈的爱欲？又怎么会逃避那个挑水女子的诱惑呢？

我只爱小昙一个，我的爱在一些人看来，倒是太老实太拘谨太本分了。

但我为什么总觉得愧疚，总觉得对不起谁？

也许只是因为对比，就像蓝桂桂那两只大小不同的手，本来每一只单独看并没有什么缺陷，但若放在一起就会产生对比，产生很可笑很难堪的感觉。

我和大光的对比使我看见了我的丑陋。

这丑陋感像地狱一样，使我每时每刻都会省悟到某种似是而非的罪孽！

我以前说过，我不能再见到他。若是再见到他，我会感到无地自容。

那只狐狸又走近了这片艾蒿。它皱了皱鼻子，因为嗅见了艾蒿的苦味。

太阳快要落山，月亮也过早地升了起来。狐狸看了看月亮又看了看太阳，下眼睑像蜗牛爬过一样，泪珠闪闪。一股浓烈的农药味直刺它的鼻子。不远处，有两个人紧紧抱着一动不动。太阳像一盆血，顺着西山头流了下去。狐狸哀号了一声。

月亮升得更高了，很清新，黄莹莹的……

完稿于 1991 年元月 16 日晚 10 点

修改于 2010 年 7 月

阎纲给程海的一封信

程海先生：

大作收读。

这部作品（指长篇小说《热爱命运》），凝聚了你全部的人生感受、生命体验和文思诗情。在大作中，我似乎看到卡夫卡，看到海明威，看到马尔克斯，但更清晰于眼前的，却仍是《三颗枸杞豆》以来的淡雅与深沉。在这里，意识的流动愈加自由，象征意味益渐强化，甚至达到出神入化的境地，却一步也不离开生活具象的尽管貌似随意的素描。你刻意折磨读者于颠三倒四的一把把黄土中使劲捏出一滴滴油来。"我"是谁？"程海先生"是谁？作者又是谁？是三个人还是一个人？是灵魂出窍、魂不附体、性格分裂、性格外化，还是一个大活人被文学追踪下的三个影子？"内心愈是凄凉苦闷文章愈会华淡壮美"——多有味道哇！"活着是对死的死！""活在世上，焉知不是另一种形态的死？魂归阴曹，焉知不是又一种形态的生？死不知生，生不如死。甚至生不知生，死不知死。"真像人们说的那样"扯他妈的淡""全是胡折腾"吗？

我想起郭沫若论歌德《浮士德》的话："这是一个灵魂的两态。虽然在形式上是浮士德为主而靡非斯特为奴，但在实质上是主奴不分，而在诗人的气质和一时的感兴上，有时倒是主奴易位的。"

天热事烦，读得匆忙，远未得其奥妙，皮相之论罢了，祝先生创作取得新成就。

阎纲
1991 年 7 月 6 日
于繁忙中，汗流浃背时。祝安。

中情谁察死不甘

——《热爱命运》中的南或形象求解

李 星

  程海曾经是陕西文坛一位重要的诗人，20世纪80年代中期以后，他逐渐将创作的重心转向散文和小说创作，并于1990年出版了三十余万字的中短篇小说集《我的夏娃》。此书给素以冷静著称的陕西文坛造成了一次激动，使陕西乃至全国许多创作的行家里手刮目相看，该书也遂于1991年夏再版，并获双五文学奖。关于《我的夏娃》，笔者也曾有一小文议及，虽然简陋，却也说出我对程海小说创作的一些主要意见。在谈到《热爱命运》以前，先抄录如下，以期待读者对程海以前的小说创作特质和整体风貌，有一个大致的印象：

  程海的小说不好读，但很耐读。不好读并不是因为作者故弄玄虚，有意设置语言的障碍，而是因为他既不靠曲折离奇的故事来吸引人，又不是客观地讲述生活事件的过程，直接告诉人们一个什么道理，而是将自己的生活体验、感受，充分地心灵化、情绪化，也就是高层次地审美化。心灵化的小说，包括散文、诗歌，都不可能供追求感官刺激的人来消遣，它却可能供具有自觉的精神追求的人去体味，去琢磨。这是一种艺术审美品质比较高的小说，歌德、泰戈尔、川端康成、鲁迅的小说都具有这样的特点。

  程海最先是以写诗进入中国文坛的。当时他还在一个县城工作，他的诗带有关中原野明丽清新的色彩，对于诗的形式也十分讲究，节奏感很强，可以供人吟咏、朗诵。可以看出作者对中国古典诗歌的研究和深厚的修养。他的小说也具有诗的魂魄，包括心灵化、感情化，包括纯美而高远的意境，包括诗意盎然的语言。程海的艺术感觉能力和艺术想象力在当代中国文坛的作家中是一流的。他的小说题材不新、故事不新、人物关系不新，但他的描写和叙述却处处充盈着新意，新的感觉、新的想象、新奇的描写，让你惊叹不已。一个作家的本事在于对新的题材、新的人物关系、新故事的发现，一个作家的本事更在于敢在别人已经占领了的土地上耕耘，你有你的收获，我有我的收获，而且我的收获同你不一样，甚至比你的更有价值。程海有这个魄力，中外文学史上那些大家也都有这个魄力。

像他的诗一样，程海的小说也蕴藏着对家乡、对故土、对这片土地上的人的眷恋和热爱。迄今为止，他的小说还是以涉及乡土的为多，但他的小说风貌距所谓的乡土小说甚远，这是因为构成他小说灵魂的是一个视野开阔，站在人类所创造的思想和智慧的高处的现代知识分子对真善美的执着追求。真善美并不是一个新观念，从文学史上看，莎士比亚、雨果、屈原、司马迁都苦苦追求过，但是在现代社会的背景和人际关系中，它仍然具有着更加特殊的意义，仍然闪烁着理性的光辉。将热情献给它，程海认为值得，我们也认为值得。

程海的小说没有爆响，却如润物细无声的春雨，渐渐获得读者和文坛上的有识之士的刮目相看，这得益于他的刻苦，他的努力，而最能给人启示的却是他的创作心态。他在文坛之中，又在文坛之外，他只关心自己的艺术，而不关心艺术之外的名利和地位。他是能冷得下去，沉得下去，耐得了寂寞的人。耐得住寂寞，谈何容易！程海却能做到，或者在大部分时间能做到。

这篇短文发表以后，我因听到了两种截然相反的意见，也曾心怀忐忑，担心自己是否说了过头话。在拜读了程海长篇小说新作《热爱命运》之后，我心里踏实了许多。之所以会有这种感觉，不是因为自己的话多么正确、多么有预见性，而是因为《热爱命运》更为充分地展露了程海多方面的艺术才华和创作潜力。与《热爱命运》所取得的实际成就相比，我的见解不是超前了，不是过了，而是还有很多不到之处。

我的直观印象是，《热爱命运》不是那种一览无余、几句话就可说尽的作品，也不是那种一锤定音、一篇文章就能谈清的作品。它是那种无论认识价值，还是审美价值，都包孕丰富，内涵复杂，经得起反复咀嚼、多方面思考的作品。这原因不在别的，而在它虽然产生于当代中国社会的生活土壤，却没有停留于记录当代生活的客观过程，而以表现当代社会的心理情绪、文化冲撞为主要任务；它虽然塑造了南彧这个当代中国青年文化人的典型形象,但却没有满足于描写他在复杂的社会关系网络中的应对,而集中表现他在爱情生活中独特的思想、感情、情绪、灵魂和心理。在当代中国多样化的小说园地中,《热爱命运》不仅切入时代历史的视角独特,表现手法独特,而且人物独特,甚至独特到在中国当代文学中绝无仅有的程度。他,就是南彧。一切麻烦都由他而起,尽管有他坦诚的自评在,这个形象仍然复杂得难以把握,难以给他以盖棺定论(棺者,作者完成了的文本也)。

何许人也?这个南彧!他的身份是不大的A城工人俱乐部的文化辅导干部,是个业余诗人,在作品中已经崭露头角;作品开始时已经二十岁,结束时,也不过二十二三岁。他的家乡,在距A城不远的农村,三岁丧父,母亲守寡,含辛茹苦,将他抚养成人,并从学校毕业。可以看出,他是个乡村穷小子,他是个可怜巴巴的靠人提携的外县小诗人,他是个层次最低、年龄最小、资历最浅的小干部。他要进入小说,按照惯常、习见的构思,应该写他从乡村小子到吃商品粮的干部的奋斗史,或写他在诗坛从业余作者到著名诗人的发迹史,或写他从不起眼的、不被人看重的小干部到实现了权力欲望的成功史或失败史——这几种构思,顺理成章,作者也不乏丰富的生活体验,文坛上也不乏成功的借鉴。但是,这几种构思程海都回避了,不如此,可能就不是我们已熟悉了的、写诗起家的程海,写出了《我的夏娃》等别有境界的小说的程海。《热爱命运》中的南彧,既没有个人的奋斗史,也没有个人思想、心理、性格的成长史,即使他在诗坛的成功也没有在作品中占多少重要的地位。从作品一开始,南彧就是一个完成。全书几十万字,整个儿就是他完成或者成熟了的性格、心理、人生思考的显现。篇幅巨大的长篇,而不是短篇或者中篇,可以回避开线性的历时性的性格发展,可以把人物与社会、与时代的冲突简化到几乎只剩下自身灵魂的挣扎和漫游,如果作者不是生命情绪饱满的诗人,不是才华横溢的思想家、哲人,不是人类生命和灵魂的探险者,不是知难而进的文学事业的勇敢者和献身者,它的成功几乎是不可想象的。然而,程海成功了,至少可以说他取得了很大的成功。他成功的标志就是南彧这个从乡村进入城市、从农民儿子到小城知识分子、从不起眼的小干部到著名诗人的形象,已经像一尊耀人眼目的石雕一样矗立在我们面前。他具体而令人难以把握,鲜明而难以说清，真实而又虚幻，传统而又现代，可爱而又可憎等，各种复杂的现象、对立的思想、感情在他身上出现，各种对立而复杂的阅读印象、审美情感、价值判断缘他而生，以致我对自己的审美和知解力失去了信心。因此，下面几点阐释的努力也仅仅是一种尝试。对于读者来说，与其说是一种提示，不如说是一种求助的呼唤。

南彧的行状大抵与青年女性有关，也即是说南彧性格、心理是通过他与几个青年女性的关系来呈现的。他借宿农家，主家母女热情接待，他却对主家女子蓝桂桂一见倾心、心旌摇荡、想入非非；他在农村街巷见一挑水女子，顿时视若天仙、忘乎所以、刻骨铭心；在Ａ城三干会上，他又倾心于广播站女播音员叶小昙，追慕不已，缠绵悱恻；与此同时他又禁不住蓝桂桂风骚的舅母诱惑，与之发生了性关系。在与蓝桂桂结婚后，他很快又与已和他人结婚的叶小昙同居；在深爱着叶小昙的同时，他又对再次邂逅的挑水女子生非分之想。蓝桂桂说他："最不安分，最爱幻想，一见到漂亮女人，就像蝇子见了血！"叶小昙说他："是个天字第一号的情种，是一片风波不息的爱情！"他自己也说自己是一个"泛爱主义者，爱一切美丽的事物和美丽的女人"。——确实，仅从对女性的泛爱，也主要是从对女性的关系看，南彧真是惊世骇俗！但是，只要不被表面的现象所蒙蔽，不为世俗的眼光所左右，我们就会发现，南彧并不是世俗观念中的市侩流氓。与之发生实际的性关系的共有三个女人：一个是他合法的妻子，一个是他深爱的叶小昙。他与桂桂舅母的关系并非他愿，他的责任主要是经不起诱惑，何况只此一次。他当时也尚未结婚，他后来对她的几次拒绝，几次解开叶小昙的衣扣又扣上，固然可以解释为"色重胆虚"，但也足以说明，他绝不是一味追求肉体刺激的动物。至于他对如挑水女子等的想入非非，也仅仅只是心旌摇曳，如果不是他自揭隐私，自叙冲动，是构不成任何人格的瑕疵的。"爱美之心，人皆有之"，人体美，更是上帝的一份杰作。古今中外的许多伟大艺术品都以人体美，包括女性美作为自己的审美对象，如《维纳斯》《牧羊女》。在中国虽然一些文艺作品表现得含蓄一些，但同样早已关注到人体美、女性美，如用花形容妙龄女郎，用凝脂形容女性的肌肤，用"羞花闭月""沉鱼落雁"比喻女人美丽，也从不忌讳男子对女性美的欣赏和崇拜，如汉乐府《陌上桑》等。

"你的欲念其实是生命的任务。你如春之花蕾,你渴望异性不过就像花蕾之要绽瓣。你想爱无非是为了施展青春,你所谓的疯狂不过是创世者的冲动,你所谓的罪恶其实是生命的自然之态。""因为你只有二十岁。""我喜欢她的美貌,其实和喜欢一朵好看的花朵、一片彩色的云是一样的。她们都是大自然的杰作,可谓钟灵毓秀,物华天宝!钟爱她们就是钟爱完美,钟爱大自然令人惊叹的创造力。她们代表一种境界,当你的精神步入这种境界,你就会从日常生活中的烦琐庸俗中升华。"这是《热爱命运》中南或的内心独白,之所以要将它们抄录一遍,全是因为它们代表了对女性关系的两种观点:一谓对异性的冲动是年轻生命的自然之态;一谓女性美像自然界的许多美丽的事物一样,也是大自然的杰作,所以成为人的审美对象。其中虽包含着南或为自己辩解的成分,但应该承认这个辩解所持的观点是正确的,是生命和审美的普遍之态,是它们的规律之一。需要补充的是,人是自然,但人又是有思想、有感情、有灵魂的社会历史的生命,对异性的形体美的赞叹、欣赏,说明了审美是形式的,但形式美往往是暂时的,常常需要真和善的支撑,需要进一步的价值判断。在《热爱命运》中,同样一个蓝桂桂,最初在南或的眼中,一切都是美的,连缺点如两眉宽、微胖等都成了优点;而在蓝桂桂后来主动向他表示爱时,他却产生了厌恶,原因非常荒诞,这就是,他认为女人"只应等待,不应出击",凡是主动出击的,马上会引起他的厌恶。只此一端,就可看出南或的女性观,并不是永远冠冕堂皇、永远无懈可击的。他有宗法男性社会的褊狭、自私,也有一切为我所用的男子汉中心主义的丑恶与卑鄙。南或可憎的一面,在处理和对待与蓝桂桂的婚姻问题上表现得更为充分。一是既知不爱她,却要与她结婚;二是结婚后马上为个人的功利算计而懊悔:"我的肩头上,却因为有了你的负荷,今生再也不会轻松。我对你已经有了责任,有了义务。正因为你毫无保留地交付,才使我变成了你的仆役。""我变成了这个家庭。我丧失了独立。我还要为这个家庭去劳作,去献身。"爱情意味着承诺,婚姻家庭就意味着义务,可怕的不是南或聪明地意识到这一点,而是他对自己的承诺和义务的诅咒、憎恶。正是在这种意识或潜意识的指引下,他鸡蛋里挑骨头,千方百计从蓝桂桂身上找缺点,寻找背叛的理由。这理由终于找到了,这就是为蓝桂桂婚前所隐瞒的一手大、一手小,尽管她的两只手单独看都是完美的,不仔细比较也看不出差异,他还是有一种总算抓到了蓝桂桂欺骗了他的事例，找到了背叛的理由。(关于手的比较这个细节的微言大义，是另一层次的问题。只要仔细读书，就不难发现其中的哲理和象征的意义。)所以叶小昙不无敏感地提出："你太专横了！你对别人总要求完全的纯洁，不能有任何隐私和隐衷，甚至不能有意志自由！一旦有小小的对不住你，违背你意志的地方，你就雷霆大作。"所以，世俗对南彧的谴责又有世俗的道理，因为他从一己的利害出发粗暴地伤害了对他忠实地履行着妻子责任的蓝桂桂，又以个人的欢乐和放纵，伤害了他忠实的朋友田大光。

自然，世俗又有世俗的偏见，它主要表现在，囿于文化习俗的力量，不能面向和自省自身，而对别人的私生活(它在很多时候无损于社会公众的事业)表现了过多的兴趣。他们对别人私生活的攻击与其说是出于维护一种公共生活准则的热情，不如说是出于嫉妒心，出于幸灾乐祸，出于野兽般的攻击欲望。所以我们在评价一个人物时，既要遵循公众生活的一般准则，又不能完全蒙蔽于世俗的眼光。抛开世俗的偏见，我们来看南彧，就会发现他实际上又是一个很真的人。这里的"真"有三个含意：一个是作为文学形象的南彧，保持了现实生活中人的全部或许多复杂性；二是他活得很真，敢于承认和袒露自己的许多缺点和毛病；三是他对生活和事业有着许多本真的追求和理想。这些理想和追求尽管在当代难以完全实现，但它们对于人类的未来发展却不无意义。关于第一点，我们已经论述和正在论述着，并且可以说，我这篇文章的主要宗旨也只是为了说明这一点。而后两点都涉及南彧思想、性格的反世俗，从一定意义上说也就是反主流文化的特色。第一，是主流文化历来讲做人要安分守己、乐天知命，他的灵魂却最不安分，最爱幻想，最爱想入非非，永远躁动不宁；第二，主流文化历来讲做人要清清白白，他却敢于承认自己灵魂的黑暗和罪恶，甚至于自己骂自己浑蛋，而且经常徘徊于当好人还是当坏人的矛盾之中；第三，主流文化教育人要扼守中庸之道，学会妥协，不要奢求圆满，为此要进入"克制忍耐"这个人生学校，他却最难妥协，最不会克制，有着过分明晰的是非标准，过分森严的善恶观念，不光自己想成就一个完人，也要求别人，要求社会绝对完美无缺(当然这里的完美是以他的标准而定)；第四，主流文化要人们压抑自己生命的自然欲望，他却为这种欲望大唱赞歌，并常常身体力行，使之在自己身上张扬……所有这些集中表现为对传统的人生观、价值观、道德观,以及世俗文化心理的怀疑和逆反,对一种迥异于传统的人生价值、生活目标的追求,相对于传统社会文化心理,南或是一个十分清醒的怀疑主义者,同时又是一个突出的个人主义者。应该如何评价南或的怀疑主义——个人主义呢?首先,马克思在《黑格尔法哲学批判》导言中说:"对宗教的批判最后归结为人是人的最高本质这样一个学说,从而也归结为这样的绝对命令:必须推翻那些使人成为受侮辱、被奴役、被遗弃和被蔑视的东西的一切关系。"在《一八四四年经济学哲学手稿》中,马克思又说:"共产主义是私有财产即人的自我异化的积极的扬弃,因而是通过人并且为了人而对人的本质的真正占有……作为完成了的自然主义,等于人道主义,而作为完成了的人道主义,等于自然主义。"虽然这两部著作都有着旧的人本主义的痕迹,但其基本精神却是贯穿始终的。所谓人生观、价值观、道德观都属于意识的范畴,毫无疑问应该随着人们的生活条件、社会关系、社会存在的改变而改变。其次,中国又是一个长期以儒教作为统治思想的国家,虽然今天已进入社会主义历史阶段,人们的生活条件、社会关系、社会存在都发生了根本而巨大的变化,但宗法封建社会的道德观、价值观、人生观并没有也不可能一下子消失。在人们的意识中,在社会文化习俗和心理中,在日常生活的某些方面,还浓重地存留着。从这个意义上说南或的怀疑主义——个人主义并不是没有积极意义,并不能一概否定。人们的思想、社会的意识正是在怀疑和否定中新生,社会历史正是在怀疑和否定中前进。我们今天的改革开放,不光是经济体制的、政治的改革,也是思想文化和人们的精神观念的改革。然而"一个人的发展取决于和他直接或间接进行交往的其他一切的人的发展;彼此发生关系的个人的世世代代是相互联系的,后代的肉体的存在是由他们的前代决定的,后代继承着前代积累起来的生产力和交往形式",因此"单个人的历史决不能脱离他以前的或同时代的个人的历史,而是由这种历史决定的"(《马克思恩格斯全集》第二卷)。所以,南或的许多思想观点,包括怀疑主义——个人主义的理想,又常常是想入非非,甚至脱离历史,脱离社会现实的:它们的怀疑否定一部分在今天也是合理的革命的,有一部分却大概永远只能是自己的空想了。而更大量的却是对具有普遍意义的人类生存困境和具有普遍意义的选择的艰难的反映和自觉。在人类发展的漫长历程中,曾经有过这样一个历史阶段:他们以为自己是自然之子,是神之子，是神的代理人，是英雄和君主的奴隶，人们只要认天命就行了；此后也曾有过这样一个历史阶段，人们终于从科学技术的发展中，认为人是万物之灵，是世界的中心和主宰，他们可以依靠人的理性和万能的科学技术，解决人类的一切生存、发展和自由幸福的问题。然而科学技术的发展所带来的生态失衡、能源危机，高度的理性发展所带来的人的自然本性的丧失和人性的异化——现代高科技社会所具有的一切弊端，终于打破了人关于自己的盲目乐观自信及人是不可能战胜的神话。而今不仅马克思当年所指出的人道主义和自然主义、个人主义和集体主义、对象化和人的自我确证的矛盾并没有真正解决，而且科学主义和自然主义、历史主义和人道主义、理性主义和人本主义的矛盾也成为日益突出的世界问题，困扰着无数的思想家、哲学家、政治家。作为当代中国知识分子的一员，南或面临的许多难题，正是当今人类的难题，南或所面临的选择的艰难，正是当今人类选择的艰难。

正如南或自己所认识到的，他是一个生性高度敏感和高度脆弱的人，又是一个感性和理性都高度发达的人，还是一个对个人对社会都有着过高要求的人。以这样的个性，面临这样多的社会和人生难题，这就注定了他会活得很累、很苦、很不自然。然而南或的痛苦不只在于他与世俗观念和主流文化的对应，还在于他虽有先知者（相对于他的环境）的聪颖和敏感，觉悟到了现存文化所包含的内在矛盾，却不能解决自身所存在的严重的文化倾向的悖逆。正是这种悖逆，导致了他人格和灵魂的多重和分裂。在小说的第三十章，针对蓝桂桂对他的指责，南或说："道理是道理，生活是生活。如果道理就是生活，那人世间就成了至乐至美的天堂了。生活和理想之间永远有一个差额……所以说要把生活想得简单些。愈简单愈好！"蓝桂桂说："我知道一个最'简单'的办法，那就是：我和你离婚，叶小昙和田大光离婚；我和田大光另找对象，你和叶小昙破镜重圆，不就一切问题都解决了？"但南或却说："你知道我不会狠下心和你离婚"，所以才这样说。既知自己已经不爱蓝桂桂，既知婚姻、家庭使自己成为仆役，为什么又不能"狠下心"离婚，使家庭解体？知道越简单越好，为什么不能按简单办法来？难道只是因为母亲不同意，妗子阻拦？而母亲、妗子又是什么？她们难道有权利让"我"过"仆人"的生活？因此，归根结底，南或还是不能忘却对家庭、对婚姻、对亲人、对儿子的责任，不能不顾及荣誉、成就、未来、尊严，而这些荣誉、尊严、成就说穿了就是世俗社会对一个人的评价。蓝桂桂说南或色重胆虚。胆虚不是胆小，也不是虚伪，而是指"你是马，命运是车。你已经套在命运的车辕里。你开始当然觉得不习惯，但你最后总是要认命的"。这个为南或所终生摆不脱的命运之车，就是环境，就是世俗的价值标准，就是他企图否定的主流文化。驾辕马也有不安分的骚动，但最终还得拉着车跑；南或也是如此，他思考过，怀疑过，反抗过，但最终还是过不了通向"死门"的五关；既然死不了，就还得回到现实。这不是宿命，而是既定的历史阶段的社会文化的制约。当然人是有文化选择的自由的，他有权超越固有文化，选择另一种文化，如鲁迅、胡适，如毛泽东、陈独秀。然而这种选择的主动，一是要借助于历史所提供的机遇，二是要靠个人天赋和非凡的意志。历史的机遇对南或来说，不能说一概没有，但特别突出的是他还是缺乏意志。正如他自己所说的，他是个语言和思想的巨人，行动的矮子。其实，知行脱节，理智和感情分离，徘徊于历史主义和道德主义之间，灵魂和人格常常分裂，这何尝不是中国知识分子的精神共相？达则兼济天下，穷则独善其身。独善其身的最后办法是归隐于奥妙无穷，却又寂默不语的大自然。从始至终，南或也表现出强烈的与自然的亲和倾向，他不仅对大自然的美有着新鲜奇特的感受，而且有以自然为自己的最终精神家园的感情意向。自然，对他来说，就是和谐，就是完满，就是归宿；自然，对他来说，是精神的母亲，也是一种宗教信仰。不仅他的好友叶凯，他的崇拜偶像挑水女子，最终都以闹市隐士为精神的归宿，就是他与几个诗歌爱好者的交往，也让人想到隐逸和"陆沉"。

总之，《热爱命运》中的南或是一个复杂、丰富、深刻的当代中国青年文化人的形象。在他的灵魂和意识中既有鲜亮的现代生活的光斑，又有浓重的传统生活的阴影。从一定意义上讲，他的困惑反映了当今人类和历史的困惑。他所面临的严重的精神危机，固然表现了在当代中国社会一个纯粹个人主义者的穷途末路，但他身上所出现的灵与肉的对立、理智和感情的分离，以及这种分离所造成的痛苦，又未尝不是从"文化大革命"到改革开放初期纷纭复杂的社会思潮、文化思潮的曲折反映，是历史文化转型期所出现的某种必然，是当代世界性的传统与现代、本土与外来、东方与西方文化的交流与冲撞、龃龉与融汇、继承与革新的缩影。

南或的心态具有典型的历史文化的意义。所以我们似乎可以这样认为,南或既属于中国又属于世界,既属于过去和历史,又属于现代和未来。他的未来意义不只在于他对传统文化某些弊病的思考和批判,而且还在于他以自己活不好、死不了的代价所留给正在开创未来的人们的思考。

作为一个走向成熟的艺术家的发愤之作,《热爱命运》在长篇小说艺术上也有许多自觉的追求和探索,这种追求和探索足以使它将自己和同时代的许多作家区别开来,成为独特的"这一个"。

首先,《热爱命运》的叙述角度是第一人称的倾诉体。主诉人是主人公南或,倾听者是作家程海,记录整理加工的也是这个程海。因为是拟两个人面对面的倾诉和倾听的关系,这就使作品挣脱了小说语言、长篇文体规范常常带来的束缚和阻碍,如时间、环境、地理背景的交代,冗长的过程和琐碎的生活细节,可以直接切入事件的核心和人物的灵魂,可以放开手脚中断事件过程,插入相关的思考和联想。所以,《热爱命运》打破了许多小说原原本本讲事的因果过程框架,艺术思维呈跳跃状,具有一种自由、散漫、亲切的风格。它可以依据倾诉者的心灵需要,随意丢掉一条线索,提起另一条线索,又可以在某一点上停留或加意强化渲染,或做多方位的拓展和深入。要跟上倾诉者活跃的思维,实在不是一件容易的事。不是人人都有这种兴趣,也不是人人有如南或或程海这样超常的智力。不过,智力游戏、灵魂探险,却又可以成为一种诱惑人的魅力。还有一个诱惑人的地方是,程海所讲的南或的故事,或者南或所讲的个人经历,他们多属于个人的隐私,具有难得的赤裸裸的真实性。在社会和法律上揭人隐私是不被允许的,但在文学上、小说中却又另当别论。说没有隐私就没有小说固然有些武断,但是许多伟大的作家都一律涉及个人隐私,甚至正是隐私构成了他们人性的魅力之一。另外,这种真假虚实的叙述方式,产生了独特的艺术张力。读者被程海的花招搞糊涂了,时而觉得南或就是另一个人,他与程海的关系真如作品所说的主诉人和倾听者的关系;时而觉得《热爱命运》不是一部小说吗?它是程海署名并享受著作权的,他是程海"假语村言"所创造的艺术形象;时而又觉得南或是不是就是程海自己,他或是程海的全部,或是程海的一个灵魂,一个欲望的化身……调动着读者的想象,作者自己也从中获得了更大的艺术自由,更为广阔的艺术空间。与叙述角度相联系，并由它衍生的是作品独特的诗体结构。一是结构的心灵化、情绪化，它是以人物的精神历程为结构主干，而不是以社会人生事件为结构主干。作品迭起的高潮、次高潮是人物的感情、精神和思想，而不是生活事件。对所涉及事件的详略取舍，也全以是否在人物心灵上划出深刻印痕、掀起情感波澜为标准，而不是以事件为标准。例如作品中南或和蓝桂桂的结识、定情、结婚、日常生活都具有很大的随意性，有点用之即来、挥之即去的味道。作品开始在找朋友喝鲜蜂蜜，喝蜂蜜又无端引起借宿，借宿又将南或同叶凯分作两处，经不起严格的真实生活的推敲。与此同时，南或同挑水女子的四次见面就更莫名其妙，十分随意。这些都说明了《热爱命运》是心灵结构的诗体浪漫主义小说，而不是严格的现实主义小说。它如《浮士德》《神曲》《欧根·奥涅金》，而不是《复活》《人间喜剧》。小说第十八章南或到叶凯处，叶凯取出他发表的几篇散文，南或批评说："很不错，只是有些地方匠气重了点。"叶凯却说："你有你的自然，我有我的自然。各种自然之间千差万别。你认为不自然的，也许正是我的自然。"这或许可以说明，程海自觉追求的不是大家公认的现实、客观的自然，而是复杂万端、变化莫测、奥妙无穷的人的精神世界的自然，即使不认为这种自然更真实，起码也认为它具有同样的自然的价值。二是其他人物，以及其他人物的故事在《热爱命运》中出现，都具有思想文化、精神心理类型的抽象意义，而不是为了或主要不是为了组织成现实的人物关系。如在男性人物中，叶凯是宗教隐逸型的人物，他的坚定明晰的理性精神，返归自然的处世态度，恰与现象上热衷于成名、欲望很强、灵魂躁动不安的南或形成对比；而南或的顶头上司王主任则是随波逐流、意志薄弱的世俗生活和世俗处世态度的精神代表。在作品中占了很重要地位的田大光，作家实际上是把他当作主流儒家文化的代表来塑造的，他能忍、能让，爱情专一，富有牺牲精神。他终于同所爱的叶小昙结婚了，但却因对妻子的崇拜珍爱而压抑了自己的雄性能力。当得知妻子与南或同居后，他虽然恼怒，但为了保全妻子的名声，却作伪证来否认……他是传统的化身、道德的楷模，但却活得窝窝囊囊。在他身上寄寓了作者对道德教化的儒家文化的批判意识：它很美，但却没有生命力。田大光这头睡狮在最后的觉醒，表现了作者对在外来文化冲击下，中国文化未来的期望和预言。在作品的女性形象中，蓝桂桂是传统文化中贤妻良母的代表，她爱，她奉献,她付出,但面对外来力量的竞争,她却毫无力量,只能委曲求全——她是女性中的田大光。叶小昙是女性中的南彧,在传统文化和现代文化的冲击中,她的灵魂同样充满了感性和理性、肉与灵分裂所带来的全部痛苦。至于蓝桂桂的舅母则是没有灵魂的肉的化身,她以用肉体取悦男人为最高的满足,作者对她也是鄙视的。如果说南彧妗子是饱经世故洞明世事的乡村哲人、女中丈夫的化身的话,南彧母亲则是传统道德的受害者。她是受难的基督,是母爱的化身,她同蓝桂桂是年龄、时代不同的同一文化承载者,因此也一样为人们悲悯。同南彧一样,他们虽有文化精神类型的意义,但这并不排斥他们是作家丰厚的生活积累和现实生活的产物,他们不是凭空捏造的,具有不同程度的艺术生命力。不知是谁说过,凡庸的诗人只能模仿现实,天才的诗人却能够虚构现实,程海的小说让人想到了他对凡庸诗人的超越。

艺术感觉力是作家必备的诸多才能中最主要的才能,作家的艺术感觉力又常常构成作家独特性的基础,是将作家同他的许多同行区分出来的主要标志。程海的艺术感觉力奇特而卓越,尖锐而犀利,平常的生活,平常的细节,别人笔下司空见惯的描写,在他的作品中却常常现出了新意,让人突兀而惊喜。这样的例子在《热爱命运》中也俯拾皆是,鉴于本文已经很不短了,这里的分析只好从略,只摘引萧云儒同志的一段评《我的夏娃》的话作为旁证,他说:"作为诗人,程海用一副超乎敏锐、简直就是尖锐的神经感应着人生,为了让这些巨澜般鸣响于心灵的感受传达给社会时能够保持原有的高分贝,他喜欢在小说中选用罕见的命运、异态的性格、利刃般的细节,将人物的形态、心态、情态,将作者的感察、感觉、感思强化到极致。读者于是感到电流乍然接通时的震颤和豁亮。不在你心里烫烫地烙下一点什么,他是不甘休的。"(见《小说评论》1991年第6期)

末了我还想提请读者注意作品中程海自己借人物之口所发表的关于作家、关于艺术、关于作家艺术家与读者的几段见解,我以为它们都是作家关于自己《热爱命运》的艺术特质的提示,是作家长期实践、长期思考的结晶,内中有汗水、有眼泪也有心血。特别是他关于艺术真实的看法特别使我感动,我从中看到他的执着、他的勇气,也找到了《热爱命运》之所以是这样的《热爱命运》的原因。"如果我穿过那些愤怒的冰雹时我身上被打得片甲不留,再没有一片布和一丝纤维来遮盖我赤条条的灵魂,说不定我反倒有资格站在西天净土之上了。"——作为程海的朋友,作为关心祖国艺术的现在和未来的文学评论工作者,我不希望因外部的或内部的、客观的或主观的原因,使程海站在西方净土之上,而是希望他心无余悸地站在这片古老而又年轻、困惑而又充满希望的黄土地之上,一如既往地思考、劳作,放射出更为夺目的光彩。

1992 年元月 9 日草毕